Abraham B. Jehoschua
Angesichts der Wälder

SERIE PIPER
Band 1664

Zu diesem Buch

Die fünf Erzählungen dieses Bandes führen mitten hinein in das Leben Israels; die beschriebenen »Situationen sind alltäglich: Ein befreundetes Ehepaar vertraut einem Einzelgänger sein Kind an; ein gescheiterter Student geht als Forstwächter in den Wald; ein Dichter hat einen schwachsinnigen Sohn; ein alter Lehrer verliert seinen Sohn im Siebziger Krieg; ein Dozent soll einen Vortrag halten bei einer Raketenstation im Sinai. Der Alltag entläßt aus sich Tragödien und Katastrophen, Einsamkeit und Depression, Ehekrise und Unverständnis der Generationen, Gutgemeintes, das sich in Gift verwandelt. Die Geschichten lassen sich nicht nacherzählen, weil ihre Genialität in den Details steckt, der genauen und doch poetischen Beobachtung... Jehoschua ist zwar so skeptisch-melancholisch, so bitter sophisticated, wie es seinem Stand angemessen ist, aber er verfügt gleichzeitig souverän über die andere Funktion des Schriftstellers, die eigentliche Erzählfunktion: Figuren mit Leben zu erfüllen und Situationen zu erfinden und zu gestalten.«

Frankfurter Allgemeine Zeitung

Abraham B. Jehoschua, geboren 1936 in Jerusalem als Sohn orientalischer Juden. Lebt als freier Schriftsteller und Professor für Komparatistik in Haifa. 1988 Gastprofessor an der University of Chicago. In deutscher Sprache erschienen bisher »Der Liebhaber« (1980), »Späte Scheidung« (1986), »Die fünf Jahreszeiten des Molcho« (1989), u. a. Jehoschua gilt neben Amoz Oz als der populärste Schriftsteller Israels.

Abraham B. Jehoschua

Angesichts der Wälder

Erzählungen

Aus dem Hebräischen
von Jakob Hessing

Piper
München Zürich

Die ersten drei Erzählungen erschienen
auf englisch in dem Band »Three Days and a Child«
bei Doubleday & Company, New York 1970.
Die zwei letzten Erzählungen
erschienen auf englisch in dem Band »Early in the Summer of 1970«
ebenfalls bei Doubleday & Company, New York 1977.

Von Abraham B. Jehoschua liegt in der Serie Piper außerdem vor:

Die fünf Jahreszeiten des Molcho (1556)

ISBN 3-492-11664-7
Oktober 1992
R. Piper GmbH & Co. KG, München
Lizenzausgabe der Deutschen Verlags-Anstalt GmbH, Stuttgart

Umschlag: Federico Luci, unter Verwendung des Gemäldes
»Blick auf Kinneret vom Safed« (1952)
von Ludwig Blum
Satz: Georg Appl, Wemding
Druck und Bindung: Clausen & Bosse, Leck
Printed in Germany

Inhalt

Drei Tage und ein Kind

Erwachen

Ich hatte schon geglaubt, ich würde mich entschuldigen müssen; aber dann ist alles irgendwie anders gekommen.

Der dreijährige Sohn einer geliebten Frau wurde mir in die Hand gegeben. Ich sollte auf ihn aufpassen, in den letzten Ferientagen, in den ersten Tagen des Herbstes, hier, in Jerusalem.

Zuerst zerbrach ich mir den Kopf über das Kind, dann wollte ich's umbringen. Daraus ist aber nichts geworden. Ich muß noch darüber nachdenken, was mich eigentlich abgehalten hat. Die Zeit und der Ort, jedenfalls, waren wie geschaffen dafür.

Die Zeit: Spätsommer. Schwüle Wüstenwinde über der Erde, ein Gemisch aus Himmelblau und Wolken, trügerische Hoffnung auf Regen. Schwermut eines neuen Jahres.

Der Ort: Jerusalem. Eine stille Stadt.

Der Ferienbeginn war noch anders gewesen. Da hatte ich noch Lust gehabt zu allem, hatte sogar geglaubt in diesen Ferien würde ich heiraten, auch meine Freundin Ya'el* hatte etwas in der Richtung gesagt. Aber dann vergaßen wir es beide wieder, wurden schlapp. Dornen wuchsen aus der Erde, und Ya'el machte sich auf. Sie gräbt Knollen aus, trocknet Stengel, zerreibt Pollensäcke, nimmt Bodenproben vor – letzte Abschnitte ihrer Diplomarbeit in der Botanik: »Die Dornen unseres Landes«.

Meine eigene Diplomarbeit in der Mathematik dagegen ist noch weit von einem Abschluß entfernt. Ich schreib sie ja alleine, mir helfen weder Erde noch Himmel. Seit dem Frühling stecke ich in einer Sackgasse, an der ich wohl selber schuld bin, stehe vor einem logischen Widerspruch, der sich plötzlich ergeben hat. Ich brauche eine Inspiration, ein besonderes Licht – als würde ich einen Roman schreiben. Jede weitere Gleichung wird mir zur Qual.

Pausenlos hämmert der heiße Wind auf Jerusalem ein. Die Blumen, die Ya'el vor meinem Haus gepflanzt hat, sind zu brüchigem Reisig geworden.

Und plötzlich sie – sie und ihr Mann. Mitten in den Ferien kam ein Brief von ihnen, und gleich darauf ein zweiter. Einen Rat wollten sie von mir, Hilfe, wenn es möglich war. Einen anderen Bekannten hatten sie in Jerusalem nicht. Sie hatten beschlossen, ihren Kibbutz in Galiläa zu verlassen (einen Grund dafür anzugeben, war anscheinend unter ihrer Würde), sie wollten an der Universität studieren, (ausgerechnet beide zur gleichen Zeit), wenn ich so freundlich sein könnte, Formulare zu schicken, Einzelheiten ausfindig zu machen, Fragebögen auszufüllen ...

Die Briefe, in gestelztem Stil, hatte ihr Mann geschrieben. Als

* Zum besseren Verständnis der Erzählung sollte der Leser wissen, daß mit Ausnahme des Namens Yalli, der keine weitere Bedeutung hat, alle vorkommenden Eigennamen im Hebräischen auch Tiere bezeichnen: Ya'el = Gemse; Chaja = Tier, Arie = Löwe; Se'ev = Wolf; Dov = Bär; Dvora = Biene; Zwi = Hirsch (Anmerkung des Übersetzers).

wäre er's, der mein Freund gewesen war und dem ich etwas schulden würde.

Was gehen sie mich an, dachte ich. Doch alles, was an ihrem Namen hängt, setzt mich in Erregung.

Fünf Jahre ist's jetzt her, daß ich aus dem Kibbutz weg bin, und seit drei Jahren habe ich sie nicht mehr gesehen. Aber immer noch, glaube ich, bin ich in sie verliebt.

Ich erfüllte ihnen jede Bitte, unverzüglich, schnell, geschickt. Manchmal kann ich ziemlich praktisch sein.

Ich ging ins Fakultätsgebäude der Geisteswissenschaften. Dort kenne ich mich nicht aus, aber trotzdem brachte ich alles Nötige in Erfahrung: Sie mußten eine Aufnahmeprüfung bestehen, man gab mir die entsprechenden Anleitungen mit, ich legte sie zu den Formularen und den Fragebögen und fügte noch einige sachlich geschriebene Erklärungen bei, damit sie sahen, daß man sich auf mich verlassen konnte.

Den Begleitbrief richtete ich an beide gemeinsam.

Ich schickte ihn als Eilsendung ab.

Gedankt haben sie mir mit keiner Zeile.

Ihre zweifelhaften Manieren und ihre Nachlässigkeit kenne ich schon. Aber ihr Mann ist doch nicht mehr so jung, er hätte sich erkenntlich zeigen können.

Ya'el kam mit sonnenverbrannter Haut aus Galiläa zurück, verstaubt und zerkratzt. In meiner Küche lud sie einen Rucksack voller Dornen aus, und im Morgengrauen zog sie wieder ab, um neue Dornen zu sammeln.

Unser verschwitztes Bett in der Dämmerung –

Von den bevorstehenden Ereignissen habe ich ihr nichts gesagt, das geht sie nichts an. Wir sind doch nicht verheiratet.

Die Ferien näherten sich ihrem Ende, die Jerusalemer, geröstet und gesalzen, kehrten in ihre Stadt zurück. Plötzlich bewölkte sich der Himmel, es sah nach Regen aus. Man raffte sich auf, kaufte neue Hefte wie in jedem Jahr, Tischkalender, Bleistifte, fast hätte ich vergessen, was mir bevorstand.

Doch plötzlich kam ein panischer Brief.

Die Fakultät hatte ihnen mitgeteilt, die Aufnahmeprüfungen wären in diesem Jahr vorverlegt worden. Deshalb hätten sie's eilig, nach Jerusalem zu kommen, würden sich zwei oder drei Tage in den Bibliotheken einschließen müssen, um sich vorzubereiten. Nur das Kind, wo sollte inzwischen ihr kleiner Sohn bleiben? (Im Kibbutz, aus ungenannten Gründen, wollten sie ihn nicht lassen.) Könnte ich ihn während dieser Tage zu mir nehmen? Sie hätten keinen anderen Bekannten in Jerusalem ... Alle Unkosten, selbstverständlich, würden sie übernehmen, wären mir unendlich dankbar.

Hätte ich nicht noch Ferien?

Es täte ihnen schrecklich leid, mir zur Last zu fallen – aber hätten sie denn einen anderen Bekannten in Jerusalem?

Ich schrieb ihnen zurück, erklärte mich bereit –

Ich will nicht sagen, daß ich mir neue Hoffnungen machte. So naiv bin ich nicht. Vor fünf Jahren war ich tief in sie verliebt, verzweifelt, hoffnungslos. Aber ich habe schon lange auf sie verzichtet; manchmal glaube ich, daß ich schon gleich am Anfang auf sie verzichtet habe.

Ich bin kein Schwerenöter, bin auch kein brutaler Typ. Und man kann sich schließlich nicht dauernd mit einer einzigen Liebe abgeben. Ich floh aus dem Kibbutz, trug mich auf der Universität ein, studierte fünf Jahre lang Mathematik und bestand die schweren Abschlußprüfungen. Wenn ich immer noch in meiner Diplomarbeit stecke, so ist das nur ein Zufall.

Was ich erreicht habe, kann mir keiner nehmen.

Nur aus Trägheit, will ich mal sagen, halt ich meine Liebe zu ihr wach. Denn selbst ihre Gesichtszüge habe ich schon vergessen. Manchmal muß ich lange nachdenken, eh mir wieder die Farbe ihrer Augen einfällt, oder ihre Gestalt, ihr Tonfall.

Nur aus Trägheit, will ich mal sagen, halt ich meine Liebe wach.

Erster Anruf

Und bald darauf, an einem Nachmittag, rufen mich die Nachbarn aus dem ersten Stock ans Telefon.

Die schwere, unangenehme Stimme ihres Mannes.

»Ja, also Schalom. Wir sind nun in Jerusalem angekommen.«

»Gut ... Sehr gut. Auch das Kind?«

»Ja ... (leichtes Zögern) Wir haben uns auf Ihre Zusage verlassen, haben ihn mitgebracht.«

»Ja, ich nehme ihn, ich halte mein Wort. Ich hoffe nur, er ist kein allzu großer Lausbub ...«

Schweigen am anderen Ende der Linie. Dort wägt man ab, sucht nach einem objektiven Urteil. Endlich die Antwort.

»Nein, kein Lausbub. Ein aufgeweckter Junge, aber kein Wildfang. Sie werden leicht mit ihm fertig werden.«

Ich schweige, bin plötzlich traurig und müde. Was gehen sie mich eigentlich an?

Am anderen Ende der Linie löst mein Schweigen Besorgnis aus. Die zögernde Stimme des Gatten.

»Also ... wir wollten fragen ... wann darf man ihn bringen?«

»Ach, wann es euch recht ist.«

»Morgen? Morgen früh?«

»Gut.«

»Darf es früh sein?«

»Wann ihr wollt ...« (Ich hab schon genug.)

»Wirklich, wir danken Ihnen sehr ... haben keine Worte ...«

»Schon gut.«

»Also, Schalom dann. Auf Wiedersehen ... bis morgen ...«

»Auf Wiedersehen ... (Jetzt bin ich es, der zögert.) Grüßen Sie Chaja ...«

»Sie steht hier neben mir ... läßt ebenfalls grüßen ...«

Ich war dumm genug zu glauben, sie hätten acht Uhr früh gemeint. Aber sie hatten an die Stunde des Sonnenaufgangs gedacht, an den Tau der Dämmerung, an den Morgenstern. Sie holten mich aus meinem Schlaf – ihr Mann, und sein Sohn. Er läutete wie ein Wilder, rüttelte an der Klinke, weil ich nicht gleich öffnete, wäre fast in meine Wohnung eingebrochen. Der Übergang vom Kibbutz in die Stadt hatte ihn völlig durcheinander gebracht. Er wollte sich auf's Studium stürzen, als ging's darum, ein ganzes Dornenfeld zu jäten.

Und während ich noch gar nicht bei mir war, hatte ich schon einen Koffer in meinem Zimmer liegen, auf dem ein dreijähriges Kind saß. Ein Küken, klein und blaß, in blauen Kleidern. Und ich, unfreundlich, haarig, mit klebrigen Augen, beugte mich schwerfällig nieder, um in sein Gesicht zu sehen.

Ein Lichtstrahl aus dem Osten traf ihn voll.

Die Ähnlichkeit mit seiner Mutter war verblüffend, erschrekkend, beglückend.

Der gleiche Gesichtsschnitt, der gleiche offene Mund, der immer durstig schien. Und die Augen – die gleichen Augen, die so tief in ihren Höhlen lagen. Ich ging noch wie im Schlaf durch meine Wohnung, aber schon war ich aufgeregt, schon brach meine ganze Liebe wieder auf.

Ich stellte die wichtigsten Fragen –

Was ißt er? Was trinkt er? Wie wäscht man ihn? Wann geht er ins Bett? Wie verbringt er seine Zeit?

Und erhielt einfache Antworten –

Alles, er ißt und trinkt alles, man darf ihn nur nicht zwingen. Man kann ihn überall mitnehmen, wenn er sagt, die Füße tun ihm weh, dann soll ich ihm nicht glauben, er hat es gerne, wenn man ihn auf die Schultern hebt. Tagsüber soll er nicht schlafen, damit er nachts keine Schwierigkeiten macht . . .

Und der Vater beugte sich nieder, hob das Kind vom Koffer, holte eine Gummidecke hervor. Mit schamhaftem Lächeln erklärte er mir, die Decke müsse man unter das Laken spreizen, weil der Kleine manchmal noch . . .

Ich hätte fast gelacht, machte mich lustig über die kollektive Erziehung, aber eine heimliche Freude erfüllte mich.

Ich wurde ungeduldig, wollte schon alleine bleiben mit ihm. Doch der Vater sah mich noch mißtrauisch an, ich erweckte wohl auch kaum Vertrauen in dieser frühen Stunde – ein stämmiger, erhitzter Junggeselle, ungepflegt und halb bekleidet im Durcheinander seines Zimmers.

Deshalb wollte ich den Vater jetzt auch loswerden. Das Kind ging uns nach wie ein junger Hund. Der Vater hielt an, beugte sich über seinen kleinen Sohn, küßte ihn heftig, streichelte ihn, zog einen Kamm aus der Tasche und führte ihn über die Locken des Kindes. Hielt eine kurze Moralpredigt:

Soll sich benehmen, wie's sich gehört –

Nicht quängeln –

Nicht dauernd etwas haben wollen –

Es will ihn ja niemand im Stich lassen. Und wenn er sich nicht gut benimmt – wer holt ihn dann ab?

Wir näherten uns der Tür, aber das Kind, ernst und dickköpfig, ließ seinen Vater nicht los. Dem blieb nichts anderes übrig, als noch einmal umzukehren, den Koffer umzustülpen und Spielzeug aus dem Kibbutz auf dem Fußboden auszustreuen: klobige Trecker aus Holz, Pflüge, Mähmaschinen, kleine Figuren mit dummen Bauerngesichtern.

Während das Kind sich über die Schätze hermachte, schlichen wir uns zur Tür und machten aus, wie wir in Verbindung bleiben wollten. (Anrufe, nichts weiter.) Plötzlich stellte ich erschrocken fest, daß sie mir das Kind tatsächlich für drei Tage überlassen wollten. Mir blieb nichts weiter übrig, als ihnen Erfolg für ihre Prüfungen zu wünschen, fügte noch einen Ratschlag aus meiner Erfahrung hinzu, verabschiedete ihn. Doch der Vater zögerte noch immer, müde Zweifel kamen ihn an, als würde er sich plötzlich weigern, mir seinen Sohn zu überlassen. Flüsternd teilte er mir mit, gestern, nach ihrer Ankunft in Jerusalem, hätten sie geglaubt, die Zeichen einer Krankheit an ihrem Kinde zu entdecken. Chaja habe ihn im Hotel behalten wollen, habe sich im Hotel auf die Prüfung vorbereiten wollen, aber er, der Vater, habe es nicht zugelassen. Das Kind sei einfach übermüdet gewesen nach der langen Reise.

Ich sah in sein knochiges Gesicht, auf seine dunkelblau rasierte Haut. Sonnenstrahlen brachen sich an seinen starken Zähnen. Die Fenster meiner Wohnung glitzerten im grellen Tageslicht. Ein heißer Tag stand uns bevor.

Leise schloß ich die Tür hinter dem Vater, schickte ihn in die Berge hinaus, die über unserem Stadtteil stehen.

Ich kehrte ins Zimmer zurück, und mein Körper sank auf's Bett, das noch warm war. Die Schwäche dieser Morgenstunde. Aufmerksam beobachtete ich das Kind, das schon einen Pflug vor den Trecker gespannt hatte und stumm die kahlen Fliesen meines Zimmers pflügte. Eine solche Ähnlichkeit hätt ich mir nicht träumen lassen, es war, als würde mir die Natur etwas vorgaukeln. Wie hatte sie ihr Ebenbild in das Kind hineingezaubert?

Der Kleine pflügte, warf mir heimlich Blicke zu.

Ich rief ihn zu mir. Gleich ließ er sein Spielzeug los, erhob sich und kam näher. Wie niedlich sein Gehorsam war. Auch er hatte wohl begriffen, daß seine Eltern ihn im Stich gelassen hatten, daß er in dieser großen, neuen Stadt niemanden hatte außer mir. An meinem Bett blieb er stehen. Sein Gesicht war bleich, ein wenig eingefallen. Mit freudigem Staunen sah ich wieder in seine Augen, die ihre Augen waren, sah wieder ihre ganze Schönheit. Das gleiche, träumerische Grün. Mit leichter Hand streichelte ich über sein Haar, und plötzlich, in einer unvermuteten, heftigen (zu heftigen) Bewegung, faßte ich ihn, umarmte ihn, drückte ihn an mein Herz; während er in meinen Armen nach Luft rang, küßte ich seine beiden Augen, seine Wangen. Dann ließ ich ihn los und fragte ihn nach seinem Namen.

Yalli nennt man ihn.

Die Schwangerschaft

Vor drei Jahren, in der winterlichen Regenzeit, gaben mir Freunde für einige Tage einen jungen Schäferhund in Pflege. Abends, wenn ich aus der Universität zurückkam, nahm ich ihn an die Leine und führte ihn auf die verregnete Straße hinunter, ging mit ihm zwischen den fahlen, feuchten Lichtflecken auf und ab, von Laternenpfahl zu Laternenpfahl, von Baum zu Baum. Einmal, unter einem der Bäume, wo er sich vor dem Nieselregen schützte, traf ich auf Arie G., einen Mann aus dem Kibbutz. Er war ein breitschultriger, bärtiger Junggeselle in mittleren Jahren, über seinen Schultern trug er ein verschmutztes Schafsfell. Er gehörte nicht zu meinem Jahrgang, aber ich blieb stehen, um mich ein wenig mit ihm zu unterhalten. Auch der Hund hatte Interesse an ihm gefunden, er legte sich ihm zu Füßen und beleckte seine hohen Stiefel.

Hin und wieder kam der eingefleischte Junggeselle in die großen Städte, um sich Frauen zu suchen.

Im Regen führten wir ein schleppendes, zielloses Gespräch. Am Ende faßte ich Mut und fragte nach ihr.

Er sagte mir, sie sei schwanger.

Nachts wälzte ich mich auf meinem Bett, erregt von der Nachricht, konnte nicht einschlafen. Am nächsten Tag sperrte ich den Hund mit seinem Futter in die Küche, zog mir Khakihosen an und fuhr zu ihr hin, wollte sie sehen, war sicher, sie noch in den ersten Monaten zu finden.

Aber sie war schon hochschwanger.

Ihr mächtiger Bauch –

Es war ein nasser, stürmischer Tag. Pausenlos ging der Regen auf die Straße nieder, weichte die Erde auf. Schwer hing der graue Nebel über den Fenstern des Autobusses, in den Nachmittagsstunden setzte er mich in der Nähe des Kibbutzes ab. Zu Fuß legte ich die sieben Kilometer zwischen der Chaussee und seinen Wohnhäusern zurück, ging auf einem Sandweg, zwischen Bergen, unter einem grauen, tropfenden Himmel.

Die Eßhalle war leer, Kälte hing in ihrem Raum. Es war fünf Uhr nachmittags, um diese Zeit war es still im Kibbutz. Ich ging in der großen Halle zwischen den kahlen Tischen auf und ab, hoffte vergeblich, daß meine Kleider trocknen würden. Schwere Erde klebte an meinen Schuhen und an meinen Hosenrändern. Plötzlich empfand ich die Sinnlosigkeit meines Unternehmens. Was wollte ich hier? Von meinem Jahrgang waren nur noch sie und ein Ehepaar hier, mit dem ich nichts zu tun haben wollte. Ich trat auf den Flur hinaus, stellte mich vor das Anschlagbrett und sah mir die Arbeitseinteilung an, das Programm des Kulturkomitees, die Mitteilungen von der Zentrale. Jemand stellte sich hinter mich und las über meiner Schulter mit, stieß mich unabsichtlich an.

Ich wandte mich um und sah sie.

Sie las mit der verträumten Konzentration, die ihr eigen war. Ihre hübschen, schlanken Beine steckten in hohen Stiefeln. Ein unheimlicher, mächtiger Bauch stand zwischen uns. Sie erkannte mich und lächelte leise, als wär es selbstverständlich, daß ich an diesem Regentag hier vor ihr auftauchte, zwei Jahre, nachdem ich den Kibbutz verlassen hatte.

Sie fragte mich, was mit mir wäre. Ich erzählte ihr von der Universität, faßte mich kurz, wollte ihr nicht lästig werden. Immer wieder glitten meine Augen über ihren Bauch.

Deshalb war ich doch gekommen.

Sie zog mich in ihr Zimmer, eine schwangere, weiche, schöne Frau in Stiefeln. Langsam watete sie durch den Matsch, über die Wege des bergigen, verregneten Kibbutz, dessen Menschen sich versteckt hielten.

In ihrem dunklen Zimmer schlief ihr Mann. Leise ging sie auf ihn zu, und gleich wachte er auf, erhob sich, als hätte er Angst vor ihr.

»Se'ev.«

»Dov.«

So lernten wir einander kennen.

Wir tranken Kaffee und nagten an steinhartem Zwieback.

Dann suchten wir nach gemeinsamen Bekannten, nagten auch an ihnen. Bald waren alle Themen verbraucht. Es blieb mir nur noch, von algebraischen Gleichungen zu berichten, die kein besonderes Interesse fanden.

Eine schwere Dunkelheit breitete sich im Zimmer aus. (Warum sie kein Licht anmachten, weiß ich nicht.) Schweigen. Barfuß lag sie im Sessel, in versunkener Schönheit, ihr mächtiger Bauch schwebte im Raum. Draußen tobte das Unwetter, Hagel schlug auf die Scheiben. Alles versank. Die Dächer der niedrigen Häuser verschwanden im Nebel. Wir wurden schwach, selbst die schleppende Diskussion über die Zukunft des Kibbutz verebbte. Und plötzlich erhob ich mich, Panik stieg in mir auf. Ich wollte wieder abfahren, mich zurückziehen. Sie nickte schon zum Abschied (ihr Talent, Menschen zu behandeln, als wären sie Gegenstände); aber ihr Mann, Se'ev, fletschte seine Zähne, hielt mich fest.

»In diesem Regen?« fragte er erstaunt. »Wer wird Sie denn mitnehmen, auf der Straße?«

Ich aß mit ihnen zu Abend. Man kam an unseren Tisch, schlug mir auf die Schulter, führte läppische Reden. Ich war nur ihretwegen gekommen, das wußten alle.

Zu dritt kehrten wir in ihr Zimmer zurück, setzten uns und begannen zu rauchen. Jetzt fiel ich ihnen schon zur Last, ein schwerer, verliebter, hartnäckiger Besuch. Ihr Mann ließ mich nicht aus den Augen, strich dauernd um mich herum, sein Rükken war gespannt, sein Blick besorgt.

Wir sprachen von der bevorstehenden Niederkunft. Ich sagte: Ihr werdet noch sehen, das ist ein Mädchen. Ihr Mann schien mir zuzustimmen, aber sie war sicher, daß sie einen Sohn in ihrem Bauch trug, duldete keine Widerrede.

Dann hörten wir uns eine Schallplatte an.

Ich war den Tränen nahe –

Sie ließen mich im Nebenzimmer übernachten. Sie nahm Decken und Laken und zog das Bett auf. Plötzlich waren wir beide alleine im Zimmer. Ich setzte mich auf einen der Stühle, sah wie hypnotisiert auf ihre leichten Bewegungen: wie sie das Laken glattstrich, die Decke, das blendend weiße Kissen. Ihre Ruhe, die einen verrückt machen konnte. Ihre bloßen Füße, die Glätte ihrer Haut. Sie blickte mich an, als würde sie erst jetzt meine Gegenwart bemerken.

»Was hast du?«

Ich zitterte.

Da kam ihr Mann und nahm sie fort.

Ich machte das Licht aus, entkleidete mich, glitt zwischen die eiskalten Laken, konnte nicht einschlafen. Im Dunkeln stand ich auf und öffnete das Fenster. Die Welt war naß und fruchtbar. Stengel schossen aus der vollgesaugten Erde und wuchsen in die Nacht. Bäume umschlossen die Häuser, schickten ihre Wurzeln in die feuchten Tiefen hinab. Aus jeder Mulde sproß das Gras. Felder blühten in der Ferne.

Der Geruch von Wind und Regen streifte mein Gesicht.

Auf Zehenspitzen schlich ich mich zur Trennwand zwischen den Zimmern. Ich legte mein Ohr an die dünne Mauer, wollte hören, was sie sagen würden, was sie machten. Still war's in ihrem Zimmer. Ich hörte, wie sie sich entkleideten.

Ihre ruhige, heisere Stimme –

»Seit drei Tagen schläft das Baby, bewegt sich nicht . . .«

In ihrem Zimmer ging das Licht aus. Sie hatten mich mit keinem Wort erwähnt, als wär ich nicht gekommen, als wär ich überhaupt nicht auf der Welt.

Im Morgengrauen machte ich mich davon.

Drei Monate später erfuhr ich, daß sie einen Sohn zur Welt gebracht hatte. Da war ich schon mitten in meinen Prüfungen, eingeschlossen in Tabellen. Ich zuckte mit keiner Wimper.

Pläne

Wie lächerlich das war – seit einer Viertelstunde versuchte ich den wirklichen Namen des Kindes herauszufinden, und es gelang mir nicht. Ich machte vernünftige Vorschläge, Yuval, Eyal,

Elasar, aber sie wurden mit einem stummen Schütteln des kleinen Kopfes zurückgewiesen. Ich bekam es nicht aus ihm heraus, vielleicht hatte ihm auch keiner seinen wahren Namen beigebracht. Ich versuchte es auf tausend Wegen, und auf tausend Wegen sagte er: Yalli.

Am Ende gab er keine Antwort mehr.

Sonne fiel auf unsere Augen –

Er stand vor mir und schwieg. Musterte mich mit ernstem Blick. Ein kleines Kind, kaum ein Mensch; schwer zu sagen, ob er schon eine Person war, oder nur eine Form. Still war's zwischen uns. Ich lächelte ihn an, schnitt Grimassen. Aber er blieb ernst. Ich setzte mir ein Kissen auf den Kopf. Ein Lächeln erhellte seine Züge. Ich kroch in den Winkel des Bettes, hüllte mich in die Decke, wurde ein dunkles, brummendes Wesen.

Er quietschte vor Vergnügen.

Jetzt war das Eis gebrochen. Ohne daß ich ihn fragte, erzählte er mir Geschichten in seiner Kindersprache, zwischen denen kein Zusammenhang bestand – etwas über einen Trecker, der auf einen großen Stein gefahren war, über den Vater eines Kindes, der sich verletzt hatte, über eine Schlange, »furchtbar gefährlich«, die bei der Eßhalle der Großen herumgekrochen war.

Viele Worte bekam ich überhaupt nicht mit. Die Mühe, sein Gerede zu verstehen, ermüdete mich, wurde mir langweilig. Seine Geschichten waren merkwürdig, hatten kein richtiges Ende, keinen Sinn. Nichts als Tatsachen, die sich aneinanderreihten. Am Ende brach er ab, bat mich um Wasser.

Wir gingen in die Küche, ich fragte ihn, ob er Eiswasser haben wollte. Mein Vorschlag überraschte ihn. Er zögerte, dann nahm er an. Ich ließ ein wenig Wasser ins Glas laufen, holte Eiswürfel aus dem Gefrierfach und versenkte sie im Wasser. Er nahm das Glas in seine beiden Hände, nippte vorsichtig an seinem Rand, leckte an den treibenden Eiswürfeln, staunte. Die Kälte brannte ihm auf der Zunge, aber er gab's nicht auf, lächelte mir spitzbübisch zu. Dann stellte er das Glas ab, fischte sich einen Eiswürfel heraus und steckte ihn in den Mund.

Als ich meine Morgenwäsche beendet hatte, rasiert und angezogen meinen Kaffee trank, hatte er die fünf Eiswürfel bereits in seinem Magen.

Ich will nicht behaupten, daß das seiner Gesundheit zuträglich war. Aber schon in dieser frühen Morgenstunde war ich zu dem Schluß gekommen, daß ich für seine Gesundheit keine Verantwortung trug.

Ich würde ihm keinen Wunsch verweigern.

Ich durfte ihn verwöhnen.

Ein schwermütiges Kind, glaube ich –

Hätte man mir eine geliebte Frau anvertraut, so würde ich auch ihr keinen Wunsch verweigert haben.

Jetzt, da das Zimmer aufgeräumt war, hob ich ihn auf meinen Schoß und plante alle Herrlichkeiten dieses Tages mit ihm.

Zuerst: der Zoo – Löwen, Affen, Bären und Wölfe.

Und dann: ein Eis.

Und dann: ins Schwimmbad.

Und dann: wieder ein Eis.

Und dann: ein kleiner Panzer, den wir in einem Laden kaufen. Er wird ihm seine Trecker beschützen.

Und dann: Geschichten vor dem Schlafengehen.

Oder: Wir finden eine Schaukel.

Seelenruhig hörte er sich meine Pläne an. Dann glitt er von meinem Schoß und stellte sich vor mir auf. Er stand da wie sie, mit leicht vorgebeugten Schultern und dünnem, weichem Rükken.

Seine Glieder wirkten matt, ein wenig ungelenk. So sieht auch sie aus, wenn sie nachdenkt.

Ich nahm seinen Kopf, holte einen Kamm hervor und fuhr ihm damit über seine Locken. Plötzlich umfing er meine Hüften und hängte sich wie ein Baby an mich. Nun war er schon sicher, daß seine Eltern ihn verlassen hatten und daß ihm in der Welt niemand außer mir geblieben war.

Mein Herz klopfte. Eine tiefe Erregung überkam mich. Ich warf ihn hoch in die Luft, küßte wieder seine Augen.

Vielleicht drang erst in diesem Augenblick die freudige Erkenntnis in mich ein, daß ich das Kind drei Tage lang in meiner Gewalt haben würde.

Schließlich setzte ich ihn ab. Eine leichte Übelkeit würgte in meiner Kehle. Ich setzte meine Sonnenbrille auf, warf einen Blick in den Spiegel, öffnete die Eingangstür. Gleißendes Sonnenlicht lag über der Welt.

Wir begannen unseren Spaziergang durch die fieberhafte Stille Jerusalems.

Angesichts Jerusalems

Angesichts Jerusalems heißt es eindeutig Stellung beziehen, schweigend kann man die Stadt nicht durchqueren. Ich bin der Meinung, Jerusalem ist eine harte Stadt, zuweilen – sehr hart. Seiner Keuschheit ist kein Glauben zu schenken, auch seiner Sanftheit nicht, die keine Sanftheit ist. Man blicke nur auf seine verschlossenen Steinhäuser.

Oft wird die Reinheit seiner Luft gepriesen, das ist auch mir bekannt. Aber die Leere seiner Nächte – nach neun Uhr abends geht man wie durch eine Totenstadt.

Nie hält ein Wagen an, wenn man ruft.

Die vorgetäuschte Ruhe –

Immer sind seine Bewohner gespannt und in Angst, als würde man in jedem Augenblick den Belagerungszustand verkünden, ihre Häuser beschießen, ihre Wasserzufuhr abschneiden.

Die Besorgnis der Jerusalemer Augen, ihr bitterer Humor. Diese irrsinnige Gier nach Briefen, nach Zeitungen. Diese endlose Jagd nach endloser Ehre.

Ich spreche von den wirklichen Jerusalemern.

Man geht durch das Zentrum der Stadt, das spitzwinklige Dreieck der Straßen, und muß ständig damit rechnen, allen zu begegnen. Keinem kann man entgehen, auch den kleinen Professoren nicht, die einen aufgeregt anhalten und neueste Erkenntnisse preisgeben, eh sie einen wieder fallenlassen, auf der anderen Straßenseite einen wichtigeren Menschen entdecken.

Die neue Sprache –

Ewig sind sie mit der Sprache beschäftigt, mit Worten. In Jerusalem versuchen sich auch Professoren für Mathematik an der Sprache.

Denn alle streben sie Symbolen nach und halten sich oft selbst schon für Symbole. Sie drücken sich symbolisch aus, gehen symbolisch, begegnen einander symbolisch. Hin und wieder, in einer schwachen Stunde, halten sie auch die Sonne, den Wind, den Himmel über ihrer Stadt für Symbole, die es auszudeuten gilt.

Ich tret aus meinem Haus in dem hügeligen Viertel, gleite über Felsen und Serpentinenwege ins Tal der Kreuzigung hinab – und hinter mir das fremde Kind, ihr Ebenbild, ihr Symbol. Seine hellen, brennenden Augen verfolgen mich. Jede meiner Bewegungen macht er mir nach.

Ich pflücke einen Stengel, auch er pflückt einen Stengel. Ich schlage mit dem Stengel auf die Felsen, auch er schlägt auf die Felsen. Ich halte an und beuge mich nieder, um meine Schnürsenkel zu binden, auch er beugt sich nieder, macht sich an seinem Schuh zu schaffen. Heimlich pisse ich an einen der Bäume, und plötzlich muß auch er.

Auch ich bin zum Symbol geworden.

Der Jerusalemer Zoo

Der Besuch im Jerusalemer Zoo war in gewissem Sinne eine Zeitvergeudung. Ich wollte ihn begeistern, aber Yalli ist zu klein, er zeigte kein Interesse an den gefangenen Tieren. Die Giraffen und Elefanten machten keinen Eindruck auf ihn, vielleicht hat er sie auch gar nicht richtig gesehen. Die Löwen, die Wölfe und die Bären langweilten ihn. Die kreischende Affenschar blieb ihm unverständlich, alle Erdnüsse, die ich ihm für sie gegeben hatte, fielen in den Rinnstein. Nur vor einem Käfig, in dem es gewöhnliche Hennen zu sehen gab, blieb er lange stehen, auch ein kleiner Hund an der Leine einer Dame zog seine Aufmerksamkeit an. Auf einem der Wege lag der aufgebrochene Panzer einer toten Schildkröte, das erregte ihn.

Drei geschlagene Stunden besichtigten wir den Zoo. Seit meiner Kindheit hatte ich das nicht mehr gesehen, ich war selbst ein wenig neugierig. Deshalb blieben wir vor jedem Käfig stehen, gingen von der libyschen Eidechse zur Kuhantilope des Negev, sahen uns auch das blaue Gefieder der Bachstelze an. Wegen der Hitze kamen viele der Tiere gar nicht aus ihren Höhlen hervor. Ich schrie und wollte sie wecken, aber sie zeigten sich nicht. Das Verhältnis zwischen mir und dem Kind wurde plötzlich schwierig und unsympathisch, ich war vielleicht auch selber schuld daran, weil ich ungeduldig war und mich langweilte. Aber auch er war nicht gerade freundlich und redete kaum, genau wie seine Mutter.

Schließlich hatte ich genug vom Zoo. Ich fand mir eine schöne Ecke im Schatten der Kiefern, setzte mich auf eine Bank in der Nähe eines alten Büffels, und Yalli neben mir spielte mit den Kiefernnadeln, die die Erde bedeckten. Dann bat er mich, einen kleinen Abhang erkunden zu dürfen, der sich vor uns erstreckte. Ich erlaubte es ihm, aber nur unter der Bedingung, daß er sich nicht entfernte.

Und gleich entfernte er sich. Ich erhob mich und lief ihm nach, nahm ihn an die Hand und zog ihn zur Bank zurück. Er schwieg, fand verrostete Eisenstücke, die wie kleine Autos aussahen, schob sie im Kreis um die Bank herum. Und ich fand eine gestrige Zeitung zwischen den Latten der Holzbank, die nahm ich und begann zu lesen.

Ein schwerer Wüstenwind.

Die reinste Zeitvergeudung –

Müde sank mein Kopf herab. Das Kind am Boden neben mir wurde schon ungeduldig, warf mir heimliche Blicke zu, fragte, ob es sich entfernen dürfe, bis zum Abhang, oder bis zur nahen

Mauer. Ich reagierte schon nicht mehr. Warum sollte er sich nicht ein wenig umschauen dürfen, was konnte schon passieren? Die Tiere waren in ihren Käfigen, der Park war geschlossen. Ich habe ein festes Vertrauen zu den Behörden, was sollte hier denn nicht in Ordnung sein? Die Zeitung langweilte mich, ich hatte sie gestern schon gelesen, stellte sich heraus. Der heiße Wind machte mich schläfrig, wie früh ich heute morgen aufgestanden war, brauche ich nicht mehr zu wiederholen. Schlaff sanken meine Hände herab. Eine kleine Fliege schlief auf meinem Auge ein, ich hatte keine Kraft mehr, sie zu wecken.

Ich muß ein paar Minuten geschlafen haben. Als ich aufwachte, war das Kind nicht an meiner Seite.

Ich rührte mich nicht von der Stelle, suchte nur mit den Augen nach ihm und hatte ihn sofort gefunden. Er ging hinter drei anderen Kindern auf einer Mauer entlang, die nach der einen Seite immer höher wurde.

(Beschreibung der Mauer: graue, unbehauene Steine. Sie steht über einem Abhang, ist an ihrem Ende ziemlich hoch. Zu ihren Füßen stachelige Disteln, ein ganzes Dornenarsenal. Hier und dort Steine von einem Hausbau, leere Konservendosen, Abfälle).

Yalli mußte den drei großen Straßenjungen nachgestiegen sein, die auf der Mauer herumturnten. Er hatte ihnen schon vorher dabei zugesehen, aber sie bemerkten ihn auch jetzt noch nicht.

Langsam bewegten sich ihre drei Gestalten über den schmalen Grat und hielten sich dabei vorsichtig im Gleichgewicht. Ihre Blicke hatten sie auf die Linie geheftet, auf die sie ihre Füße setzten. Yalli folgte ihnen in großem Abstand, machte hartnäckige Schritte, ging mit der Gleichmäßigkeit eines Schlafwandlers.

Ich beobachtete ihn aus den Augenwinkeln.

Der Kleine hatte sich vorgebeugt. Seine Schultern hoben sich unter dem dünnen Hemd ab, schleppend zog er seine Füße über den schmalen Grat, jetzt bekam er's mit der Angst zu tun. Die Straßenjungen waren ihm schon weit voraus, eben ließen sie sich am Ende der Mauer geschickt in die Tiefe gleiten, sie hatten ihr gefährliches Abenteuer bestanden.

Yalli hielt an, blickte sich um. Eine unvorsichtige Bewegung, und sein Körper würde unten aufschlagen.

Aber mir machte der Gedanke nichts aus.

Im Gegenteil – sein Anblick faszinierte mich.

Heiß brannte die Sonne mir ins Gehirn. Ein schwüler, grauer Herbst ringsum – und dort, auf einer viel zu hohen Mauer, ein Kind, für das ich verantwortlich war. Nirgends war ein Mensch zu sehen, in ihren Käfigen schliefen die Tiere. Ich hing auf der Bank, meine Augen lauerten, ich dachte: Wenn er jetzt abstürzt, vergißt sie mich nie wieder. Die Bilder werden mich festhalten, und sei's auch nur schlafend, auf einer Bank am Rande.

Das Kind machte noch einige kleine Schritte, aber dann hielt es an, die Mauer wurde immer höher. Angstvoll begann es zu weinen.

Ich nahm die gestrige Zeitung und bedeckte meine Augen mit ihr, war zufrieden mit mir und der Welt.

Diese scheinbare Ruhe, die gar nicht zu mir paßt.

Das Kind rief nach mir –

Ich zuckte mit keiner Wimper, war an meinem Ort erstarrt, dachte an die Frau und ihre bloßen Füße, die ich seit drei Jahren nicht mehr gesehen hatte. Das Kind schrie aus vollem Halse.

Und plötzlich – Stille.

Ich schloß meine Augen. Lichtfunken sprühten zwischen den Kiefernzweigen. Jemand war herbeigeeilt, um ihn von der Mauer zu holen, man hatte ihn schon gerettet, fragte ihn nach seinem Namen. Ich hörte, wie er weinend sagte: »Yalli«.

Er verursachte dort eine kleine Aufregung, selbst der alte Büffel hob seinen Kopf. Zwei Angestellte des Zoos kamen auf ihn zu: Wo ist dein Vati? Deine Mama?

Ich mußte eingreifen, bevor sie ihn mir fortnahmen. Ich erhob mich, faltete die Zeitung zusammen, ging auf die Gruppe zu und nahm das Kind. Wortlos, ohne zu danken.

Am Ausgang hob ich ihn mir von den Schultern und warf ihn

in die Luft, ließ ihn hin und her schwingen, setzte ihn auf meinen Kopf. Er lachte. Noch glitzerten Tränen in seinen Augen, aber er lachte schon.

Gedanken

Das ganze ist sehr einfach. Frau und Mann verlassen den Kibbutz, (kommt täglich vor), und fahren nach Jerusalem. Sie haben einen kleinen Sohn, auch dagegen ist nichts einzuwenden. Da sie Prüfungen zu bestehen haben, schließen sie sich in den Bibliotheken ein und geben mir ihren Sohn zur Aufsicht. Ich bin zwar nicht befreundet mit ihnen, aber ich weiß, sie haben keinen anderen Menschen in Jerusalem.

Vor Jahren war ich einmal in die Frau verliebt, tief, verzweifelt, stumm. Da sie eine nachlässige, träumerische, in Gedanken verlorene Frau ist, hat sie meine Liebe vergessen und mir im Morgengrauen ihren Mann geschickt, damit er mich aus dem Bett holt und mir ihren Sohn übergibt, ihr einziges Kind, ihr Ebenbild. Die Tage in dieser Übergangszeit sind glühend heiß, und wir sind in Jerusalem, der harten Stadt.

Zuerst hab ich das Kind geküßt und mir seine Geschichten angehört, die keinen Sinn haben. Dann bin ich mit ihm in den Jerusalemer Zoo gegangen, denn er langweilte sich schon, und auch ich langweilte mich schon. Auf einer Bank, in einem Winkel, bin ich eingeschlafen, und er ist mir entwischt auf eine Mauer, die gefährlich war und hoch.

Zwischen ihm und dem Tod nur ein Schritt –

Merkwürdig nur, daß ich nicht aufgeregt war und einfach weiterschlafen wollte . . .

Mittagessen

Aus Yallis Mittagessen ist nichts geworden, weil ich ihm nach unserem Besuch im Zoo ein Eis gekauft habe, eine riesige Portion.

Jedenfalls bemühte ich mich, ihn satt zu kriegen. Ich ging ins Restaurant mit ihm, setzte ihn auf einen Stuhl, band ihm eine Serviette um, drückte ihm die Speisekarte in die Hand und las ihm vor, was dort geschrieben stand. Er hörte mir geduldig zu, sah mit großem Ernst auf den Text. Die Kellnerin, die uns bediente, faßte ihn unters Kinn, so lieb war er. Denn Yalli, das muß ich zugeben, sieht reizend aus mit seinen leuchtenden Augen und seiner sonnengebräunten, glühenden Haut.

Wir hielten Rat, aber der Kleine ignorierte die Entscheidung, die wir mühsam getroffen hatten. Den Teller, den wir ihm vorsetzten, rührte er nicht an. Er spielte nur mit der Gabel, war völlig appetitlos. Die enttäuschte Kellnerin verhätschelte ihn, deutete mir an, ich sollte ihn doch verlocken, vielleicht auch zwingen. Aber ich weigerte mich.

Ihn zwingen? Wer – ich?

Von den Nebentischen sahen mich die Leute mißtrauisch an. Als hätte ich das Kind irgendwo gestohlen und wollte es den Ismaeliten verkaufen.

Ich aß mein Gericht, nahm mir seinen Teller vor und aß auch sein Gericht. Dann rauchte ich eine Zigarette und blickte durch das offene Fenster an unserem Tisch auf die blaue Linie des Edom-Gebirges hinaus.

Wüstenwind –

Das Kind an meiner Seite war eingeschlafen.

Ich drückte die Zigarette aus, brachte ihn auf die Beine, zahlte und trat auf die Straße hinaus. Wieder blieben wir an einer Eisdiele stehen. Ich kaufte zwei Portionen, eine für ihn und eine für mich. Als er sein Eis aufgeleckt hatte, kaufte ich ihm eine kalte Limonade. Sein Durst überraschte mich. Es war, als wollte er einen Brand löschen, der in seinem kleinen Körper ausgebrochen war.

Seine Schritte waren schwerfällig geworden. Plötzlich sagte er mir, er wollte schlafen gehen. Um Gottes Willen, sagte ich, wir haben doch noch einen tollen Tag vor uns. Da bat er mich, ihn auf die Schultern zu nehmen, weil seine Füße ihm wehtäten.

Ich setzte ihn auf meine Schultern, und nach einer Weile ließ ich ihn wieder herunter.

Stille in Jerusalem. Mit leisen Schritten stellten wir den fetten Tauben nach, immer wieder versuchte Yalli sie zu fangen. Der Asphalt schmolz uns unter den Sohlen. Langsam stiegen wir in den Stadtpark hinunter, seine Pfade waren weiß, seine Blumen klein und häßlich. Eine schwere Sonne schwebte über unseren Köpfen. Ich führte ihn ziellos durch den heißen Wind, verirrte mich auf den menschenleeren Pfaden. Er blieb zurück, vor Hitze und vor Müdigkeit war sein Gesicht ganz rot geworden. Ich verließ den Park, überquerte ein kleines Dornenfeld und näherte mich dem alten mohammedanischen Friedhof. Yalli wurde unsichtbar zwischen den hohen Stacheln, tapfer stapfte er hinter mir her. Der Friedhof war umzäunt, aber ich fand eine Lücke, die Einlaß bot, und das Kind folgte mir ins Dickicht der Olivenbäume, zwischen die mächtigen Grabsteine.

Die Lücke

Nach dem Gymnasium kamen wir in einen Kibbutz, um uns auf die Arbeit in der Landwirtschaft vorzubereiten, und dort wurden wir mit einer zweiten Ausbildungsgruppe zusammengelegt. Wir waren glücklich, mit neuen Menschen zusammenzukommen. Nach einiger Zeit fiel uns ihr träger Gang auf, ihre Schönheit. Wir waren noch Kinder, und wie Kinder verliebten wir uns in sie. Fast hundert Mitglieder hatte unsere Gruppe, aber wir waren einsam, ohne es zu wissen.

Ich blieb stumm, machte mich lustig über alle, die sich an sie heranmachen wollten, aber nachts hielt ich mich manchmal in der Nähe ihrer Wohnbaracke auf. Immer ging sie barfuß und in Arbeitskleidung, auch auf unseren Fêten am Freitagabend – als wär sie auf den Feldern zur Welt gekommen. Ich konnte meinen Blick nie von ihren nackten Füßen lösen, die immer schmutzig waren und gleichzeitig rein.

Außer banalen, alltäglichen Sätzen wechselten wir kein Wort miteinander.

Nur einmal hatte ich eine längere Begegnung mit ihr.

Das war im Weinberg, gegen Ende des Sommers, einige Tage, bevor wir Jungen in die Armee eingezogen wurden. Eine große Gruppe war der Weinlese zugeteilt. Nach dem Mittagessen, als der Himmel sich bewölkte, gab der Gruppenleiter sie mir zur Partnerin.

Wir arbeiteten zu beiden Seiten einer Reihe dichter Reben.

Die plötzliche Bewölkung, der Herbstwind im Tal, die Angst vor der bevorstehenden Einberufung, ihr plötzliches Auftauchen, ihre Nähe – alles schlug über mir zusammen.

Sie arbeitete schnell und geschickt. Ich nahm mich zusammen, um nicht hinter ihr zurückzubleiben. Ein Damm brach in mir nieder.

Ich redete pausenlos auf sie ein. Von allem möglichen sprach ich zu ihr, von der Ausbildung, vom Kibbutz, von Freunden, von tollen mathematischen Ideen.

Obwohl sie schwieg, schien sie mir zuzuhören. Ihr Gesicht sah ich nicht, das Laub der Reben verbarg es. Nur die Geräusche ihrer Arbeit hörte ich hinter dem Dickicht zwischen den Zweigen. Sie arbeitete barfuß wie immer, und ihre zarten, von der feuchten Erde halb verdeckten Füße wurden dicht vor meinen schweren Schuhen sichtbar, wenn sie zwischen den dünnen, gewundenen Stämmen der Reben weiterging.

Da wir schnell arbeiteten, hatten wir die anderen bald hinter uns gelassen und drangen zu neuen, traubenschweren Reben vor, in ihr pralles, strotzendes Grün. Leere Kisten waren auf der matschigen Erde verstreut, und wir füllten sie mit reifer Frucht. Dunkler Traubensaft rann mir über die Hände. Wir hätten nun umkehren sollen, um den anderen zu helfen.

Bald war unsere Schicht zuende.

Ich redete pausenlos. Manchmal blieb ich stehen und hielt kurze, begeisterte Ansprachen. Es war mir recht, nicht das Gesicht meiner stummen Zuhörerin zu sehen.

Und am Ende war dort eine breite Lücke in der Reihe dichter Reben. Vier Weinstöcke lagen vor uns auf der Erde, und wir standen plötzlich offen voreinander. Sie setzte sich auf eine Kiste, die Schere hing in ihrer Hand. Wind strich uns übers Gesicht.

Sie war unerreichbar, leicht und dünn, gebeugt. Ich sagte nichts Wichtiges, aber sie legte ihren Kopf in ihre freie Hand und hörte mir aufmerksam zu.

Ich weiß noch, wie mein Blick sich auf ihre Füße heftete, die in der aufgeweichten Erde versunken waren. Etwas schmerzte mich bei ihrem Anblick. Ich verlor den Faden meiner Gedanken, begann zu zögern, brach ab. Eine kleine Traube halbreifer Weinbeeren hing dicht über dem Boden, berührte ihre Ferse. Jetzt redete ich nicht mehr, ich beugte mich nieder und schnitt die Traube von der Rebe.

Es war nicht mehr still um uns. Der Wind trug die Stimmen der anderen zu uns heran, die Geräusche der Werkstätten des Kibbutz, deren weiße Dächer auf dem Hintergrund der Berge leuchteten.

Während ich mich noch vorbeugte, noch dicht am Boden kauerte, streckte ich meine Hand aus, und meine Finger lösten die feuchte Erde von ihren Füßen, schälten Schicht um Schicht herab, berührten ihre glatte Haut.

Sie schwieg, schwieg immer noch, saß wie in Schmerzen da. Sie rührte sich nicht, zog ihre Füße nicht zurück. Als ich mich hilflos erhob, saß sie noch immer so da, die Schere hing in ihrer Hand, ihre Augen waren weit aufgerissen.

In der Ferne, am Verpackungshaus, erklang die Glocke. Unsere Schicht war zuende. Wir kehrten zum Ausgangspunkt zurück, zogen unsere Füße durch den Staub. Und immer noch schwiegen wir nicht, setzten das Gespräch fort. Eine dunkle Pfütze bedeckte den Weg, und sie, absichtlich, ging mitten hindurch. Die Erde schwärzte ihre Füße.

Yalli kletterte auf einen der großen Grabsteine, streckte seine kleinen Beine aus und legte sich nieder. Ich setzte mich in seine Nähe, zwischen die Bäume, in den Schatten ihrer Kronen. Gedankenverloren rauchte ich drei Zigaretten hintereinander. Dann ging ich zu dem Kleinen, der noch immer auf dem Stein lag, betrachtete sein gerötetes Gesicht, griff nach seinem Handgelenk. Sein Pulsschlag war merkwürdig, er kam stoßweise, ungleichmäßig.

Noch immer hatte Yalli nicht nach Vater und Mutter gefragt – als wären sie ums Leben gekommen, als wäre er stumm.

Ich schlug ihm vor, mit mir Versteck zu spielen.

Ich legte meinen Kopf an einen der Grabsteine, und Yalli suchte sich seine Verstecke. Dabei entfernte er sich nicht sehr weit, stellte sich schon nach einigen Schritten hinter einen benachbarten Grabstein. Wenn ich mich auf die Suche nach ihm machte und an ihm vorbeiging, als würde ich ihn nicht sehen, kam er sofort aus seinem Versteck und zeigte sich mir.

Aber als wir unsere Rollen vertauschten, versteckte ich mich wirklich vor ihm. Zwischen zwei Bäumen entdeckte ich eine Rinne, tief schob ich mich in sie hinein und deckte mich mit Dornzweigen zu. Zehn Minuten suchte er nach mir, schrie, bettelte, weinte.

Er rief nach mir: Komm, Onkel, komm!

Endlich kam ich aus meinem Versteck hervor und sah, wie bleich er war. Ich heiße Dov, sagte ich zu ihm. Er wollte wissen, wo ich mich versteckt hätte. Ich zeigte ihm die Rinne. Er sah sie ängstlich an, dann stieg er hinein und setzte sich nieder.

Schließlich stellten wir uns vor, wir würden wieder im Kibbutz sein. Die mohammedanischen Gräber waren wie kleine Häuser, und wir gaben ihnen Namen. Schweigend, im Rauschen der Bäume, gingen wir von der »Eßhalle der Großen« zur »Eßhalle der Kleinen«, vom Kindergarten zur Treckergarage, von dort zur Schreinerei und wieder zurück. Ich wollte ihm über die Toten erzählen, die hier in der Erde lagen, aber er verstand mich nicht.

Der Friedhofswächter war aus seinem Mittagsschlaf erwacht, er entdeckte uns und begann zu schreien, zu fluchen, Steine zu schleudern. Wir entkamen durch die kleine Lücke.

Yalli sah mich ängstlich an.

Noch herrschte ein heißer Wind in Jerusalem.

Wir stiegen in einen Autobus und fuhren zum Schwimmbad. Ich pellte ihn aus seinen Kleidern und warf ihn ins kalte Wasser. Er schrie vor Kälte und Vergnügen. Ich sank in einen Liegestuhl am Rande des Kinderbeckens, zog mir die Schuhe aus und paßte auf Yalli auf, der sich im Wasser tummelte.

Er war der Kleinste von allen.

Ein Verkäufer bot geröstete Mandeln an, die mit rötlichem Zucker überzogen waren, eine merkwürdige Fahne flatterte im Wind. Einige Jungen veranstalteten ein wildes Wettschwimmen. Plötzlich kam von irgendwoher eine Gruppe meiner Schüler heran, Jungen und Mädchen, alle in Badehose und Bikini. Als sie mich erkannten, hielten sie an, flüsterten sich etwas zu. Dann näherten sie sich und sagten nacheinander:

»Schalom, Herr Lehrer.«

Keiner von ihnen verzichtete darauf, mir Schalom zu sagen.

Und ich, unter gesenkten Liedern, zwang mich zu einem Lächeln. Die ganze Gruppe, zum größten Teil Mädchen, umdrängte mich nun.

Ein kleines Gespräch: Wie es mir ginge? Wie ich die Ferien verbracht hätte? Ob ich Sehnsucht gehabt hätte nach ihnen? Warum ich nicht ins Wasser steigen würde? (Blicke auf das Kind.) Und das Wichtigste – würde ich sie auch im nächsten Jahr unterrichten?

Der Himmel hatte sich bewölkt.

Die frecheren unter ihnen sahen belustigt auf meine nackten, behaarten, weißen Füße.

Alle von der Elften, sagte man mir, seien gemeinsam ins Schwimmbad gekommen, um das Ende der Ferien zu feiern.

Meinetwegen sollten sie ihr Vergnügen haben. Mir machten sie nichts aus. Was mich nur immer wieder erstaunte, das war die Leichtigkeit, mit der sie logen, die Leichtigkeit, mit der sie selber ihren Lügen Glauben schenkten.

Ein leichter Wind strich über mein Haar. Ohne mir etwas dabei zu denken, zog ich mein Hemd vor den Schülern aus, entblößte meine Brust, legte meine Hände in den Schoß. Sie hingen über mir wie Fliegen über einem Honigkuchen, wollten mich ersticken mit ihrer Neugier, mit ihren Schmeicheleien. Alle Einzelheiten über das neue Schuljahr wollten sie wissen. Ich versuchte auszuweichen, gab scherzhafte, unklare Antworten, aber schließlich brachten sie alles aus mir heraus, was ihnen wissenswert erschien.

Zwei Schülerinnen stiegen sogar ins Planschbecken, umringten Yalli, streichelten ihn, fragten ihn nach seinem Namen.

Alle brannten sie darauf, herauszukriegen, wer der Kleine war. Denn mein Sohn war er ja nicht.

Endlich zogen sie sich zurück, alle auf einmal – die kleinen Männchen eingekeilt im Schwarm der schweren Weibchen. Fort waren sie.

Und ich, wie üblich, langweilte mich.

Im leeren Planschbecken war Yalli damit beschäftigt, ein kleines Stück Holz hin und her treiben zu lassen. Die Sonne war müde geworden, verglomm. Die Badegäste trockneten sich ab, zogen sich an, verließen das Schwimmbad. Wir gehörten zu den Letzten. Yalli kam, sagte mir, daß ihm kalt sei. Er zitterte, eine Gänsehaut bedeckte seinen Rücken. Aber ich warf ihn noch einmal ins Wasser.

Eine einzelne Frau in meiner Nähe erweckte meine Begierde. Ich lag im Stuhl, erregt, hoffnungslos, mein Kopf war nach hinten geworfen. Ich sah, wie der Himmel sich anschickte, den Sonnenuntergang zu feiern.

Ich bin Mathematiklehrer in zwei Elften des humanistischen Gymnasiums – die Schüler, die dem Fach entfliehen wollten, gehen mir ins Netz, sie müssen vor mir sitzen und Aufgaben lösen. Sie haben nie versucht, mir auf der Nase herumzutanzen, veranstalten nur immer ein unterirdisches Getöse, ein endloses Gemurmel, mit dem sie ihre Rechnungen vollziehen.

Weil ich ein junger und neuer Lehrer bin, teilt man mir die letzten Stunden des Schultages zu – eine schwere, halb bewußtlose Klasse, Mädchen zumeist, die ihre Brüste auf die Pulte legen und mich aus müden, gequälten Augen ansehen. Ein paar schwächliche, bebrillte Knaben in diesem Mädchenschwarm holen ihre scharfen Taschenmesser hervor und schnitzen während der Stunde an allem herum, was ihnen unter die Hände kommt: an Stühlen, Tischen und Federkästen. Fast in jeder Stunde richtet sich einer von ihnen plötzlich auf, deutet schlaff und glücklich auf seine blutigen Finger und bittet um Erlaubnis, zur Schwester zu gehen.

Aber das heißt noch nicht, daß sie bei mir keine Mathematik lernen.

Im Durchschnitt sind ihre Leistungen zufriedenstellend, nur begeistern sie sich nie an der Lösung ihrer Aufgaben. Mechanisch, mit literarischer Geschwätzigkeit, bewältigen sie ihr Pensum.

Genau der Tafel gegenüber befinden sich in beiden Klassen große, offene Fenster, und bald nach meinem Eintritt tritt durch diese Fenster auch die Sonne in die Klassen ein. Ihre Strahlen blenden mich, es ist unerträglich. Ich hab schon hundertmal verlangt, daß man Vorhänge anbringt, aber nie findet sich das Geld dafür. Eine dumme Ausrede, im Lehrerzimmer liegt ein ungezählter Vorrat an Kreidestücken, den würde ich ohne weiteres verkaufen.

Ich stehe vor der Klasse, allmählich fällt das Sonnenlicht in meine Augen. Als ich mich der Tafel zuwende, kann ich kaum mehr etwas sehen. Ich schmiere krumme Zahlen an die Tafel, Dreiecke, die sich nicht schließen, mache Fehler bei der einfachsten Addition.

Da wird es still in der Klasse, eines der Mädchen rafft sich auf und macht mich auf meinen Fehler aufmerksam. Manchmal ist auch ein unterdrücktes Kichern zu hören, in dem eine heimliche Sehnsucht mitklingt.

Aber ihre Sehnsucht kann mir nichts anhaben, ich nehme sie nur aus der Ferne wahr.

Sie haben sicher ihre Träume und geheimen Wünsche, aber ich stehe schon auf der anderen Seite des Flusses, am anderen Ufer, vor einer Tafel voller quadratischer Gleichungen, deren Lösung nicht allzu schwer ist. In meinen Augen steht die Sonne.

Nur während der Klassenarbeiten, wenn sie sich schweigend mit ihren leichten Aufgaben abquälen, verkrampft sich zuweilen mein Herz. Dann ziehe ich mich leise hinter meinen Tisch zurück, und einsam, verlassen, den Kopf in meiner Faust, denke ich plötzlich an meine Geliebte, will wissen, was sie tut in diesem Augenblick.

Die Grenze

Als wir aus dem Schwimmbad kamen, Yalli und ich, nahmen wir erstaunt die ersten Anzeichen des Herbstes auf der Straße wahr. Wolken, ein wenig Laub, ein leises Grau – und die scharfe Kühle Jerusalems, die uns umgab, unsere Gesichter streifte. Yalli begann zu zittern, seine Kibbutzkleidung (kurze Hosen, dünnes Hemd) schützte ihn nicht vor der Kälte. Ich berühre seine Stirn und stellte fest, daß sie heiß geworden war. Sein Haar war noch feucht, hin und wieder rann ein Wassertropfen über seine Wangen.

Da blieb er stehen und begann zu husten – stand vor der Jerusalemer Herbstwelt und hustete angestrengt, aus der Tiefe seiner Lungen. Ich stellte mich neben ihn, hielt meine Hände in den

Hosentaschen und betrachtete ihn aufmerksam. Auf der Straße wandten sich die Leute nach uns um.

Er war ein reizendes Kind, das muß ich zugeben.

Ich sollte vielleicht sogar sagen – bildschön.

Jetzt stand er auf der Straße und hustete wie ein kleiner, alter Mann. Endlich hörte er auf, wischte sich über den Mund und sah mich an. Er wollte etwas sagen. Ich lächelte und beugte mich nieder, hörte ihm zu.

Er fragte, ob er jetzt zu Dvora gehen könnte.

Ich wollte wissen, wer Dvora war.

»Dvora . . .«, sagte er trotzig, »Dvora . . .«

Schließlich fand ich heraus, daß sie ein kleines Mädchen war, in seinem Alter, das hatte er im Kibbutz zurückgelassen. Seine kleine Geliebte vielleicht.

Ich tat, als würde ich über seinen Wunsch nachdenken. Dann teilte ich ihm meine Entscheidung mit – er könnte Dvora jetzt nicht sehen. Ich sprach zu ihm wie zu einem Erwachsenen, kurz und bündig, gab meiner Stimme keinen süßen Klang.

Ich wollte ihn zur Verzweiflung bringen.

Er hörte mir zu und schwieg. Nach seinen Eltern hatte er noch immer nicht gefragt.

In Gedanken versunken kamen wir durch eine kleine, gewundene Gasse, menschenleer war sie, an ihren Häusern waren die Fensterläden vorgelegt, zum Teil waren die Häuser zerstört. Im Hintergrund, zwischen zwei Gebäuden, die sich einander zuneigten, sahen wir ein Stück der Grenze, eine Hügellinie, einen dürftigen Olivenhain – Teil der Schreckenslinie, die Jerusalem umschloß. Für einen Augenblick wollte ich mich an diese Grenzlinie heranschleichen und ihn dort zurücklassen, zwischen den Olivenbäumen, zwischen den Felsen und Dornen. Aber plötzlich, als hätte er meine Gedanken gelesen, hielt der Junge ein in seinem Schritt. Wir blieben stehen und sahen uns schweigend an.

Ich beugte mich nieder zu ihm und fragte, ob er jetzt nicht Lust hätte, auf einer Schaukel zu sitzen.

Ya'el habe ich auf einem Ausflug der Naturfreunde kennengelernt. In meinem ersten Studienjahr nahm ich versehentlich an einem solchen Ausflug teil, und als ich erkannte, daß ich mich geirrt hatte, war's schon zu spät. Ich hatte gemeint, das würde ein Ausflug werden, wie sie bei den Jugendvereinen üblich waren, aber dann wurde es etwas ganz anderes. Erstens gehen die Naturfreunde unglaublich langsam, sie kriechen fast über die Erde. Zweitens nehmen sie alles in ihrer Umgebung strengstens unter die Lupe, das sehen sie als ihre heilige Pflicht an. Ich will nicht behaupten, daß die Gegend nicht schön war, (westlich von Jerusalem), aber ich war ein ganz anderes Tempo gewohnt – einen schnellen, atemlosen Aufstieg zur Spitze eines Berges, eine halbe Stunde für den herrlichen Ausblick, dann wieder hinunter. Wo nicht mindestens zwei Berge am Horizont zu sehen waren, sprach man bei uns nicht von Natur.

Ya'el gehört zu den Naturfreunden – mit Haut und Haaren. Naturfreunde sind eine eigentümliche Mischung aus Archäologen und Zoologen, Botanikern und Vegetariern, naive Dichter weißer Reime.

Immer sind sie in die Betrachtung seltener Pflanzen versunken, die sie andächtig in ihren Händen halten, wie Gebetbücher. Ich kannte sie aus den Einführungskursen in die Mathematik, an denen sie teilgenommen hatten.

Obwohl sie zur Fakultät der Naturwissenschaften gehörten, hatten sie eine merkwürdige Angst vor allen Zahlen.

Sie gingen ein paar Meter und hielten an, beugten sich über den Ysop, freundeten sich mit Ungeziefer an, verlangten unbedingte Ruhe, um dem Zwitschern der Vögel zu lauschen. Jeder außer mir hatte dort sein Steckenpferd, sammelte Pflanzen oder Fossilien, Skorpione oder Bodenschichten.

Ya'el hatte es mit den Dornen. Sie machte es sich nicht leicht mit ihnen, kroch tief in jedes Dickicht hinein, grub mit bloßen Händen aus, was ihr zusagte und trat dann ihren Rückzug an, schwenkte einen namenlosen Stachel als Trophäe über ihrem Kopf.

Ich wurde fast verrückt auf diesem Ausflug in Zeitlupe, marschierte vor der Truppe, köpfte den gefragten Ysop, zertrat seltene Käfer, warf mit Steinen nach Vögeln. In der Abenddämmerung nahm ich die Dornenpflückerin aufs Korn, ging neben ihr her und machte mich über sie lustig, stand mit meinen Händen in den Hosentaschen da und schaute zu, wie sie mit dem widerspenstigen Gewächs kämpfte.

Abends errichteten die Naturfreunde ein Lager und setzten sich zueinander, um Lieder zu singen. Ya'el hielt sich abseits, ließ sich im Kreise ihrer Dornen nieder, die sie noch nicht aussortiert hatte.

Sie ist keine Schönheit. Ihr Körper ist lang und hager und energisch. Ihr Haar ist trocken und struppig, ihre Hände sind hart, ihre Beine sind immer zerkratzt.

Alle sangen, nur sie saß da und arbeitete. Ich hatte mich auf der Erde ausgestreckt, zwischen den Sängern und ihr. Daß ich auf sie gewartet hätte, wäre zuviel gesagt. Ich wollte nur sehen, wann sie fertig sein würde. Ich war ihr nicht gleichgültig, das spürte ich, aber noch tat sie so, als wäre sie ganz in ihre Arbeit versunken. Sie biß sich auf ihre Lippen, so konzentriert war sie.

Endlich erhob sie sich, mit einem Streichholz setzte sie die Dornen in Brand. Eine Stichflamme schoß auf. Die Sänger unterbrachen sich, riefen: »He, was denn!« – aber sie lächelte, und ihr langer Körper stand im hellen Licht.

Vielleicht empfand ich schon damals Begierde, oder ich sehnte mich auch nur nach einem bißchen Wärme in der kalten Nacht. Jedenfalls saß ich bald darauf an ihrem Feuer, und als die anderen zur Ruhe gegangen waren, fanden wir zueinander.

In tiefer Nacht kamen wir zusammen, während rings um uns die Naturfreunde auf der Erde lagen, leise schnarchten oder die Namen geliebter Pflanzen und Insekten murmelten.

Weil wir mit dem Ende begonnen hatten, mußten wir am anderen Morgen den ermüdenden Weg zum Anfang zurücklegen

– von der Landschaft reden, gemeinsame Bekannte ausfindig machen, ich mußte ihr beim Ausgraben der Dornen helfen, Erklärungen über mich ergehen lassen, zuhören . . .

So haben wir unsere Freundschaft geschlossen.

Obwohl wir uns nicht lieben, verstehen wir uns gut. Manchmal, etwa in den Abendstunden eines schweren Tages, begegnen wir uns auf den lärmenden Straßen Jerusalems. Erst gestern lagen wir umschlungen beieinander, und jetzt, wortlos, bleiben wir uns fremd, unsere Augen begegnen sich und sehen stumm aneinander vorbei. So groß ist manchmal unser gegenseitiges Erbarmen.

Ihre Alten

Ya'els Elternhaus steht in der Nähe des Schwimmbades, in einem südlichen, ehemals arabischen Viertel, in dem der Luxus und die Armut sich dicht beieinander finden. Ihr einstöckiges Haus steht auf einem großen, unbebauten Grundstück, das von einem Zaun umgeben ist. Ständig kommen Bauunternehmer zu Ya'els alten Eltern und machen ihnen verlockende Angebote. Ein Vermögen wollen sie für das Grundstück geben, um das kleine Haus abzureißen, doch ihre Alten bleiben hart. Eigentlich geht mich das ja nichts an, aber ihre Sturheit macht mich krank – sie sind stur wie Ya'el. Wenn wir abends zum Beispiel ins Kino gehen, entdeckt sie plötzlich einen Dorn, der aus dem Bürgersteig sprießt, den kann sie sich stundenlang anschauen, dann steh ich solange neben ihr, bis sie sich wieder beruhigt hat.

Wenn sie wenigstens meine Geliebte wäre –

Knorrige Kiefern umstehen das kleine Haus, schirmen es ab. Ihre Eltern sind Jerusalemer, zwei alte, heruntergekommene Füchse, sie haben sich in ihrem Bau verkrochen. Nichts werfen sie weg. Auf dem engen Hinterhof häufen sich verrostete Geräte und die alten Kleider vergangener Generationen. Selbst Ya'els Puppenwagen liegt dort noch begraben.

Und mitten auf dem offenen, dornenübersäten Hof vor ihrem Haus steht eine herrliche Schaukel. Der frühere Hausbesitzer, der über die Grenze geflohen ist, hat sie dort aufgestellt. Einmal, in einer glücklichen Stunde, als Ya'el und ich über unsere Hochzeit sprachen und ausrechneten, was uns noch alles fehlen würde, sagte ihre Alte allen Ernstes: »Eine Schaukel habt ihr bereits.«

Ihre Eltern können mich nicht ausstehen, noch nie haben sie mich zum Essen eingeladen. Zu Ya'el sagen sie: »Der liebt dich doch gar nicht . . .«

Einmal wollte ich die Schaukel benutzen, aber da hatten sie Angst, ich mach sie kaputt –

Ich hob Yalli in die Höhe, damit er auf den Klingelknopf drückte.

Die Klingel ist am Hoftor angebracht, außerhalb des Zaunes, damit sich ihre Alten auf die Gäste vorbereiten können, die Unterwäsche wegstecken, die im Wohnzimmer herumliegt, das Geschirr abtragen, aufräumen.

Wer draußen auf den Knopf drückt, hört die Klingel nicht, er sieht nur die verstaubten Spitzen der Kiefern, die ihm zur Antwort zunicken.

Yalli war enttäuscht. Ganz lange drückte er auf den Knopf, ohne aufzuhören, glaubte, er wär selber daran schuld, daß man nichts hörte.

Drinnen fielen die beiden sicher in Ohnmacht.

Schließlich brach ihre Alte aus dem Haus hervor, war ganz aufgeregt, ihre Kleider flatterten. Am Tor blieb sie stehen. Ein wütender Ausdruck trat in ihre Augen, als sie mich erkannte.

»Ya'el ist fort . . .«

Das wüßte ich, gab ich zur Antwort, aber ich hätte hier ein Kind, das die Schaukel benutzen wollte.

»Ein Kind?«

Jetzt schob sich auch ihr Alter aus dem Haus und knöpfte seinen Hosenlatz zu. Unwillig öffneten sie mir das Tor, starrten auf den Kleinen, der zögernd über die Schwelle trat. Ich sagte etwas über seine Eltern, aber sie hörten es nicht, blickten nur mißtrauisch. Sie glaubten natürlich, das wäre mein Kind, ich hätt es irgendwo gezeugt.

Ich führte ihn zur Schaukel, hob ihn hoch, setzte ihn nieder, schnallte ihn an. Sein Körper glühte, er war leicht wie eine Feder. Mit sanften Stößen begann ich ihn zu schaukeln, und ihre Alten sahen uns feindselig an. Yalli hielt sich jetzt an den Seilen fest, denn die Bewegungen waren schneller geworden. Als es noch höher hinaufging, begann er zu lachen. Ich erinnerte ihn an die Affen im Zoo, aber er hatte sie schon vergessen. Nun hing er krampfhaft an den Seilen, flog in weitem Bogen in den Himmel, lachte Tränen, schrie, begann zu wimmern.

Die beiden Alten machten einen kleinen Schritt.

Meine ganze Wut legte ich in die Stöße, mit denen ich die Schaukel in die Höhe jagte. Das Kind hatte seine Augen geschlossen, seine Züge hatten sich verzerrt, sein Wimmern war unhörbar geworden.

Die beiden Füchse wackelten mit ihren Schwänzen. Sie machten Stielaugen.

Nur das Knarren der Schaukel war zu hören, das Säuseln des Windes.

Endlich ließ ich ab. Die Schaukel kam zur Ruhe. Das Kind, mit geschlossenen Augen, bleich, halb bewußtlos, sank in meine Arme. Ich stellte es auf den Boden. Ein richtiges Baby. Ohne auf die Alten zu achten, führte ich es zum Haus, brachte es ins Wohnzimmer. Leise gingen die beiden Alten uns nach, und ich verlangte nach einem Bonbon für den Kleinen. Die Alte, schokkiert, ging in die Speisekammer und kramte dort herum, brachte einen verschimmelten Bonbon zum Vorschein. Das Kind, ohne seine Augen von den beiden Alten zu nehmen, holte den Bonbon aus dem Papier, steckte ihn in seinen Mund. Betretenes Schweigen. Der Bonbon klebte auf seiner Zunge. Durch die Fenster blickten die Kiefern zornig ins Zimmer. Der Alte starrte panisch auf das Kind. Das Kind wich zurück, machte einen Schritt in meine Richtung. Der Bonbon auf seiner Zunge war noch immer nicht zergangen. Ich griff in seinen Nacken, murmelte Schalom. Die Alten erwachten, seufzten erleichtert. Und plötzlich spuckte das Kind den Bonbon auf den Boden, sah ihn aufmerksam an. Dann machte es einen Schritt auf den Teppich zu und erbrach auf ihm, ging hilflos zu dem Alten hinüber und erbrach sich über seinen Kleidern. Schweigen. Die Kiefern bewegten sich leise hinter den Fenstern. Die Alte stieß einen erstickten Schrei aus.

Der erste Abend

Wieder mußte ich mit ihm fliehen. Wir nahmen den ersten Autobus, der an der Haltestelle hielt. Merkwürdigerweise erhoben sich die Leute und gaben uns einen Sitzplatz, als würden sie spüren, daß das Kind krank war. Ich setzte ihn auf meinen Schoß und drückte mich eng ans Fenster.

Er weinte nicht, wollte gar nicht weinen. Dazu hatte er auch keinen Grund. Jeden Wunsch hatte ich ihm erfüllt, selbst Wünsche, die ihm niemals eingefallen wären.

Hatte er sich schon ein Bild von mir gemacht?

Er hielt seine Augen geschlossen, hatte seinen Kopf in die Hand gelegt, saß wie ein Denker da. Wie alt war er denn schon? Drei Jahre höchstens.

Warum weinte er eigentlich nicht? Wenn er weinte, würde ich ihn sofort in Ruhe lassen, dafür bin ich nämlich nicht zu haben.

Endlich machte er seine Augen auf. Ich lächelte ihn an und flüsterte: »Yalli.« Daß seine Augen wie die Augen seiner Mutter sind, habe ich wohl schon gesagt. Sie sehen aus, als wären sie weit aufgerissen.

Auf dem Heimweg gingen wir in ein Spielwarengeschäft. Dort kaufte ich ihm einen Panzer, der grünlich angestrichen war und eine Kanone aufzuweisen hatte. Den Panzer packte man in eine kleine Schachtel und drückte ihm das Päckchen in die Hand. Jetzt überquerten wir Felder, kletterten in ein Tal hinab, gingen der sinkenden Sonne entgegen. Müde stiegen wir die

Stufen zu meiner Wohnung hinauf. Auf einem Treppenabsatz blieb das Kind stehen, gab mir die Schachtel mit dem Panzer, hielt sich am Geländer fest und übergab sich wieder. Ich nahm ihn in meine Arme und trug ihn schnell hinauf. In der dunklen Wohnung wischte ich sein Gesicht mit einem kleinen Handtuch trocken, das sich zwischen seinen Sachen fand. Dann wusch ich ihm das Gesicht. Wie eine Pflegemutter war ich zu ihm.

Er hatte sich wieder beruhigt; mit letzten Kräften ließ er sich in einem Sessel nieder. Ich hockte mich neben ihn, wickelte den grünlichen Panzer aus, und er nahm ihn. Ernst, mit bleichem Gesicht, richtete er seine Kanone auf meine Augen und schoß.

Mit verdrehten Augen ließ ich mich auf den Teppich fallen. Aber er lachte nicht.

Ich machte kein Licht an. Dunkel lag das Zimmer im letzten Widerschein der Sonne.

Ich zog ihn aus, wusch seinen Körper, rieb ihn trocken. Ich steckte ihn in ein Nachthemd mit komischen Streifen, das ich unter seinen Sachen entdeckt hatte, kämmte seine Locken. Dann ging ich in die Küche, um ihm sein Abendbrot vorzubereiten, kochte ein Ei, machte Kakao, bestrich ihm dünne Brotscheiben, schnitt frische Tomaten auf. Alles fein säuberlich, appetitlich, geschickt.

Er aß keinen Krümel, machte nur alles schmutzig. Das Ei goß er über die Tomaten, die Brotscheiben tunkte er in den Kakao, dann zerbröckelte er sie und warf sie auf den Boden.

Aber ich zwang ihn nicht, zu essen. Lächelnd warf ich alles in den Mülleimer und machte die Küche sauber. Er bat mich um Wasser, wollte nur Wasser haben, (ich hatte ihm Milch angeboten). Langsam, in großen Zügen, leerte er drei volle Gläser. Schokolade wollte er von mir nicht nehmen. Er war widerspenstig geworden in der Abendstunde, trotzig und schweigsam.

Ich bezog ihm mein großes Bett, spreizte die Gummiunterlage aus und breitete ein frisches Laken über sie; auch mein großes Kissen legte ich ans Kopfende des Bettes. Er kroch inzwischen auf allen Vieren über den Boden, schob seinen Panzer durchs

Zimmer, schoß auf alles, was in seinem Weg stand. Endlich ließ er den Panzer liegen, ging auf den Balkon hinaus, zog sich selbst einen Stuhl ans Geländer und kletterte auf seinen Sitz, um die Welt besser sehen zu können.

Noch hing ein letztes Licht am Himmel.

Leise ging ich auf ihn zu und stellte mich hinter ihn. Er wandte sich nicht um, beugte sich nur weit über das Geländer und sah gespannt auf die Autobusse an der Straßenecke, die dort ihre Endstation hatten. Wie gebannt schaute er auf die Fahrer, die sich laut unterhielten und mit den Spitzen ihrer Schuhe gegen die großen, prallen Reifen traten. Sein Kopf hing über das Geländer hinab, in seinen Augen stand ein hungriger Blick. Aus einem abgelegenen Kibbutz in Galiläa war er hierher gekommen, und wenn Jerusalem auch eine stille Stadt war, so herrschte in der Abendstunde doch ein wenig Betrieb.

Mit beiden Händen hielt ich ihn an seinem Nachthemd fest, denn seine Begeisterung kannte schon keine Grenzen mehr. Es war, als wollte er hin zu den tuckernden Motoren, das Lenkrad packen, untertauchen zwischen den wenigen Passagieren, die dort im Dunkel aus- und einstiegen.

Unbemerkt hätte ich ihn auf die dunkle Straße stürzen lassen können. Ich war ja nur ein unbezahlter Hüter.

Ein dunkler Tropfen fiel auf die Blätter des Strauches, den Ya'el an meinem Haus gepflanzt hatte, und gleich darauf ein zweiter und dritter. Dunkle Flecken. Ich beugte mich nieder und sah das Blut, das ihm aus den Nasenlöchern rann.

Am Himmel stand nur noch ein mattes, verlorenes Leuchten.

Yalli wischte sich das Blut mit seiner kleinen Hand ab. Die Flecken an seinen Fingern bemerkte er gar nicht, denn eben gingen unten an den Autobussen kleine Lichter an, und seine Aufregung war groß.

»Genug«, flüsterte ich plötzlich, hob ihn vom Stuhl und trug ihn durch die Dunkelheit des Zimmers zum Bett. Merkwürdigerweise wehrte er sich nicht. Jetzt fieberte er, war todmüde, träumte sicher schon; und ich war aufgeregt, glücklich vielleicht.

Ich legte ihn vorsichtig auf mein Bett, tupfte das Blut mit dem kleinen Handtuch ab, (das Nasenbluten hörte sofort auf), deckte ihn zu und stellte Stühle gegen das Bett, damit er nicht herabfiel.

Dann schloß ich die Balkontür, ließ die Jalousie herunter, zog die Gardine vor.

Auf die Geschichte vor dem Schlafengehen mußte ich wohl verzichten.

Einsamkeit

Ich war jetzt sicher einsamer als er.

Das Klingeln an der Tür

Ein Klingeln an der Tür. Ein langes, stoßendes Klingeln. Ich rührte mich nicht. Die Wohnung war dunkel. Ich dachte: Se'ev kommt, um seinen Sohn zu sehen.

Lautlos glitt ich in die Küche.

Stille.

Wieder ein langes Klingeln. Und gleich darauf zwei kürzere. Umso besser, dachte ich, sollen sie die Tür aufbrechen, ich rühr mich nicht.

Ich setzte mich an den Küchentisch. Im Dunkeln, mit lautlosen Bewegungen, strich ich mir Honig auf eine Schnitte, begann zu essen.

Eine halbe Minute verging, und wieder ein langes, verzweifeltes Klingeln. Ich duckte mich auf meinem Stuhl. Zwischen meinen Zähnen zerging das süße Brot. Wieder die Klingel, (wie hartnäckig er war), und wieder die Klingel. Der Besuch stieg die Treppen hinab, (ich hörte seine Sandalen), dann kam er wieder hoch, versuchte etwas zu schreiben, (ich hörte das Papier), klingelte. Reißendes Papier.

Dann wieder eine lange Stille.

Ein leises Klopfen war zu hören, zweimal. Der letzte Versuch.

Undeutlich schleiften Sandalen über den Boden.

Und dann endgültig Stille.

Ich dachte, er wär abgehauen. Ich wartete lange, dann ging ich zur Tür und öffnete sie langsam, wollte sehen, welche Nachricht er mir hinterlassen hatte.

Kaum sichtbar auf den obersten Stufen, seine langen, schmalen Beine zwischen den Gitterstäben des Geländers, das Flachshaar seines Kopfes zwischen beiden Händen, saß dort Zwi und wartete.

Als er merkte, daß sich die Tür geöffnet hatte, erhob er sich ein wenig auf seinen langen Gliedern. Er nahm einen Karton, der auf den Stufen lag. Seine Brille glitzerte im Licht des Mondes, der schon aufgegangen war.

»Das bist du?« flüsterte ich.

»Ist Ya'el hier?« fragte er.

Zwi

Auch Zwi gehört zu den Naturfreunden. Sie lassen sich an ihren kurzen Khakihosen, an ihren abgelatschten Sandalen und an dem goldenen Flaum auf ihren Oberschenkeln erkennen. Er ist mit unbedingter Liebe hinter Ya'el her. Ich weiß nicht, was er in ihr sieht, aber ich freu mich jedenfalls, daß er sie so liebt. Ich glaube, das eine oder andere Mal hat er mit ihr geschlafen, bevor ich kam, und seither sehnt er sich nach ihr.

Er ist ein Zoologe, immer sind seine Taschen voller Ungeziefer, die er auf den Wegen Jerusalems sammelt. Einmal hat er mir zwei giftige Skorpione ins Haus gebracht, auf die sollte ich aufpassen. Zwei Wochen haben sie in einem Einmachglas gezappelt, ehe sie gestorben sind.

Mit seinen zarten Fingern fängt er Spinnen, ohne sie zu beschädigen, kleine Heuschrecken schlafen auf seiner Handfläche ein, allen Lebewesen ist er zugetan, selbst nach Schlangen ist er ganz verrückt.

Ich hab ihn gern.

Er ist sehr begabt. An der Universität studiert er kostenlos, sie geben ihm sogar noch Geld. Und im Gegensatz zu den anderen Naturfreunden hat er auch keine Angst vor der Mathematik. Einmal hat er einen Blick in meine Diplomarbeit geworfen, dann hat er mir schüchtern einen Vorschlag gemacht, wie sich einer meiner Beweise um zehn Schritte verkürzen ließ.

Ich hab ihn wirklich gern.

Ich kann über alles mit ihm reden, über die bevorstehende Explosion der Sonne, über die Energie des Lichts, über die Relativität der Zeit und ihre Täuschungen, denen wir unterworfen sind. Er weiß viel, und auch Neues begreift er mit Leichtigkeit, und oft erzählt er mir interessante Geschichten aus dem Leben der Insekten. Nur kann er leider kaum sehen, seine hellen Augen sind fast blind, seine dicken Brillengläser helfen ihm kaum. Wenn Ya'el und ich mit ihm ins Kino gehen, müssen wir uns in die erste Reihe setzen, und auch dort beugt er sich noch vor.

Manchmal stehle ich ihm seine Brille, entferne mich ein wenig und frage: Was siehst du von der Welt? Und er sagt: Einen Fleck. Die Welt als Fleck. Dann lachen wir, Ya'el und ich, ich weiß auch nicht, warum.

Er ist ein richtiger Freund.

Ich weiß nicht, ob er mich gern hat, jedenfalls muß er mich in Kauf nehmen, solange er Ya'el nachläuft. Wie ein Schatten verfolgt er sie, immer noch macht er sich Hoffnungen. Manchmal sitzen wir zu dritt in meinem Zimmer und reden bis tief in die Nacht. Aber Ya'el ist immer müde (sie steht ja in aller Herrgottsfrühe auf), fängt an zu gähnen und besteht trotz meiner Andeutung darauf, in meinem Zimmer zu übernachten, in meinem einzigen Bett. Zwi versinkt im großen Sessel, auch er besteht darauf, zu bleiben, er läßt sich einfach nicht vertreiben. Geht schlafen, geht schlafen, sagt er – auch ich übernachte hier.

Mir bleibt keine Wahl.

Wir machen alle Lichter aus, nehmen Zwi die Brille ab und verstecken sie in einer Schublade. Ya'el zieht sich aus und schlüpft in mein Bett.

Manchmal schlafen wir sofort ein, aber meistens liegen wir uns noch in den Armen, und Zwi, halb blind, sitzt in der Nähe, die Dunkelheit streichelt seine Wangen. Am Morgen ist er verschwunden, ohne daß wir gehört haben, wann er aufgebrochen ist. Und zwischen den zerwühlten Laken, müde, mit schweren Lidern, fragen wir uns, wie er seine Brille gefunden hat.

Die Schlange

Obwohl ich ihm gesagt hatte, daß Ya'el nicht da war, drängte er sich jetzt gegen meinen Willen in die Wohnung. Den Karton unter seinem Arm, lang wie eine Bohnenstange, tastete er sich mit dünnen, schlenkernden Gliedern durch den dunklen Flur, stieß an den Türpfosten, warf Stühle um. Ich mußte ihn an die Hand nehmen, sonst weckte er mir noch das Kind auf und demolierte die Wohnung. Ich zog ihn in die kleine Küche, und dort, dicht voreinander, blieben wir stehen.

Vorsichtig stellte er seinen Karton auf den Tisch, auf dem noch die Brotkrümel lagen.

»Wo ist Ya'el?« fragte er wieder.

Ein komischer Kauz.

»Auf einem Ausflug, das hab ich dir doch schon gesagt . . .«

Er senkte seinen Kopf.

»Wann kommt sie wieder?«

»Weiß nicht. Heut nacht jedenfalls kaum.«

Er nahm seine Brille ab, putzte ihre Gläser, setzte sie wieder auf.

»Und du sitzt hier im Dunkeln? Was ist denn los, hast du einen Kurzschluß? Ich reparier dir das gleich . . .«

»Nein, das hat nichts mit dem Strom zun tun«, sagte ich trokken und verstummte.

»Hast du jemanden bei dir?« flüsterte er.

Ich sah ihn verwundert an.

»Ich dachte nur so«, flüsterte er und wurde still.

Ich wollte mich mit ihm nicht auf ein Gespräch einlassen, damit er keine Ausrede hatte, zu bleiben. Ich wollte nur, daß er mich jetzt in Frieden ließ. Er schwieg, wußte, daß er jetzt gehen sollte, aber er wollte es nicht, oder er konnte es nicht. Traurig biß er sich auf die Lippen. Dann streckte er seine langen Finger aus, sammelte die Brotkrümel vom Tisch, steckte sie sich vorsichtig in den Mund.

Ich warf ihm einen wütenden Blick zu.

Aber er nahm meine Wut gar nicht wahr. Wie ein Schlafwandler suchte er nach einer Brotscheibe.

»Vielleicht . . . hast du vielleicht eine Schnitte für mich.«

Ich machte noch immer kein Licht an. Mir reichte der Mondschein, der durchs Fenster drang.

Ich schnitt ihm dicke Brotscheiben ab, strich Honig darauf, schob den Karton zur Seite, (er schien leer zu sein), setzte ihm das Brot vor die Nase. Er schob sich langsam auf den Stuhl, griff beschämt nach einer Schnitte, öffnete seine traurigen Lippen. Ich stand über ihm und schaute zu.

Dann sagte er: »Hast du gemerkt, was für ein heißer Wind das heute war?«

Und biß ins Brot –

»Dabei werden die Tage jetzt kürzer . . .«

Mit vollem Mund –

»Das ist der letzte heiße Tag gewesen. Du wirst noch sehen.«

Schluckte –

»Die Vögel ziehen schon nach Süden.«

Mit weicher Stimme –

»Weißt du, Dov, die Dunkelheit hier tut mir gut.«

Und ich sagte noch immer kein Wort.

»Übrigens, sei vorsichtig mit dem Karton. Da ist eine Schlange drin.«

Ich zuckte zusammen – eine Schlange lag im Dunkel zwischen ihm und mir. Ich sah ihn an, berührte den Karton, spürte eine raschelnde Bewegung.

»Nicht etwa giftig?«

»Doch. Eine junge Kreuzotter.«

Und er erzählte mir alles.

Er hatte sie auf seinem Weg gefunden, schlafend, auf einem Hügel in der Nähe meines Hauses, sie mußte die Spur ihrer Eltern verloren haben. Das war vor einer halben Stunde gewesen, er war leise auf sie zugegangen, es war ja nicht das erste Mal, daß er eine Kreuzotter fing. Eigentlich hätte er sie in Frieden lassen können, aber den Studenten im Labor hatte er Schlangen versprochen.

Doch er hatte sie verfehlt, wegen seiner Augen, wegen seiner Netzhaut. Heute sei er beim Arzt gewesen, der habe ihm für übermorgen eine dringende Operation angesetzt. Deshalb sei er gekommen, um Ya'el noch einmal zu sehen. Er wolle sich verabschieden, müsse einen Monat lang mit verbundenen Augen im Krankenhaus liegen.

Seine wunderbare, hartnäckige Liebe zu Ya'el –

Die Schlange war aufgewacht, ins Gebüsch geglitten, wieder liegengeblieben. Zwi war ihr nachgeschlichen, im schwachen Licht war sie ihm auf den glatten Felsen fast entkommen, er hatte sie gerade noch am Schwanz erwischt, fast hätte sie ihn gebissen. Sie war ziemlich giftig, Blut und Wasser hatte er geschwitzt, bis er endlich den Karton gefunden hatte. Großer Gott, wie dunkel seine Augen waren . . .

Ich machte noch immer kein Licht an.

Aus dem Zimmer war ein leises Stöhnen zu hören.

Zwi sprang auf.

»Ya'el . . .«

Ich erzählte ihm von dem Kind –

Er wollte es sehen –

(Ja, er wußte etwas über meine frühe Geliebte.)

Jetzt bestand er darauf –

Ich brachte ihn ins Zimmer. Eine fürchterliche Hitze. Ich riß die Gardine auf, zog die Jalousie hoch. Auf dem Bett lag das Kind, sein Atem ging schwer. Das Mondlicht spielte auf seinem Gesicht, fiel auf den kleinen Panzer neben seinem Kissen, auf seine winzigen, hilflosen Hände. Zwi mußte sich dicht über den Körper beugen, um ihn richtig zu sehen, er musterte ihn aufmerksam, wie ein Insekt, das unter seinem Mikroskop lag.

Endlich richtete er sich auf, blieb stehen, streckte seinen Kopf in die Höhe.

»Ja, das Kind ist ein wenig krank«, gab ich zu.

Und dann: »Weiß der Teufel, was ihm fehlt . . .«

Leise berührte ich Zwis Arm.

»Ich sollte ihm vielleicht mal Fieber messen . . .«

Zwi schwieg noch immer. Ich brachte ein Thermometer und schob es dem schlafenden Kind behutsam unter die Achsel. Fünf Minuten später holte ich es wieder heraus, machte die Zimmertür zu und schaltete das Licht in der Küche an. Endlich.

Neununddreißigkommavier –

Wie ließ sich meine Freude verbergen?

Da sagte Zwi:

»Nicht so schlimm. Bei Kindern steigt die Temperatur schnell.«

Das hatte ich auch schon gehört.

Ich setzte mich und lächelte Zwi an. Er erwiderte das Lächeln, setzte sich mir gegenüber, war plötzlich gut gelaunt, weil ich nicht mehr die Absicht hatte, ihn zu vertreiben.

Das Kind hatten wir schon vergessen.

Wir machten es uns bequem auf unseren Stühlen. Ich steckte mir eine Zigarette an (Zwi raucht natürlich nicht) und hörte interessiert, was er mir über das Leben der Schlangen zu berichten wußte.

Um halb elf riefen mich die Nachbarn ans Telefon.

Meine Nachbarn sind nicht mehr jung, sie lagen schon im Bett. Das Telefon stand im Schlafzimmer, sie mußten jetzt aufstehen und vor mir fliehen. Die Frau, im Nachthemd, versteckte sich in der Küche, der Mann, im gestreiften Pyjama, ging wie ein Tiger auf dem Korridor hin und her. Ich trat in ihr Zimmer, an ihr aufgewühltes Bett, schloß die Tür hinter mir.

Meine Nachbarn sind mit mir befreundet, weil ich abends manchmal auf ihr Baby aufpasse, wenn sie ins Kino gehen.

Ich nahm den Hörer auf.

»Dov?«

Ihre Stimme klang heiser.

(Aufgeregt) »Ja. Hier spricht Dov. Chaja?«

»Noch am Leben?« (Ich schwieg. Mein Herz klopfte.)

(Leise) »Wer?«

»Du, natürlich.«

»Ja, natürlich.«

»Und wie benimmt sich Yalli?«

»Ein braves Kind. Hält sich tapfer. Aber er will nichts essen.«

»Das Essen ist nicht so wichtig.«

»Ich hab ihn gewaschen. Jetzt schläft er. Wir waren im Zoo, und dann im Schwimmbad . . .«

Ich berichtete, und sie hörte nicht zu. Das war alles unwichtig für sie.

»Du mußt dich ganz schön langweilen«, flüsterte sie plötzlich.

»Nein, um Gotteswillen . . . das ist nur so ein Versuch . . . man muß . . .«

»Ein Versuch?«

»Nein, ich sag das nur so. (Schweigen) Er hat euch kein einziges Mal erwähnt heute.«

»Ist doch klar. Er denkt, es gibt uns nicht mehr.«

Ihr Lachen. Mein Lachen. Mein Schweigen.

»Und wie war's in der Bibliothek?«

»Weiß nicht. Wir haben schon seit langem nicht mehr so über den Büchern gehockt. Eigentlich wollten wir euch besuchen kommen, aber Se'ev hat plötzlich das Lernfieber gekriegt. Er hat eine Heidenangst vor der Prüfung. Erst eben, um zehn, haben wir den Lesesaal verlassen. Wir waren die Letzten.«

»Und wie gefällt's euch in Jerusalem?«

»Weiß nicht. Hier wird viel gelernt.«

»Barfuß kannst du hier nicht gehen.«

Ihr Lachen. Schweigen.

(Leise, fast unhörbar) »Weißt du, er sieht dir ähnlich, wie aus dem Gesicht geschnitten. Heut morgen, wie ich ihn sah, ist mir ganz heiß geworden . . .«

Ihr Schweigen.

»Hörst du?«

»Ja.«

Ihr distanziert geneigter Kopf. Ihre Füße. Ihre schönen, versunkenen Augen. Ihr Wunsch, das Gespräch zu beenden. Die Nachbarn, die unruhig im Flur lauerten, wieder in ihr Bett wollten. Die Sterne am Nachthimmel über dem Fenster. Das fiebernde Kind oben in der Wohnung. Mein Talent, auf die Nerven zu fallen, es den anderen schwer zu machen, das Gespräch in die Länge zu ziehen, um sie nicht zu verlieren. Überflüssige Fragen zu stellen. Unklar zu werden. Der Nachbar schließlich, der ins Zimmer stürmte, mich umkreiste wie ein verzweifeltes Tier; die abbrechende Verbindung.

Nächtlicher Ausflug

Ich kehrte nicht in meine Wohnung zurück, ich ging ins Freie, den Hügel hinauf. Ich kletterte über einen Berg aus Ziegelsteinen, versank in einem Berg aus Meersand, wich vor einer Kalkgrube aus, stieg einen steilen Pfad hoch und erreichte einen riesigen Platz, auf dem reglose Kräne und Bagger standen. Vor mir lag das Baugerüst des Jerusalemer Museums.

Ich bin der nächtliche Bauingenieur des Jerusalemer Museums. Fast in jeder Nacht komme ich, um das Projekt zu inspizieren.

Leider muß gesagt werden: Der Fortschritt der Bauarbeiten ist sehr langsam.

Schnell bestieg ich die Leiter des großen Krans. Meine Füße erklommen die Sprossen, ich schwang mich in die Kabine des Kranführers, nahm seinen Sitz ein.

Meine nächtliche Stellung über dem schwach beleuchteten Jerusalem –

Die matten Lichter der Universität, die Regierungsgebäude, die schwer am Felsen hingen und auf die Autostraße stürzen wollten. Jersusalems Wohnviertel auf den verschiedenen Hügeln, die schon am Einschlafen waren, auch mein eigenes Viertel, dunkel in den Bergen. Kein Licht in seinen Häusern. Selbst die Straßenbeleuchtung hatte die Stadtverwaltung ausgeschaltet, so wenig lag ihr an den Einwohnern. Dort stand auch mein dunkles Haus – das Fenster meines Zimmers, meine Flurs, das Fenster meiner Küche, in der Zwi saß und grübelte.

Der Museumswächter und sein winziger, krummbeiniger Hund gingen langsam über den großen Platz. Sie blieben stehen. Der Wächter ließ ein lautes Gähnen hören. Ob er ahnte, daß ihn mitten in der Nacht aus der Höhe einer beobachtete?

Mondschein verwandelte den leisen Wind in Gesang.

Ich begann mich zu langweilen –

Mein Blick suchte nach dem Hotel, in dem Chaja und Se'ev wohnten. Langsam und sorgfältig glitt er über ihr Viertel, über seine Dunkelheit. Vielleicht waren sie schon ins Bett gegangen. Wenn sie wüßten, daß ihr kleines Kind im Fieber lag, würden sie jetzt nicht schamlos beieinander schlafen.

Das ist so eine Unsitte im Kibbutz, seine Kinder irgendwo abzuliefern und sich seelenruhig schlafen zu legen.

Neununddreißigkommavier. Sterben würde er nicht. Was die Kinder vor Jahrhunderten getan hatten, würde auch Yalli tun – er würde sich alleine durchkämpfen.

Ich bin kein Arzt.

Dieser Vollmond, der wie ein gelber Stein über Jerusalem hing. Er überflutete den Himmel, er schwebte auf mich zu, erfüllte mich mit einer süßen Schwermut.

Ein letzter Blick auf mein Viertel, und plötzlich – der Schreck: Licht in meiner Wohnung. Die Fenster standen sperrangelweit auf.

War Zwi verrückt geworden?

Schnell glitt ich über die Leiter hinab, huschte am Wächter vorbei, der neben einem Bagger eingeschlafen war, starrte auf den Hund, der entsetzt zurückstarrte.

Ich flog über den Pfad, jagte die Treppen hoch, riß die Tür auf.

Überall strahlte Licht in der Wohnung, Zwi kroch über den Fußboden.

Trotz der Helligkeit schlief das Kind noch. Es hatte sich auf die Seite gewälzt, die Decke lag auf der Erde. Sein Atem ging mit einem pfeifenden Ton, der das ganze Zimmer erfüllte.

Großer Gott, was war geschehen? Ich beugte mich zu Zwi hinunter, gleich gingen mir die Nerven durch.

Die Schlange, sagte er, ist entkommen.

Flucht

Bleich stand er vor mir, wie zum Tode verurteilt.

Einsam, in der Dunkelheit, in der er zurückgeblieben war, hatte er den Karton geöffnet. Er hatte noch einmal sehen wollen, ob die Otter vielleicht doch zu einer selteneren Gattung gehörte, hatte zu seinem Leidwesen festgestellt, daß sie eine Kreuzotter von der gewöhnlichsten Sorte war und hatte den Karton wieder geschlossen – wegen seiner schlechten Augen wohl nicht richtig. Dann hatte er ein Rascheln gehört, hatte noch gesehen, wie die Schlange eilig aus der Küche gekrochen war.

Jetzt suchte er nach ihr –

Beide suchten wir nach ihr –

Wie viele Winkel eine kleine Wohnung hat.

Um ein Uhr nachts hatten wir sie noch immer nicht gefunden. Auch Yalli hatte ich kurz geweckt und seinen heißen Körper aus dem Bett gehoben, während Zwi unter der Matratze nachsah.

Ich kippte bald aus den Schuhen. Inzwischen konnte die Schlange längst durch eines der Fenster entwischt sein.

Aber Zwi, blind wie er war, suchte noch immer.

Als ich das Sofa umgestülpt hatte, ließ ich mich auf ihm nieder und döste vor mich hin.

Merkwürdig, daß Yalli bei diesem Lärm nicht aufgewacht war. Wenn er jetzt Wasser trinken wollte, so war es nur das hohe Fieber, das ihn aus dem Schlaf geholt hatte. (Ich hatte es noch einmal nachgemessen: neununddreißigkommasechs.)

Um zwei Uhr nachts gab ich auf und schlief an der Seite des Kindes ein.

Auch Zwi war eingeschlafen.

Nur die Lichter blieben brennen.

Traum

Ich träumte von einem lichterfüllten Feld, ein leichter, nebelhafter Regen schwebte über ihm. In Arbeitskleidung ging ich auf gerader Linie an seinen offenen Furchen entlang. Neben mir, auf dem Sitz eines alten, lärmenden Treckers, saß Arie in seinem verschmutzten Schafsfell.

Ganz langsam kam der Trecker vorwärts.

»Bist du wieder da?« fragte Arie. Er rief seine Worte, um sich über dem lärmenden Motor verständlich zu machen.

»Ja.«

»Was ist nun? Hast du die Universität nicht beendet?«

»Wieso denn?« sagte ich beleidigt. »Ich bin zurückgekommen, um meine Diplomarbeit zu schreiben. In der Stadt habe ich keine Ruhe. Meine Wohnung steht allen offen . . .«

Er reagierte nicht, beugte sich über das Lenkrad. Sein feuchtes Fell glänzte im strahlenden Licht.

Wie die volle Sonne das ganze Feld überflutete! Sie schien uns ins Gesicht, zeigte uns den Weg.

»Seit Chaja tot ist –«, flüsterte ich und wurde traurig.

»Ja, der arme Yalli«, schrie er mir zu.

»Aber warum haben sie ihn ausgerechnet mir aufgehalst? Warum haben sie mich für ihn verantwortlich gemacht? Ich hab ihn für drei Tage genommen, und jetzt ist er schon seit drei Monaten bei mir. Ich bin seine Pflegemutter.«

Arie antwortete nicht. Vielleicht hatte er mich auch gar nicht gehört.

Furchen zerschnitten das Feld. Wie ein Schiff zerpflügte der Trecker seine Bodenwellen. Zwischen den klaffenden Furchen wurden die saftigen Faserwurzeln von Dornen sichtbar, sie stiegen auf und blühten, eigentümliche Dornen mit schweren, grauen Blättern.

Ich sagte zu Arie:

»Was ist denn das? Werden bei uns die Felder nicht mehr gepflügt?«

»Wir bauen jetzt Dornen an.«

»Dornen?«

»Warum denn nicht? In der Stadt besteht da eine große Nachfrage. Sie werden vor den Häusern gepflanzt und in Vasen gestellt.«

Ich blieb stehen. Das anstrengende Gehen auf den Furchen hatte mich müde gemacht. Abwesend beugte ich mich über einen Dorn, um ihn genauer anzusehen. Ob Ya'el diese Sorte kannte?

Auch der Trecker hielt jetzt neben mir. Arie stieg vom Sitz, stellte den Motor ab, auch er betrachtete das Gewächs.

Plötzlich war es merkwürdig still. Nur der Nebel zischte.

Ich sagte:

»Ich versteh ein bißchen was von den Dornen ... ich hatte eine Freundin, die studierte das ...«

Auch Arie beugte sich über den Dorn, plötzlich war auch ein

kurzer Stock in seiner Hand. Er bog die grauen Blätter zurück, auf denen Nebeltropfen glänzten. Mit seinem Stock zerbrach er die Blätter, ein gelblicher Saft drang aus den Bruchstellen. Ein Zittern schien durch die Blätter zu gehen, die Pflanze erschauerte, ein Rascheln erfüllte sie.

Ich sprang zurück.

»Eine Schlange! Vorsicht!«

Mit einem einzigen Hieb schlug Arie der Schlange den Kopf ab. Er hob ihren zuckenden Rumpf auf den Stock und hielt ihn ins Sonnenlicht.

»Eine Kreuzotter«, sagte er ruhig. Ohne mich anzusehen, warf er den blutenden Leib auf meine Kleider. Er lachte. »Was hast du denn? Sie ist doch tot.«

Am frühen Morgen

Endlich erwachte ich, schlug die Augen auf. Der Glanz eines heißen Tages lag über der Wohnung. Im Zimmer herrschte das tollste Durcheinander, weit standen die Fenster auf. Das blasse Licht der brennenden Glühbirne erinnerte an die vergangene Nacht. Yalli, in seinem gestreiften, verwaschenen Nachthemd saß auf dem Teppich und spielte mit müden Bewegungen. Alle seine Trecker hatte er hintereinander aufgebaut, jetzt rückte er sie vor und zurück. Der Panzer stand vor ihrer Reihe, seine Kanone zielte auf die Trecker. Statt sie zu beschützen, bedrohte er sie.

Ich sprang aus dem Bett und beugte mich über ihn. Schweigend schaute ich mir die Reihe seiner Trecker an. Er senkte seinen Kopf. Sein Gesicht war geschwollen, seine Augen waren schwer geworden, klein, gelber Eiter stand in ihren Winkeln. Ich berührte seine Stirn mit meinen Lippen. Zweifellos – er glühte noch. Ich sagte ihm, er sollte den Mund aufmachen.

Er hatte eine dicke, geschwollene Kehle.

Ich fragte ihn, ob er hungrig sei.

Er schüttelte den Kopf.

»Iß wenigstens ein weichgekochtes Ei und eine Schnitte . . .«

Er schüttelte den Kopf.

»Tut dir etwas weh?«

Er gab keine Antwort.

»Hast du keine Halsschmerzen?«

Er gab keine Antwort.

»Yalli!«

Er hob seinen Blick.

Mit seinen kleinen Augen sah er jetzt aus wie ein Igel. Unter dem gestreiften Nachthemd wurden seine geröteten Waden sichtbar.

Ich sagte: »Wenn ich Chaja und Se'ev erzähle, wie du dich aufführst, wollen sie dich nicht mehr haben. Was machen wir dann mit dir? Dann lassen wir dich auf der Straße, bei den Straßenjungen.«

Damit machte ich ihn nur noch trotziger, das war überhaupt keine Drohung für ihn. Vor der Straße fürchtete er sich nicht, und nach anderen Kindern sehnte er sich sogar. Er biß sich auf die Lippen.

»Trink wenigstens etwas.«

Keine Reaktion.

»Ich bringe dir ein Glas Milch.«

»Will nicht!«

Endlich – eine Antwort.

»Was sonst?«

»Wasser . . .«, sagte er flüsternd.

Mir platzte bald der Kragen. Meine Pflicht hatte ich nun wohl hoffentlich erfüllt. Ich sah ihn streng an und befahl ihm, wieder ins Bett zu steigen.

Er gehorchte mir stumm, ließ seine Trecker stehen, stieg ins Bett und deckte sich zu, ohne daß ich ihm half.

Das Laken stank nach Urin und Schweiß. Auch Blutflecken waren auf ihm zu sehen.

Mit ausgestrecktem Arm reichte ich ihm ein Glas Wasser.

Er erhob sich, nahm das Glas, hielt es mit einer Hand und trank. Das Wasser tropfte auf sein Nachthemd, auf das Laken, auf den Teppich. Wie eine Höhle sah meine Wohnung aus. Überall lagen Kleider herum. Die Stühle waren umgeworfen. Auf Schritt und Tritt stolperte man über Spielsachen. Der Fußboden war verdreckt. Immer noch brannten die Lichter.

Die konnte man doch wenigstens ausmachen –

Eine schreckliche Hitze. Meine Nasenlöcher waren wie ausgetrocknet. Ich ging wütend hin und her, barfuß, halb bekleidet. Wäre das Kind nicht gewesen, hätte ich mich nackt ausgezogen.

Ich mußte Zwi wecken.

In der Küchentür stellte ich erschrocken fest, daß Zwi nicht mehr da war. Er mußte über den Balkon entkommen sein, der von stacheligen Weinranken umwachsen war. Auch er hatte ein wüstes Durcheinander hinterlassen, hatte sich Frühstück gemacht und dann das schmutzige Geschirr einfach ins Spülbekken geworfen. Nicht einmal die Tür des Kühlschranks hatte er richtig zugemacht. Auf die Marmorplatte neben dem Spülbekken hatte er mir eine Nachricht geschrieben:

»Entschuldige das Durcheinander. Ich muß noch zur Krankenkasse. Die Schlange habe ich nicht gefunden, sie ist vielleicht schon wieder auf den Feldern. Wenn Ya'el kommt, sag ihr, sie soll mich besuchen kommen. Ich komme abends vielleicht noch einmal vorbei, um zu sehen, ob sie wieder da ist.«

Hatte sich aus dem Staub gemacht, der gute Zwi.

Ich betastete die Reste des Brotes, sie waren schon vertrocknet. Er mußte noch vor dem Morgengrauen aufgebrochen sein.

Wie still es war –

Dritter Anruf

Die Nachbarin rief mich ans Telefon.

Ich ging hinunter, trat in ihre helle, saubere Wohnung. Im Schlafzimmer hing der Duft von Babypuder. Der Säugling, weißgekleidet wie ein Hohepriester, lag unter seinem Baldachin und sah mich streng an.

Ich nahm den Hörer auf.

»Ja?«

»Dov?«

»Ja, Schalom, Se'ev.«

»Wie war die Nacht?«

»Alles in Ordnung.«

»Und wo ist Yalli?«

»Oben. Er spielt mit seinen Sachen.«

»Wie geht's ihm denn?«

»Ein braves Kind. Hält sich tapfer.«

»Quängelt er nicht, weil wir ihm fehlen?«

»Nein, nein, warum denn? Möchten Sie mit ihm sprechen?«

»Würde es Ihnen nichts ausmachen?«

»Aber nein.«

Ich legte den Hörer auf den Tisch, blickte das Baby, das mir nachschaute, streng an, trat ins Treppenhaus, ging hinauf, holte Yalli aus dem Bett – er war schon fast eingeschlafen, sein Körper glühte – und trug ihn hinunter.

»Dein Vati will mit dir sprechen.«

Er sah mich müde an. Schwer lag sein Körper in meinen Armen. Mit der Rechten hielt ich ihn, mit der Linken nahm ich den Hörer und legte ihn an sein kleines Ohr.

»Hier ist Vati«, sagte ich.

Yalli lauschte, sagte mit schleppender Stimme: »Se'. . .ev. . .«

Und verstummte.

Der ferne Vater murmelte in die Stille. Ich verstand kein Wort, auch Yalli verstand wohl kein Wort. Dennoch lauschte er, seine Wimpern senkten sich über die Augen. Man fragte ihn aus der Ferne wahrscheinlich, was er täte und wie er sich benähme. Yalli sagte kein Wort. Das Murmeln des Vaters nahm einen zornigen Ton an, immer wieder stellte er die gleiche Frage.

Dann sagte Yalli mit eigentümlicher Ruhe: »Ja.«

Gleich darauf, mit weicher Stimme –

»Gut.«

Und schob mit seiner kleinen Hand den Hörer vom Ohr.

Ich glaubte, das Sprechen machte ihm Schwierigkeiten, seine Kehle war ihm zugeschnürt. Sonst müßte er doch nach seinem Vater rufen, um Hilfe schreien . . .

Ich nahm den herabgesunkenen Hörer auf.

»Er macht wenig Worte . . .«, sagte ich lachend.

»Ja . . . ja . . .« lachte auch der Vater mit einer nervösen, unruhigen Stimme. »Sie haben anscheinend Einfluß auf Kinder. Wie ruhig er ist . . .«

»Und euch, wie geht es euch? Was macht das Studium?«

»Berge von Büchern, wir schaffen das Pensum einfach nicht. Ein Glück, daß Chaja nicht den Kopf verliert. Ich hätte schon längst aufgegeben.«

Ich tröstete ihn, redete ihm zu.

»Wenn's euch an der Zeit fehlt, braucht ihr auch nicht anzurufen.«

Der Vater kam ganz durcheinander.

»Das ist uns natürlich sehr angenehm. Wir nützen Sie so aus, haben Ihnen da unser Kind hingeworfen . . .«

»Was heißt denn hingeworfen?« sagte ich beruhigend.

»Nein, also . . . Verzeihung . . . wir danken Ihnen jedenfalls sehr. Morgen holen wir ihn gleich nach der Prüfung ab . . .«

»Nein, das ist nicht nötig. Ich bringe ihn selbst.«

(Morgen abend würde ich über die Hügel Jerusalems schreiten, alleine, würde zu ihnen kommen und sagen: Der Junge ist nicht mehr.)

»Vielen Dank, Dov. Noch einmal, herzlichen Dank.«

Yalli war auf meinem Arm eingeschlafen. Ich legte den Hörer auf und ging langsam aus dem Zimmer, lächelte das Baby an, das wie ein Hohepriester dalag. Das Baby erschrak, fing an zu heulen, zerriß die Stille.

Die Mutter kam gelaufen, schlug die Decke zurück, hob das Baby aus dem Bett und drückte es an ihr Herz. Wir standen uns gegenüber, jeder hielt ein Kind auf seinem Arm.

Ich flüsterte: »Vielen Dank . . .«

Sie nickte und blickte Yalli neugierig an. Ich sah, sie würde gerne etwas über ihn erfahren.

Und ich, im Stehen, berichtete über seine Eltern, über die Aufnahmeprüfungen, über die Krankheit.

»Haben Sie den Eltern von seiner Krankheit erzählt?«

»Nein.«

»Alle Achtung. Warum sollen sie sich Sorgen machen. Brauchen Sie Medikamente?«

»Nein, danke, ich habe eine ganze Hausapotheke. Wird Zeit, daß die ein bißchen leerer wird.«

Sie lachte. Ihr Baby fing wieder an zu schreien. Ich verabschiedete mich, stieg langsam die Treppe hoch.

In der dunklen Wohnung

Wo nahm ich meine Ruhe her?

Ich entschloß mich, etwas gegen die Hitze zu unternehmen. Ich dichtete die Wohnung ab, ließ die Jalousien herunter, schloß die Türen, zog die Gardinen vor, machte alles dunkel, stopfte die Lücken. Die Kreuzotter, nahm ich an, würde schon entkommen sein. Alle Trecker, Pflüge, Holzfiguren fegte ich in eine Ecke zusammen, brachte ein wenig Ordnung ins Dunkel. Ich knipste die Tischlampe an, breitete meine Diplomarbeit aus, wollte mich konzentrieren.

Was sollte ich tun? Offen lag der Widerspruch zutage.

Verzweifelt biß ich an meinen Fingernägeln, war den Tränen nahe, dann schob ich die Papiere zusammen, zog das Hemd aus, das Unterhemd, nahm weißes, sauberes Schreibpapier, und wie ich war, verschwitzt und unrasiert, bereitete ich meinen Schülern ihre Klassenarbeiten vor.

Bei mir wird jede Woche eine Klassenarbeit geschrieben. Jetzt legte ich mir meinen Vorrat für das nächste Schuljahr an.

Ich arbeitete schnell. Erst legte ich mir die Lösungen zurecht, dann erfand ich die passenden Aufgaben dazu. Meinen Schülern standen schwere Stunden bevor, in denen sie an ihren Kugelschreibern knabbern würden, verzweifelt über die Fragen, die ich hier mit einem Federstrich zusammenstellte, zwischen Licht und Schatten, im Rhythmus des röchelnden Atems, der vom Bett herüberklang.

In der Mittagsstunde wurde ich hungrig. Ich schaute nach, was noch im Kühlschrank war, aber seine Fächer waren fast leer. Ich zog ein Hemd an, nahm einen Korb, warf einen Blick auf Yalli (sein Gesicht lag unter dem Kissen) und trat hinaus in die schwirrende Luft eines gelben, schwülen Tages.

Die Dornen auf dem Hügel bei meinem Haus regten sich nicht, waren in ihrer Häßlichkeit erstarrt.

Einmal hatte ich zu Ya'el gesagt: Grab doch wenigstens die Dornen an meinem Haus aus, die könntest du studieren ...

Aber sie, allen Ernstes, hatte geantwortet: Was gibt's denn da zu studieren? Das sind doch alles nur ganz gewöhnliche syrische Disteln ...

Und weil sie so gewöhnlich waren, bedeckten sie hier alle Wege und zerkratzten mir die Beine auf dem Weg zum Lebensmittelgeschäft.

Nirgends war ein Mensch zu sehen. Die Männer arbeiteten noch, die Mütter und ihre Säuglinge wagten sich nicht in den heißen Wind hinaus. In den Hauseingängen lagen die Katzen, als hätte man sie vergiftet.

Im Laden wußte man schon, daß ich ein krankes Kind in meiner Wohnung hatte.

»Wie gutherzig Sie sind ...«, sagte die Verkäuferin. »Und wann werden wir erleben dürfen, daß Sie Ihr eigenes Kind aufziehen?«

Ich kaufte fünf Flaschen Fruchtsaft, Brot und Bienenhonig.

Unser Viertel war wie ausgestorben. Jetzt waren auch die Katzen nicht mehr zu sehen. Ich ging an den Häusern entlang, überquerte das Distelfeld. Die Luft war zum Schneiden. Ein heißer Wirbel stieg über den Hügeln auf.

Und plötzlich, während ich mich langsam fortbewegte, strich

ein Wind über mein Gesicht. Ein Jerusalemer Wind, von dem man nicht wußte, woher er kam, der das Hemd zum Flattern brachte, die Stirn kühlte.

Ich blieb wie angewurzelt stehen und rührte mich nicht, bis der Wind sich wieder legte.

Ich trat in die dunkle Wohnung, machte mir etwas zu essen, trank flaschenweise Fruchtsaft, hing leeren Gedanken nach. Dann ging ich und warf einen Blick auf Yalli. Die Decke war auf den Boden gerutscht, mit seinen beiden kleinen Fäusten hielt er sie umklammert.

Wenn ich wenigstens gewußt hätte, was ihm fehlte. Etwas Ernstes war es nicht, da machte ich mir keine Illusionen. Eine Kinderkrankheit würde es sein, die jeder überstehen mußte.

Ich wartete jedenfalls –

Dann weckte ich ihn. Er war böse und unzufrieden, ich führte ihn auf die Toilette. Dort stand er lange vor dem Becken, endlich kam ein dünner Strahl. Dann kehrte er ins Bett zurück. Gewaltsam schob ich ihm auf einem Teelöffel Honig in den Mund und deckte ihn zu.

Freude erfüllte mich beim Anblick seines glühenden Gesichts, seine Züge, die Glätte seiner Haut erinnerten mich an sie. Wieder verliebte ich mich, ging erregt auf und ab, meine Bewegungen wurden weicher, heftig klopfte mein Herz. Ich zog meine verschwitzten Kleider aus, füllte Eiswürfel in ein Glas, schob den großen Sessel ans Bett, nahm ein langweiliges Buch und setzte mich. Abwesend starrte ich auf die Zeilen, und meine Lippen saugten das Eiswasser auf.

Wenn er aufwachte, würde ich zu ihm sagen:

»Yalli, willst du ein bißchen kaltes Wasser? . . .«

Und dann, ganz sanft, würde ich ihm von meinem Glas zu trinken geben.

Während mich durch die Spalten der Jalousie das helle, starke Tageslicht mit kleinen Spitzen prickelte, konnte ich in meiner Dunkelheit über jede Stunde Rechenschaft ablegen, auch über die schwerste. Man brauchte mich nur ans Telefon zu rufen.

»Ja?«

»Schalom, Dov. Wie geht's? Jetzt haben wir trotz allem Zeit gefunden, anzurufen.«

»Schlecht.«

»Was ist denn los? Geht er auf die Nerven?«

»Nein, viel schlimmer. Das Kind war krank ...«

»Das Kind war krank? Was heißt das, was fehlt ihm? Warum erfahren wir denn nichts?«

»Ich wollte euch nicht stören.«

»Aber was soll denn das? Was hat er denn?«

»Ihr habt mir ein krankes Kind übergeben. Er war schon gleich am Anfang krank. Ihr habt mich nicht gewarnt ... ich bin doch gar nicht an Kinder gewöhnt, versteh' nichts davon ... er hatte Diphterie, oder etwas Ähnliches ...«

»Diphterie? Dov, das ist doch nicht möglich. Der Arzt muß sich geirrt haben. Warum hat man uns denn nicht verständigt?«

»Es geschah doch alles so plötzlich. Ich dachte an das Kind, nicht an euch. Er mußte so schnell wie möglich ins Krankenhaus.«

»Ins Krankenhaus? Dov, er ist im Krankenhaus? Dov, was ist geschehen? Wenn wir jetzt nicht angerufen hätten ... das ist doch grauenhaft ...«

»Aber ich war doch schon auf der Suche nach euch ...«

»Dov, um Gotteswillen, das ist doch unser Kind, wir sind doch hier ...«

»Ich dachte, es wär nichts weiter, nur eine Erkältung. Ich wollte euch nicht stören bei eurem Studium.«

»Nicht stören bei unserem Studium? Dov, um Himmelswillen, das ist doch unser Sohn. Wo ist er jetzt?«

»Aber er ist doch nicht mehr ... ihr versteht nicht ...«

»Wer ist nicht mehr? Dov, was ist nicht mehr? Dov ...«

»Er ist nicht mehr ... ich bin doch auch so unglücklich ...«

»Er ist nicht mehr ... Dov, Dov! (Der flehende Ton, mein

Name wird beschworen, wie der Name Gottes.) Großer Gott... Dov, um Gotteswillen... Dov... Dov... was heißt das? Was ist geschehen? Wie denn?«

Und eine halbe Stunde später –

Sie dringen ins Krankenhaus ein, stürzen sich auf die Schwestern, auf die Ärzte.

Dann sehen sie ihn.

Ihre wundervolle, geschlagene Schönheit –

Ich liege zu ihren Füßen, sie liegen zu meinen Füßen. Wir halten uns umfangen. Die großen Fenster sind weit aufgerissen. Jerusalem muß still sein, beruhigend. Jerusalem ist unser Zeuge.

Herrlich, daß sie nun nie wieder loskommen von mir, nie wieder loskommen können, daß sie sich an mich drängen, mich umgeben, als wäre ihr Sohn in meinem Inneren verborgen.

Daß sie mich adoptieren müssen.

Denn auf Liebe mache ich mir schon keine Hoffnung mehr.

Das große Geschrei

Das Kind murmelte etwas, erwachte. Es setzte sich im Bett auf, rieb sich seine roten Augen, fuhr mit der Zunge über die ausgetrockneten Lippen. Die Laken waren feucht, ein leichter Geruch von Urin lag über dem Zimmer. Die erste Stunde der Dämmerung. Plötzlich fing der Junge an zu weinen, faßte Mut, erhob sich, brach hemmungslos in Tränen aus. Aus tiefer Seele kam sein Unglücksschrei, er war trostlos, rief nach Vater, Mutter. Plötzlich fielen sie ihm wieder ein. Sein Gesicht war geschwollen, seine Augen eiterten, seine Stimme röchelte.

Yalli rief den Abendhimmel an.

Er warf den Panzer auf den Boden, den ich ihm gekauft hatte, die Kanone brach ab. Er stieg aus dem Bett und lief durchs Zimmer, barfuß, fiebernd, weinend. Er trat seine Trecker mit Füßen, wollte zu seiner Mutter. Wo war seine Mutter? Er wollte nicht, daß ich ihn anfaßte, sobald ich ihn berührte, schrie er los. Unaufhörlich stürzten Tränenbäche aus seinen Augen. Alles war ihm zuwider, alles tat ihm weh. Seine Kehle brannte, auch der kleine Finger (wieso der kleine Finger?), er wollte in den Kibbutz zurück, wollte nach Hause, wollte heim, jetzt, in dieser Minute. Er fühlte sich elend, ging zur verschlossenen Wohnungstür, kam nicht ans Schloß heran, kehrte ins Zimmer zurück, und ohne mich anzusehen, zog er mit den letzten Kräften einen Stuhl zur Tür. Er kletterte hinauf, streckte seine Hand aus und rüttelte an der Klinke. Er wollte fort von hier, zurück zum Kibbutz, so wie er war, krank und fiebernd, im gestreiften Nachthemd.

Als er sah, daß alles verriegelt war, stieg er wieder vom Stuhl und trat gegen die Tür, lange, mit bloßen Füßen. Und ich, sein einziger Zuschauer, saß tief im Sessel, hielt meinen Kopf in den Händen, lauschte traurig in die Dunkelheit, wartete darauf, daß das Kind sich wieder beruhigte, daß seine Kräfte nachließen. Ich hörte, wie sein Weinen zu einem Winseln wurde, sah, wie er wieder ins Bett zurückkehrte, unter die zerknautschte Decke, hörte, wie er schluchzend zur Ruhe kam.

Dann stand ich leise auf und schaffte wieder Ordnung. Ich holte den Stuhl von der Tür und trug ihn ins Zimmer, zog die Decke über dem Jungen zurecht, (er sah mir dabei mit ruhigen Augen zu), bückte mich, sammelte die verstreuten Trecker auf, den kleinen Panzer, suchte sogar nach seiner Kanone, die irgendwo unter dem Bett liegen mußte.

Etwas glitzerte dort im Dunkel, leuchtete auf, zuckte wie ein Blitz über den Teppich, verschwand unter dem Schrank.

Zwis Kreuzotter –

Die war immer noch da?

Sofort zog ich die Jalousien hoch, öffnete alle Türen, riß die Fenster auf. Die letzten Sonnenstrahlen brachen sich an mir, sie setzten mich in Brand. Langsam füllte der Wüstenwind das Zimmer.

Um zehn Uhr abends tauchte plötzlich Zwi wieder auf, trat über die Schwelle und blieb unbemerkt neben mir stehen. Er war müde und zerbrochen. In seiner Hand hielt er ein Bündel zerknitterter Papiere, die man ihm in der Krankenkasse gegeben hatte. Den ganzen Tag war er von einem Schalter zum anderen gelaufen.

Ehe er noch etwas sagen konnte, fiel ich schon über ihn her, erstickte fast vor Wut.

»Deine Schlange . . . sie ist immer noch hier . . .«

Er war durchaus nicht überrascht. Im Gegenteil, ein leises Lächeln spielte auf seinen Lippen, als wäre ihm ein liebenswürdiges Geschöpf eingefallen.

Aber ich packte ihn am Hemd, zerriß es fast.

Meinen ganzen Zorn schrie ich ihm ins Gesicht.

Ich verfluchte seinen Egoismus, seine unmenschliche Ruhe, die einen verrückt machte. Er legte sich ins Krankenhaus, brüllte ich ihn an, und bei mir in der Wohnung trieb seine Schlange ihr Unwesen. Ich könne sie nicht finden, ich dächte überhaupt nicht daran, sie zu suchen.

Er und Ya'el hätten meine Wohnung zum Naturschutzgebiet gemacht, sie mit ihren Dornen, und er mit seinem Ungeziefer. Ihre Liebe zur Natur sollten sie gefälligst in der Natur betreiben.

Meine Diplomarbeit, tobte ich, wäre in eine Sackgasse geraten, weil ich keine Ruhe fände, weil sie mir meine Ruhe nehmen würden, weil ich in einem ruhigen Viertel wohnen wollte und sie mir meine Wohnung zu einem Absteigequartier gemacht hätten, weil mir jeder etwas anderes hinterließ: Dornen, Kinder, Schlangen oder andere Viecher . . .

Und Zwi, unterdessen, rührte sich nicht, hatte wohl Angst, sein Hemd könnte zerreißen. Als er sah, daß ich fertig war, lächelte er traurig, versprach mir, die kleine Otter auf der Stelle zu finden, sie habe sich wohl nur eine warme Ecke gesucht, in der sie überwintern könnte. Außerdem sei sie ganz ungefährlich;

daß Schlangen einen angreifen könnten, sei nichts als ein Greuelmärchen. Nur wenn man auf sie trat oder sie einfangen wollte, würden sie zubeißen. Übrigens sei ihr Biß auch gar nicht tödlich, es gab da längst ein Serum, seine Formel könnte er jederzeit aufschreiben, er habe nur leider kein Stück Papier bei sich, seit Tagen habe er kein Stück Papier bei sich . . . Kugelschreiber habe er jede Menge, seine Taschen seien voll davon . . . nicht einmal heute morgen habe er ein Stück Papier gefunden, er habe mir seine Nachricht auf die Marmorplatte schreiben müssen . . . übrigens, die Nachricht – ob ich Ya'el gesehen hätte? Fünfmal habe er im Labor angerufen, aber dort sei sie nicht gewesen, wieso war sie denn noch nicht zurück? Ob ich mir keine Sorgen mache?

Und plötzlich zitterte er.

Ich ließ ihn los, meine Hand sank herab, ich setzte mich, faltete die Hände, starrte ihn hoffnungslos an.

Es war merkwürdig, aber die Gegenwart des Kindes schien er gar nicht zu bemerken, er wandte sich dem Bett zu, als wäre es leer, schnüffelte in ihm herum, nahm Spuren auf, als wäre er in einem Wald. Er konzentrierte sich und spannte seine Sinne, aber seine Augen ließen ihn im Stich. Sah er überhaupt etwas? Konnte er die Gegenstände unterscheiden?

Hin und wieder wandte er mir seinen hellen, lauschenden Kopf zu, sah mich an und sagte leise: »Du wirst sehen, ich finde sie gleich. Kümmer dich um nichts, setz dich ruhig an deine Arbeit. Ich stör dich nicht . . .«

Und mit schlafwandlerischer Gründlichkeit stülpte er alles um, was sich in meiner Wohnung umstülpen ließ.

Nach einer Stunde machte ich ihm einen Kaffee, um ihm neue Kraft einzuflößen. Ich schnitt ihm auch Brotscheiben und bestrich sie mit Honig, war sicher, daß er den ganzen Tag nichts gegessen hatte (»Ja«, lächelte er schuldbewußt, »das hab ich einfach vergessen«). Was man in der Krankenkasse von ihm gewollt hatte, war ihm auch jetzt noch schleierhaft, ihm war, als hätte er den ganzen Tag im dunkelsten Urwald verbracht.

Wieder saßen wir uns in der kleinen Küche gegenüber, vor uns standen die leeren Kaffeetassen. Wir saßen im Dunkeln, denn das Licht tat seinen Augen weh. Er wollte ein Gespräch beginnen, mein Interesse erwecken, mir zum Beispiel auf populäre Weise erklären, wie man ihm morgen seine Augen operieren würde. Ich spürte, daß er keine Kraft und keine Lust mehr hatte, nach der kleinen Schlange zu suchen.

Er war unendlich müde –

Der Kaffee half ihm nichts, er nickte ein, murmelte beruhigend, gleich würde er aufstehen und seine Suche fortsetzen, spätestens morgen früh würde er sie einfangen, im ersten Tageslicht. Denn zu töten, gottbehüte, brauchte man sie nicht.

Ich soll nur nicht vergessen, Ya'el Bescheid zu sagen. Er möchte, daß sie ihn im Krankenhaus besuchen kommt. Er muß ihr alles erzählen . . .

Seine Müdigkeit machte auch mich müde.

Nach allen Himmelsrichtungen stand meine Wohnung offen, selbst die Eingangstür knarrte in ihren Angeln. Und dennoch hing die schwere Luft bewegungslos im Raum. Der Mond war schon untergegangen, dunkel lagen die Fenster unter dem sternenbedeckten Himmel. Undeutlich, jenseits des Tales, waren die Gebäude der Universität zu sehen.

Zwi versank in Schweigen. Er hatte seine Brille abgenommen und legte seine Finger auf die Augen.

Plötzlich sagte er: »Die Hitze ist gebrochen . . .«

Dann schwieg er wieder.

In der Ferne, durch eines der Fenster, sah ich die Spitze einer Wolke.

Ich erhob mich. Langsam, mit schweren Bewegungen, legte ich mich schlafen.

Und wieder ein Traum

Und wieder, unerwartet, ein schwerer, dumpfer, eigentümlicher Traum. Auf eigene Faust hatte ich meine beiden Klassen auf einen Ausflug geführt, wir gingen durch die Straßen Jerusalems, an der Grenze entlang.

Sie kamen langsam vorwärts, ungeordnet, blieben vor den Schaufenstern stehen, verschwanden in den Hauseingängen, in den Seitengassen, überschritten die Grenze. Als ich das Zentrum erreichte, waren nur noch wenige bei mir.

Ein Fluß strömte durch Jerusalem. Statt der Hauptstraße war dort ein Fluß: Grün und breit wälzte er sich langsam an den dicht bestandenen Ufern entlang.

Immer breiter wurde der Fluß, die Wenigen, die bei mir geblieben waren, schlugen sich durch die Büsche am Ufer, suchten sich einen Weg im hohen Rohr. Eine starke Sonne leuchtete uns an.

Plötzlich winkte man uns von der anderen Seite zu, rief laut zu uns herüber. Alle Schüler, die sich unterwegs verloren hatten, bildeten dort drüben eine fröhliche Truppe. Sie hatten den richtigen Weg gefunden.

Ich mußte mich verirrt haben –

Pausenlos riefen sie.

Die Wenigen an meiner Seite warfen ihre Kleider ab und sprangen ins Wasser, durchschwammen den Fluß. Nur ich war jetzt zurückgeblieben, zögerte, fürchtete mich, streifte langsam meine Kleider ab, empfand meine Not, löste die Schnürsenkel meiner Schuhe.

Und alle auf der anderen Seite trieben mich an mit frechen Rufen, denn die Sonne ging schon unter, schon wurde es dunkel, Abendschatten lagen auf dem Wasser . . .

Morgengrauen

Tagte es schon? Wer war das, wer lärmte dort so? Es hörte sich an, als würde die Küche einstürzen, kalt rieselte es durch meine Knochen. Zwi, lang aufgeschossen und mager, lief in Unterhosen durch die Wohnung und gab mir ein Zeichen: still!

Erstes Licht fiel auf die Scheiben.

Im Flur, hellwach, ihre kleinen Augen glitzernd wie zwei Nadeln, kringelte sich die Kreuzotter. Hin und wieder hob sie ihren Kopf, schlängelte sich von Wand zu Wand.

»Bring sie um«, flüsterte ich, »worauf wartest du noch?«

Aber Zwi blieb eigensinnig. Er hörte mich überhaupt nicht. Stur, mit steifem Rücken, beugte er sich über die Schlange, schnitt ihr den Weg ab, streckte seine lange Hand aus. Aber im letzten Augenblick entkam sie, glitt schnell an meinen Füßen vorbei ins Zimmer hinein, kroch von Wand zu Wand.

Zwi verfluchte das Tier –

Ich verfluchte Zwi –

Zwi verfolgte die Schlange, bewegte sich barfuß durch die Wohnung, halb blind, tief vorgebeugt, streckte seine beiden Hände nach ihr aus, packte sie am Schwanz, hob sie vom Boden.

Und die Schlange entglitt ihm zwischen den Fingern. Sie fiel auf seine zarten Füße und biß ihn, zeigte ihre Zunge. Zwi sprang zurück, schmerzlich verzog sich sein Mund. Mit einer jähen, unwillkürlichen Bewegung zertrat sein Absatz den kleinen Kopf. Blutstropfen fielen auf den Teppich.

Auf die Straße

Zwi war plötzlich tief erregt.

Er wußte die Formel des Giftes, das die Otter in sein Blut gespritzt hatte, und dennoch geriet er jetzt aus der Fassung. Sein Gesicht wurde bleich, er beugte sich über seinen Fuß und betastete die Bißwunde.

»Was habe ich getan?« flüsterte er.

Er versuchte, Blut aus seiner Wunde zu drücken, aber sein Blut wollte nicht fließen. Es schien, als wär sein Körper blutleer in dieser Morgenstunde.

»Wir müssen zur Straße hinunter . . . ich brauche einen Wagen . . .«

Er dachte laut, aus seinen Poren brach der Schweiß. Er beugte sich über den Schlangenleib, seine langen Finger stocherten in dem eingedrückten Kopf herum. Dann richtete er sich auf, ging in die Küche und zog seine Hosen an, warf sich sein Hemd über die Schultern und wollte aufbrechen. Er sah mich an, und plötzlich trat ein nie gekannter Haß in seinen Blick.

»Du hättest sie doch fangen können, sie ist doch dicht an dir vorbeigekrochen.«

Mit fliegenden Fingern band er sich sein Taschentuch um den Knöchel, wollte verhindern, daß das Gift Eingang fand in seinen Körper, lief barfuß auf die Eingangstür zu.

Ich sah ihm schweigend zu. Eine unwiderstehliche Müdigkeit hatte mich ergriffen. Verwundert glitt mein Blick über die Fenster, an denen ein hellgraues Licht stand. Ich versank in mich selbst, träumte noch.

Zwi öffnete die Tür, wortlos verschwand er im Treppenhaus. Ich ging ihm nach, trat in den Türrahmen, atmete einen neuen Wind, kehrte verwirrt in die Küche zurück und stolperte über seine Sandalen. Ich hob sie vom Boden. Lange, abgetragene Sandalen waren es, sie hatten den Staub vieler Wege getreten.

Die Stille dieser Stunde gab mir das Gefühl, ich wäre allein im Universum.

Dann raffte ich mich auf und wie ich war, in nächtlicher Bekleidung und Pantoffeln, sprang ich die Treppe hinunter, lief auf Abkürzungen um den Hügel herum und jagte der langen, hinkenden Gestalt nach, die sich langsam zwischen den Felsen fortbewegte.

»Deine Sandalen . . .«

Leicht berührte ich seinen Rücken.

Er ließ sich auf einen nahen Felsen nieder, warf die Sandalen vor sich auf die Erde und versuchte seine Füße hineinzuschieben. Aber es gelang ihm nicht. Er war zu schwach.

Ich kniete mich vor ihn hin, nahm seine Füße, den einen und den anderen, und zog die Schnallen an. Die Formulare der Krankenkasse rutschten ihm aus den Taschen, weiß lagen sie im Staub. Ich sammelte sie auf und gab sie ihm zurück.

Wortlos setzte er seinen Weg fort. Ich weiß nicht, warum er hinkte, es waren nur zwei rote, leicht angeschwollene Punkte, die ich auf seinem Fuß gesehen hatte.

Ein Wind fuhr über meine Haut. Nur in Jerusalem kann man in Schlafanzug und Pantoffeln im Zentrum der Stadt über einen Hügel wandeln.

Endlich erreichten wir die Straße.

Zwi sank auf den Asphalt nieder, stützte seinen Rücken mit beiden Armen ab, warf den Kopf zurück und richtete einen gequälten Blick zum Himmel. Ich blieb neben ihm stehen, sah auf seine flatternden Augen. Eine Hügellinie begrenzte unseren Blick.

Fuhr in Jerusalem um diese Zeit schon ein Wagen?

Ich fragte ihn, wie er sich fühle.

Er empfinde Brechreiz, sagte er.

Mach bloß nicht schlapp, dachte ich.

Er biß sich auf die Lippen, Schweißperlen glänzten auf seinem Mund. Plötzlich schloß er seine Augen, er richtete sich auf und erbrach am Straßenrand, über taubedeckter Erde. Konnte ich ihm denn überhaupt helfen in dieser Stadt der Toten? Die nächste Telefonzelle war einen Kilometer entfernt, und ihr Apparat funktionierte nicht.

Ich sagte leise, mit deutlicher Stimme:

»Zwi, du weißt doch, daß du nicht stirbst.«

Er antwortete nicht.

Düster stand das Museum vor unseren Augen, seine leeren Fensterrahmen starrten uns an.

Wie lange würde sich sein Bau noch hinziehen?

Auf seine Bitte löste ich ihm das Taschentuch vom Knöchel und legte es fester an. Sein Fuß war weiß und blutleer.

Plötzlich standen Tränen in seinen hellen Augen –

Großer Gott, so benahm sich ein Naturfreund?

Ich beugte mich über ihn, der Saum meines Schlafanzugs schleifte auf dem Asphalt. Eine Moralpredigt war jetzt vielleicht nicht unangebracht:

»Was mußt du dich auch mit Kriechtieren vergnügen, mit Schlangen und Skorpionen . . .«

Er schwieg. Er hörte mir überhaupt nicht zu, sah mich an, als wäre ich Luft, als wäre ich nichts. Aber die Tränen waren wieder weg, jetzt drehte er sich um, legte sich auf den Bauch, drückte seinen Körper auf die Erde, seine Finger wollten in den harten Asphalt dringen, er flüsterte –

». . . Wie lange hab ich nicht mit einer Frau geschlafen . . .«

Und ich erschrak. Mein Körper erstarrte, ich sah, wie er sein Gesicht in den Asphalt preßte. Langsam richtete ich mich auf und tat, als hätte ich nichts gehört, ging am Straßenrand auf und ab, hoffte nur, daß bald ein Auto kommen würde.

Endlich hörte ich das müde Tuckern eines Wagens hinter den Hügeln.

Ich lief mitten auf die Straße.

Ein Lieferwagen der Armee kam auf uns zu. Ich winkte wie verrückt, machte wilde Handbewegungen.

Der Lieferwagen kam ruckartig zum Halten, seine Bremsen kreischten, fast überschlug er sich. Der Fahrer, ein kleiner, blasser Soldat, sprang aus der Kabine, seine Augen blickten traurig, seine Uniform war ausgeblichen und viel zu groß für ihn.

Ich sagte ihm, was geschehen war –

Er lauschte meinen Worten, sein Blick nahm einen fieberhaften Ausdruck an, er schien ganz wild auf eine gute Tat zu sein.

Und Zwi, unterdessen, hatte sich schon erhoben, war schon mit letzten Kräften auf die Ladefläche gestiegen, hatte sich dort ausgestreckt, hielt seine Arme unter dem Kopf verschränkt.

Ehrfürchtig sah ihn der kleine Soldat an. Sekundenlanges

Schweigen. Dann sprang er in seine Kabine, ließ den Motor an, und ehe ich noch ein Wort zu Zwi sagen konnte, war er schon hinter der ersten Straßenbiegung verschwunden.

Mit schleppenden Schritten ging ich über die Straße, stieg über einen Sandweg hinab.

Jerusalem, ringsum, versank in Schweigen.

Auf dem Abhang

Ich hätte kein Gefühl für die Natur, sagt Ya'el, und vielleicht hat sie recht. Die Einzelheiten der Natur langweilen mich. Bis ich etwas gesehen habe, bin ich schon daran vorbei oder hab's zertreten. Ich kann mich nirgends lange aufhalten, alles finde ich banal. Und was ich von den Naturfreunden halte, habe ich ja schon gesagt.

Aber jetzt, wo ich Zwi glücklich auf den Weg gebracht hatte und über den Abhang in die Tiefe stieg, auf dem schmalen Pfad, der von der Straße zu meinem Haus führt, konnte ich mich nicht beeilen, mußte langsam gehen, weil ich in Pantoffeln war, aufgeregt war, in Gedanken verloren.

Und langsam, während ich von Felsen zu Felsen ging, fielen Tautropfen auf meine Füße, Knospen öffneten sich vor meinen Augen, Blumen streichelten meine Haut. Tausend kleine Tiere waren plötzlich da, winzige, geflügelte Insekten, die im Gebüsch raschelten und ihr unendliches Leben entfalteten, Kräuter und Halme, die nach dunkler Nacht wieder grün über der Erde sprossen.

Das alles fand hier auf dem Hügel neben meinem Hause statt.

Vor meinen Augen taute der Himmel auf. Lichtstreifen legten sich über ihn und ließen seine Dunkelheit zu einem weichen Grau werden.

Jerusalem in seiner Blöße, mit seinen nackten Felsen, seiner verborgenen Fruchtbarkeit – alles erlebte ich in Pantoffeln, auf dem Abhang des Hügels, mit leichten und erstaunten Schritten, mit weit geöffneten Augen, während meine Sohlen auf die feuchten Dornen traten.

Das also war die Kälte eines Herbstmorgens. Heute hatte der Herbst begonnen.

Herbst –

Hier, in dieser Stille, kann ich es erzählen. Ja, einmal hab ich mit Chaja geschlafen. An einem Herbsttag. Kurz nach unserer Einberufung erhielt ich plötzlich einen Urlaub, ohne daß ich es gewünscht hätte, irrtümlich wohl. Alleine verließ ich das Lager, der einzige aus meiner Truppe. Ich war Stunden unterwegs, und als ich den Kibbutz erreichte, war es schon Abend geworden. Kälte stieg von den Felsen auf. Ich ging über die Wege, ein trauriger Rekrut in ungepflegter Uniform. Und dort, zwischen den Rasenflächen, kam sie mir entgegen, hielt mich plötzlich fest, war verängstigt, brauchte mich. Ich hab's ja schon gesagt – in der Welt herrschte Herbst. Wir gingen und schliefen miteinander auf einem Bett in einem Zimmer, dessen Türschloß aufgebrochen war, dauernd gingen Leute an ihm vorbei.

Aber wie kann ich's erzählen. Tränen ersticken mich.

Die Geschichten

Yalli war schon wach, er saß gebeugt über dem Schlangenkadaver. Seine Neugier war größer als seine Angst. Er blickte unverwandt auf den zerquetschten Kopf und in die winzigen, toten Augen.

Im Laufe der Zeit, glaube ich, wird auch er zu einem Naturfreund heranwachsen.

Ich nahm den Besen und fegte den Kadaver aus dem Haus, unter einen nahen Felsen. Yalli folgte mir auf den Fersen.

Nur ein matter Blutfleck war auf meinem Teppich zurückgeblieben.

Yallis Krankheit hatte nun ihren Höhepunkt überschritten. Die Schwellungen in seinem Gesicht waren zurückgegangen, die Röte in seinem Hals war auf einen kleinen Punkt zusammengeschrumpft, sein Fieber hatte sich gesenkt. Jetzt hatte er wieder Appetit.

Schon in dieser frühen Morgenstunde aß er zwei Schnitten, die ich ihm dick mit Honig bestrichen hatte, knabberte Schokolade, trank Tee und schlief dann noch einmal ein.

Ich setzte mich an den Schreibtisch und nahm mir wieder meine Diplomarbeit vor. In der tiefen Stille, hoffte ich, würde sich etwas erreichen lassen.

Doch dann schlief ich ein –

Zwei Stunden später erwachten wir beide gleichzeitig. Ein Bagger fuhr plötzlich über den Hügel hinab und fraß sich dicht neben unserem Haus in die Felsen.

Yalli hatte die Schlange bereits vergessen, er war schon wieder hungrig. Und ich machte ihm Honigschnitten, ein weichgekochtes Ei, schnitt Tomaten auf und ließ in seinem Kakao sogar eine Tablette zergehen, die sein Fieber senken sollte.

Er ließ keinen Krümel auf seinem Teller.

Überraschend war, daß ich meinen eigenen Hunger überhaupt nicht stillte, obwohl ich nie eine Mahlzeit auslasse. Ein unangenehmes Kratzen machte sich in meiner Kehle bemerkbar, das nichts Gutes verhieß.

Tropfenweise verging der Morgen. Ein Wind war aufgekommen. Yalli, in seine Decke gehüllt, döste vor sich hin, schob seine Trecker auf dem Kissen hin und her.

Ich saß am Tisch und ging meine unselige Diplomarbeit durch, die endgültig in eine Sackgasse der Logik geraten war. Tausendmal hatte ich die Formeln überprüft, um den Irrtum aufzuklären, aber es ließ sich kein Irrtum entdecken.

Unter meinem Fenster besprachen Nachbarinnen die Vorzüge des Herbstes.

Auf Yallis Stirn war Schweiß ausgebrochen. Die Tabletten hatten ihm das Fieber genommen. Seine Lippen waren kalt, seine Glieder leicht und schwach. Wenn ihm ein Trecker vom Bett fiel, mußte ich aufstehen, um ihn hochzuheben.

Unsere Beziehungen waren jetzt fast stumm. Es war, als wären wir beide aus einem gemeinsamen Traum erwacht, brauchten wenige Worte, sprachen knappe Sätze zueinander. Nur wußte ich, daß wir uns heute abend trennen würden, und Yalli glaubte, es wäre ein Tag aus unserer gemeinsamen Ewigkeit.

Auf alle Fälle mußte er jetzt schnell gesund werden, von seiner Krankheit durfte kein Zeichen bleiben. Und jedesmal, wenn ich ihm eine Tablette gab, schluckte ich zwei von der gleichen Sorte.

Jerusalem verdunkelte sich, ich mußte Licht anschalten in der Wohnung. Wäre ich nicht ein Jerusalemer, so würde ich sagen: Wir bekommen Regen.

In diesen Stunden machten Chaja und Se'ev ihre Aufnahmeprüfung. Der gleiche kühle Wind kam durch die Fenster des Prüfungssaales und fuhr über ihre Körper, gelangweilte Aufsichtspersonen gingen zwischen den Stuhlreihen auf und ab. Se'ev, ehrgeizig und zielbewußt, knabberte dort wohl an seiner Feder. Chaja, langsam und nachdenklich, bedeckte die Seiten mit ihrer unordentlichen Handschrift, streckte sich auf ihrem Stuhl und ließ ihren wilden Kopf nach hinten über die Lehne sinken.

Wäre ich eine der Aufsichtspersonen, so könnte ich jetzt bei ihr stehenbleiben und sie genau betrachten.

Gegen zwölf Uhr machte ich ein Mittagessen, an dem nur Yalli seine Freude hatte. Der dumpfe Schmerz in meiner Kehle ließ nicht locker, es fiel mir schwer zu schlucken, selbst der Honig tat mir weh.

Nach dem Mittagessen ging ich hinaus, (und Yalli, in seinem gestreiften Nachthemd, mir nach). Ich wollte sehen, was aus dem Schlangenkadaver geworden war. Eine Schar Jerusalemer Ameisen hatte ihn zum größten Teil schon fortgeschleppt, und jetzt versammelten sie sich, um über das Schicksal des schweren Kopfes zu beraten.

Ich ging und fragte den Mann im Bagger, warum er es auf unseren Hügel abgesehen hätte. Hier wolle man den naturgeschichtlichen Flügel des Museums errichten, sagte er mir, der solle getrocknete Pflanzen enthalten, Fossilien und ausgestopfte Tiere.

Ich gebe meine Wohnung trotzdem nicht auf. Ich bin in dieses Stadtviertel verliebt.

Merkwürdig, aber ich dachte kaum an Zwi. Hier, auf dem Feld, im Herbstwind, bei den Überresten der Schlange, dachte ich an andere Dinge, hatte plötzlich das Gefühl, der logische Widerspruch in meiner Arbeit wäre gar nicht so logisch.

Ich lief nach Hause und kramte in meinen Papieren. Yalli war auf dem Balkon. Worauf hatte er seine Augen gerichtet? Auf die Wolken. Auf eine Wolkengruppe, die von Westen kam.

Während ich noch in den Widerspruch vertieft war, der vielleicht gar nicht so logisch war, brachte mir Yalli plötzlich einige seiner Bilderbücher, die zwischen seinem Spielzeug versteckt waren. Er hatte mein Versprechen nicht vergessen, daß ich ihm Geschichten vorlesen wollte.

Ich legte meine Papiere zur Seite, nahm seine Bücher, blätterte in ihnen, sah mir die Bilder an. Dann schlug ich die erste Seite auf und begann, ihm vorzulesen.

Aber das war nicht so leicht. Erstens war der Inhalt ziemlich dumm. Zweitens gab es im Text viele Wörter, die für ein Kind schwer verständlich waren. Und drittens stellte sich heraus, daß ich nicht richtig las – die Geschichte mußte mit gleichbleibender Stimme vorgetragen werden, das war Yalli so gewohnt. Die letzten Worte eines Satzes durfte nicht ich sagen, sondern nur Yalli selbst – mit einem triumphierenden Klang in der Stimme.

Als wären wir im Bethaus –

Am Schluß gab ich's auf, sagte: »Dieses Buch ist nichts für uns« –

Und warf es durchs offene Fenster aufs Feld hinaus. Er lachte, fand das großartig, nahm die anderen Bücher, stieg auf einen Stuhl und warf auch sie in den Herbstwind.

Jetzt erzählte ich ihm eine Geschichte, die ich mir selbst ausgedacht hatte, eine abenteuerliche Angelegenheit, in der alle Tiere des Waldes vorkamen – der Bär, der Fuchs, der Wolf, der

Hirsch, ihre Frauen und ihre Kinder. Sie bevölkerten den Wald, aßen und tranken, schliefen und führten grausame Kriege. Die meisten starben einen schweren, merkwürdigen Tod, und wer überlebte, der hatte es gar nicht verdient.

Yalli hörte gespannt und aufgeregt zu. Seine Augen waren weit aufgerissen, hingen an meinen Lippen.

Eine so herrliche und lange Geschichte hatte er noch nie gehört.

Nicht die geringste Kleinigkeit entging ihm. Hatte ich auf einem der Waldwege ein verwundetes Tier zurückgelassen, so erinnerte er mich daran und wollte wissen, was aus ihm geworden war. Manchmal glänzten auch Tränen in seinen Augen. Am traurigsten machten ihn die jungen Wölfe, die im Fluß ertrunken waren, und die Hasen, die der Fuchs gefressen hatte.

Auch Pflanzen kamen in meiner Geschichte vor.

Dickstämmige Bäume stritten mit Tieren, Schilfrohre wählten sich einen König und zogen aus, um ein Gewässer zu suchen, die Dornen hielten eine heimliche Versammlung ab und schmiedeten gefährliche Pläne.

Wenn ich mich unterbrach, um Luft zu holen, spürte ich die zitternde Spannung, mit der der Junge mir lauschte.

»Ist sie schön, die Geschichte?« fragte ich. »Gefällt sie dir?«

Er nickte, schluckte seinen Speichel. Unbewußt hatte er mir seine Hand auf die Schulter gelegt, streichelte mein Haar, war schon ganz in mich verliebt. Ich fragte tastend, ob er sich noch an seine Eltern erinnerte.

Ja, er erinnerte sich noch, aber sie waren ihm schon gleichgültig geworden.

Sein Körper schien mir wieder heiß zu werden. Deshalb nutzte ich die kleine Pause aus, sein gespanntes Schweigen, mit dem er mir lauschte, und zwang ihn, noch eine Tablette zu schlukken, stopfte ihm auch ein altes, bitteres Medikament gegen Halsschmerzen in die Kehle.

Dann erzählte ich weiter, wollte alle Pflanzen und alle Tiere töten. Überleben sollte nur ein junger Wolf.

Rückkehr

Als Jerusalem zwischen Licht und Schatten sank, zog ich dem Jungen sein gestreiftes Nachthemd aus und steckte ihn in die Kleider, in denen er gekommen war. Sein Gesicht war noch blaß, seine Augen lagen kalt in ihren Höhlen. Er sah aus, als wäre er älter geworden in diesen drei Tagen bei mir.

Es war kühl geworden. Ein starker Wind strich über die Stadt. Aufquellende Wolken drängten sich ineinander. Jerusalem wechselte sein Klima wie eine Schlange ihre Haut.

Ich setzte Yalli auf meine Schultern, nahm den Koffer und ging mit ihm zur Autobushaltestelle. Über mir richtete Yalli seinen Blick auf den Himmel. Er suchte nach den Sternen, und als er sie entdeckt hatte, sagte er: Sterne. In den drei Tagen hatte ich gelernt, seine Sprache zu verstehen.

Langsam fuhr der Autobus den Berg hinauf. Dunkle Gräber lagen im Zwielicht auf seinen Hängen, die Stadt zerfloß in meinem Rücken, Häuser versanken im Tal.

Von einem Grab zum anderen schlief ich ein, und als ich meine Augen wieder aufschlug, sah ich, wie der Junge mich anstarrte. Ich sagte ihm, er solle mir einen Kuß geben. Er brachte seine Wange an mein Gesicht heran, und ich küßte ihn mit schlaffen Lippen. Wieder sagte er etwas über die Sterne. Ein weiches Licht leuchtete an den Rändern der Autobusfenster.

Wir gingen über einen dunklen Weg. Wieder saß das Kind auf meinen Schultern, und der Koffer hing in meiner Hand. Er hielt sich an meinen Haaren fest, brachte sie durcheinander. Ich ging schnell, summte wütend etwas vor mich hin. Zwei Schatten hielten mich plötzlich an, hoben mir das Kind von den Schultern, nahmen mir den Koffer ab. Hände streichelten mich.

»Er geht wie ein Schlafwandler. Yalli hat ihn umgebracht . . .« lachte Se'ev.

Ich war fertig. Das Kind war schon in ihren Händen. Ich war gescheitert.

Sie stand neben mir, leicht und zart, offen vor der Nacht. Ein

Pullover lag auf ihren Schultern, sie trug Sandalen. Ihre Augen waren hell, sie lächelten. Wie ruhig sie war. Das Kind lag in ihren Armen, es hatte seinen Kopf auf ihre Brust gelegt.

»Wie waren die Prüfungen?« fragte ich mit letzter Kraft.

Und er gab mir eine weitschweifige Antwort, zitierte die Fragen, rechnete mir ihre Chancen vor. Ich hörte nicht zu, wollte, daß sie durchfielen, daß sie aus der Stadt verschwanden.

Sie schleppten mich in ihr Hotel und drückten mich in einen tiefen Sessel. Ich blickte in ihr Gesicht und sah, wie blaß sie waren nach ihren nächtlichen Studien. Sie aber starrten schockiert auf mich und das Kind, ein panischer Schreck stand in ihren Augen. Was hast du ihm angetan? Was hat er dir angetan? Ich stand auf und trat vor einen Spiegel, sah ein eingefallenes Gesicht, betastete meine Bartstoppeln. Die Augen des Jungen verfolgten mich. Noch blieb er stumm.

Jetzt müssen die Geschichten kommen.

Ich berichtete kurz, in einer harten, schnellen Sprache, erfand Ereignisse, die es nicht gegeben hatte, brachte die Tage durcheinander. Über seine Krankheit sagte ich kein Wort. Still hörte sich Yalli meine Lügen an, lag ausgestreckt im Schoße seiner Mutter. Dieses kleine Menschenkind, das noch ohne Zeitgefühl war, das einen Teil dieser Tage im Bett verschlafen hatte – was konnte es mir tun? Wie sollte es mir widersprechen?

Ich war zu Ende mit meinem Bericht. Ein kurzes Schweigen.

Und plötzlich glitt Yalli vom Schoß seiner Mutter, baute sich auf vor der Welt und sagte mit klarer, niedlicher Stimme: »Ich hab gebrochen.«

Lächelnd erklärte ich, was er damit meinte, gab eine leichte Krankheit zu, kam ein bißchen durcheinander, sie hörte mir aufmerksam zu. Se'ev erschrak. Ich hatte gar nicht gedacht, daß er seinen Sohn so liebte.

Sie baten mich, mit ihnen Abendbrot zu essen, flehten mich richtig an. Aber ich lehnte ab. Ya'el wartet auf mich, log ich sie an. Wenn ich irgendwo entkommen will, stell ich Ya'el an eine Straßenecke, wo sie ungeduldig wartet.

Trotz der frühen Abendstunde waren wir alle müde.

Ich verabschiedete mich. Sie dankten mir. Aus ganzem Herzen. Was hätten sie ohne mich getan? Auch sie, die Unveränderliche, dankte mir mit kurzen, verträumten, nachlässigen Sätzen. Warm leuchteten mich ihre versunkenen Augen an. Zögernd bot mir Se'ev einen Geldschein an, wollte mich ein wenig entschädigen, für die Ausgaben, vielleicht für den Spielzeugpanzer. Verächtlich, mit einer schlaffen Handbewegung, ließ ich den Schein zu Boden fallen. Was sollte das?

Und endlich kam ich von ihnen los. Die Straße war leer. Wild schlingerte der Autobus über den steilen Abhang. Gräber krochen über die Hügel, Häuser sprangen auf. Meine Augen schlossen sich, den Weg zu meinem Haus mußte ich mir fast ertasten.

In meiner Wohnung brannte Licht.

Hatte ich vergessen, es auszumachen?

Ya'el war wieder da. Sie wartete auf mich. Grau lag sie auf meinem zerwühlten Bett. Zerkratzt, mit trockenen Händen, las sie in dem Buch, das ich offen liegen gelassen hatte. Berge namenloser Dornen häuften sich auf meinem Boden.

Auch sie erschrak, als sie mein Gesicht sah.

»Ihr Kind«, flüsterte ich ihr zu, »hat deine Eltern vollgekotzt . . .«

Sie lächelte, schlug das Buch zu, schüttelte das Kissen auf, fand ein kleines Handtuch, das mit dem Blut des Kindes befleckt war.

»Blut?« fragte sie verwundert und lächelte noch immer.

Sie wird nie schön sein, dachte ich verzweifelt. Ich stieg ins Bett, und wie ich war, in meinen Kleidern, legte ich meine Hand auf die Augen, schlief ein.

Als ich erwachte, war sie nicht mehr im Zimmer. Es war Mitternacht. Sie hatte das Licht angelassen, es schlug mir ins Gesicht. Neben meinem Bett fand ich einen Zettel: »Morgen mittag.« Vielleicht hatte sie verstanden. Ich zog mich aus und löschte das Licht. Vom Kissen stieg der Geruch des Kindes auf, Erbrochenes, Blut, Seife, ich sog ihn ein in meine Lungen wie ein Vater, der sich an seinem ersten Kind berauscht.

Jetzt fiel mir ein, daß ich vergessen hatte, mich nach Yallis wirklichem Namen zu erkundigen.

Ich schlief nicht gleich wieder ein. Meine Hand, die über dem dunklen Boden schwebte, stieß gegen eine der Pflanzen. Einmal, in einer glücklicheren Stunde, hatte Ya'el mir beigebracht, wie man sie identifiziert, und jetzt versuchte ich es. Vorsichtig strich ich über den Stiel, bis ich an seine glatte Faserwurzel kam. Ich zählte seine Staubgefäße. Eine gewöhnliche Distel konnte es kaum sein, eine so weitverbreitete Pflanze würde Ya'el nicht sammeln. Aber im Dunkeln, zumindest, ähnelte die Pflanze einer Distel, von der es heißt:

»Eine Honigpflanze, vom frühen Morgen bis zur Mittagsstunde zieht sie Bienenschwärme an; ihre Samen sind eiförmig, in der Mitte des Köpfchens weisen sie Spreublätter auf, die ihre Verbreitung im weiteren Umkreis ermöglichen; die Samen am Rande des Köpfchens sind blätterlos. Sie ermöglichen es der Distel, sich auch an ihrem Standort fortzupflanzen.«

Angesichts der Wälder

1.

Auch der letzte Winter war wieder im Nebel untergegangen, und er, wie üblich, hatte ihn nutzlos vertan, hatte seine Prüfungen verschoben, die Arbeiten noch immer nicht geschrieben. Eigentlich war sein Studium schon beendet (das heißt, die Vorlesungen hatte er schon alle gehört), und eine Reihe von Unterschriften in seinem fleckigen Kollegheft bezeugte, daß alle ihre Pflicht an ihm erfüllt hatten, bevor sie ins Schweigen versunken waren; die einzige Pflicht, die es hier noch zu erfüllen gab, lag in seinen eigenen, schlaffen Händen. Aber die Worte machten ihn müde, seine eigenen Worte nicht weniger als die Worte der anderen. Er zog von Wohnung zu Wohnung, nirgends faßte er Fuß, hatte nicht einmal einen festen Arbeitsplatz. Ohne die Nachhilfestunden, die er seinen zurückgebliebenen Privatschülern gab, wäre er längst verhungert. Er näherte sich seinem dreißigsten Lebensjahr, und in der Mitte seines welken Haares leuchtete bereits eine Glatze. Seine Augen wurden schwach, sie stellten manches in Frage. Seine nächtlichen Träume langweilten ihn, sie blieben sich immer gleich und hatten kaum einen Inhalt: gelbe Wüsten, in denen dürre Bäume wuchsen, und in besonderen Nächten eine nackte Frau. Auf den wilden Parties der Studenten sah man ihm schon mit einem gewissen Lächeln nach, der Schwips, den er sich schnell angetrunken hatte, gehörte seit langem zum festen Programm. Denn es gab keine Party, die er verpaßte; noch wurde er gebraucht. Seine traurige Gestalt war gern gesehen, weil niemand so leicht wie er Kontakte zwischen den Menschen herstellen konnte. Seine Kommilitonen der ersten Jahre hatten längst ihr Studium abgeschlossen, jeden Morgen gingen sie mit ihren schweren Aktentaschen zur Arbeit. Wenn sie ihm am Nachmittag auf ihrem Heimweg begegneten, einem grauen Nachtfalter mit müden, schlaftrunkenen Augen, der auf der Suche war nach seiner ersten Mahlzeit, stellten sie ihn über seinen liederlichen Lebenswandel zur Rede und hatten bald – halb aus Mitleid, halb im Zorn – ihr Urteil gefällt:

»Einsamkeit!«

Einsamkeit war's, was ihm nottat. Denn unbegabt war er nicht, auch keinesfalls dumm. Man mußte ihm nur seinen Willen stärken.

Gewöhnlich ließ er seine Arme dann mit einer verzweifelten Geste sinken, lehnte sich an die nächste Hauswand, kreuzte seine Beine mit einer schlaffen Bewegung und setzte sich flüsternd zur Wehr:

»Aber wo denn? Also bitte schön – wo denn?«

Er war ja auch selbst schon auf der Suche nach Einsamkeit, mußte mit den Worten wieder Bekanntschaft schließen, mußte versuchen, sich zu konzentrieren, der Müdigkeit Herr zu werden, die der Stoff in ihm hervorrief. Das Beste wär's, man steckte ihn kompromißlos ins Gefängnis. Er kannte sich ja (morbides Lächeln): Kaum fände sich ein kleines Loch im Zellenboden, würde er sich schon einen Tunnel graben. Nein, keine halben Sachen, bitte. Entweder – oder.

Manche seiner Bekannten gaben sich mit dieser halben Entschuldigung zufrieden, zuckten die Achseln und machten sich davon. Aber seine wahren Freunde, deren Frauen ihm ebenfalls nahe standen, zwei junge Dozenten, die sich an seine ersten hoffnungsvollen Jahre erinnerten, an zwei oder drei glänzende Bemerkungen, die er damals in den Stunden gemacht hatte, waren um seine Zukunft besorgt; und der nahende Frühling, das wußten sie, war eine doppelt gefährliche Jahreszeit für ihn, denn seine müden Frauengeschichten würden unter dem blauen Himmel nur Auftrieb erhalten. Da war's kein Wunder, daß sie ihn eines Tages auf der Straße anhielten und mit leuchtenden Augen sagten: »Also, mein Herr – jetzt haben wir endlich die Lösung für dich gefunden.« Und er, eilig Eifer und Bereitschaft vorschützend, hielt sich doch gleichzeitig eine breite Hintertür offen.

»Was denn?«

Den Posten eines Forstwächters. Der hätte die Aufgabe, Brände zu verhüten . . . ja, das wär etwas Neues. Eine einfache Arbeit, leichter ließ sich's gar nicht träumen, in völliger Einsamkeit – dort könnte er seine zerbröckelnde Existenz wieder in den Griff bekommen.

Wie seien sie bloß auf die Idee gekommen?

Durch die Zeitung, dort stehe es schwarz auf weiß.

Zuerst war er sprachlos. Dann lachte er laut, fast hysterisch. Wieso denn? Was soll das? Wälder – wo sind denn hier Wälder? Das gibt's doch gar nicht in unserem Land. Wovon reden sie überhaupt?

Aber sie lächelten nicht, gaben nicht nach, schlugen ihm schon die Hintertür zu, durch die er wie immer entweichen wollte.

»Du hast doch gesagt: entweder – oder. Also, das ist die Lösung.«

Er blickte auf die Uhr, als hätte er's eilig. Aber der Gedanke – hatte er nicht einen Funken in ihm geschlagen? War er nicht seiner selbst schon überdrüssig geworden?

2.

Und so, als der Frühling noch kaum die Fenster geöffnet hatte, fand er sich eines Morgens im Büro der Aufforstungsbehörde. Ein Zimmer im hellen Sonnenlicht, ein Beamter, eine Sekretärin, mehrere Sekretärinnen ... zögernd trat er ein, trug ausgezeichnete Empfehlungen in seiner Tasche, war schon telefonisch angemeldet worden. Der Leiter der Behörde war ein freundlicher Herr, der sich vorsichtig dem Alter näherte, er lächelte ein wenig (soweit es ihm seine Stellung erlaubte) – weshalb denn diese Aufregung um einen so kleinen Posten? Gespannt sah er seinem Besucher jetzt entgegen, er würde ihm zu Ehren vielleicht sogar aufstehen. Die kahle Fläche auf dem Kopf des Kandidaten verlieh ihm eine weitere Dimension, sie flößte Vertrauen ein. Der Kandidat könnte sicher auch andere Posten ausfüllen.

»Und Sie sind sicher, daß das Ihr Wunsch ist? Dort oben auf dem Wachtturm lebt man sehr einsam. Das können eigentlich nur ganz primitive Leute aushalten. Was möchten Sie denn schreiben? Ihre Doktorarbeit?«

Nein, er sei leider noch in den Anfängen seines Studiums. Ja, er habe viel Zeit vergeudet. Nein, er habe keine Familie.

Ja, durch die Brille könne er gut sehen.

Der alternde Beamte erklärte ihm mit sanfter Stimme, vertragsgemäß wäre diese Arbeit eigentlich für Sozialfälle bestimmt, nicht für, sagen wir mal, Romantiker, haha, Gelehrte, die die Einsamkeit suchten ... Aber er sei natürlich bereit, eine Ausnahme zu machen, auch einmal einen Gelehrten unter die unglücklichen Forstwächter zu stecken. Er habe auch selber schon die Nase voll von diesen ewigen Sozialfällen, den Krüppeln, den armen Irren, den Verrückten. Der Wald fing an zu brennen und sie standen da, starrten erschrocken auf die Flammen, bis die Feuerwehr eingetroffen war, faßten keinen Sack an, um auf das brennende Unterholz zu schlagen, hoben keine Erde aus, um das Feuer einzudämmen. Wenn er gezwungen war, so einen halben Irren in die Wälder zu schicken, könnte er nachts keinen Schlaf finden, weil ihn der Gedanke quälte, der Wächter selbst, aus sozial oder anderswie bedingter Wut, würde den Wald in Brand stecken. Aber der Mann, der nunmehr vor ihm sitze – obwohl er Geistesarbeiter war (oder weil er Geistesarbeiter war) – der würde sich verpflichtet fühlen, seine Bücher liegen zu lassen und zu Hilfe zu eilen, wenn ein Feuer ausbrechen sollte – da war er sicher. Im Endeffekt eine Frage der Erziehung.

Verzeihung, der alte Mann hatte plötzlich vergessen, was der Kandidat zu schreiben gedenke. Seine Doktorarbeit?

Wieder entschuldigte er sich. Er sei leider erst am Anfang seines Studiums. Ja, er habe viel Zeit vergeudet. Richtig, er habe keine Familie.

Eine junge Sekretärin wurde herbeigerufen.

Jetzt legte man ihm einen bescheidenen Halbjahresvertrag zur Unterschrift vor: Frühling, Sommer (o, der Sommer war gefährlich!) und der halbe Herbst. Disziplin, Verantwortung, Wachsamkeit. Kündigungsbedingungen. Es wurde still im Zimmer, während er den Text überflog. Der Direktor und seine Sekretärin hielten ihm schon Federn hin, aber er zog es vor, seine eigene Feder zu benutzen, unterschrieb einige Kopien. Das erste Gehalt wurde am fünften April fällig. Jetzt machte er sich's auf einem Stuhl bequem, konnte sich einfach nicht erheben, war zu müde dazu, war das frühe Aufstehen nicht gewohnt. Inzwischen wollte er eine Verbindung herstellen, Interesse zeigen. Er erkundigte sich nach der Größe der Wälder, nach der Höhe der Bäume. Aber das fragte er nur aus Höflichkeit, er hatte noch nirgends richtige Wälder in diesem Land gesehen. Ja, ein paar uralte Olivenhaine, aber die (hahaha) hatte die Aufforstungsbehörde wohl nicht gepflanzt. Ja, in den Nachrichten habe er schon von Wäldern gehört, die man zu Ehren von diesem und jenem anpflanzte. Aber von denen sei doch noch nichts zu sehen, Bäume wüchsen langsam, würden auch kaum groß. Das müsse ja auch so sein ... auf dieser trockenen Erde. Im Ausland, habe er gehört ...

Am Schluß stotterte er nur noch. Hier hatte er einen groben Fehler gemacht, das wußte er sofort. Er brauchte nur den lächelnden Blick in den Augen der Sekretärin zu sehen, das zornige Entsetzen auf den Zügen des Direktors, der sich vorsichtig dem Alter näherte. Der Kandidat, um es bildlich auszudrücken, hatte einen unvorsichtigen Schritt gemacht und war dabei auf einen weichen Punkt in der Seele des Mannes getreten, der die Aufforstungsbehörde leitete. Der warf ihm jetzt einen harten Blick zu und hielt dem Kandidaten, der sich auf seinem Stuhl zusammenzog, einen Monolog.

Was soll denn das heißen, kleine Bäume? Er würde sich wohl nicht genügend umsehen. Aber sicher gebe es Wälder. Der Herr möge verzeihen: was wisse er denn eigentlich über dieses Land? Selbst im Autobus würde er seinen Blick wahrscheinlich nicht über die Seite des Buches heben, das er gerade in seiner Hand hielt. Das sei doch einfach zum Lachen, diese Skeptik. Das habe der alte Mann schon oft bei jüngeren Leuten erlebt, aber der Kandidat, mit Verlaub gesagt, sei doch eigentlich schon über dieses Alter hinaus. Hätte der Direktor etwas mehr Zeit, so wäre er gerne bereit, ihm die Karten zu zeigen. Aber im übrigen würde er's ja bald mit eigenen Augen sehen – es gebe Wälder im judäischen Bergland, in Galiläa, in Samaria, überall. Vielleicht litt der Kandidat wirklich etwas unter Augenschwäche, vielleicht sollte er sich stärkere Brillen besorgen – der Direktor bat den Kandidaten, sich ein zweites Paar Augengläser mitzunehmen, um überflüssige Komplikationen zu vermeiden. Schalom.

Wo würde man ihn denn hinschicken?

Er sollte in einigen Tagen noch einmal wiederkommen.

Aber da sprach er schon nicht mehr mit dem Leiter der Behörde, sondern nur noch mit einem kleinen Beamten. Man schickte ihn in einen der größeren Wälder. Er würde dort nicht allein sein, es arbeitete noch ein zweiter Mann in diesem Wald, ein Araber, er würde da sicherlich keine Vorurteile haben. Schalom ... Moment noch – der Dienst fing nächsten Sonntag an.

3.

Die Ereignisse überstürzten sich jetzt. Er brach seine Verbindungen ab, und sie lösten sich mit überraschender Leichtigkeit. Er kündigte seinen Mietvertrag, und die Frau, die ihm das Zimmer vermietet hatte, war merkwürdig froh. In den letzten Nächten schlief er bei einem seiner gelehrten Freunde, der sich beeilte, ihm ein Studienprogramm zusammenzustellen. Während der fleißige Freund ihm im Arbeitszimmer lauter Bücher in den Koffer stopfte, streichelte der zukünftige Forstwächter im Schlafzimmer die geliebte Frau. Er war nachdenklich, seine Hände waren weich, eine Art Vorfreude auf den morgigen Tag erfüllte ihn. Was würde er denn erforschen? Seine Freunde hatten bestimmt: die Kreuzzüge. Ja, das sei genau das Richtige für ihn, jeder müsse sich auf etwas spezialisieren. Er könnte schon ein kleiner Forscher werden, er dürfte nur nicht so faul sein, müßte irgendeine tolle wissenschaftliche Idee aus den Wäldern mitbringen. Seine Freunde würden ihr schon eine Rechtfertigung finden.

Aber am Morgen, als der Lieferwagen der Aufforstungsbehörde kam, und ihn aus dem Schlaf riß, hatte er das Gefühl, daß alles nur geschah, um ihn loszuwerden; und in der prickelnden Morgenkälte fand er im Gedanken Trost, daß auch dieses Abenteuer, wie alle seine Abenteuer, ein Ende in müdem Schlaf finden würde. War es da ein Wunder, daß die Stadt in den Bergen, die nun hinter ihm blieb, wie in einem Traum versank? Er gab sich der schaukelnden Bewegung des Fahrzeugs hin. Die Arbeiter, die mit ihren Spaten und Körben neben ihm auf der Ladefläche saßen, zogen sich vor ihm zurück. Sie hatten sofort erkannt, daß er aus einer anderen Welt kam, seine Glatze und seine Brille waren ein erstes Zeichen dafür.

Man fuhr einen halben Tag.

Der Lieferwagen bog von der Hauptstraße ab und holperte über lange, staubige Wege, vorbei an den Siedlungen von Neueinwanderern, deren Namen auf den Schildern kaum zu lesen waren. Arbeiter stiegen ab, und Arbeiter stiegen auf. Herr an diesen Orten war der Fahrer, er teilte seine Befehle aus.

»Fahren wir nach Süden?«

Weite Felder unter blauem Frühlingshimmel. Die Erde war noch feucht, in dunklen Klumpen fiel sie von den Rädern des Wagens. Erst in den späten Morgenstunden sah er die Wälder, die zwischen den Felsen standen. Junge Kiefern, dünn und grün und winzig. Hab ich doch recht gehabt, dachte er lächelnd. Aber je weiter sie fuhren, desto größer wuchsen die Bäume. Das Sonnenlicht zerbrach in Splitter. Große Schatten legten sich wie blinde Passagiere auf den Wagen. Dauernd wechselten die Leute auf der Ladefläche, nur der Fahrer, der Forstwächter und seine Koffer blieben sich gleich. Immer dichter wurden die Wälder, gaben den Blick nicht mehr frei. Überall standen die Bäume, hartnäckig, eintönig, immer nur Kiefern. Er war müde, verstaubt, hungrig, wußte längst nicht mehr, in welche Himmelsrichtung sie fuhren.

Die Sonne schien sich über ihn lustig zu machen, drehte sich im Kreis um ihn. Er sah nicht, wohin der Weg führte, er sah nur, was hinter ihm zurückblieb. Um drei Uhr nachmittags stiegen die letzten Arbeiter ab, und er blieb alleine auf der Ladefläche. Lange fuhr der Wagen über felsigen Boden. Wut erfüllte ihn, seine Lippen wurden spröde. Erbittert versuchte er, ein Buch aus dem Koffer zu ziehen, aber plötzlich hielt der Lieferwagen an. Der Fahrer stieg aus der Kabine, schlug die Tür zu, kam auf ihn zu.

»Wir sind da. Ihr Vorgänger ist gestern schon abgehauen. Die Anweisungen hängen oben an der Wand. Lesen können Sie ja.«

Mit letzten Kräften stieg er ab und hob seine beiden Koffer von der Ladefläche. Ein Steinbau, nicht unfreundlich, aber doch merkwürdig, erhob sich auf dem Hügel vor ihm. Kiefern aller Größen umstanden ihn. Ein einsamer Wind wehte. Noch überschaute er nicht alles, aber er spürte schon die dünne Höhenluft, die Stille, das Schweigen der Bäume. Der Fahrer streckte seine Glieder, sah sich um, sog die Luft ein, das Licht; und dann, ganz unerwartet, mit einer knappen Handbewegung, stieg er wieder in seine Kabine und ließ den Motor an.

Plötzlich spürte der Zurückbleibende seine Reue. Seine Verzweiflung. Was denn – Moment noch – verstehe nicht ... Er lief dem Wagen nach, schlug mit seinen Fäusten auf das Blech, flüsterte heftig auf den erstaunten Fahrer ein.

»Aber das Essen ... was ist mit Essen?«

Für alles, sagte der Fahrer, sorge der Araber.

4.

Einsam schleppte er sich mit seinen beiden Koffern den Hügel hinauf. Allmählich weitete sich die Welt vor seinem Blick. Die Eingangstür stand offen, und er trat in das Erdgeschoß des Steinbaus. Halbdunkel herrschte im Raum, Unrat bedeckte den Boden, Speisereste, dic Spuren eines Kindes. Immer tiefer wurde seine Verzweiflung. Er setzte seine beiden Koffer ab, stieg wie verloren in den zweiten Stock hinauf – und ein herrlicher Ausblick überraschte ihn: das Grün fünf kiefernbestandener Hügel erhob sich weit vor seinem Blick, ein bläulicher Horizont, das Meer in der Ferne ... er spürte, wie Erregung in ihm aufkam, Begeisterung, hatte alles schon vergessen, war sogar bereit, seine Meinung über die Aufforstungsbehörde zu ändern.

Ein Telefon, ein Feldstecher, das Blatt mit den Anweisungen. Ein breiter Tisch und daneben ein Stuhl mit Armlehnen. Er ließ sich auf ihm niedersinken, und fünfmal hintereinander las er das Blatt mit den Anweisungen durch, von oben bis unten. Schließlich zog er seine Feder hervor und korrigierte den Stil ein wenig. Liebevoll blickte er auf den schwarzen Apparat, war plötzlich zufrieden mit sich und der Welt. Sollte er sich mit einem seiner Freunde in der Stadt in Verbindung setzen? Sollte er einer seiner alternden Geliebten ein Wort sagen, einfach mitteilen, daß er gut angekommen war, vielleicht auch den herrlichen Ausblick beschreiben? Noch nie hatte ihm ein öffentliches Telefon zur

Verfügung gestanden. Er hob den Hörer von der Gabel und legte ihn an sein Ohr. Endloses Gurgeln. Er hatte keine Ahnung, wie man den Apparat betätigte, drehte versuchsweise an der Wählscheibe. Nichts. Immer noch gurgelte es in der Leitung. Schließlich wählte er die Nummer Null, wie ein treuer Bürger, der um eine Auskunft bittet.

Das Telefon trat in Aktion.

Die Feuerwehr meldete sich –

»Was ist geschehen?« schrie dort jemand ganz erschrocken auf der Linie (wo, zum Teufel?). Er hatte noch kein Wort hervorgebracht, als schon tausend Fragen auf ihn niederprasselten, wie groß das Feuer sei, aus welcher Richtung der Wind komme . . . schon seien sie unterwegs. Und während er noch seine Antwort stammelte, hörte er, wie dort der Motor eines Wagens aufheulte. Panik überkam ihn. Er sprang auf, schloß seine Finger krampfhaft um den Hörer. Kalte Schweißtropfen traten ihm auf die Stirn. Mit den letzten Worten, die er noch über seine Lippen bringen konnte, klärte er den Irrtum auf. Nichts. Kein Feuer. Alles in Ordnung. Nur ein Antrittsgespräch, sozusagen, er sei eben erst angekommen. Wollte sich mit der Stadt in Verbindung setzen. Hieß soundso. Das sei alles.

Schweigen am anderen Ende der Linie. Dann meldete sich eine zweite Stimme. Das war anscheinend der Kommandant der Feuerwehrstation. Sehr angenehm, der Herr, wir haben uns seinen Namen notiert. Habe er schon die Anweisungen gelesen? Es gebe keine Möglichkeit, Privatgespräche zu führen. Doch da er ja eben erst angekommen sei – gebe es vielleicht etwas besonderes auszurichten? An seine Frau? An seine Kinder?

Nein, er habe keine Familie.

Also, was wär's denn? Die Einsamkeit? Daran würde er sich gewöhnen müssen. In Zukunft bitte keine Störungen mehr. Schalom. Ein Wiedersehen, haha, würde es ja hoffentlich nicht geben.

Der Kreis hatte sich schon ein wenig um ihn geschlossen. Eine rosige Farbe stand über dem Horizont. Er war müde und hungrig. Morgens war er früh aufgestanden, er war das nicht gewohnt. Vor dem hohen, herrschaftlichen Ausblick über das Land wurde ihm schwindlig, auch vor der endlosen Stille. Mit weicher Hand nahm er den Feldstecher auf und hob ihn an seine Augen. Undeutlich fuhr die Welt auf ihn zu, hohe Kiefern sprangen vor seinen Blick. Er stellte alles auf seine Augen ein: den Wald und die Hügel, den Horizont und das Meer. Er vergnügte sich eine Weile an den Bildern, dann legte er den Feldstecher auf den Tisch zurück und machte es sich wieder auf seinem Stuhl bequem. Jetzt hatte er sich einen Begriff von seiner neuen Arbeit verschafft. Hier brauchte er nur zu beobachten. Es wurde ihm leicht ums Herz, und er sank in einen Halbschlummer, ohne völlig einzuschlafen.

Dann, plötzlich, wachte er auf – ein rotes Licht brannte in seinen Brillengläsern. Schreck erfüllte ihn, seine Sinne verwirrten sich, er glaubte, der Wald stünde in Flammen, schon hätte er alles verpaßt, er sprang vom Stuhl, griff mit pochendem Herzen nach dem Telefon, nahm den Feldstecher – und endlich erkannte er, daß das die Sonne war, nur die Sonne, die hinter den Bäumen versank. Vor ihm lag der Westen, jetzt wußte er es. Langsam ließ er sich wieder auf dem Stuhl nieder. Furcht stand plötzlich in seinem Herzen und Leere. Er hatte das Gefühl, daß man ihn hier zurückgelassen hatte, vergessen hätte. Seine Brillengläser waren beschlagen, er nahm sie ab und putzte sie.

Als es dämmerte, wurden Schritte laut.

5.

Ein Araber und ein Mädchen kamen auf das Gebäude zu. Schnell erhob er sich von seinem Stuhl. Sie sahen ihn von unten, hoben ihren Blick und blieben sofort stehen – erschrocken über den Anblick seiner gelehrten, weichen Gestalt. Er senkte seinen Kopf. Sie setzten ihren Weg fort, aber ihre Schritte waren plötzlich unsicher geworden. Er ging zu ihnen hinab.

Es war ein alter Araber, stumm, wie sich herausstellte. Im Krieg hatten sie ihm seine Zunge herausgeschnitten – sie oder wir, machte das viel aus? Was mochten die letzten Worte gewesen sein, die ihm im Halse stecken geblieben waren? Im dunklen Raum, in dessen Fenstern das letzte Licht stand, drückte ihm der Forstwächter die schwere Hand und beugte sich nieder, um das ängstlich zurückschreckende Kind zu streicheln. Der Kreis der Einsamkeit hatte ihn jetzt völlig eingeschlossen.

Der Araber machte Licht an. Der Forstwächter würde oben schlafen.

Der erste Abend verstrich und Traurigkeit füllte sein Herz. Das gelbliche, schwache Licht der Birne bedrückte ihn. Nur der offene Ausblick tröstete ihn ein wenig, das Blau des fernen Meeres, in dem sich die sinkende Sonne spiegelte. Zusammengezogen saß er auf seinem Stuhl, sah auf den großen Wald, der sich vor ihm erstreckte, glaubte, daß in jedem Augenblick ein Feuer ausbrechen konnte. Mit großer Verspätung brachte ihm der Araber sein Essen hoch. Es hatte einen merkwürdigen Geschmack, roch nach allem möglichen, aber er schluckte alles hinunter und ließ nichts auf dem Teller. Hungrig glitten seine Augen zwischen dem Tablett und den Bäumen hin und her. Während er kaute, entdeckte er die Lichter einiger Siedlungen in der Ferne. Er dachte ein wenig an Frauen, zog sich aus, öffnete den Koffer, in dem keine Bücher waren und zog seine Sachen hervor. Es schien ihm, als wäre er schon seit vielen Tagen aus der Stadt fort. Er hüllte sich in einige Decken und wandte sein Gesicht den Wäldern zu. Ein kühler Wind strich über ihn hinweg. Was für einen Schlaf würde er hier finden? Der Araber brachte ihm eine Tasse Kaffee hoch, um ihn wachzuhalten. Der Forstwächter wollte noch ein kleines Gespräch mit ihm führen, über die herrliche Landschaft vielleicht, oder über das schwache Licht. Aus der Stadt waren ihm noch einige Worte geblieben, aber der Araber verstand kein Hebräisch. Der Forstwächter lächelte müde, zum Dank. Etwas an seiner Glatze, am Glitzern seiner Brillengläser, machte dem Araber Angst.

Es war halb zehn – die Nacht begann. Grillen zirpten in der Dunkelheit. Er kämpfte gegen den Schlaf, der ihn zu übermannen drohte. Seine Augen schlossen sich, sein Herz klopfte. Der Feldstecher hing ihm auf der Brust, hin und wieder nahm er ihn auf und hob ihn schlaftrunken an seine Augen. Glas schlug an Glas, er riß seine Pupillen auf und suchte zwischen den rauschenden Kiefern nach Feuer.

Dunkel –

Wie lange brauchte so ein Wald, um abzubrennen? Sollte er ihn einmal in der Stunde überprüfen, oder einmal in zwei Stunden? Auch wenn inzwischen ein Feuer ausgebrochen war, blieb ihm noch genügend Zeit, um Hilfe herbeizurufen und den Rest des Waldes zu retten.

Das Gemurmel im Erdgeschoß war verstummt, der Araber und seine Tochter waren schon eingeschlafen. Und hier oben dämmerte er vor sich hin, müde von der Reise, zwischen drei Wänden und einer Öffnung, vor der die Meereslinie sichtbar war. Er hatte sich aufs Bett gelegt, aber er durfte sein Gesicht nicht der Wand zukehren. Er schloß kraftlos die Augen und wurde ständig von der Angst gequält, ein heimliches Feuer zu übersehen. Um Mitternacht stieg er aus dem Bett und setzte sich wieder auf den Stuhl. Im Armwinkel lag sein Kopf auf dem Tisch, er schrie nach Schlaf, verfluchte den Moment, in dem er sich bereit erklärt hatte, Forstwächter zu werden, saß einsam vor dem dunklen, rauschenden Reich unter sich. So vergingen die schwarzen Stunden der ersten Nacht, bis er aus den Augenwinkeln das Morgengrauen zwischen den Hügeln wahrnahm.

Nur aus Müdigkeit suchte er an diesem Morgen nicht das Weite. Die folgenden Tage und Nächte zogen wie auf einer Leinwand aus weißem Dunst an ihm vorbei, den alle vierundzwanzig Stunden die Glut der sinkenden Sonne durchbrach. Nicht er, irgendein Fremder irrte in den ersten Tagen durch die beiden Stockwerke des Wachtturms, trug den Feldstecher auf seinem Herzen, aß wie im Traum die Mahlzeiten, die der unsichtbare Araber ihm hinterließ. Er war erstaunt über die große

Verantwortung, die plötzlich auf ihn gefallen war, aber am schwersten wurde ihm das Schweigen – auch zu sich selbst sprach er nur noch vereinzelte Worte. Konnte er hier ein Buch aufschlagen? Noch hatte er sich an dem Ausblick nicht sattgesehen, immer wieder gab er ihm Kraft. Endlich, nach zehn aufreibenden Tagen, hatte er sich gefangen. Ein kurzer Blick genügte, um alle fünf Hügel zu überschauen. Schon war er fähig, mit offenen Augen einzuschlafen. Es war ein neues Talent, das er an sich entdeckt hatte, und durchaus nicht uninteressant.

6.

Mit einer leichten Verspätung von gut zwei Wochen machte er endlich den Koffer mit den Büchern auf. Aber diese Verspätung störte ihn nicht weiter, er hatte ja noch den Frühling, den ganzen Sommer und den halben Herbst vor sich. Der erste Tag blieb dem Aussortieren der Bände vorbehalten, dem Studium ihrer Titel, dem Anblättern ihrer Seiten. Es lag ein gewisses Vergnügen in der Berührung mit diesen dickleibigen, duftenden Büchern, das ließ sich nicht leugnen. Der Text war in fremden Sprachen verfaßt, die Fußnoten waren lateinisch geschrieben – unbekannte Worte aus anderen Welten. Eine leichte Besorgnis überkam ihn. Dem Thema seiner Arbeit – die Kreuzzüge, in ihrem allgemein menschlichen, das heißt kirchlichen Aspekt – fehlte noch die Gliederung. »Kreuzzüge«, flüsterte er vor sich hin und kostete die Freude aus, die diese Wortverbindung in ihm auslöste. Er war sicher, daß dieses Thema ein dunkles Interesse für ihn barg, das ihn noch erstaunen würde, mit dem er auch die Welt erstaunen würde. Gerade aus der Schläfrigkeit, die sein Hirn wie eine Wolke einhüllte, würde ihm die Erleuchtung kommen.

Am nächsten Tag beschäftigte er sich mit den Bildern. Überall in den Büchern waren merkwürdige und komische Bilder zu sehen: Mönche und Kardinäle, undeutliche Könige, hagere Ritter, winzige Juden mit bösen Gesichtern. Neue Landschaftsbilder, Karten. Er sah sich alles an, zog Vergleiche, döste vor sich hin. Vor dem schweren Weg in die Abstraktion wollte er Kraft aus dem Konkreten schöpfen. Nachts konnte er wegen der Mücken nicht arbeiten, und am nächsten Morgen sagte er sich: die herrliche Zeit, wie schnell fließt sie dahin in dieser reinen Einsamkeit. Er schlug das erste Buch auf seiner ersten Seite auf, las das Vorwort des Autors, seine Danksagungen. Er las andere Vorworte, weitere Danksagungen, achtete auf die Verlage, in denen die Bände herausgekommen waren, verglich die Erscheinungsdaten. Zur Mittagszeit wurde er von den Büchern abgelenkt, weil er glaubte, zwischen den Bäumen sei eine Flamme ausgebrochen. Lange konnte er sich nicht beruhigen, mit dem Feldstecher suchte er die Hügel ab, seine Hand hielt den Telefonhörer umklammert. Erst gegen Abend wurde ihm klar, daß die vermeintliche Flamme das rote Kleid der kleinen Araberin gewesen war, die zwischen den Bäumen umherlief. – Am nächsten Tag, während er sich eifrig auf die erste Seite stürzte, erschien plötzlich sein Vater mit einem Koffer in der Hand.

»Was ist geschehen?« fragte der Vater erschrocken.

»Nichts. Was soll geschehen sein?«

»Warum bist du denn plötzlich Forstwächter geworden?«

»Ein bißchen Einsamkeit . . .«

»Einsamkeit?« sagte der Vater verwundert, »du suchst Einsamkeit?«

Der Vater beugte sich über das offene Buch, nahm seine dicke Brille ab und brachte seine Augen dicht an das Geschriebene heran. »Die Kreuzzüge«, sagte er langsam, »damit bist du beschäftigt?«

»Ja.«

»Stör ich dich nicht? Ich will dich nicht stören . . . ich hab ein bißchen Urlaub . . .«

»Nein, nein, du störst mich nicht . . .«

»Ein herrlicher Ausblick.«

»Ja, herrlich.«

»Du hast abgenommen ...«

»Kann sein.«

»Hast du nicht in den Bibliotheken studieren können?«

Anscheinend nicht. Schweigen. Wie ein kleiner Igel durchstöberte der Vater das Zimmer. Mittags fragte er seinen Sohn:

»Glaubst du, daß es hier einsam ist? Wirst du hier Einsamkeit finden?«

»Wer soll mich denn stören?«

»Glaub mir, ich will nicht stören.«

»Aber wo denkst du hin!«

»Ich brech bald wieder auf.«

»Nein, geh nicht ... bitte, bleib.«

Der Vater blieb eine Woche.

An den Abenden versuchte sich der Vater mit dem Araber und seiner Tochter anzufreunden. Aus seiner Jugendzeit wußte er noch einige arabische Worte, bei jeder Gelegenheit brachte er sie über seine Lippen. Aber der Araber verstand seinen Akzent nicht, schwer schüttelte er seinen Kopf.

Schweigend saßen sie beieinander. Obwohl der Vater dauernd murmelte: »Denk nicht an mich, ich setz mich still in einen Winkel«, konnte der Sohn keine einzige Zeile lesen. Nachts schlief der Vater im einzigen Bett, und der Forstwächter streckte sich auf dem Boden aus. Manchmal erwachte der Vater in der Nacht, bald entdeckte er dann, daß sein Sohn nicht schlief. »Vielleicht lösen wir uns ab«, sagte er, »du schläfst im Bett, und ich beobachte den Wald.« Aber der Sohn wußte ja, daß der Vater gar keinen Wald sah, sondern nur einen undeutlichen Fleck. Erst wenn ihm das Feuer die Kleider versengt hatte, würde er's spüren. Während des Tages tauschten sie ihre Plätze – der Sohn lag auf dem Bett, und der Vater saß am Tisch, versuchte, in dem aufgeschlagenen Buch zu lesen. Er hätte gerne ein Gespräch mit seinem Sohn begonnen, eine Diskussion, konnte zum Beispiel nicht verstehen, warum sich der Junge nicht mit den Juden zur Zeit der Kreuzzüge beschäftigte – der kollektive Selbstmord wäre doch ein wunderbares, schreckliches Thema. Der Sohn lächelte gutmütig, ließ ein paar müde Worte fallen und schwieg. In den letzten Tagen seines Aufenthaltes widmete der Vater sich dem stummen Araber. Er hatte eine Menge Fragen auf dem Herzen – wer er sei, woher er käme, wer ihm seine Zunge abgeschnitten hätte, und weshalb. Schon hatte er einen Funken des Hasses in seinen Augen entdeckt. Eines Tages könnte so einer noch die Wälder in Brand stecken. Warum eigentlich nicht?

Am letzten Tag durfte sich der Vater mit dem Feldstecher vergnügen.

Gebeugt, den Koffer in seiner Hand, stand er schließlich vor seinem Sohn. Sie schüttelten sich die Hände. Plötzlich standen Tränen in den Augen des kleinen Vaters.

»Ich hab dich gestört, ich spür's, ich hab dich gestört . . .«

Vergeblich protestierte der Sohn, vergeblich sagte er etwas über die lange Zeit, die noch vor ihm liege: der halbe Frühling, der ganze lange Sommer, der ferne Herbst.

Aus der Höhe seines Beobachtungspostens sah er, wie der Vater sich blind und verloren an der Hintertür des Lieferwagens zu schaffen machte. Der Fahrer behandelte ihn grob und ungeduldig. Als der Lieferwagen anfuhr, winkte der Vater noch einmal. Aber irrtümlich winkte er in die Richtung des Waldes. Er hatte seine Orientierung verloren.

Und immer noch glaubte der Mann, der allein vor den Wäldern zurückblieb, daß er selbst wohl nie einen Sohn haben würde.

7.

Eine Woche lang kroch er Zeile für Zeile über den schwierigen Text. Nach jedem Satz hob er seinen Kopf und blickte auf den Wald. Noch immer wartete er auf das Feuer. Die Luft um ihn erwärmte sich, über der Meereslinie hing ein schwüler Dunst. Wenn der Araber abends zurückkam, waren seine Kleider schweißdurchtränkt, auch seine Tochter war müde. Aber er selbst konnte sich in keiner Hinsicht beklagen. Es war gut, sich an solchen Tagen in der Höhenluft zu befinden, hoch über jeder Stadt. Dem Anschein nach tat er pausenlos Dienst, aber konnte man dieses einfache Beobachten wirklich Dienst nennen? Die Temperatur stieg von Tag zu Tag. Er fragte sich, ob in der Welt noch Frühling herrschte, oder ob sich heimlich schon der Sommer eingeschlichen hätte. Seine Ohren waren schärfer geworden. Das Rauschen der Bäume klang ständig in ihm nach. Seine Augen hüteten sich vor der brennenden Sonne, seine Sinne wurden wacher. In gewisser Weise fühlte er sich jetzt den Wäldern verbunden, auch in seinen Träumen sah er ständig Bäume. Die Frauen bedeckten sich mit Blättern.

Der Text war schwer, und die Worte blieben ihm fremd. Es war auch nur eine erste Einführung. Aber in seiner Gründlichkeit ließ er keinen Absatz aus. Jedes Wort übersetzte er sich, und jede Übersetzung bettete er in leichte Reime ein, damit die Worte Eingang fanden in sein Herz und nicht im Schweigen untergingen, das ringsum herrschte.

Da war's kein Wunder, daß er am Freitag erst drei Seiten hinter sich gebracht hatte. »Der Stoff macht mich müde«, flüsterte er und streichelte den Tisch mit seinen Fingern. Sollte er sich vielleicht ein wenig ausruhen? An den Sabbatabenden stieg aus dem grünen Waldreich unter ihm eine feierliche Traurigkeit herauf, und sein Herz zog sich zusammen. Er glaubte weder an Gott noch an seine Abgesandten, aber es gab doch ein Gefühl der Heiligkeit, das ihm die Kehle zuschnürte.

Zur Feier des Tages kämmte er sich seinen Bart. Der war ihm hier zwischen den Kiefern gewachsen und bildete ein überraschendes Gegenstück zu seiner Glatze. Er erhob sich und brachte ein wenig Ordnung in das Durcheinander seines Zimmers, nahm ein heruntergefallenes Blatt vom Boden auf. Was war denn das? Das Blatt mit den Anweisungen für den Forstwächter. Er las es noch einmal sorgfältig durch, und plötzlich entdeckte er eine Anweisung, die ihm entfallen war – oder hatte er sie eigenhändig hinzugefügt?

»Der Forstwächter hat in regelmäßigen Abständen Spaziergänge zwischen den Bäumen zu machen, um seine Sinne zu schärfen.«

Wie ein kleines Kind machte er seine ersten Schritte in dem großen Wald. In engstem Radius umkreiste er den Wachtturm, als fürchtete er, ihn im Stich zu lassen. Aber magisch zogen ihn die Bäume an, langsam ging er tiefer zwischen die Hügel hinein. Sollte er Brand riechen, würde er sofort zurücklaufen.

Eigentlich war das noch gar kein Wald, nur eine Hoffnung, ein Versprechen für die Zukunft. Die Kugel der Sonne leuchtete hier und da zwischen den Kronen auf und tauchte in Lichtsplitter, was sich zwischen den Bäumen bewegte. Das war kein rauschender Wald, sondern ein stiller Wald, still wie ein Friedhof. Ein Wald der Einsamkeiten. Die Kiefern standen gerade, ernst und dünn – wie Rekruten, die auf ihren Kommandanten warteten. Der Forstwächter, der hier auf und ab ging, hatte Freude an diesem Spiel von Licht und Schatten. Überall trat er auf abgestorbene Kiefernnadeln, denn ständig, in einer leichten, schwebenden Bewegung, warfen die Kiefern ihr Grün ab. Immer lebten sie und starben zugleich.

Oval bewegte sich seine Gestalt zwischen den sehnsüchtig zum Himmel strebenden Bäumen. Sein Fleisch schmerzte ein wenig, lange hatte er sich keine Bewegung mehr gemacht, seine Beine wurden ihm schwer. Plötzlich entdeckten seine Augen den Draht der Telefonleitung – eine gelbliche Linie, die einen faulen Geruch verbreitete. Das also war seine Verbindung mit der Welt. Er ging dem gelben Draht nach, suchte seinen Anfang. Wie anmutig sich seine sinnlosen Windungen zwischen den Bäumen ausnahmen; das mußte ein Spaßvogel gewesen sein, der die Leitung gelegt hatte.

Plötzlich hörte er Stimmen. Er hielt an, duckte sich, zögerte. Eine kleine Lichtung öffnete sich vor ihm. Der Araber saß dort neben seinem Spaten, auf einem Steinhaufen. Das Mädchen erzählte ihm etwas Aufregendes, seine Handbewegungen beschrieben ein Tier. Leise kam der Forstwächter auf sie zu, machte sich unhörbar, soweit es ihm sein ungeschickter Körper erlaubte. Sie spürten aber sofort, daß er sich näherte, witterten sein fremdes Wesen und verstummten. Der Araber sprang auf und stellte sich neben seinen Spaten, als wollte er ein Geheimnis verbergen. Wortlos blieb er vor ihnen stehen. Es war Sabbatabend. Sehnsucht stahl sich in sein Herz. Verwundert stand er da, wie ein Vorgesetzter, der auf eine nebensächliche Frage keine Antwort finden konnte. Der leise Wind strich über seine Augen. Hätte er sich nicht geschämt, so würde er ihnen jetzt etwas vorsingen. Schweigen. Er lächelte wie abwesend, ließ seinen Blick wandern, zog sich langsam zurück und versuchte dabei sein Gesicht zu wahren, soweit es noch möglich war.

Wie gelähmt blieben die beiden Gestalten auf der Lichtung stehen. Die freudige Erregung, mit der das kleine Mädchen seine Geschichte erzählt hatte, war erloschen, nach einer Weile beugte sich der Araber nieder und jätete das Unkraut zu seinen Füßen. Aber der Forstwächter war schon weit fort, tief im Reich der Bäume. Schon eine ganze Stunde lang wanderte er durch seine Schatten, und immer noch machte er Entdeckungen. Die Namensschilder der Spender, zum Beispiel. Das war kein anonymer Wald, erkannte er nun – ein Wald mit Namen war's, nicht nur mit einem einzigen Namen, sondern mit vielen Namen. Auf unzähligen Felsen waren blankgeputzte Messingschilder angebracht, er beugte sich nieder, nahm seine Brille ab und las: Louis Schwarz aus Chicago, der König von Burundi im Namen seines Volkes. Schalkhafte Sonnenstrahlen tanzten zwischen den Buchstaben auf und nieder. Die Namen hefteten sich an ihn wie die Kiefernnadeln, die ihm von den Bäumen in die Taschen rieselten. Wie merkwürdig das war – sein müdes Gedächtnis wollte neue Kraft gewinnen, klammerte sich an diese gesichtslosen Namen. Er nahm einen Namen nach dem anderen in sich auf, und als er wieder am Wachtturm war, sprach er sie vor sich hin, um sie nicht zu vergessen. Ein stumpfes Lächeln bedeckte sein Gesicht.

Sabbatabend.

Für eine Weile überkam ihn die Traurigkeit. Jetzt wußte er auf einmal, was er zu tun hatte. Am Sonntag hau ich ab, flüsterte er plötzlich und begann vor sich hin zu pfeifen – erst tonlos, nur mit einem inneren Summen, dann immer lauter, ein wachsender Klang, der sich zum dunkel werdenden Himmel erhob. Erstaunt hörten die Bäume ihm zu. Ein verborgener Abgrund antwortete ihm aus der Ferne. Die Sonne tropfte ins Meer. Klirrend fuhr ihr Untergang in die Saiten des Lichtes, und er, laut und schreiend, sang gegen sie an, sang alles falsch, veränderte die Melodien nach Lust und Laune, in Freiheit und in Einsamkeit. Er begann ein Lied und glitt in ein anderes Lied hinüber, ohne den Ton zu verändern, unvermittelt. Tränen quollen ihm in die Augen. Schließlich erstickte die Dunkelheit seine Kehle, er hörte plötzlich sich selbst und verstummte.

Im Walde wurde es wieder still. Ein letzter Rest des Tageslichts. Schon kamen der Araber und seine Tochter aus dem Dikkicht ihres Verstecks hervor und gingen mit gesenkten Köpfen auf den Wachtturm zu.

Der Sabbat verging in erhabener Stille. Innere Ruhe erfüllte ihn. Um sich zu zerstreuen, zählte er jetzt die Bäume. Am Sonntag wollte er fort, aber der Lieferwagen brachte plötzlich sein Gehalt, das er ganz vergessen hatte. Er erschrak, aufgeregt dankte er dem spöttisch lächelnden Fahrer. Der rauschende Wald hielt also auch seinen Lohn für ihn bereit.

Er kehrte zu seinen Büchern zurück.

8.

Glühende Sommertage. Ja, und die Vögel – auch die Vögel gehörten ins Bild. Der Wachtturm war sicherlich auf einer ehemaligen Brutstätte errichtet worden, anders ließen sich die zahllosen Vogelscharen nicht erklären, die aus allen Winkeln des Waldes wie wahnsinnig gegen die Wände des Turms stießen, sich auf seinem Bett wälzten, auf seine Bücher stürzten, überall ihre grauen Federn hinterließen, ihren grünen Schmutz, ein Flattern in der schweren Luft – um sich dann schaukelnd auf ihren Weg zur Küstenlinie zu machen. Er hatte sich verändert. Er war braun geworden, aber das war nicht das Entscheidende. Eine innere Hitze erfüllte ihn und machte ihm Angst. Ein schwüler Wind konnte den Wald zum Selbstmord verleiten; deshalb war er jetzt doppelt aufmerksam, drückte den Feldstecher fest an seine Augen und ließ einen sorgfältigen Blick über den Wald gleiten, für den er verantwortlich war. Wie stand es um ihn? Knappe zwanzig Seiten hatte er schon hinter sich, tausende noch vor sich. Was hatte er behalten? Einzelne Worte, hier und da einen Gedanken, etwas von der Stimmung am Vorabend der Kreuzzüge. Die Nächte waren still. Eigentlich hätte er arbeiten können – wenn die Mücken nicht gewesen wären. Er hatte viel Zeit mit den Vorbereitungen vergeudet, und jetzt machte er abends die Lichter aus und saß Nacht für Nacht im Dunkeln. Wie leere Schalen fielen die Worte von ihm ab. Grillen. Der Chor der Schakale. Eine Fledermaus flatterte mit schweren Flügeln durch die Finsternis. Knackende Geräusche.

Sommerfrischler begannen den Wald zu bevölkern. Sie kamen in Gruppen und manchmal allein. Mit seinem Feldstecher verfolgte er sie – verschiedene Altersgruppen, nicht uninteressant. Wie Ameisen verbreiteten sie sich über die Hügel, drängten sich zwischen die Bäume, riefen einander, brachen in Gelächter aus, streiften die Rucksäcke ab und warfen sie auf die Erde, zogen alles aus, was sich ausziehen ließ, hängten es auf die Bäume – und kamen geradewegs auf den Wachtturm zu.

Wasser wollten sie haben. Wasser!

Er kam zu ihnen hinunter, und sie starrten ihn an wie eine Sehenswürdigkeit. Seine Glatze zwischen den grünen Kiefern, die dicke Brille – alles deutete an, daß hier ein Original vor ihnen stand.

Stramm und aufrecht stellte er sich an den Wasserhahn und gab dem Volk zu trinken. Alle baten um Erlaubnis, hinaufzusteigen und einen Blick auf die Landschaft zu werfen. Freudig gab er seine Zustimmung. Sie drängten sich in sein kleines Zimmer und brachen immer wieder in die gleichen Überraschungsrufe aus. Er lächelte, als hätte er alles selbst erschaffen. Besonders das Meer erweckte ihre Begeisterung. Das hätten sie sich nicht vorgestellt, daß man von hier aus das Meer sehen könnte. Aber schnell flaute ihr Interesse wieder ab. Sie warfen noch einen Blick, gaben ihre Bewunderung kund und wandten sich schon unruhig hin und her, wollten wieder hinabsteigen. Sie blickten auf seine Notizen, auf die schweren Bücher – und verließen voller Hochachtung das Zimmer: Hochachtung für ihn, nicht für die Landschaft. Die Gruppenführer baten ihn, das Landschaftsbild zu erklären. Aber es gab nichts zu erklären, es war alles noch zu künstlich. Nicht einmal Archäologie für Anfänger gab es hier; nur einige Geldspender, deren Namen auf den Felsen zu lesen waren. Wollten sie die Namen hören? Also, zum Beispiel . . .

Man lachte.

Die Mädchen warfen ihm freundliche Blicke zu. Er war nicht gerade schön, aber das eine oder andere Herz ließe sich schon erobern.

Man entzündete Lagerfeuer.

Sie wollten ihre Mahlzeiten erwärmen, oder ihr weiches Fleisch. Angst überkam ihn. Kleine Flammen züngelten überall im Walde auf, ein bläulicher, fröhlicher Rauch wand sich zu den Baumkronen empor. Ein Waldbrand, der keiner war. Und er, unverwandt, starrte durch seinen Feldstecher auf die lustigen, singenden Gestalten.

Gegen Abend stieg er hinab, um sein fröhliches, funkelndes Reich zu inspizieren. Er wollte Warnungen aussprechen, wo es zu warnen galt. Mit weichen, lautlosen Schritten näherte er sich den Lagerfeuern, den Menschen im Flammenschein. Als er unbemerkt in ihren Kreis trat, erschraken sie, richteten ihre jungen Augen auf ihn. Die Gruppenführer standen sofort auf.

»Ja, was bitte?«

»Das Feuer . . . seien Sie vorsichtig. Ein brennender Span kann den ganzen Wald in Flammen setzen . . .«

Und sie beeilten sich, ihn zu beruhigen, legten die Hände auf ihre jungen Herzen und versicherten ihm feierlich, daß die ganze Reihe der leuchtenden Augen vor ihm achtgeben würde. Alles in Maßen. Ehrenwort.

Und er, beruhigt und unruhig zugleich, wandte sich ab. In den Schatten, im Halbdunkel, hielt er sich auf und ließ seinen Blick wandern. Die Mädchen entblößten die weiße Haut ihrer Beine. Weiche Rehe. Leise und heiter hüpften die Flammen auf und nieder. Schmerzhaft ballte er seine Finger zu Fäusten. Wie gerne hätte auch er seine Hände erwärmt.

»Wollen Sie sich nicht zu uns setzen?« luden sie ihn höflich ein. Seine senkrechte Anwesenheit machte sie verlegen.

Nein, danke. Er könne nicht. Er habe noch zu arbeiten, sie hätten ja seine Bücher gesehen. Jetzt blieb ihm nichts weiter übrig, als sich mit einem nachdenklichen Gesichtsausdruck zurückzuziehen. Aber kaum war er aus ihrem Blickfeld verschwunden, versteckte er sich schon zwischen den Bäumen und sah von weitem auf die Feuer und die Mädchen, bis man sich überall in die Decken gehüllt hatte und wieder Dunkelheit herrschte. Aber noch waren sie wach unter ihren Decken, ein Kichern war zu hören, das Kreischen eines Mädchens, die zornige Stimme eines Gruppenführers. Bis er anfangen würde, sich etwas auszudenken, bis er sich eine Gestalt ausgemalt hätte, würde der Morgen grauen – das Schönste an allem blieb das Schweigen. Gegen Mitternacht schlich er sich zwischen den Bäumen davon und kehrte zum Wachtturm zurück. Er setzte sich auf seinen Stuhl und wartete. Vielleicht würde eine der Gestalten in der Dunkelheit zu ihm finden. Aber alles blieb still. Sie waren müde, waren schon eingeschlafen.

So war es auch am nächsten Tag und an allen folgenden Tagen.

Morgens öffnete er sein Buch, und plötzlich drang aus der Ferne ein wilder Gesang zu ihm herauf. Noch hob er seinen Blick nicht von der Zeile, aber seine Hand tastete bereits nach dem Feldstecher. Gestreiftes Schweigen. Lichtstrahlen zwischen den Zweigen. Seine Augen hielten noch am Text fest, aber seine Gedanken waren schon auf der Suche. Aus den Augenwinkeln nahm er die Wanderbewegung wahr, die überall den Wald erfüllte; er teilte sie nach Altersgruppen ein, nach ihrer Herkunft, nach ihrer jugendlichen Lebensfreude. Aus der Ferne sahen sie aus wie eine Prozession von Kreuzfahrern; nur gingen die Frauen hier sehr leicht bekleidet. Er zitterte, spürte plötzlich, wie ihm Luft fehlte. Er nahm seine Brille ab und schlug seinen Kopf gegen die Bücher. Nach einer halben Stunde kamen sie an, baten wieder um Wasser, um einen Blick vom Wachtturm. Es gäbe hier eine herrliche Aussicht, das hätten sie schon gehört. Vielleicht hatten sie auch schon von dem Gelehrten gehört, aber davon sagten sie nichts. Die Anführer brachten ihre Gruppen in sein Zimmer hoch, das nun der Öffentlichkeit gehörte.

Und kaum hatten sie sich im Wald verstreut, da flammten auch schon die Lagerfeuer auf – als wären diese Feuer das eigentliche Ziel ihrer Ausflüge. Am Abend lief er zwischen den fünf Hügeln hin und her, eilte von einem Feuer zum anderen, sprach seine Warnungen aus, wünschte wohl auch, entdeckt zu werden. Nie aber schloß er sich einer der Gruppen an. Er zog es vor, sich im Unterholz zu verstecken. Der Gesang schlug auf sein Herz, und mehr noch ihre geflüsterten Worte. Warme Sommernächte, ständig strömte etwas zwischen den Blättern.

Allmählich flossen die Sommerfrischler ineinander über. Die einen kamen, und die anderen zogen ab. Bis er auch nur die wichtigsten Namen gelernt hatte, waren ihre Träger schon wieder verschwunden, und zwischen den Zweigen blieben nur Schatten zurück. Trägheit überkam ihn, nicht einmal seine Warnungen vor der Brandgefahr sprach er mehr aus. Er brachte kein Wort über die Lippen. Im Gegenteil: ein kleiner Waldbrand, eine leichte Katastrophe – das wäre ihm ganz recht gewesen. Aber die Sommerfrischler waren sehr verantwortungsbewußt, sie achteten auf jeden Funken und auf jeden Rauch, die verschiedenen Gruppenführer kamen schon von selbst und beruhigten den Forstwächter im voraus.

Wie sehr er seine Studien vernachlässigte, das wußten die Vögel. Ständig lauerte er ihnen auf, ließ sie nicht an seinen Tisch heran. Schon seit einem Monat hatte er kein Blatt gewendet, zwischen zwei Worten war er steckengeblieben. Wenn's kühler wird, sagte er sich, wenn die Leute wieder weg sind – dann geht die Arbeit schnell voran. Wenn er nur die Worte übergehen und ohne sie zum Kern der Sache kommen könnte! Hin und wieder schrieb er etwas in seine Hefte, Gedankenfetzen, eine kleine Hypothese. Nichts Besonderes. Höchstens einen Satz am Tag. Auf Umwegen wollte er sich die Materie aneignen – aber nicht einmal den Wald vor seinen Augen hatte er sich angeeignet, kaum waren zum Beispiel der Araber und seine Tochter zwischen den Bäumen verschwunden, konnte er sie schon nicht mehr ausfindig machen. Gegen Abend kamen sie aus einer unerwarteten Richtung wieder hervor, als hätte sie der Wald eben erst gezeugt. Lautlos gingen sie über die Erde, schienen zu lauschen. Er lächelte zu ihnen hinunter, aber sie schreckten zurück.

Sabbatabend. Der Wald war voller Menschen, zu Fuß und in Autos hatten die Massen aus den fernen Städten ihren Weg hierher gefunden. Wo war die Einsamkeit geblieben? Wie ein abgesetzter König, dem man sein Reich genommen hatte, lag er quer auf seinem Stuhl. Die Stunde der Dämmerung. Die Sonne glitt hinter den Baumkronen hinab. Unter den Menschen und ihren Stimmen nahm sein Ohr das Stöhnen der müden Erde wahr, an der die Zähne junger Wurzeln nagten. Unvermutet kam eine Delegation der Sommerfrischler zu ihm herauf. Sie wollten ihm nur eine Frage stellen, hätten diskutiert, hätten eine Wette abgeschlossen – er sollte der Richter sein. Wo genau befände sich das arabische Dorf, das auf ihrer Karte eingezeichnet sei? Hier in der Umgebung müßte es ein verlassenes Dorf geben. Sie kannten sogar seinen Namen, so etwas ähnliches wie ... das müßte eigentlich hier sein, mitten im Wald. Vielleicht wüßte er etwas darüber.

Aus müden Augen sah der Forstwächter sie an. Ein Dorf? Er lächelte nachsichtig, wie einer, der einen Fehler verzeiht. Nein, hier gebe es kein Dorf. Die Karte müßte sich irren. Vielleicht hatte die Hand des Landvermessers gezittert.

Aber dann – in den dunklen Stunden der Nacht, zwischen Schlummer und Schlummer, vor den wachsenden, rauschenden Wäldern – tauchte dieser Name überraschend wieder auf, und er wurde unruhig. Er stieg ins Erdgeschoß hinunter, tastete sich in der Finsternis an das mit alten Fetzen bedeckte Bett des Arabers heran, rüttelte den Schlafenden wach und flüsterte ihm den Namen des Dorfes zu. Der Araber erwachte. Er verstand kein Wort. Müde starrten seine Augen aus ihren Höhlen. Der Akzent des Brandhüters hatte den Namen des Dorfes wahrscheinlich unverständlich werden lassen. Deshalb wiederholte er ihn jetzt mehrmals – und plötzlich hörte ihn der Araber, begriff. Ein verwunderter, leicht erstaunter Ausdruck kam in die Falten seines Gesichtes. Er sprang aus dem Bett, stand nackt und haarig da und deutete mit schwerem Arm auf das Fenster, zeigte erregt und verzweifelt auf den Wald.

Der Forstwächter dankte und zog sich zurück, ließ die schwere, nackte Gestalt mitten im Zimmer stehen. Wenn er am nächsten Morgen erwachte, würde der Araber denken, es sei ein Traum gewesen.

9.

Festsaison – überall im Walde fanden Einweihungsfeiern statt. Die Bäume beugten sich in Ehrfurcht, sie erhielten plötzlich Bedeutung, gehörten dazu. Weiße Bänder wurden ausgespannt, neue Flächen abgesteckt. Luxuriöse Autobusse kamen auf den harten Staubwegen heran, vor und hinter ihnen zog sich eine lange Reihe blitzender Limousinen hin, zuweilen war ein aufgeregter Polizist auf seinem Motorrad zu sehen. Schwere Leute stiegen aus den Bussen, schaukelten wie schwarze Bären, Frauen taumelten umher wie schwache Schmetterlinge. Langsam fanden sie sich zusammen, drückten unter ihren schwarzen Schuhen Zigaretten aus und blieben stumm – gedachten schweigend ihrer selbst. Auch der Forstwächter nahm an den Feiern teil, allerdings nur aus der Ferne, durch seinen Feldstecher, aus einem neuen Blickwinkel. Wie dünner Nebel stiegen kurze Reden auf, der Wald verschluckte sie schnell. Gebildeter Applaus erklang, das Geräusch einer Schere war zu hören, das Klicken eines Fotoapparats, Bänder glitten auf den Waldboden. Ein Tuch wurde abgenommen, und die Welt erfuhr ein kleines Geheimnis. Ein kurzer Rundgang zwischen den Bäumen, dann kehrte die hohe Gesellschaft wieder in ihre Fahrzeuge zurück und entschwand.

Wohin hatte sich das Licht verzogen?

Am Abend, wenn der Forstwächter an den niedergesunkenen Bändern vorbeiging, an den Bäumen, die sich dankbar wieder aufgerichtet hatten, fand er nichts als ein blasses Schild, auf dem etwa geschrieben stand: »Geschenk der Töchter und Söhne Saxon an ihren Vater Saxon aus Baltimore, in Dankbarkeit für seine Vaterschaft. Spätsommer neunzehnhundert ...«

Manchmal beobachtete der Forstwächter aus der Höhe, wie einer der geladenen Gäste sich verstört umblickte, seine Augen suchend zwischen den Bäumen wandern ließ. Er mußte viele Feiern beobachten, ehe er endlich erkannte, daß das der Leiter der Aufforstungsbehörde war, der in eigener Person, und immer wieder in den gleichen Kleidern, an jeder dieser Festlichkeiten teilnahm.

Einmal ging er zu ihm hinunter.

Der alte Mann schritt in illustrem Kreise, er konversierte geistreich und in fehlerhaftem Englisch mit seinen Gästen. Der Forstwächter kam zwischen den Bäumen hervor und trat seinem Vorgesetzten entgegen. Der illustre Kreis blieb überrascht stehen. Ein unangenehmes Schweigen breitete sich aus. Die Damen schreckten zurück.

»Ja – was ist?« fragte der Alte in herrischem Ton.

Der Forstwächter lächelte dünn.

»Erkennen Sie mich nicht? Ich bin doch der Hüter ... der Forstwächter ... Ihr Angestellter ...«

»Ah!« sagte der Alte und schlug sich mit der offenen Hand gegen die Stirn. »Ich hab Sie wirklich nicht erkannt, hab mich schon erschrocken, diese abgerissene Kleidung verändert Sie völlig, auch der schwere Bart. Ja, mein Freund, was macht die Einsamkeit?«

»Einsamkeit?« fragte er erstaunt.

Der alte Mann stellte ihn seinen Gästen vor.

»Ein Gelehrter – «

Sie lächelten unsicher, streckten ihm die Spitzen ihrer Finger entgegen und setzten ihren Weg fort, hatten kein rechtes Vertrauen zu seiner Hygiene. Aber der Alte sah ihn mit unverhohlener Freude an. Er war nachdenklich geworden, hielt sich noch ein wenig auf.

»Es gibt also Wälder«, sagte er mit einem breiten, verschmitzten Lächeln.

»Ja«, gab der Forstwächter zu, »Wälder gibt es schon . . .«

»Aber?«

»Aber keine Brände.«

»Brände?« fragte der Alte erstaunt und beugte sich vor.

»Brände. Ich sitze hier ganze Tage und wundere mich. Ein stiller Sommer.«

»Was Sie nicht sagen . . . hier hat es auch in den letzten Sommern keine Brände gegeben. Um die Wahrheit zu sagen – ich kann mich nicht erinnern, daß es in diesem Wald jemals gebrannt haben soll. Auch die Natur hat sich wohl unserem Aufbauwerk verschrieben, haha . . .«

»Ich sitze und denke . . .«

»Was denken Sie?«

»Ich hab gedacht, hier würde jeden zweiten Tag ein Feuer ausbrechen. Wenigstens zur Probe. Soll denn alles, was hier zur Feuerbekämpfung eingerichtet worden ist, umsonst bestehen? Die Feuerwehr, die Telefonlinien, das Personal? Seit Monaten mache ich kein Auge zu und warte.«

»Sie warten? Haha, Sie sind mir aber ein Spaßvogel!«

Jetzt hatte der Alte es eilig. Die Fahrer der Wagenkolonne

hatten schon die Motoren angelassen – es hätte bloß gefehlt, daß sie ihn hier im Schweigen der Bäume zurückließen. Er wollte nur noch wissen, was der Forstwächter von dem stummen Araber hielt. Der Fahrer des Lieferwagens hatte sich in den Kopf gesetzt, er hätte hier irgendwo Petroleumkanister versteckt . . .

»Petroleumkanister?« fragte der Forstwächter und machte eine Kopfbewegung.

»Das hat sich dieser gemeine Fahrer doch wahrscheinlich bloß ausgedacht. Der Araber ist eher ein ruhiger Typ, oder?«

»Sehr ruhig«, versicherte der Forstwächter. Er machte einige Schritte um den alten Mann herum und flüsterte ihm erregt zu: »Stammt er denn nicht von hier?«

»Von hier?«

»Unser Wald, wie soll man's sagen, steht doch auf einem vernichteten Dorf . . .«

»Auf einem Dorf?«

»Ein kleines Dorf.«

»Ein kleines Dorf? Ah, (er erinnerte sich an etwas) ja, hier hat's einmal so etwas wie einen großen Bauernhof gegeben. Aber das gehört der Vergangenheit an.«

Aber sicher, der Vergangenheit . . . etwas anderes wäre ja undenkbar.

10.

Ein Tag im Leben des Forstwächters, als Beispiel.

Morgens wachte er nicht mehr auf, denn nachts schlief er nicht mehr ein. Zwischen seinen Fingern wuchs das Licht hervor. Welches Datum hatte man heute? Schwer zu sagen. In den Gefängnissen kratzten die Häftlinge Striche an die Wände, aber er war ja nicht im Gefängnis. Er war freiwillig gekommen und freiwillig würde er gehen. Er konnte auch den Hörer abnehmen und bei der fernen Feuerwehr nach dem Datum fragen, aber noch wollte er sie nicht heranziehen.

Er ging zum Wasserhahn hinunter und bespritzte seinen Bart, um ihn ein wenig aufzufrischen. Dann ging er wieder hoch, nahm den Feldstecher auf und ließ einen forschenden Morgenblick über die Wälder gleiten. Erregung überkam ihn – war der Wald voller Rauch? Nein, nur der Feldstecher war beschlagen. Mit dem speckigen Rand seines Hemdes putzte er die Linsen, und sofort, zu seiner Enttäuschung, hellte der Wald sich auf. Kein einziger Baum war in der Dunkelheit gewachsen.

Er stieg wieder hinab. Mit ungeschickter Hand schnitt er sich eine große trockene Brotscheibe ab und aß sie auf, während seine Augen einen Zeitungsfetzen überflogen, in dem Tomaten eingewickelt waren. Das tat er nicht aus Interesse an den Tagesereignissen, er tat es nur, damit seine Augen die Form der Buchstaben nicht vergaßen.

Dann stieg er in den Wachtturm hinauf, würgte noch an einer riesigen, halb verfaulten Tomate, saugte sie aus und schluckte sie hinunter, beschmierte sich mit ihrem Saft wie mit Blut. Am Ende warf er einen großen Rest fort.

Schweigen. Er schlief ein bißchen ein. Dann erwachte er, sah lange auf die Baumkronen. Er hatte noch viele Tagesstunden vor sich. Langsam schob er sich an seine Bücher heran.

Wo befand er sich? Wieviele Seiten hatte er schon gelesen? Es war besser, er zählte nicht, wenn er nicht die Lust verlieren wollte; und unterdessen war er auch durchaus zufrieden mit sich. Es ging doch gar nicht um die Zahl der Seiten. Was er gelesen hatte, das konnte er auswendig, vorwärts und rückwärts, das wußte er mit seinem Herzen. Deshalb war er jetzt seit langem, seit einigen Wochen schon, mit einem großen Blatt beschäftigt. Ein Bild? Genauer gesagt: eine Karte. Eine Karte des Gebietes. Er würde sie hier an die Wand hängen, zum Schmuck und zur Erinnerung an sich selbst, wenn andere seinen Platz einnehmen würden. Um es später nicht zu vergessen, hatte er auch seinen Namen auf das Blatt gesetzt.

Was zeichnete er ein? Bäume. Aber nicht nur Bäume, auch Hügel, auch die Meereslinie. Von Tag zu Tag machte er Fortschritte. Hätte er Farben gehabt, so würde er sicher auch einige Vögel eingezeichnet haben, die in diesem Gebiet beheimatet waren. Was ihn besonders interessierte, das war das Dorf, das unter den Bäumen versteckt lag. Es hatte hier ja nicht immer eine solche Stille gegeben. Sein Interesse war rein wissenschaftlicher Natur. Wie hatte der Alte gesagt – ein Gelehrter. Er strich sich über den Bart, seine Hand hielt inne, er zog einige Haare heraus, die der Schmutz zusammengeklebt hatte. Wie spät war es? Noch verhältnismäßig früh. Er las eine Zeile über das Verhältnis des deutschen Kaisers zum Papst und schlief ein. Ruckartig fuhr er wieder auf. Er steckte sich eine Zigarette an und warf das brennende Streichholz in die Richtung des Waldes, aber noch in seinem Fluge ging es aus. Er warf auch den Zigarettenstummel zwischen die Bäume, aber er fiel auf steinigen Boden und erlosch.

Er erhob sich und ging unruhig auf und ab. Wie spät war es? Noch verhältnismäßig früh.

Er ging hinab, um den Araber zu suchen und ihm Guten Morgen zu sagen. Er mußte ihm zeigen, wie hellwach er war, sonst könnte der ihn eines Morgens zwischen Schlummer und Schlummer noch ermorden. Seit er ihm den Namen des verschwundenen Dorfes genannt hatte, war der Araber mißtrauisch geworden, es schien, als läge er ständig im Hinterhalt. Schnell schritt der Forstwächter zwischen den Kiefern dahin. Wie leicht seine Beine ihm in den langen Sommermonaten geworden waren. Er erschreckte die beiden durch sein plötzliches, lautloses Erscheinen.

»Schalom«, sagte er auf hebräisch.

Sie antworteten ihm zweistimmig. Die Stimme des Mädchens hatte einen lieblichen Klang, die Stimme des Arabers war ein dumpfes Brummen. Der Forstwächter lächelte still vor sich hin und setzte eilig seinen Weg fort, als wäre er sehr beschäftigt. Zwischen den Steinen lagen behauene Steine, die Schatten von Häusern, Reste von Ruinen. Er suchte nach Spuren von Menschen, wälzte täglich einige Steine um, wollte etwas entdecken.

Ein Mann und eine Frau lagen dort in leidenschaftlicher Umarmung – wie zwei Statuen, die von ihrem Sockel gefallen waren. Zuckend fuhren sie auf, als sie den bärtigen Kopf sahen, der sich schweigend über sie beugte. Er lächelte sie an und zog sich fluchtartig zurück. Wahrscheinlich gehörten sie zu einer Gruppe von Sommerfrischlern.

Wonach suchte er? Nach Überresten von Gedanken, die es hier einmal gegeben hatte, nach Worten, die sinnlos geworden waren. Aber was konnte er an einem gewöhnlichen Tag schon finden, etwa an dem Tag, den wir als Beispiel gewählt haben? Kleine Blechdosen voller Petroleum. Wie merkwürdig das war: fleißig hatten sie hier eine Dose nach der anderen gefüllt und mit einem alten Kleid des Mädchens zugedeckt. Er beugte sich über den flüssigen, stummen Schatz, in dem tote Kiefernnadeln schwammen. Mit einem leichten Ölgeruch kehrte sein Spiegelbild zu ihm zurück.

Glücklich machte er sich auf den Rückweg zum Wachtturm, öffnete sich eine Fleischdose und aß sie restlos leer. Dann wischte er sich den Mund ab und spuckte in die mit Zweigen verhangene Luft. Er schlug zwei Seiten in seinem Buch um und las die Antwort, die der Kardinal auf das Schreiben eines Juden gegeben hatte. Sie klang lustig, diese lateinische Sprache, aber wieviel Drohung lag in ihren Worten. Er schlief ein. Dann wachte er auf und erkannte, daß er fast eine wichtige Einweihungsfeier verpaßt hätte, die eben auf dem östlichen Hügel stattfand. Jetzt nahm er den Feldstecher nicht mehr von den Augen, aus der Ferne drängte er sich unter das illustre Publikum. Selbst die Lippenbewegungen der Redner konnte er erkennen. Den fehlenden Ton ergänzte er selbst. Aber das Feuer des Sonnenuntergangs nahm sein Herz gefangen und lenkte seine Augen ab, täglich aufs neue versank er erregt im ungeheuren Glanz des Farbenspiels.

Dann wischte er den Staub vom schweigenden Telefon. Das muß gesagt werden: den Besitz der Aufforstungsbehörde behandelte er mit größter Sorgfalt. Sein eigener Besitz dagegen hatte sich schon fast in seine Bestandteile aufgelöst. Knöpfe lagen zwischen den Bäumen, das Hemd hing ihm in Fetzen vom Körper, seine Hosen wurden immer kürzer.

Eine jauchzende Truppe von Sommerfrischlern war angekommen, um die Nacht im Wald zu verbringen. Einsam kaute er an seinem Fladenbrot. Die erste Dunkelheit brachte ihre alte Traurigkeit mit sich.

Der Araber und seine Tochter gingen zu Bett. Finsternis. Zwischen den Bäumen klang ein erstes Gelächter herauf und traf sein lauschendes Ohr. Er blätterte ein wenig in den dunklen Seiten seines Buches. Schlug eine Mücke tot. Pfiff.

Nacht. Er schlief nicht ein.

11.

Und schon war der Sommer zu Ende. Der Wald leerte sich. Wie ein abgefallenes Blatt trug der erste Herbstwind seine alternde Geliebte heran, die Frau jenes Freundes, der ihn hierhergeschickt hatte. Sie kam in einem Sommerkleid und unter einem breitrandigen Strohhut, schon ging sie auf hohen Absätzen durch sein Zimmer, kramte im Schrank, beugte sich über die Bücher, suchte seine Notizen nach Geheimnissen ab. Sie hatte Urlaub genommen, alleine, war zufällig hier in der Gegend gewesen und hatte sich an ihn erinnert. Wie konnte man nachts so einsam vor den Wäldern sitzen? Sie hatte beschlossen, ihm eine Überraschung zu machen. Also, welche Frucht hatte seine Einsamkeit getragen? Hatte er etwa einen vergessenen Kreuzzug entdeckt? Sie sei so neugierig, auch ihr Mann rede nur Gutes von ihm. In der Einsamkeit würde er zu einem großen Forscher werden, hatte ihr Mann gesagt.

Der Forstwächter schwieg erregt. Wortlos deutete er auf die Karte, die an der Wand hing. Sie sprang auf und sah sie sich an, verstand nicht recht, worum es da ging. Eigentlich sei sie eher an einem Text interessiert – was er denn geschrieben habe? Sie sei sehr müde, ihr Weg hierher habe eine Ewigkeit gedauert. Die Landschaft hier sei allerdings schön, das müsse man zugeben. Aber es sei doch alles sehr verwahrlost. Wer wohnte denn unten? Der Araber? Ah! Auf ihrem Wege habe sie ihn gesehen, ihn etwas fragen wollen – und plötzlich sei ihr der Schreck in die Glieder gefahren! Stumm war er, er hatte keine Zunge. Aber die Aufforstungsbehörde – alle Achtung! Wer hätte gedacht, daß in unserem Lande solche Wälder wachsen würden. Er habe sich verändert – sei er dicker geworden? Der neue Bart sei ja schrecklich. Warum sagte er denn nichts?

Sie ließ sich aufs Bett fallen.

Da erhob er sich und ging auf sie zu, in aller Ruhe, die er hier gewonnen hatte. Er nahm ihr den Hut ab, beugte sich über ihre Füße, zog ihr die Schuhe aus, zitterte vor Leidenschaft, keuchte.

Sie war sprachlos. Sofort zog sie ihre nackten, müden Füße ein, man konnte nicht wissen, ob sie Angst hatte oder nur bequemer sitzen wollte. Aber er hatte schon abgelassen von ihr, hatte sich wieder aufgerichtet und sah durch seinen Feldstecher lange auf den Wald hinaus, suchte die Lücken zwischen den Bäumen ab, wartete auf Feuer. Langsam wandte er sich zu ihr um, hielt den Feldstecher noch immer vor den Augen, der Witzbold, sah sich alles ganz genau an – die kleinen Falten, die ihr Gesicht durchzogen, die Tropfen ihres Schweißes, ihre Müdigkeit. Sie lächelte ihn wie auf einem alten Foto an. Aber als der Spaß zu lange dauerte, verwandelte sich ihr Lächeln in einen Ausdruck des Protestes. Wütend zog sie ihren Körper zusammen und streckte ihre Hand aus.

»Hör endlich auf damit!«

Erst als die Sonne unterging, gelang es ihm, sie zu entkleiden. Der Feldstecher hing ihm noch immer auf der Brust, pendelte zwischen ihnen hin und her. Zuweilen unterbrach er seine Küsse und Umarmungen, hob den Feldstecher an die Augen und blickte auf den Wald.

»Meine Pflicht«, entschuldigte er sich flüsternd und lächelte die nackte Frau seltsam an. Alles tauchte im rötlichen Glanz der sinkenden Sonne unter – das Blau des fernen Meeres, die schweigenden Bäume, die Blutstropfen auf seinen verletzten Lippen, die Verzweiflung, die Sinnlosigkeit, die Einsamkeit des nackten Fleisches. Unbewußt berührte ihre Hand seinen haarlosen Schädel und zuckte zurück.

Als der Araber kam, war schon alles vorbei. Halb eingeschlafen lag sie zwischen ihren Kleidern. Eine schöne Nacht hüllte die Welt ein. Er saß an seinem Tisch, was sollte er auch anderes tun. In der Dunkelheit wurde sie zu einem Schatten. Der Wald verzauberte sie. Plötzlich zuckte sie hoch – die leise Stimme der kleinen Araberin hatte sie erzittern lassen. Was tat sie hier? Der Herbst hatte ihr den Mantel seiner Traurigkeit umgelegt. Schnell kleidete sie sich an, knöpfte ihre Bluse zu, schlüpfte in die Schuhe. Ihre Stimme floß in die Dunkelheit.

Sie sei aus Mitleid hergekommen. Niemand hätte gedacht, daß er's so lange aushalten würde. Wann schlief er denn überhaupt? Man habe sie hergeschickt, um ihn aus seiner Verbannung zu holen, aus seiner Einsamkeit. Sein Schweigen sei besorgniserregend gewesen. Ihr Mann und seine Freunde hätten plötzlich Angst bekommen, haha, sie fürchteten, er würde hier ein Geheimnis hüten, eine welterschütternde Idee. Er würde sie noch in seinen Schatten stellen mit seiner revolutionären Entdeckung ...

Durch die breite Öffnung in der Wand fuhr plötzlich ein dunkler Wind in das Zimmer, wirbelte ein wenig durch den Raum und kam in den Winkeln zur Ruhe. Leise geriet der Forstwächter in Erregung. Seine Augen begannen zu glühen.

»Mitleid? Danke, hab ich nicht nötig. Wann ich schlafe? Immer ... aber nicht den Schlaf der Städte. Hier einfach so abhauen jetzt? Dazu ist es zu spät, ich hab auch die Bäume noch gar nicht gezählt. Eine neue Idee? Schon möglich, aber nicht so, wie ihr euch das vorstellt ... nicht wissenschaftlich ... eher menschlich ...«

Sollte er sie auf ihrem Rückweg durch den Wald begleiten, oder wollte sie lieber alleine gehen?

Sie sprang auf.

Quer gingen sie über die Hügel. Er ging ihr voraus, und sie, beleidigt und erniedrigt, folgte ihm, stolperte auf ihren hohen Absätzen zwischen den Felsen. So schwer er auch war, seine Füße waren leicht geworden, wie eine Schlange glitt er zwischen den Baumstämmen dahin, sah sich nicht nach ihr um. Sie kämpfte gegen die Zweige an, die hinter ihm in ihr Gesicht schnellten. Das Mondlicht fiel auf ihre lautlosen Gestalten. Was willst du sagen, meine herbstliche Geliebte – daß ich verrückt geworden bin? Das war ja zu erwarten. Mitten aus den Orgien habt ihr mich in die Einsamkeit gestoßen. Ich hab die Worte gegen Bäume ausgetauscht, die Bücher gegen Wälder. Das ist alles. Ein Schwall von Kiefernnadeln sinkt auf meine Augen nieder. Noch immer warte ich auf einen Brand.

Wortlos erreichten sie die schwarze Chaussee. In einem letzten Zorn trommelten ihre Absätze über den Asphalt. Jetzt sah er sie an. Ihr Gesicht war zerkratzt, ihre Arme bluteten. Der Wald zwang jedem sein Zeichen auf. Sie unterdrückte das Schluchzen in ihrer Brust. Das Schweigen gab ihr Würde. Bald hielt auf ihr Winken ein eleganter Wagen an, ein einzelner Mann mit graumelierten Haaren saß an seinem Steuer. Ohne Abschied stieg sie zu ihm ein. Auf der langen Fahrt würde sie ihm schon zwischen den Fingern zergehen.

Er machte sich auf den Rückweg – und nach wenigen Schritten tauchte der Araber vor ihm auf. Sein Atem ging kurz, sein Gesicht war düster. Was ist denn, mein Herr – woher kommen Sie denn plötzlich? Der Araber reichte ihm ihren vergessenen Hut, ihren Strohhut. Der Forstwächter lächelte dankbar und breitete seine Arme in einer hilflosen Geste aus: Sie war nicht mehr da. Wie merkwürdig seine Aufmerksamkeit war. Alles sah er, nichts entging seinem Blick. Er nahm ihm den Hut ab, setzte ihn auf, machte eine leichte Verbeugung – und der Araber erschrak. Ein lauschender Ausdruck stand in seinem Gesicht. Gemeinsam und schweigend kehrten sie zum Wald zurück, in das Reich, das nur ihnen gehörte. Der Forstwächter schritt voraus, und der Araber folgte ihm in den Fußstapfen. Einige Wolken, ein stiller Wind. Das Mondlicht spielte auf den Zweigen und machte sie durchsichtig. Er führte den Araber immer wieder auf den gleichen Wegen. Der Araber ging barfuß, seine Bewegungen waren leise. Im Kreise führte er ihn auf sein Versteck zu, das zwischen den behauenen Steinen im Schweigen lag. Ein Zögern kam in die Schritte des Arabers. Sie wurden schwächer, verstummten, klangen wieder auf. Todeskälte umwehte das Herz des Forstwächters, seine Hände wurden klamm. Er kniete auf der raschelnden Erde nieder. Wer würde ihm die leeren Stunden zurückgeben? Der Wald lag dunkel und einsam, kein Mensch war in ihm, nicht ein einziges Lagerfeuer war zu sehen. Und gerade jetzt hätte er seine Hände gerne über die Flammen gehalten, um sie ein wenig zu wärmen. Er hob herabgefallene Nadeln auf, nahm ein Streichholz, ließ es aufflammen, und es erlosch sofort. Die Luft war feucht und trügerisch. Er erhob sich. Der Araber beobachtete ihn, ein Leuchten aus Wahnsinn und Hoffnung stand in seinen Augen. Leise trat der Forstwächter hinter den Steinhaufen, an das dürftige Versteck, nahm eine kleine Dose und schüttete ihren Inhalt über einem Blätterhaufen auf der Erde aus, warf ein brennendes Streichholz hinein und sprang zurück, als die Flamme aufloderte, halb versengt und glücklich. Endlich wurde auch er ein wenig angeleuchtet. Der Araber lag auf den Knien, er war entgeistert. Der Forstwächter hielt seine Hände über die heiße Glut, und der Araber tat es ihm nach. Mit ihren Körpern engten sie das Feuer ein, das noch einmal hell aufflammte. Vielleicht sollte er's sich selbst überlassen und ins Meer tauchen. Was der Wille nicht vermochte, das würde die Zeit vollbringen, die hier zwischen die Bäume geworfen war. Er war nachdenklich geworden, aber seine Gedanken zerstreuten sich. Das Feuer wurde allmählich schwächer, langsam brannte es zu seinen Füßen nieder. Eine bittere Enttäuschung legte sich über die Züge des Arabers. Das Feuer erlosch, die letzten Funken wurden ausgetreten. Das war nur ein Beispiel gewesen. Im müden Hirn des Forstwächters tauchten verschiedene

Möglichkeiten auf. Schlaff erhob er sich und ging davon. Der Araber folgte ihm auf den Fersen.

Wer saß dort auf dem Stuhl am Büchertisch? Das Mädchen. Seine Augen waren weit aufgerissen, sie sogen die Dunkelheit auf. Der Araber hatte es an den Platz des streunenden Forstwächters gesetzt. Das war eine neue Idee.

12.

Er verbrachte merkwürdige Tage. Wir haben berichtet, der Herbst sei gekommen, aber damit ist eigentlich noch wenig gesagt. Die Kiefernnadeln starben jetzt schneller ab, die Sonne war schwächer geworden, Wolken traten ins Bild, ein neuer, säuselnder Wind. Seine Gedanken kamen ihm abhanden, verwirrten sich. Die Festsaison war vorbei. Die Spender waren wieder tot, die Sommerfrischler wieder bei ihrer Arbeit, die Schüler wieder in der Schule. Seine Bücher lagen übereinander, Staub bedeckte ihre Rücken. Er vernachlässigte seine Pflichten, verließ seinen Stuhl, seinen Tisch, seinen treuen Feldstecher, trieb sich pausenlos im Wald umher, Tag und Nacht; mit einem abgebrochenen Ast schlug er gegen die jungen Stämme, als wollte er sie bezeichnen. Dann ließ er sich plötzlich fallen, legte seinen Kopf auf eines der glitzernden Schilder, nahm die Brille ab und sah mit bloßem Auge, so gut es ging, durch die Baumkronen zum grauen Himmel hinauf. Plötzlich war es, als würde er weinen. Schmutzige Gedanken. Er kam wieder zu sich, sprang auf und irrte durchs Dickicht des Waldes, bahnte sich einen Weg zwischen Dornen und Felsen. Im Nebel seines Bewußtseins konnte er das Gefühl nicht loswerden, daß man ihn am anderen Ende des Waldes zu einem Interview erwartete; aber immer, wenn er das Ende des Waldes erreicht hatte – nachts, oder in der Mittagsstunde, oder im Morgengrauen – entdeckte er nichts als eine gelbe Leere, ein seltsames Tal, wie ein verfluchter Traum. Dort stand er lange vor der leeren Stille, in der es keine Bäume gab, hatte das Gefühl, das Interview fände statt und verliefe sogar erfolgreich, wenn auch ohne Worte. Seit einem ganzen Frühling und einem langen Sommer hatte er nicht mehr richtig geschlafen – da war's kein Wunder, daß er die letzten Tage wie eine Halluzination erlebte.

An das Feuer glaubte er schon nicht mehr. Zu diesem Walde fand das Feuer keinen Zutritt. Deshalb erlaubte er es sich, seine Zeit zwischen den Bäumen zu verbringen, nicht vor ihnen. Um sein Gewissen zu erleichtern, setzte er die kleine Araberin an seinen Platz. Das Wort »Feuer« hatte sie in einer einzigen Minute erlernt. Wie sie sich entwickelt hatte, seit er angekommen war! Wie ein edles Fohlen sah sie aus, mit wundervollen Augen. Ihre Glieder waren plötzlich herangereift, ihr Schmutz war zum Geruch von Frau geworden. In den ersten Tagen hatte ihr alter Vater sie an den Stuhl fesseln müssen, sonst wäre sie ausgerissen vor lauter Lebensfreude und Stolz. Ja, der alte Araber bemühte sich jetzt sehr um den Forstwächter, der seine Pflicht so vernachlässigte. Überall folgte er seinen Spuren. Seit jener Nacht, in der die beiden das kleine Feuer umringt hatten, war auch über den Araber die Müdigkeit des Herbstes gekommen. Seinen Spaten hatte er schon aufgegeben. Das Unkraut verwelkte unter seinen Füßen, Dornen breiteten sich aus. Der Forstwächter lag auf Blättern, durch die Äste sah er das dunkle Gesicht, das ihn anstarrte. Gewöhnlich kümmerte ihn der Araber nicht, er lag nur da und wandte sein Gesicht dem Himmel zu. Doch manchmal rief er ihn zu sich, dann kam er und kniete neben ihm nieder. In seinen schweren Augen zuckten Furcht und Hoffnung. Aber vielleicht würde auch er nicht wissen, wie es sich ausdrücken ließ, und dann blieb alles in der Dunkelheit.

Deshalb sprach der Forstwächter mit ruhiger, gemäßigter Stimme zu ihm: in didaktischem Ton. Er erzählte ihm über die Kreuzzüge, und jener senkte den Kopf, lauschte den schweren, fremdartigen Worten wie einer Melodie. Er erzählte ihm über die Begeisterung und über die Grausamkeit, über die Selbstmorde der Juden, über den Kinderkreuzzug, über das, was in den

Büchern stand und über das, was er sich selber ausgedacht hatte. Ganz weich war seine Stimme und voller Einfühlungsvermögen. Der Araber hörte ihm aufmerksam zu, er war gespannt, und Haß erfüllte ihn. Als sie im Zwielicht des Abends zurückkehrten, lag ein weicher, herbstlicher Glanz auf ihren Zügen. Der Forstwächter führte den Araber zu einer von Bäumen umstandenen Hütte und blieb ein wenig stehen. Mit hastigen, verworrenen Handbewegungen erklärte ihm der Araber etwas, verdrehte den Rumpf seiner Zunge im Mund, warf den Kopf hin und her. Hier, wollte er sagen, sei sein Haus gewesen und ein Dorf, man habe einfach alles zugeschüttet, begraben unter diesem Wald.

Der Forstwächter sah das Schauspiel der Bewegungen, und sein Herz füllte sich mit Freude. Was erregte den Araber so? Hier hatte man vermutlich auch seine Frauen ermordet, aber das, natürlich, blieb alles im Dunkeln. Langsam setzte er sich wieder in Bewegung und tat, als würde er nichts verstehen. Hier soll ein Dorf gewesen sein? Er sah nur Bäume.

Von nun ab ließ der Araber ihm keine Ruhe mehr. Zu dritt, wie eine Familie, lebten sie im Zimmer oben miteinander. Der Forstwächter lag auf dem Bett, das Mädchen saß auf dem Stuhl, der Araber hockte auf dem Boden. Gemeinsam erwarteten sie das Feuer, das nicht kam. Die Wälder standen dunkel und mächtig, eine Welt, die langsam wuchs. Es waren seine letzten Tage. Sein Vertrag ging zu Ende. Hin und wieder erhob er sich, warf eines der Bücher in den Koffer zurück, und der Araber zuckte zusammen.

Die Nächte wurden länger. Ein heißer Wind, der aus der tiefen Erde aufzusteigen schien, brachte die ersten Regentropfen mit sich. Lautlose Blitze zuckten über den Horizont. Der letzte Tag kam heran. Morgen würde er aufbrechen. Treu hatte er seine Pflicht getan. Was konnte er dafür, daß keine Brände ausgebrochen waren? Die Bücher lagen alle wieder im Koffer, nur ein Teil seiner Papiere flatterte hier und da noch über den Boden. Der Araber war schon seit einem ganzen Tag verschwunden. Seine Tochter war tief unglücklich, immer wieder kam ein uralter, langgezogener Klagelaut über ihre Lippen. Der Forstwächter begann sich Sorgen zu machen. In der Mittagsstunde tauchte der Araber plötzlich auf, das Mädchen sprang ihm entgegen, aber er achtete nicht darauf, wandte sich gleich an den aus dem Dienst scheidenden Forstwächter und packte ihn – so wie er war: schlaff und weich und leicht erkältet – mit seinen starken Händen. Er stellte ihn auf den Rand des Wachtturms und erklärte ihm alles, was sich zungenlos erklären ließ, wollte den aus dem Dienst scheidenden Forstwächter vielleicht auch in den Wald hinunterwerfen – glaubte jedenfalls, daß nur er ihn verstehen könnte. Seine Augen glühten. Aber der Forstwächter blieb ganz ruhig und reserviert; er schirmte seine Augen mit der Hand ab, zuckte die Achseln, setzte ein unergründliches Lächeln auf. Was sollte er auch anderes tun?

Man rollte die Kleider zusammen und stopfte sie in den zweiten Koffer.

Am Abend war der Araber wieder verschwunden. Das Mädchen machte sich auf die Suche nach ihm, kam aber bald wieder zurück. Die Stunden rieselten dahin. Regentropfen fielen auf die Erde. Der Forstwächter machte ein Abendbrot und setzte es dem Mädchen vor, aber es brachte nichts über die Lippen. Wie ein kleines Tier lief es noch einmal in den Wald hinaus, suchte vergeblich nach seinem Vater und kehrte verzweifelt zurück. Erst kurz vor Mitternacht schlief das Kind endlich ein. Er zog es aus und trug den kleinen Körper zum Bett, legte ihm eine zerrissene Decke über. Eine einsame Frau würde hier heranwachsen, dachte er verwundert, und etwas zerrann ihm zwischen den Fingern, ein weiches Erbarmen. Er hielt sich noch ein wenig im Erdgeschoß auf, ging wieder nach oben, wurde schläfrig, setzte sich auf den Stuhl ... wo würde er morgen sein – sollte er sich von der Feuerwehr verabschieden? Er hob den Hörer ab. Schweigen. Die Linie war tot. Kein Gurgeln, kein Rauschen. Die heilige Stille war auch in die Leitung eingedrungen.

Er lächelte zufrieden. Durch den dunklen Wald, der vor ihm ausgebreitet lag, strich der Araber wie ein leiser Schatten. Er sah die Welt wie ein bedeutendes Theaterstück, bevor der Vorhang aufgeht. Er fühlte eine leichte Erregung und sank in einen leichten Schlummer. Mitternachtstheater.

Und dann, ganz plötzlich – Feuer. Unerwartetes Feuer an einer der Ecken. Eine hohe, vornehme Stichflamme. Ein Baum verbrannte, hüllte sich ins Gebet. Lange stand der Baum vor seinem höchsten Richter und hauchte seine Seele aus.

Er hob den Hörer ab – die Linie war tot.

Morgen würde er abreisen –

Die Einsamkeit einer einzigen Flamme im großen Wald. Er fürchtete schon, die Erde wäre zu feucht, es gäbe nicht genügend trockenes Unterholz, das Schauspiel würde bald zu Ende sein. Sein Blick benebelte sich, ausgerechnet in dieser herrlichen Stunde übermannte ihn die Müdigkeit. Er erhob sich, schritt nervös in dem zugigen Zimmer auf und ab, wollte den Schlaf vertreiben – und schon legte sich ein Lächeln auf seine Züge: Er begann die Brandherde zu zählen. Aus allen Himmelsrichtungen legte der Araber sein Feuer, dann nahm er eine Fackel, fuhr wie ein böser Geist mit ihrer Flamme durch den Wald ... der Ernst, mit dem er sein Werk vollbrachte, überraschte den Forstwächter. Er ging zu dem Mädchen hinunter. Es schlief. Er ging wieder hoch – und vor ihm stand der ganze Wald in Flammen. Das mußte man doch weitergeben, mußte Hilfe beschaffen ... Aber seine Bewegungen wurden ganz langsam, seine Glieder fühlten sich wie Blei an. Wieder ging er hinab, zog die Decke über dem Kind zurecht, schob ihm seine Locken von den Augen, ging wieder hinauf – und durch die Öffnung in der Wand schlug ihm heißer Wind entgegen. Gleißendes Licht blendete ihn. Wie ein Fieber hatte das Feuer auf alle fünf Hügel übergegriffen, Stichflammen schossen wie heller Wahnsinn über die Kronen der Kiefern hinaus, schrien zum zuckend erleuchteten Himmel. Die Kiefernstämme spalteten sich mit freudigem Ton und stürzten zusammen. Eine tiefe Erregung ließ ihn erzittern. Er war glücklich. Wo war der Araber jetzt? Durch das Feuer sprach er zu ihm, alles wollte er sagen, alles auf einmal. Würde er verstehen können?

Plötzlich spürte er, daß er nicht allein im Zimmer war. Schnell wandte er seinen Kopf und sah die kleine Araberin, halb nackt stand sie neben ihm, mit weit aufgerissenen Augen, das Feuer spielte auf ihrem Gesicht. Er lächelte, und sie weinte.

Eine gewaltige Hitze stieg aus dem Wald auf. Seine erste Erregung hatte sich gelegt. Das Feuer seines Traumes war zur Wirklichkeit geworden. Aus allen Himmelsrichtungen schickten sich die Flammen an, den Wachtturm einzukreisen – er sollte seine beiden Koffer nehmen und sich davonmachen. Aber er nahm nur das Mädchen mit sich. Die Lichter der umliegenden Ortschaften sahen plötzlich armselig aus, dort war man sicherlich der Meinung, man würde den Brand längst bekämpfen. Wer sollte auch denken, daß man hier das Feuer noch schürte, in seine Betrachtung versunken war? Bis die Schlafenden aufgewacht waren, würden Stunden vergehen. Die Nächte waren schon kalt, man kam nicht mehr gerne unter der Decke hervor. Er ging hinunter, hielt die Hand des zitternden Mädchens fest umschlossen und trat den Rückzug an. Ihr Weg war weithin ausgeleuchtet. In seinem Rücken wüteten die Flammen, und vor ihm stieg ein feuerroter Wahnsinnsmond auf, segelte über den Himmel heran, als wollte auch er den Waldbrand sehen. Sein Kopf war schwer geworden, und der Weg war lang. Zwischen Licht und Schatten schleppten sie sich fort. Die Reihe der Bäume rauschte in erregter Erwartung, verbreitete das furchtbare Gerücht.

In der Ferne, angestrahlt von hellen Flammen, war der Wachtturm zu sehen. Die Erde löste sich aus ihren Fesseln. Dann, nach langer Zeit und langem Weg, wurden die Bäume seltener und niedriger, bis sie schließlich ganz verschwanden. Er kam an das gelbe öde Tal, den Ort seines Traumes. Hier standen nur noch vereinzelte Krüppelkiefern, mißratene, bittere Wüstenbäume, die schon ausgebrannt zur Welt gekommen waren, das Feuer konnte ihnen nichts mehr anhaben. Er setzte das barfüßige Kind auf den Boden nieder, ließ sich neben ihm zur Erde fallen. Seine Müdigkeit brach hervor und bedeckte sie beide.

Mit schlafenden Augen sah er zuletzt die glitzernden Wagen der Feuerwehr, die jemand alarmiert haben mußte. Auch sie wußten, alles war verloren. Im Traum – verwildert, müde, mit rußigem, verborgenem Gesicht – kam der Araber, nahm das Kind, ging. Der Forstwächter schlief ein. Schlief wirklich ein.

13.

Im Morgengrauen, zitternd wie ein Nebel, kam er zwischen den Felsen hervor, putzte seine dicke Brille und wurde wieder ein kleiner Gelehrter, der eine gewisse Zukunft hatte. Über fünf verkohlten Hügeln stieg bläulich ein leichter Rauch auf. Schwarz wie ein Teufel, der aus seinen rechteckigen Fenstern grinste, erhob sich der Wachtturm über der nackten Landschaft. Für einen Augenblick schien es, als wäre der Wald gar nicht abgebrannt, als wäre er nur auf Reise gegangen, zur Meereslinie etwa, die plötzlich offen im Blick lag. Ein kalter Windhauch. Halbwegs brachte er seine zerknitterte Kleidung wieder in Ordnung, knöpfte den Knopf zu, der ihm noch geblieben war, rieb sich die Hände, um sie zu erwärmen, und dann, langsam und leichtfüßig, schritt er zwischen den rauchenden Baumstümpfen dahin. Die ersten Sonnenstrahlen brachen sich auf seiner Glatze. Traurigkeit lag in dieser plötzlichen Entblößung, die Traurigkeit verlorener Kriege, vergeblichen Blutvergießens. Ehrwürdige Wolken fuhren lautlos über den kühlen Himmel, der erste Regen war nicht mehr fern. Überall waren Stimmen zu hören. Alles war zerstört – Ruß, gestürzte Baumstämme mit zischenden Wunden, Überreste noch lebender Zweige, die am Feuer nicht teilgehabt hatten. Unter seinen Schritten stoben tausend Funken auf. Nur die Namensschilder der Spender waren unversehrt geblieben, die Feuertaufe hatte ihnen einen neuen Glanz verliehen. Dicht lagen sie beieinander und leuchteten im Sonnenlicht: Louis und Fremington aus Chicago. Der König von Burundi, im Namen seines Volkes.

Er stieg in das verbrannte Gebäude hinauf, trat auf die aschgrauen Stufen. Alles glühte noch, es war, als würde er seinen Weg durch die Hölle machen. Er trat in sein Zimmer. Das Feuer hatte auch hier seinen Besuch abgestattet, in seiner Abwesenheit hatte es sich wild und schrecklich ausgetobt. Wovon sollen wir zuerst erzählen? Von den Büchern, die nun Asche waren? Von dem Telefon, das seine Form verloren hatte? Oder vom Feldstecher, der sich in seine Bestandteile aufgelöst hatte? Merkwürdig – die Karte, die er gezeichnet hatte, hing noch immer an der Wand, war nur an ihren Rändern angesengt. In Kissen und Dekken räkelten sich die letzten fröhlichen Flammen. Er warf einen Blick auf die fünf rauchenden Hügel, zog seine Augenbrauen zusammen – und dort, aus Rauch und Nebel, stieg das kleine Dorf vor ihm auf: aus dem Grundriß eines abstrakten Bildes, wie alle längst versunkene Vergangenheit. Er lächelte dünn in sich hinein. Aber plötzlich gefror ihm das Lächeln auf den Zügen. Dicht unter ihm, in der bläulichen Tiefe, zu Füßen des Gebäudes, sah er den Leiter der Aufforstungsbehörde, der sich vorsichtig dem Alter näherte. Er stand dort, eingehüllt in einen alten Regenmantel, sein Gesicht war blau vor Kälte.

Wo kam denn der auf einmal her?

Der Alte warf sein weißes Haupt zurück und starrte ihn haßerfüllt an, von unten nach oben. Im Blick des Mannes aus der Höhe lag ein leiser Spott. Sekundenlang sahen sie sich an; dann setzte der Forstwächter ein stumpfes Lächeln des Erkennens auf und ging langsam zu ihm hinab. Mit schnellen, irrsinnigen Schritten kam der Alte auf ihn zu – wäre es erlaubt gewesen, er hätte ihn zerrissen wie einen Fisch, gleich drohte er, in Ohnmacht zu fallen vor lauter Wut und Schmerz. Mit erstickter Stimme forderte er sofortige Berichterstattung.

Aber es gab eigentlich nichts zu berichten. Hier war nichts zu erzählen, höchstens ein einziger Satz: Plötzlich brannte das Feuer, ich hob den Hörer ab, die Linie war tot. Das war alles. Das Kind mußte gerettet werden.

Der Rest war ja selbstverständlich. Natürlich hatte auch der

Forstwächter ein tiefes Gefühl für diesen Wald, er war ihm ans Herz gewachsen in diesem Frühling, diesem Sommer, diesem halben Herbst. Vor lauter Gefühl (um einmal die Wahrheit zu sagen) hätte er in dieser Zeit keine Zeile seiner Bücher richtig aufgenommen.

Er spürte es – der Alte wollte hilflos auf die Erde fallen, seinen Kopf an einen kleinen Felsen schlagen, sich seine letzten weißen Haare aus dem Schädel reißen. Das erstaunte den ehemaligen Forstwächter. Die Wälder waren doch versichert (oder sollten jedenfalls versichert sein, wenn seine Meinung etwas galt), und nicht die Aufforstungsbehörde des Alten würde den Schaden zu tragen haben. Liebend gerne hätte er gerade jetzt (merkwürdig, wie klar seine Gedanken plötzlich waren) über andere Brände gehört, die in den Wäldern ausgebrochen waren. Er hätte wetten können, daß keiner ein solches Ausmaß erreicht hatte.

Aber inzwischen, wie Gespenster, kamen die Feuerwehrmänner aus dem Rauch, und mit ihnen einige dicke, schwitzende Polizisten. Schnell war er von Uniformierten umringt. Einige von ihnen ließen sich vor Müdigkeit auf die Erde fallen. Noch hatten sie nicht alle Brandherde lokalisiert, aber schon hatten sie eine schreckliche Nachricht.

Es war eine Brandstiftung.

Ja, Brandstiftung. Der Geruch von Petroleum mischte sich in den Geruch des Morgentaus.

Erschüttert, wie erschlagen, stand der Alte da.

»Brandstiftung?« Er wandte sein Gesicht dem Forstwächter zu. Aber der lächelte nur weich.

Sofort begannen die Verhöre. Zuerst war die Feuerwehr dran, die mußte einen Bericht schreiben. Sie nahmen den Forstwächter ein wenig beiseite, holten große Papierbögen hervor, elegante Federn, aber das Hebräische war nicht ihre starke Seite, die Formulierung fiel ihnen schwer, die Rechtschreibung. Sie wurden ganz rot in ihrer Verlegenheit. Er half ihnen taktvoll, buchstabierte die einzelnen Wörter, baute ihnen die Sätze. Sie waren ihm dankbar dafür.

»Was haben Sie persönlich denn durch den Brand verloren?« erkundigten sie sich teilnahmsvoll.

»Ach, nichts Besonderes. Ein paar Kleidungsstücke und ein paar Lehrbücher. Kein Grund zur Besorgnis . . .«

Als sie fertig waren, stand schon ein heller Morgen über der Welt. Von irgendwoher tauchten der Araber und seine Tochter auf, zwei Polizisten begleiteten sie. Gelang es ihm jetzt, den brennenden Augen auszuweichen, so würde er in den kommenden Nächten vielleicht einschlafen können . . . Zwei stramme Wachtmeister bauten zwischen den Felsen ein provisorisches Amtszimmer auf, setzten ihn auf einen Stein und begannen ein stundenlanges Kreuzverhör. Das überraschte ihn – die Ausdauer, die Gründlichkeit, der Fleiß, die endlosen Seiten, die sich dort häuften: Vor seinen Augen entstand eine richtige Forschungsarbeit. Die Sonne stieg zum Mittelpunkt des Himmels. Er hatte Hunger, war durstig. Die Polizeibeamten aßen ihre belegten Brote, und ihm boten sie nicht einmal einen Krümel an. Schweiß lief über seine Brillengläser . . . ein merkwürdiger Herbsttag. Zur gleichen Zeit wurde im Inneren des Gebäudes der Araber vernommen. Auf arabisch, in Zeichensprache. Nur die Fragen waren zu hören.

Der alte Mann, der für die verbrannten Wälder zuständig war, lief zwischen den Verhören hin und her, fügte Fragen hinzu, notierte sich die Antworten. Die Untersuchungsbeamten hielten den Forstwächter auf seinem Stein fest, wiederholten Fragen, die sie schon gestellt hatten. Ein fauler Geruch stieg aus dem verbrannten Wald auf, es roch, als würde ein riesiger Körper verwesen. Immer länger wurde das Verhör, immer langweiliger. Was er gesehen hätte. Was er gehört hätte. Was er getan hätte. Das war beleidigend, dieser ständige Bezug auf die Sinne – als wären sie das Wichtigste, als läge hier keine Idee zugrunde.

Zur Mittagsstunde wurden die Polizisten abgelöst, es kamen zwei neue Beamte, die alles noch einmal von vorne anfingen. Dem Forstwächter rann der Schweiß von der Stirn. Wie erniedrigend das war, auf der verbrannten Erde verhört zu werden, auf den Steinen, nach einer durchwachten Nacht. Die innere Leere. Er spürte, wie er sich erregte, wütend zu werden begann, seine Fassung verlor. Er nahm die Brille ab, und seine Sinne trübten sich. Er begann sich zu widersprechen. Um drei Uhr nachmittags zerbrach er wie eine dünne Weinranke unter ihren Händen und war bereit, den Araber als eine Lösung anzubieten.

Darauf hatten sie gewartet. Schon seit langem hatten sie den Araber in Verdacht, sie legten ihm Handschellen an und dann, ganz schnell, war alles zu Ende. Motoren sprangen an, eilig wurde der Araber in einen der Polizeiwagen verfrachtet, in seinem Blick stand Freude, ein Gefühl von Heldentum, hilflos folgte ihm das kleine Mädchen. Herbstwolken, Traurigkeit, ein fader Geschmack. Unvermutet ging er auf den Leiter der Aufforstungsbehörde zu, verlangte frech nach einer Lösung für das Kind. Der Alte antwortete ihm nicht, seine Augen glitten über den verlorenen Wald, es war, als würde er Abschied nehmen. Auch der Alte wurde immer verrückter, seine Sinne verwirrten sich. Aus blöden Augen sah er den Forstwächter an – als wären auch ihm seine Worte abhanden gekommen, als würde auch er nichts mehr begreifen.

Laut wiederholte der Forstwächter seine Forderung.

Der Alte schritt auf ihn zu.

»Was?« flüsterte er schwach, mit wässrigen Augen – und plötzlich, tatsächlich, stürzte er sich auf den Forstwächter, schlug mit geballten, heißen Fäusten auf ihn ein. Die Polizisten konnten ihn kaum zurückhalten. Nur diesen Forstwächter machte er verantwortlich, das sah jeder, diesen Mann mit den Büchern und der beschlagenen Brille, diesen gebildeten Zyniker.

Die Polizeibeamten brachten den Forstwächter in Sicherheit und schoben ihn schnell in eines der Autos, behandelten ihn grob, die Feindseligkeit des Alten hatte sie angesteckt. Er hatte keine Zeit mehr, Abschied zu nehmen von dem Ort, an dem er fast ein halbes Jahr verbracht hatte – schon jagte er in wilder Fahrt auf die Stadt zu. Auf einer Seitenstraße setzte man ihn ab. Er trat ins erste Restaurant auf seinem Weg, schlug sich den Magen voll. Dann ging er durch die glitzernden Straßen, bärtig, verdreckt, sonnengebräunt – ein Wüstentier. Schon hatte ein erster, schmutziger Regen die Bürgersteige mit seinem Matsch bedeckt.

Am Abend, in einem billigen Hotel, war er zum erstenmal wieder zum Schlafen berechtigt. Ein erster Schlaf ohne jede Verpflichtung, ohne weitere Dimensionen. Aber er konnte nicht einschlafen, dämmerte nur vor sich hin. Grüne Wälder wuchsen auf vor seinen bösen Augen. Er spürte plötzlich Schmerz und Sehnsucht und ein erstickendes Verlangen, weil ihn vier Wände einschlossen, nicht mehr nur drei.

So war es auch am nächsten Tag, und vielleicht für immer.

Die Einsamkeit ist nicht vergeblich gewesen. Zwar sind seine Notizen im Feuer aufgegangen, und auch die Bücher; wer aber glaubt, er habe vergessen, der irrt sich.

Nur in seiner so bekannten Stadt ist er jetzt fremd. Es ist, als habe man ihn längst vergessen. Ein neues Geschlecht ist ins Leben getreten. Seine lustigen Freunde begegnen ihm, klopfen ihm auf die Schulter, verziehen ihre Gesichter zu einem häßlichen Grinsen. »Wir haben gehört, bei dir ist ein Wald abgebrannt«, sagen sie. Er, wie gesagt, ist noch jung. Doch seine wahren Freunde haben ihn nun aufgegeben. Er kommt in den Winternächten zu ihnen, zitternd vor Kälte – ein feuchter Hund, der Licht sucht und ein warmes Feuer – sie aber verdüstern ihre Gesichter und fragen:

»Ja, was denn?«

Das wachsende Schweigen des Dichters

1.

Gestern ist er wieder spät heimgekommen, nicht einmal leise zu sein hat er versucht, als er eintrat. Als wäre mein Schlaf überflüssig. Lange hallten seine Schritte durch die leere Wohnung, im Flur brannten die Lichter, dauernd wühlte er in den Papieren herum. Endlich wurde es wieder still, und ich tastete mich in meinen leichten, unruhigen Schlaf zurück, in den Schlaf eines alten Mannes. Zu allem Unglück regnete es auch noch, seit drei Wochen tropft der Himmel gnadenlos auf uns nieder. Wasserfälle polieren die Fenster, geben ihren Scheiben einen funkelnden Schliff.

Wo treibt er sich in den Nächten herum? Wie soll ich's wissen? Einmal bin ich ihm über ein paar Straßen nachgegangen. Aber ein alter Bekannter, ein hartnäckiger Prosaist, erwischte mich am Zipfel meines Mantels, und derweil kam mir der Junge aus den Augen.

Der Regen macht dieses Flachland zu einem Sumpf aus Asphalt, Sand und Wasser. Tel Aviv der Regenzeit, ohne Abfluß, ohne Ausweg, Stadt der Tümpel. Und in der Ferne das Meer, dunkel, schmutzig, brüllend – als hätte sich's vor der großen Stadt zurückgezogen und wäre nur noch Hintergrund.

Es ist kaum fünf Uhr morgens, und schon steht der graue Tag in den Fenstern. Was war das eben? Er ist mir im Traum erschienen, ganz deutlich stand er vor mir, irgendwo am Meer, glaube ich, er hielt dunkle Vögel an seine Brust, ließ sie nicht mit ihren Flügeln schlagen. Sein Lächeln entsetzte mich. Er stand vor mir, sah in meine Augen und lächelte schwach.

Aus seinem Zimmer ist leises Schnarchen zu hören. Und ich weiß – in meinen Schlaf finde ich nicht mehr zurück. Morgen oder übermorgen geht wieder ein Schiff ab, das werde ich wohl schließlich nehmen. Meine Not muß einmal ein Ende finden, da bin ich ganz sicher. Ich darf bloß bis zum Augenblick des Abschieds nicht mein Gesicht verlieren. Es handelt sich nur noch um Stunden. Obwohl ich ihn nicht sehe, bin ich sicher: Er liegt in tiefem Schlaf, seine Arme sind auf der Brust verschränkt, seine Augen sind geschlossen, sein Mund steht offen, deutlich sind seine Atemzüge zu sehen.

2.

Zunächst muß ich ihn beschreiben. Seine Konturen nachzeichnen. Ich darf es tun, weil seine Gestalt trotz seiner knappen siebzehn Jahre wohl schon vollendet ist. Seit langem scheint er mir wie einer, der sich nicht verändert, auch nie verändern wird.

Sein Rücken ist leicht vorgebeugt, demütig duckt sich seine rohe Gestalt. Sein Schädel ist plattgedrückt, sein Gesicht beschränkt und wulstig. Auf seiner Stirn, über hohlen Wangen, stehen Pubertätspickel. Erster Flaum zieht eine schwarze Linie über sein Gesicht. Steil ragen ihm die Haare in die Luft. Seine Brille.

Ich weiß es genau und sage es deutlich: Die Leute glauben, er ist schwachsinnig. Das ist das allgemeine Urteil über ihn, selbst meine Töchter sind der Meinung. Auch ich bin gern bereit, es zuzugeben, denn über mich sagt das ja nichts, auch über meinen Geisteszustand nichts. Ich habe die Fachliteratur dazu studiert und kann's beschwören: Das ist nur ein Unfall. Er ist mir überhaupt nicht ähnlich, nur eine dünne Linie der Roheit verbindet uns beide. Und dennoch wiederhole ich noch einmal (obwohl ich nicht das Geringste zu fürchten habe): Er ist ein Grenzfall. Auf der Grenze bewegt er sich. Das beweisen seine Augen. Ich bin der Einzige, der oft in seine Augen schaut. Und ich sage: Manchmal (nicht oft, das gebe ich zu) leuchtet etwas auf in seinem Blick, ein dunkles, finsteres Leben.

Und nicht nur in seinen Augen –

Wie dem auch sei – er ist mein spätgeborener Sohn, ungeplant zur Welt gekommen, irrtümlich, wie durch ein verfluchtes Wunder. Denn wir beide, seine Mutter und ich, waren schon verhältnismäßig alte Leute.

Ich erinnere mich noch genau an die Tage vor seiner Geburt. Ein weicher, überlanger Frühling war's, von einer besonderen Schönheit. Und ich, ein Dichter, der schon fünf Gedichtbände veröffentlicht hatte, entschloß mich, nicht mehr zu schreiben; aus unbedingter Überzeugung, aus Verzweiflung, die endgültig war. In jenem Frühling gab ich endlich vor mir selber zu, daß es besser war für mich, zu schweigen.

Ich hatte meine Melodie verloren –

Längst hatten meine Freunde mich zur Verzweiflung gebracht, in Angst versetzt. Sie ließen auf nichts mehr ein gutes Wort kommen. Die Gedichte der jungen Poeten brachten mich durcheinander und machten mich verrückt. Insgeheim versuchte ich wie sie zu schreiben, und es entstand das Schlechteste, das mir je aus der Feder geflossen ist. Da sagte ich: »Also von jetzt ab schweige ich . . . was ist schon groß dabei?« Aber das Schweigen brachte Unordnung in mein Leben. Entweder gingen wir nun in den frühen Abendstunden zu Bett, oder wir verbrachten ganze

Nächte in überfüllten Kaffeehäusern und hörten uns sinnlose Vorträge an, die auf den Versammlungen alter, sterbender, ehrsüchtiger Künstler gehalten wurden.

Ein wundervoller, langer Frühling, voll leichter Winde und Blütenduft. Und ich ging ziellos durch die Stadt, erregt und verzweifelt, wie einer, der dem Tod geweiht war. Ich wollte mich betrinken, aber es gelang mir nicht. Laut verkündete ich mein Schweigen, erklärte die Dichtung zu einem Ding der Unmöglichkeit, machte mich lustig über sie, schlug vor, daß heute die Maschinen das Gedichteschreiben übernehmen sollten, lachte viel, konnte meinen Mund nicht halten, machte Geständnisse. In den Nächten schrieb ich Leserbriefe an die Zeitungen, äußerte mich zu den banalsten Themen (öffentliche Verkehrsmittel, zum Beispiel), arbeitete lange und sorgfältig an ihrem Stil.

Und dann diese unerwartete Schwangerschaft –

Diese Schande –

In den ersten Sommertagen wußten wir Bescheid. Anfangs gingen wir viel spazieren, dann schlossen wir uns im Haus ein, begannen uns zu entschuldigen; zuerst vor den Töchtern, die entsetzt sahen, wie ihre alte Mutter in die Breite ging, schließlich vor der ganzen Familie, die kam und sich schweigend den Säugling ansah. (Die Niederkunft hatte im tiefsten Winter stattgefunden, an einem dunklen, kalten Tag. Grauer Reif lag auf dem Rasen unseres Gartens.)

Jetzt waren wir mit dem Säugling im Hause gefangen. (Die Töchter machten keinen Finger für ihn krumm, ständig waren sie unterwegs.) Wir wollten uns sagen: Wie wundervoll ist diese späte Geburt. Aber es wollte keine rechte Freude aufkommen, es ging einfach nicht. Wieder hieß es in den Nächten aufstehen, am Schatten entlangschwanken, den der Baum auf die Wand warf, an den feuchten, schweren Windeln entlang, die auf der Leine zwischen den Zimmern hingen. Eine bleierne Stimmung lag über allem. Uns zitterten die Knie.

Stumm wuchs das Baby heran. Langsam und schwer. Alles verspätete sich bei ihm, seine Bewegungen waren merkwürdig starr. Etwas an diesen Bewegungen wirkte zurückgeblieben, er stotterte auch auf abstoßende Weise, sah aus wie eine schwere Pflanze. »Der ist doch nicht in Ordnung«, sagten die Töchter von ihm, und unsere Freunde sahen ihm aufmerksam ins Gesicht, suchten nach Zeichen für etwas, das sie nicht auszusprechen wagten.

Gut ist mir diese Phase unseres Lebens in Erinnerung. Die Krankheiten seiner Mutter machten mir zu schaffen, sie siechte dahin und wurde zusehends schwächer. Nur ihr Schatten hatte die späte Geburt überlebt. Wir mußten Zeuge werden, wie sie sich von uns entfernte und in eine Wüste ging, einsam, zwischen kahle, verlassene Hügel, ins Zwielicht, in die Dunkelheit.

Tagtäglich die Veränderung zu sehen –

Er war sechs Jahre alt, als seine Mutter starb. Schwerfällig, fremd unter den Menschen im Haus, mit sich selbst beschäftigt und dennoch nicht träumerisch – nein, durchaus nicht träumerisch. Immer war er gespannt und unruhig. Wenn ich seinen Kopf streichelte, zitterte er.

Fast, voller Mitleid, hab ich sagen wollen: ein Waisenkind. Aber die Zunge versagt mir den Dienst. Der Tod seiner Mutter ging spurlos an ihm vorbei (obwohl ich ihn in meiner Verwirrung zur Beerdigung mitnahm). Er hat nie nach ihr gefragt, scheint sofort gewußt zu haben, daß ihre Abwesenheit endgültig war. Mehr noch – einige Monate nach ihrem Tod waren plötzlich ihre Bilder aus dem Haus verschwunden; als wir ihr Fehlen bemerkten, dachten wir zuerst gar nicht an ihn, und als wir ihn schließlich fragten, war's zu spät. Im Abendlicht führte er uns zur Grabstätte: Am Rande des Gartens – unter der Pappel, in einer alten Kalkgrube, eingewickelt in einen schmutzigen Lappen – lagen die zerfetzten Bilder.

Lange stand er vor uns, unter dem Laub des Baumes, stotterte aufgeregt, seine Augen glitten hin und her.

Und doch blieb alles unklar –

Zum erstenmal öffneten wir unsere Augen, sahen einen kleinen Menschen vor uns.

Ich konnte mich nicht beherrschen und schlug ihn, zum erstenmal, packte ihn an den Handgelenken und schlug ihn mitten ins Gesicht. Dann schlugen ihn auch die Töchter. (Warum eigentlich?)

Er verstand nicht –

Erschrocken ließ er die Schläge über sich ergehen. Dann begann er zu weinen, ließ sich auf die Erde fallen. Wir zogen ihn hoch und schleppten ihn ins Haus zurück.

Erst jetzt wurde mir klar, daß der Junge jeden Winkel des Hauses kannte. Er hatte die Bilder seiner Mutter aus alten Alben geholt und aus verblichenen Umschlägen, hatte selbst im Garten ein Versteck gefunden, das ich nicht kannte. Seit zwanzig Jahren wohnten wir in diesem Haus, und viele Nächte, in schwerer Stunde, war ich in seinem kleinen Garten auf- und abgegangen, aber noch niemals war mir aufgefallen, daß es hier unter dem aschgrauen Ysop eine ausgeblichene Kalkgrube gab.

Waren das die ersten Zeichen gewesen? Ich weiß es immer noch nicht. Wir, ich und meine beiden Töchter, wollten es damals noch nicht begreifen, fürchteten uns vor der Schande, dem Skandal. Wir konnten ihn nicht verstecken, aber wir wollten ihn wenigstens abschirmen vor den Blicken der Welt.

Das muß man verstehen. Die Töchter waren noch unverheiratet –

Zu Jahresbeginn brachte ich ihn in die erste Klasse einer Schule am Rande der Stadt; und in der ersten Woche kam ich früher von der Arbeit, um ihn am Schultor zu erwarten. Ich fürchtete, die Kinder würden ihn schikanieren.

Schwerfällig, seine Hand in der meinen, ging er neben mir her. Unter glühendem Septemberhimmel, mitten am Tag. Sein neuer Schulranzen klebte ihm auf den Schultern, sein Schädel steckte tief in seiner Mütze. Sein Mund stand ein wenig offen, sein Atem kam mit leisem Keuchen, seine Augen starrten ohne Distanz auf die Welt, ohne Blickwinkel, ohne eigenen Standpunkt.

Bekannte zogen grüßend ihren Hut vor mir, kamen auf ihn

zu, drückten mir die Hand, beugten sich nieder, nahmen sein kleines Händchen, drückten es ebenfalls. Sie versuchten zu lächeln. Der trübe Blick, mit dem er sie ansah, mit dem er sie erstarren ließ. Wie ein Idiot.

Ein Vollidiot –

Nach einer Woche ließ ich ihn allein nach Hause kommen. Meine Befürchtungen waren grundlos gewesen. Die Kinder brauchten ihn nicht erst zu isolieren, er war bereits am Anfang isoliert.

Im gleichen Jahr heirateten die Töchter. Am gleichen Tag und in panischer Eile, als würde es irgendwo brennen, als wollten sie so schnell wie möglich aus dem Haus; und dabei waren sie noch so jung.

In jenem Jahr ging alles drunter und drüber. Jede Woche fanden kleine oder große Feten bei uns statt. Mit Tränen in den Augen verlangten die Töchter von mir, ihn zu verstecken, und in meiner Schwäche gab ich nach. Ich nahm ihn mit mir, trieb mich mit ihm auf den Straßen herum, auf den Feldern, ging am Meeresstrand entlang.

Wir schwiegen. Wir sahen uns den Sonnenuntergang und die ersten Sterne an; das heißt, ich sah sie an, er stand nur reglos neben mir und hielt den Blick auf den Boden gesenkt. Aber als die Regenzeit kam, konnten wir nicht mehr auf die Felder gehen und mußten zu Hause bleiben. Wie dunkle Wolken tauchten meine Schwiegersöhne über dem Horizont auf, und hinter ihnen kamen ihre Freunde und die Freunde ihrer Freunde, das ganze Haus stieg in einer Säule von Rauch und Gelächter auf. Zuerst versteckten wir ihn im Mädchenzimmer, doch wenn der Lärm ihn weckte, brachten wir ihn heimlich in die Küche. Dort saß er in seinem Schlafanzug und sah auf die vielen Leute, die aus und ein gingen, dann stellte er sich hin und trocknete das Besteck: anfangs nur die Löffelchen, erst später gab man ihm auch Messer in die Hand.

Allmählich drang er ins Wohnzimmer ein, mitten ins Gewühl. Zuerst trug er Schalen mit Salzstangen und Süßigkeiten auf, dann füllte er die leergetrunkenen Gläser nach oder reichte den Rauchenden Feuer. Anfangs zuckten die Gäste bei seinem Anblick zurück. Ein kurzes Schweigen breitete sich im Zimmer aus, eine prickelnde Furcht. Einer der Schwiegersöhne sprang wütend auf, stellte sich ans Fenster, suchte einen Ausweg in der Dunkelheit. In der Stille des Zimmers waren nur die erregten Atemzüge des Kindes zu hören, das von einem Gast zum anderen ging und mit steifer Würde seine Schalen herumreichte. Niemand lehnte es ab, einen Bonbon oder eine Salzstange zu nehmen.

Mit der Zeit gewöhnten sie sich an ihn. Die Töchter wurden weich und verziehen ihm seine Anwesenheit, seine kleinen Dienste wurden ihnen zur Notwendigkeit. Zu später Stunde, wenn schon alle schlaff in ihren Sesseln lagen, strahlte sein Gesicht in einem neuen Licht. Und einer der Gäste, leicht beschwipst, entdeckte plötzlich sein Interesse an dem Jungen, er zog ihn zu sich heran und umarmte ihn, flüsterte lange auf ihn ein. Das Kind erstarrte in den Armen, die es umfingen, in seinen Augen lag ein stummer Blick. Dann ging es und leerte die Aschenbecher.

Am Ende jenes Sommers blieben wir beide allein im Haus.

Die Töchter heirateten am gleichen Tag, mitten im Juli. In den Nachmittagsstunden, unter einem blauen, tiefen Himmel, stand ein großer Hochzeitsbaldachin im Garten unseres Hauses. Abgestorbene Disteln knirschten unter den Schritten der vielen Freunde, die sich versammelt hatten, und ich erstickte fast an einer seltsamen Erregung. Etwas in meinem Herzen schien plötzlich zu zerbrechen. Ich umarmte alle, küßte alle, ständig liefen mir Tränen über die Wangen. Das Kind nahm an der Hochzeit nicht teil. Jemand, vielleicht einer der Schwiegersöhne, hatte dafür gesorgt, daß man es fernhielt. Erst in den späten Abendstunden kam es wieder nach Hause. Während ich noch an meinen letzten Freunden hing, die gerade das Haus verließen, erkannte ich plötzlich seine Gestalt. Er saß an einem der langen Tische, die man im Garten aufgestellt hatte, und trug seine gewöhnlichen Kleider. Nur eine rote Krawatte hatte man ihm um den Hals gebunden. In seiner Hand hielt er eine riesige Kuchenscheibe, die schmutzige Tischdecke lag auf seinem Schoß. Er kaute mit vollen Backen und starrte auf den gelben Mond, der sich in den Zweigen unseres Baumes verfangen hatte.

Leise ging ich auf ihn zu und streichelte seinen Kopf.

Er kam ganz durcheinander, der Kuchen fiel ihm aus der Hand.

»Dieser Mond, nicht wahr... schön ist er...«

Da sah er den Mond wieder an, als hätte er ihn bisher noch gar nicht bemerkt.

So begann unser gemeinsames Leben in dem stillen Haus, in dessen Winkeln leere Parfümflaschen lagen, zerrissene Taschentücher. Hier lebten wir Seite an Seite; ich – ein schweigender Dichter; er – ein schwachsinniges, einsames Kind.

In Einsamkeit stand er vor mir –

Jetzt ist mir alles völlig klar.

Über seine Einsamkeit in der Schule brauche ich nicht viel zu erzählen. Schon in der ersten Woche wurde er auf die hinterste Bank verstoßen, an den Rand des Klassenzimmers, wo er getrennt von den anderen den Rest seiner Schuljahre verbrachte. Und auch die Lehrer glaubten bald, er wäre rettungslos verloren.

In seinen Zeugnissen stand immer zu lesen: nicht zu beurteilen. Und darunter, am Rande des Blattes, eine unsaubere, zögernde Unterschrift. Bis heute weiß ich nicht, wie man ihn von einer Klasse in die andere versetzt hat. Denn wenn er auch einigemale sitzengeblieben ist – er kam doch allmählich in die höheren Klassen. Ich frage mich, ob ich es war, dem man damit einen Gefallen tun wollte. Vielleicht gab es einige Lehrer, die an meinen alten Gedichten Freude hatten.

Meistens wich ich ihnen aus –

Auch sie wichen mir aus –

Ich kann es ihnen nicht verdenken.

Wenn wir uns begegnen mußten, an Elternabenden zum Beispiel, traf ich immer mit Verspätung ein, als letzter, wenn's schon dunkel war im Schulhaus und die Lehrer reglos auf den Stühlen saßen, vor leeren, verwüsteten Klassen, unter nackten Glühbirnen, die schlaff von der Decke hingen.

Dann, meinen Filzhut in der Hand, schlich ich mich wie ein Dieb ins Klassenzimmer. Meine weiße Haartolle, (die Tolle hab ich mir stehen lassen), brachte die letzten Eltern von ihren Stühlen hoch, einen jungen Vater oder eine junge Mutter, die Lehrer richteten ihren Blick auf mich, lächelten schwach und reichten mir ihre weiche Hand.

Ich setzte mich vor ihnen nieder.

Was konnten sie mir Neues sagen?

Manchmal kam es auch vor, daß sie mich gar nicht erkannten.

»Um welchen Schüler handelt es sich, bitte?«

Ich sagte den Namen, und mein Herz zog sich plötzlich zusammen.

Sie blätterten in ihren Papieren, holten seine leere Karte hervor, stützten ihren Kopf auf beide Hände, schlossen ihre Augen und fragten streng: »Wie lange noch?«

Das heißt – wie lange würden sie ihn noch hierbehalten müssen, denn es gab ja keine Hoffnung mehr.

Ich schwieg.

Dann gerieten sie meistens in Wut. Vielleicht war es die Dunkelheit, die sie ungeduldig werden ließ. Ganz offen verlangten sie jetzt, daß ich ihn aus der Schule nehmen sollte. Wohin? Das wußten sie nicht. An einen anderen Ort. Man sollte ihn vielleicht in eine Anstalt bringen ...

Aber bald legte sich ihre Erregung wieder. Sie gaben zu, daß er nicht gefährlich war. Er störte sie auch gar nicht. Im Gegenteil, immer war er aufmerksam, immer hörte er mit einem wunderbaren Ernst zu. Seine Augen hingen am Blick des Lehrers. Er bemühte sich auch, seine Hausaufgaben zu machen.

Unter der knetenden Bewegung meiner Hände verlor der Filzhut jede Form. Ich warf einen heimlichen Blick auf das Klassenzimmer, sein Boden war mit Obstschalen bedeckt, mit zerrissenen Blättern, mit Bleistiftspänen. An der Tafel waren verrückte Zeichnungen zu sehen. Kleine Tränen brachen aus meinen Augen. Mit einfachen Worten versprach ich, meinem Sohn zu helfen. Jeden Abend das Pensum mit ihm durchzunehmen. Man durfte ihn nicht aufgeben, er war doch ein Kind auf der Grenze.

Aber zu Hause, am Abend, überkam mich Verzweiflung. Stunden saß ich vor einem offenen Buch mit ihm und brachte nichts zuwege.

Wie erstarrt saß er neben mir und rührte sich nicht, meine Worte trieben wie ein Ölfleck auf dem Wasser. Wenn ich ihn endlich in Ruhe ließ, kehrte er in sein Zimmer zurück, setzte sich hin und war nach einer halben Stunde mit seinen Hausaufgaben fertig. Dann schloß er seine Hefte, packte sie in seinen Ranzen und schnallte ihn zu.

Manchmal, wenn er noch schlief, öffnete ich morgens seinen Ranzen und sah mir seine Hefte an. Erstaunt las ich die Dinge, die dort geschrieben standen, ferne, unbegreifliche Visionen, erschrak über die Zahlen in seinem Rechenheft, fremde, sorgfältig niedergelegte Zeichen, deren Sinn ich nicht verstand.

Aber ich schwieg. Ich machte ihm keine Vorwürfe. Ich war schon zufrieden, daß er jeden Morgen aufstand und wortlos in die Schule ging, um dort auf der hintersten Bank zu sitzen.

Über seinen Tag in der Schule sagte er mir nie ein Wort. Ich fragte ihn auch nicht. Schweigend ging er, und schweigend kam er zurück. Eine kurze Zeit lang, in seinem fünften oder sechsten Schuljahr, haben seine Klassenkameraden ihn wohl ein wenig gequält. Ganz plötzlich scheinen sie ihn entdeckt zu haben, begannen ihn zu schlagen. In den Pausen kamen sie auf ihn zu und kniffen und pufften ihn, als wollten sie herausfinden, ob er wirklich existierte, aus Fleisch und Blut war, nicht nur ein Gespenst. Aber trotzdem ging er weiter in die Schule, auch ich bestand darauf.

Nach einigen Wochen hörten die Kinder wieder auf damit. Sie ließen ihn endgültig in Ruhe.

Eines Tages kam er aufgeregt nach Hause. Seine Hände waren

mit Kreidestaub bedeckt. Ich glaubte zuerst, man hätte ihn an die Tafel gerufen, aber das war es nicht. Am Abend kam er und erzählte mir, er sei jetzt für den Ordnungsdienst in seiner Klasse verantwortlich.

Es vergingen einige Tage. Ich fragte ihn, ob er noch immer auf seinem Posten wäre. Er war es. Auch Wochen später war er's noch. Ich fragte ihn, ob er Freude hätte an seinem Posten, ob ihm die Arbeit nicht zu schwer wäre. Er aber war mit allem zufrieden. Seine Augen leuchteten auf. Sein Gesicht nahm einen konzentrierten Ausdruck an. Morgens fand ich in seinem Schulranzen neben den merkwürdigen Hausaufgaben auch Kreidestücke und zwei Schwämme.

Ich glaube, diesen Posten hat man ihm bis ans Ende seiner Schuljahre überlassen. Zwischen ihm und dem Schuldiener entwickelten sich enge Beziehungen, in den letzten Jahren scheinen sie sich sogar angefreundet zu haben. Hin und wieder rief der Schuldiener ihn in seine Kammer und gab ihm ein Glas Tee, das einer der Lehrer nicht getrunken hatte. Ob sie miteinander gesprochen haben, weiß ich nicht. Aber Beziehungen zwischen ihnen hat es sicher gegeben.

An einem Sommerabend führte mich mein Weg in die Nähe der Schule, und eine Laune trieb mich plötzlich, einzutreten und diesen Schuldiener kennenzulernen. Da das Tor verschlossen war, drang ich durch eine Lücke im Zaun auf den Schulhof ein, streifte über die leeren, halbdunklen Flure und kam im Schatten des Treppenaufgangs an seine Kammer. Ich ging über einige Stufen hinab und stand plötzlich vor ihm.

Er hockte im Schneidersitz auf einer Pritsche, tiefe Schatten lagen um ihn. Sein untersetzter, dunkelhäutiger Körper war vorgebeugt, mit schnellen Handbewegungen putzte er das Kupfergerät, das seinen Schoß bedeckte.

Ich nahm meinen Hut ab, schob mich in die Kammer hinein, sprach zögernd den Namen des Kindes aus. Er rührte sich nicht, war auch gar nicht überrascht. Hatte er damit gerechnet, daß ich ihn eines Abends besuchen würde? Er wandte mir sein Gesicht zu, und plötzlich, wortlos, begann er zu lächeln. Ein stiller, freundlicher Ausdruck legte sich auf seine Züge.

»Sie kennen meinen Sohn«, sagte ich zu ihm.

Er nickte, noch immer stand ein Lächeln auf seinen Zügen. Pausenlos putzte er das Kupfergerät in seinem Schoß.

»Wie ist er denn?« fragte ich. »Ein gutes Kind?«

Sein Lächeln gefror. Seine Hände sanken herab. Er murmelte etwas, deutete mit der Hand gegen seine Stirn –

»Armes Kind . . . verrückt –«

Und wurde wieder still, sah mich prüfend an.

Schweigend stand ich vor ihm. Kälte umfing mein Herz. Noch nie hatte ich eine solche Enttäuschung erlebt. Noch nie war ich so hoffnungslos gewesen. Er putzte wieder das Kupfer in seinem Schoß. Ich zog mich zurück, ohne mich zu verabschieden.

Das soll nicht heißen, daß meine Gedanken schon damals nur noch um den Jungen kreisten, daß wir schon damals hoffnungslos ineinander verstrickt waren. Vielleicht war's eher umgekehrt. Ich stand ihm distanziert gegenüber, meine Gedanken waren zerstreut, mit anderen Dingen beschäftigt.

Mit mir selbst war ich beschäftigt –

Noch nie war ich so mit mir selber beschäftigt gewesen –

Zunächst mein Schweigen: Endgültig war es, ich hielt es aus, nichts war leichter als dieses Schweigen. Keine einzige Zeile hatte ich mehr geschrieben. Manchmal, ich gebe es zu, kam eine geheime Sehnsucht in mir auf, ein Wunsch. Dann flüsterte ich etwa: Herbst. Und wieder – Herbst.

Aber das war alles.

Einige Freunde streckten ihre Fühler aus. Sagten: Das gibt's doch nicht . . . du verheimlichst uns etwas . . . willst uns überraschen.

Und eine unverständliche Erregung überkam mich, immer wieder sagte ich lachend: »Nein, ganz gewiß nicht. Ich hab geschrieben, was ich zu schreiben hatte.«

Zuerst zweifelten sie daran, aber schließlich glaubten sie mir.

Schweigend akzeptierten sie mein Schweigen. Nur ein einziges Mal brachten sie es offen zur Sprache. Jemand (ein junger Mensch) veröffentlichte so etwas wie einen historischen Überblick, erwähnte mich beiläufig, abfällig. Mein Schweigen nannte er Unfruchtbarkeit. Zweimal im gleichen Absatz nannte er mich unfruchtbar. Dann ließ er mich in Ruhe.

Aber mir war das gleichgültig. Ich war ganz ruhig.

Wie öde alles um mich war –

Dürre Wüste –

Steine, Abfall –

Dann mein Alter, das sich nun bemerkbar machte. Ich hätte nie gedacht, daß es so weit kommen würde. Auf der Straße fühlte ich mich noch ganz gut. Aber gegen Abend, wenn ich nach dem Essen in den Sessel sank, ein Buch oder eine Zeitung in der Hand, war ich plötzlich wie gelähmt, halb tot. Ich erhob mich, legte gequält meine Kleider ab, erschrak wieder über den Anblick meiner alten Beine, schleppte mich zum Bett, hüllte mich in eine Decke und schlug einen der Kriminalromane auf, die ich nun mit Begeisterung las.

Im Hause war es still. Aus dem Radio drang eine leise, verlorene Melodie. Allmählich – während ich las, ohne es zu bemerken – wurde ich in meinem Bett zu einem großen Stein, den dünner Ysop bedeckte . . .

Um Mitternacht wird das Radio still, und kurz nach Mitternacht fällt mir das Buch aus der Hand. Ich muß das stumme Radio abstellen. Licht ausmachen. Das ist meine schlimmste Stunde. Ich sinke wie ein Toter auf mein Bett, verkrümmt, in Schmerzen, wälze mich herum, suche mit meinen letzten Kräften nach den Knöpfen . . .

Einmal, um Mitternacht, hörte ich den Klang seiner Schritte im Flur. (Hier muß ich einfügen, daß sein Schlaf oft gestört ist. Er hat Alpträume, die er nicht erzählen kann. Deshalb brennt auch immer ein kleines Licht über seinem Bett. Wenn er aufwacht, geht er zum Hahn in der Küche und kippt große Wassermengen in sich hinein, die seine Ängste bannen.)

In jener Nacht, als er getrunken hatte und schon ins Bett zurückkehren wollte, rief ich ihn zu mir und bat ihn, Licht und Radio für mich auszumachen – ich seh noch, wie sein Schatten in der Zimmertür vor der Dunkelheit des Flurs steht; plötzlich schien es mir, als wär er sehr gewachsen und hätte zugenommen. Auf der Linie zwischen Licht und Dunkelheit sah sein Mund wie aufgerissen aus.

Ich dankte ihm –

In der nächsten Nacht, zur gleichen Stunde, ging er wieder durchs Haus. Ich wartete auf seine Schritte und rief ihn auch diesmal, damit er das Licht ausmachte.

Und so geschah's seither in jeder Nacht –

Seine kleinen Dienstleistungen begannen nun mein Leben auszufüllen. Ich wurde abhängig von ihnen. Zuerst waren es nur das Licht und das Radio, von denen er mich zur Mitternacht befreite, aber dann kamen andere Dinge. Wie alt war er? Dreizehn, glaube ich . . . ja, ich erinnere mich ganz genau. Er wurde damals gerade dreizehn Jahre alt, und ich beschloß, seinen Geburtstag zu feiern, den ich bis dahin immer schweigend übergangen hatte. Diesmal wollte ich feiern, wie es sich gehörte, großzügig und voller Freude, wenn das möglich war. Telefonisch lud ich seine Lehrer ein. Alle lud ich ein. Allen seinen Klassenkameraden schickte ich in seinem Namen Einladungen.

Die Kinder in seiner Klasse waren viel jünger als er, das stimmt. Kaum elf Jahre waren sie alt.

An jenem Sabbat, in den späten Morgenstunden, nach langem, zermürbendem Warten, tauchte in unserem Haus plötzlich eine kleine Schar kichernder Kinder auf. Sie hielten kleine Päckchen in ihren Händen, in weißes Papier eingewickelt. Kein einziger Lehrer folgte meiner Einladung. Und auch keines der Mädchen aus seiner Klasse wagte es, zu kommen.

Alle drückten mir verlegen die Hand, wunderten sich über mein weißes Haar (einer flüsterte sogar: Ist das sein Großvater?) und traten zögernd in eine Wohnung, die sie noch nie besucht hatten. Zuerst warfen sie mir mißtrauische Blicke zu, aber als sie sahen, daß ich mich ganz normal benahm, beruhigten sie sich schnell.

Die Geschenke wurden ausgewickelt –

Alle hatten sie das gleiche gebracht, stellte sich heraus: einen billigen Federkasten. Nur einer, ein schwarzgelockter, blasser Junge, der wie ein Dichter aussah, überreichte schamlos ein altes, verrostetes Taschenmesser, das allerdings sehr groß war, viele Klingen hatte und allgemeine Begeisterung auslöste.

Allen Geschenken war ein Zettel mit der Aufschrift »Viel Glück« beigefügt. Der kleine Dichter, der das Taschenmesser gebracht hatte, hatte noch einige geschmackvolle Verse dazugeschrieben.

Schweigend, in deutlicher Erregung, sammelte er die Geschenke ein.

Ich wunderte mich, daß keiner von ihnen ein Buch gebracht hatte. Als fürchteten sie, er könnte nicht lesen –

Ich gab mir redliche Mühe mit den Gästen. Eigenhändig reichte ich belegte Brote herum, Kuchen, den Fruchtsaft, die Süßigkeiten. Zum Nachtisch servierte ich Eiskrem. Sie verteilten sich im Wohnzimmer, sanken aufs Sofa und in die Sessel, aßen schweigend auf, was sie erhalten hatten. Dauernd ließen sie ihre Blicke umherschweifen und prüften das Zimmer, als wär's ihnen nicht ganz geheuer. Hin und wieder kicherten sie ohne ersichtlichen Grund.

Und mein Sohn, als wäre er nicht das Geburtstagskind, sondern nur einer der Gäste, saß auf einem Stuhl an der Wand, machte langsame Kaubewegungen, hielt seinen Blick auf den Boden gerichtet.

Ich dachte, meine Anwesenheit würde die Kinder hemmen, und zog mich so bald wie möglich zurück. Wirklich entspannten sie sich dann auch schnell. Ihr Lachen erfüllte das Zimmer. Als ich später wieder eintrat, fand ich sie alle in Strümpfen, sie tobten auf Teppich und Sesseln herum. Er war nirgends zu sehen. Ich machte mich auf die Suche nach ihm und fand ihn schließlich auf dem hinteren Balkon, wo er ihre Schuhe putzte.

»Das ist doch mein Posten«, sagte er zu mir.

So endete seine Geburtstagsfeier. Sie zogen sich wieder ihre Schuhe an, ihre Kleider waren zerzaust, sie unterdrückten ihr Lachen. Dann sahen sie mir in die Augen, drückten meine Hand und machten sich davon. Im Zimmer blieben neun Federkästen zurück. Und was das alte Taschenmesser betrifft, das alle so begeistert hatte: Das lieh sich der kleine Dichter auf der Stelle für eine Woche aus und hat es nie wieder zurückgegeben.

Das alles habe ich zu meiner eigenen Verteidigung angeführt.

Es waren noch keine vierzehn Tage vergangen, da putzte er auch mir schon die Schuhe. Ich stellte sie einfach auf den Balkon und fand sie geputzt wieder. Er tat's aus ganzem Herzen, ohne viel darüber nachzudenken, und es wurde uns zur Gewohnheit – ihm und mir.

Bald stellten sich auch andere Gewohnheiten ein.

Er pflegte mir zum Beispiel meine Schuhe auszuziehen. Ich komme in den späten Nachmittagsstunden von meiner Arbeit zurück und setze mich auf die Bank im Flur, um die Post zu öffnen – und plötzlich tritt er aus einem der Zimmer, beugt sich über meine Füße, löst mir die Schnürsenkel, zieht mir die Schuhe aus und schiebt meine Füße in die Pantoffeln hinein.

Das tut mir in gewisser Weise wohl –

Während meine Kräfte ständig abnahmen, entdeckte ich die Kraft in seinen Armen. Wenn ich eine Dose nicht öffnen konnte oder einen Nagel nicht aus der Wand bekam, rief ich ihn zu Hilfe. »Du bist jung und stark«, sagte ich zu ihm, »und ich werd immer schwächer. Bald sterbe ich.«

Aber er verstand keinen Spaß, das sah ich schnell ein. Er konnte zwischen Ernst und Ironie nicht unterscheiden. Erschrocken stand er da, kein Lächeln kam auf seine Lippen.

Den Mülleimer trug er schon seit seinem achten Lebensjahr hinaus, und gerne machte er Botengänge für mich, kaufte mir ein Päckchen Zigaretten, eine Zeitung. Er hatte ja nichts anderes zu tun, für seine Hausaufgaben brauchte er kaum eine halbe Stunde, Freunde hatte er nicht, er las keine Bücher. Stundenlang lag er auf dem Stuhl und starrte die Wand an, oder mich. Wir wohnen in einem alten, ruhigen Vorort, durch das Fenster sieht man nur Bäume und einen Zaun. Eine stille Straße. Was sollte er mit sich anfangen? Tiere mochte er nicht. Einmal brachte ich ihm einen jungen Hund, nach einer Woche hatte er ihn verloren, einfach verloren – und es machte ihm nichts aus. Was sollte er mit sich anfangen? Ich brachte ihm bei, wie man das Haus in Ordnung hielt, wo alles seinen Platz hatte. Er verstand nur allmählich, aber endlich war er in der Lage, die Kleider in den Schrank zu räumen und die Zeitungen aufzusammeln, die überall auf dem Boden verstreut waren, die Bücher. Morgens brauchte ich mein Bett nicht mehr zu machen – wenn ich abends nach Hause kam, fand ich mein Schlafzimmer in der schönsten Ordnung.

Manchmal glaube ich, daß alles zur Reise bereit ist; daß man nur die Kleider in den Koffer legen müßte, um aufzubrechen... Einmal mußte ich in den Norden des Landes reisen. Eine halbe Stunde, nachdem ich's ihm gesagt hatte, stand mein Koffer schon fertig gepackt an der Tür, und auf ihm lag mein Stock.

Denn seit einiger Zeit gehe ich am Stock. Ich brauche ihn eigentlich noch gar nicht, aber ich nehme ihn überall mit. Wenn ich auf der Straße stehenbleibe, um mich mit jemandem zu unterhalten, steche ich ihn in eine Bodenlücke, die sich leicht findet, und stütze mich auf seinen Griff. Manchmal spitzt er ihn mir an, damit ich ihn besser in den Boden stechen kann.

So sehr ist er um mich besorgt –

Zur gleichen Zeit begann er auch zu kochen. Eine alte Putzfrau, die hin und wieder zu uns kam, hat es ihm beigebracht. Anfangs kochte er nur für sich selbst und hatte schon gegessen, wenn ich von der Arbeit kam. Erst später begann er auch mir das Essen vorzubereiten. Seine Gerichte sind nicht gerade abwechslungsreich und schmecken ein bißchen fade, aber er bereitet sie sehr gewissenhaft zu. Auf dem Dachboden hat er ein Porzellanservice gefunden, ein altes Hochzeitsgeschenk – Teller mit vergoldeten Rändern, auf denen Blumen und Engel und Schmetterlinge zu sehen sind – die kamen nun bei uns in Gebrauch. Er stellte fünf Teller von verschiedener Größe vor mir auf, einen über dem anderen, legte Messer und Gabeln aus, stand und bediente mich mit einer schweren Würde.

Wo hatte er das gelernt?

In der Schule hatte man eine Geschichte gelesen, über das Trinkgelage eines Königs –

Ich horchte auf.

»Wie hieß der König?«

Den Namen wußte er nicht mehr.

»Wer kommt denn in der Geschichte sonst noch vor?«

Er wußte es nicht mehr.

Da bat ich ihn, mir wenigstens die Handlung zu erzählen.

Zögernd begann er, hörte aber gleich wieder auf. Alles kam ihm durcheinander.

Sein Blick verdunkelte sich. Rot leuchteten die Pickel auf seiner Stirn.

Wenn man den Blickwinkel ändert, dachte ich, könnte man Angst vor ihm bekommen.

Abends half er mir, wenn ich in der Badewanne saß. Ich rief ihn, damit er mir den Rücken einseifte, und er trat auf Zehenspitzen ein, sah erstaunt auf meinen nackten Körper, nahm den Schwamm und führte ihn vorsichtig über meine Haut.

Aber wenn auch ich einmal die Absicht hatte, ihm etwas Gutes zu tun, wollte es mir nie gelingen. Ich kam nach Hause und verkündete: Heute bin ich es, der etwas zu essen macht! Aber die Mahlzeit war schon zubereitet. Dann wollte ich ihm helfen, das Geschirr zu spülen. Aber das Geschirr war schon sauber.

Dafür nehme ich ihn abends mit, wenn ich Freunde besuche oder zu den Künstlerversammlungen gehe. Denn ich gehöre noch allen Verbänden an. Ich habe die Leute schon an ihn gewöhnt, sie bemerken ihn gar nicht mehr – so wenig, wie ich ihre Schatten bemerke.

Immer sitzt er in der hintersten Reihe, öffnet Spätkommenden die Tür, hilft ihnen aus dem Mantel, bringt ihn in die Garderobe. Die Leute verwechseln ihn mit einem der Bediensteten, und denen schließt er sich wirklich auch gerne an. Ich sehe, wie er bei den Platzanweisern steht und mit starrem Blick ihren Gesprächen folgt. Manchmal unterhält er sich mit einer Putzfrau, sie steht vor ihm und stützt sich auf ihren Besen.

Was redet er mit ihr?

Ich weiß es nicht.

Ob er mich lieb hat? Das ist schwer zu sagen. Ich glaube, etwas an mir macht ihm Angst. Vielleicht mein Alter, vielleicht auch mein Schweigen. Jedenfalls duckt er sich immer vor mir, als würde er in jedem Augenblick einen Schlag erwarten.

Das ist merkwürdig, denn wir haben eigentlich ein ganz ruhiges Verhältnis zueinander. Still ziehen die Tage dahin, und lange habe ich geglaubt, so würde es immer weitergehen – das heißt, bis zu dem Tag, an dem ich mich von ihm trennen müßte. Oft dachte ich: Wie gut, daß mir in meinem Schweigen ein schwachsinniges Kind gegenübersteht, irgendwo auf der Grenze, weitab von mir ...

Manchmal werde ich unruhig, das gebe ich zu. Dann will ich mich jemandem an den Hals werfen und fahre eilig nach Jerusalem, überrasche meine Töchter mit einem Besuch, bleib eine Stunde bei ihnen.

Sie empfangen mich mit Freuden, umarmen mich, drücken mich ans Herz. Und so, eng umschlungen, stehen wir lange beieinander, ihre Männer sehen uns von der Seite an, ein Ausdruck von Verachtung liegt in ihrem Blick. Dann setzen wir uns hin und fangen an zu reden, fallen in unsere Privatsprache und treiben unsere Wortspiele, die ihre Männer nicht ausstehen können. Aber sie leiden auch nicht besonders darunter, sie wissen ja, daß ich nicht lange bleibe. Wie ein Sturm tauche ich auf, und wie ein Sturm zieh ich ab. Nach einer Stunde oder zwei drängt es mich schon, Abschied zu nehmen. Noch klopft mir das Herz vor Aufregung, alle wollen, daß ich bleibe, in ihrem Haus übernachte. Aber ich mache das nie. Ich muß nach Hause zu dem Jungen, sage ich – als wäre seine ganze Existenz von mir abhängig. Wieder liegen wir uns in den Armen, küssen uns, und dann fahren mich ihre Männer zum Autobusbahnhof. Auf dem kurzen Weg schweigen wir meistens, haben nichts miteinander zu besprechen. Meine Schwiegersöhne halten auch nicht viel von mir. Der weiße Haarschopf, der meinen Nacken bedeckt, der Stock in meiner Hand – in ihren Augen bin ich noch immer so etwas wie ein Dichter. Ich weiß. Meine Gedichtbände stehen auf einem der Fächer an der Ostwand ihres Wohnzimmers. Das kann ich ihnen nicht verbieten.

In solchen Stunden ziehe ich den stumpfen Blick des Jungen vor.

An Wintertagen schließe ich uns oft schon gegen sechs Uhr abends im Hause ein. Was ich tue, bis ich schlafen gehe? Ich lese in Zeitungen, höre Radio, blättere in Büchern. Die Zeit vergeht, und mit der Langenweile schließe ich heimlich meinen Kompromiß.

An Sommertagen spaziere ich viel am Meeresstrand entlang, gehe auf und ab, treibe mich herum. Nachdenklich kann ich vor einem Hause stehenbleiben, das irgendwo gebaut wird. Stundenlang.

Meine Gedanken haben keinen Inhalt –

Vor Jahren pflegte ich mir überall kleine Notizblöcke mitzunehmen. Ich ging in vorgetäuschtem Fieber, schürte meinen inneren Drang, mich auszudrücken, suchte nach Reimen, wandte Worte hin und her, glühte ... Heute leide ich nicht einmal mehr.

Wo ist er denn?

Durchs Fenster seh ich ihn im Garten, unter einem grauen Herbsthimmel. Er steht und schneidet gewalttätig an Bäumen und Sträuchern herum, reißt ganze Zweige aus, zerfetzt die Blätter. Besonders der alten Pappel rückt er zu Leibe, den jungen Sprossen ihres Stammes, er steigt in ihre Krone hoch, sägt ihre Äste ab, bedeckt den ganzen Baum mit Sägemehl.

Manchmal heftet sich mein Blick auf ihn, ich starre ihn stundenlang an. Sein tiefer Ernst, die Wut, die aus ihm herausbricht. Licht und Schatten spielen auf seinem Gesicht, die dicke Brille, die er nun trägt, verleiht ihm einen lächerlichen Ausdruck von Gelehrsamkeit. Plötzlich hat er entdeckt, daß er kurzsichtig ist.

Ich weiß, er sägt zu viele Äste ab, er reißt die Pflanzen mit den Wurzeln aus dem Boden. Aber ich sage nichts. Ich stehe am Fenster und schweige. Was übrig bleibt, denk ich bei mir, das blüht im Frühling wieder auf, dann ist es gut.

3.

Wann ist das zum erstenmal geschehen? Ich meine – wann hat er plötzlich gewußt, daß ich ein Dichter war? Ich meine den Wahnsinn, der im letzten Jahr über uns gekommen ist.

Vor einem Jahr, gegen Ende des Winters, wurde ich krank und behielt ihn zu Hause, damit er mich pflegte. Tagelang waren wir ständig zusammen, er ließ mich nicht aus den Augen. Das war uns noch nicht vorgekommen, es hatte bisher keinen Tag gegeben, an dem ich nicht ausgegangen war, im Café saß, Freunde besuchte.

Ich hatte leichtes Fieber und mußte im Bett liegen. Meine Augen flatterten, er ging im Hause hin und her oder saß an der Tür meines Zimmers, sein Kopf war mir zugeneigt. Manchmal bat ich ihn um einen Tee. Dann stand er auf, ging in die Küche und brachte mir ein dampfendes Glas.

Langsam wurde es dunkel. Ein grauer Himmel senkte sich auf die Fenster hinab. Wir machten kein Licht an, denn die Krankheit hatte meine Augen geschwächt.

Tiefes Schweigen herrschte zwischen uns. Worüber sollten wir auch sprechen?

Ich fragte ihn, ob er seine Hausaufgaben gemacht hätte –

Aus der Ecke des Zimmers nickte er mir zu.

Worüber konnte ich mich mit ihm unterhalten?

Ich fragte ihn, ob er noch immer für den Ordnungsdienst in seiner Klasse verantwortlich sei. Er sagte ja und nein, antwortete mit Kopfbewegungen.

Am Schluß wurde ich müde. Ich ließ den Kopf aufs Kissen sinken und schloß meine Augen. Es wurde immer dunkler im Zimmer. Draußen tropfte ein dünner Regen an die Scheiben ... In jenen Tagen meiner Krankheit kamen die ersten Halluzinationen. Vor meinen Augen verwandelte sich das Bett. Ich glaubte, es wär ein weißes Land, ein wogendes Hügelland mit rauschenden Flußtälern, und ich durchwanderte es.

Tiefes Schweigen. Die Wärme des Bettes hüllte jede Zelle meines Körpers ein.

Und plötzlich, in der tropfenden Stille, erschreckte mich seine harte Stimme –

»Was machst du denn?«

Ich schlug die Augen auf. Er saß an der Tür, starrte mich an. Ich richtete mich halb auf, sah erstaunt zu ihm hinüber.

»Wie meinst du? Jetzt, in diesem Augenblick? Ich war gerade dabei, einzuschlafen ...«

»Nein, überhaupt ...« Und er wandte seinen Kopf ab, als würde er die Frage schon bereuen.

Nach einer Weile hatte ich verstanden. Er fragte nach meinem Beruf.

Hatten sie in der Schule über Berufe gesprochen?

Er wußte es nicht –

Da erzählte ich ihm von meinem Beruf (ich arbeite in einem Ausschnittbüro). Er verstand mich nicht. Ich erklärte es ihm ausführlich, und schließlich begriff er. Aber er reagierte nicht. Er schien ein wenig enttäuscht zu sein, beim besten Willen konnte ich mir nicht erklären, weshalb. Er hatte sich doch nicht etwa eingebildet, daß ich ein Pilot wär, oder ein Seemann.

Hatte er geglaubt, ich wär ein Pilot oder ein Seemann?

Nein.

Was hatte er denn geglaubt?

Nichts hatte er geglaubt.

Und wieder schwiegen wir. Er saß im Winkel des Zimmers, ein schwerer, trauriger Schatten. Seine Brille glitzerte im Abendlicht. Draußen wurde der Regen stärker, die alte Pappel stand im

Garten und hüllte sich in Trauer. Plötzlich tat mir seine Schwermut in der Seele weh. Ich zitterte vor Mitleid, schob meinen Körper hoch, setzte mich auf, öffnete meine Augen in der Dunkelheit und erzählte ihm mit leiser Stimme, daß ich eigentlich mit anderen Dingen beschäftigt sei, gewesen sei. Ich hätte Gedichte geschrieben. Sein Vater sei ein Dichter gewesen. In der Schule hätten sie doch über Dichter gesprochen? Und fiebernd stieg ich aus dem Bett, ging barfuß durch das dunkle Zimmer, machte die kleine Lampe an, trat ans Bücherregal und holte nacheinander meine Bände aus dem Schrank.

Schweigend sah er mir zu, die Brille war ihm ein wenig über die Nase gerutscht. Seine Arme hingen schlaff an der Stuhllehne herab.

Ich packte ihn am Arm, zog ihn hoch und stellte ihn vor mir auf.

Mit vertrockneten Händen öffnete ich meine leinengebundenen Bücher. Kleine Seiten, kaum berührt, sie bewegten sich mit einem leisen Knistern. Schwarze Zeilen auf blassem Papier flogen vorbei, Worte wie Herbst, Regen, Zyklon.

Er blieb stumm, rührte sich nicht, hielt seinen Blick auf den Boden gerichtet. Ein hilfloser Tölpel.

Ich schickte ihn aus dem Zimmer, nahm meine Bücher, trug sie zum Bett. Und das Licht in meinem Zimmer ging nicht mehr aus. Während der ganzen Nacht tastete ich den süßen Schmerz ab, den ich einst in heiße Form gegossen hatte.

Worte wie Brot, Pfad, Schande.

Am nächsten Tag ließ mein Fieber nach, und ich schickte ihn wieder in die Schule. Meine Bücher stellte ich ins Regal zurück, war sicher, daß er nichts verstanden hatte. Aber nach einigen Tagen standen die Bücher nicht mehr an der gleichen Stelle. Da ahnte ich, daß ihm etwas aufgegangen war.

Es war sein letztes Schuljahr, doch in seiner Welt zeichnete sich keine Veränderung ab. Noch immer saß er täglich eine halbe Stunde an seinen Hausaufgaben, schrieb etwas auf, rechnete etwas aus, schloß die Hefte, packte sie in den Ranzen und wandte sich dem Haushalt zu. In der Klasse saß er noch immer auf der hintersten Bank, in einer der Ecken; aber an den Unterrichtsstunden nahm er jetzt kaum noch teil. Der Schuldiener nahm ihn oft mit sich, ließ sich von ihm helfen, wenn er die Öfen auf den Dachboden hinauftrug oder im Keller die zerbrochenen Stühle reparierte.

Wenn er am Unterricht teilnahm, saß er da wie immer: gespannt, die Augen starr auf den Lehrer gerichtet.

Die letzten Schultage, das Gefühl der allgemeinen Auflösung –

Kurz vor Schulschluß nahm man in seiner Klasse eines meiner Gedichte durch. Am Ende des Lesebuches fand sich eine Reihe von Gedichten, eine Art Anthologie für Stunden, in denen es nichts zu tun gibt. Darunter war auch ein altes Gedicht von mir, ich hab's vor Jahrzehnten geschrieben. Eigentlich war es nicht für Jugendliche gemeint, aber die Leser legten es irrtümlicherweise so aus.

Die Lehrerin las das Gedicht vor, erklärte einige schwierige Worte, dann las es noch einmal einer der Schüler – und das war alles. Meinem Sohn wäre vielleicht gar nichts aufgefallen, wenn die Lehrerin nicht plötzlich gesagt hätte:

»Das ist von seinem Vater . . .«

Diese Mitteilung hat sein Ansehen nicht gehoben, wohl auch das Ansehen des Gedichtes nicht. Am Ende der Stunde jedenfalls hatten es alle vergessen.

Nur der Junge hatte es nicht vergessen. Tief erregt blieb er in der leeren Klasse, sammelte Obstschalen auf, machte die Tafel sauber, konnte sich nicht beruhigen . . .

Abends, als ich von der Arbeit kam, war das Haus dunkel. Ich öffnete die Eingangstür und fand ihn im lichtlosen Korridor. Er wartete auf mich, wurde mit seinen Gefühlen nicht fertig, warf sich an meinen Hals, brach in ein merkwürdiges Winseln aus, erstickte mich fast. Er ließ mir keine Zeit, den Mantel abzulegen, die Krawatte zu lösen, faßte mich an den Händen und zog mich in eines der Zimmer, machte Licht an, öffnete sein Schulbuch und las mir mit heiserer Stimme mein Gedicht vor, sprach Worte falsch aus, verschluckte die Silben, skandierte unmöglich.

Sein Gefühlsausbruch erschütterte mich. Mein Herz zitterte. Ich zog ihn an mich und streichelte seinen Kopf. Es war nicht viel dran an den Zeilen, aber auch das Wenige hatte er nicht verstanden. Er hängte sich an meine Kleider, fragte, wann ich das Gedicht geschrieben hätte –

Ich sagte es ihm.

Er wollte andere Gedichte sehen –

Ich deutete auf meine Bände.

Er fragte mich, ob das alles wäre –

Lächelnd zeigte ich ihm die Schublade meines Schreibtisches, in die ich Gedichte und Fragmente geworfen hatte, kleine Notizblöcke, die mich überall begleitet hatten.

Ob ich auch heute ein Gedicht geschrieben hätte, wollte er wissen –

Jetzt brach ich in Gelächter aus . . . Sein dunkles Gesicht, sein ehrfürchtiger Blick in dieser Abendstunde, während ich noch dastand in Mantel und Krawatte –

Ich habe schon zu schreiben aufgehört, bevor er zur Welt gekommen sei, erzählte ich ihm. Und was sich noch in der Schublade befand, das hätte ich längst wegwerfen sollen.

Ich legte meinen Mantel ab, löste die Krawatte, setzte mich nieder, um die Schuhe auszuziehen.

Er brachte mir die Pantoffeln.

Sein Gesicht sah plötzlich eingefallen aus –

Als hätte er eine schreckliche Nachricht gehört.

Wieder brach ich in Gelächter aus. Ich griff in sein kurzgeschnittenes Haar und schüttelte seinen Kopf, mit harter, heftiger Freundlichkeit.

Ich, der immer davor zurückgeschreckt war, ihn zu berühren –

Nach einigen Tagen fand ich die Schublade aufgebrochen und leer, ausgeräumt bis auf den letzten Papierfetzen. Ich erwischte ihn, während er das Unkraut unter dem Baum jätete.

Warum er das getan hätte?

Ich würd es nicht mehr brauchen, hätte er gedacht – ich hätte doch selber gesagt, ich würde nicht mehr schreiben.

Wo waren die Papiere?

Die beschriebenen Zettel hätte er in den Mülleimer geworfen. Die kleinen Notizblöcke hätte er an die Altwarenhändler in der Vorstadt verkauft.

Zum zweitenmal in meinem Leben schlug ich ihn, und wieder im Garten, unter der Pappel. Mit aller Kraft meiner alten Hände schlug ich ihn in sein ungehobeltes Gesicht, in dem ein erster, dünner Schnurbart stand.

Er zitterte am ganzen Leib –

Er ballte seine Fäuste, umklammerte die Hacke, hätte zurückschlagen können, war stark genug, mich zu Boden zu werfen ... Und dann, ganz plötzlich, verrauchte mein Zorn. Alles hatte seine Bedeutung verloren – alte Gedichtfetzen, längst sinnlos geworden. Warum zitterte ich eigentlich so, mein Schweigen war doch endgültig ... Und abermals glaubte ich, damit wäre alles zu Ende. Ich konnte nicht ahnen, daß das nur der Anfang gewesen war.

Lange Sommertage. Endloses Blau. Hin und wieder tauchte eine kleine Wolke auf, machte ihre verschlafene Reise von Horizont zu Horizont. Vogelscharen landeten täglich in der Krone unserer Pappel, kreischten wie verrückt in der Tiefe ihres Laubes.

Und an den Abenden die dunkle Röte, in der sich die Seele verzehrt.

Sein letzter Tag in der Volksschule –

Der Tag darauf. Abschlußfeier und Zeugnisverteilung.

Ein Zeugnis hat man ihm natürlich nicht gegeben. Dennoch saß er mit den anderen Schülern auf der Bühne der Aula, in weißem Hemd und Khakihosen (siebzehn Jahre war er alt). Im schweren, vollen Licht des Nachmittags saß er da und lauschte den Ansprachen. Als man dem Schuldiener einen Dank aussprach, hob er seinen Blick und suchte ihn mit einer schwerfälligen Kopfbewegung im Publikum.

Ich hielt mich im Hintergrund der Aula versteckt, hinter einem Berg von Stühlen. Der Hut lag auf meinem Schoß.

Nach den Ansprachen folgte das künstlerische Programm.

Zwei mollige Mädchen stiegen auf die Bühne und verkündeten mit kreischenden, aufgeregten Stimmen, daß sie jetzt die Sonate eines unbekannten Komponisten spielen würden, der vor Jahrhunderten gelebt habe. Dann setzten sie sich an ein schlecht gestimmtes Klavier und schlugen vierhändig Dissonanzen.

Der wilde Applaus aufgeregter Eltern –

Ein kleines, blasses Kind mit schönen Locken schleifte ein riesiges Cello auf die Bühne und spielte etwas vor, auch das ein Stück von einem unbekannten Komponisten (wahrscheinlich ein anderer).

Ich schloß meine Augen.

Diese Unbekanntheit gefiel mir.

Wilder Applaus aufgeregter Eltern –

Plötzlich spürte ich, daß mich jemand ansah. Ich wandte meinen Kopf, und dicht neben mir, im Licht des Fensters – wie eine dunkle Rosine auf seinem Stuhl, in einfacher Arbeitskleidung – entdeckte ich den Schuldiener. In sanfter Bewegung schwang sein Kopf hin und her.

Zwei Mädchen und zwei Jungen stiegen auf die Bühne und boten ein ganzes Festprogramm – lasen eine Geschichte vor, gaben eine humoristische Einlage, rezitierten Gedichte.

Beim Klang der ersten Reime richtete mein Junge sich ruckartig auf und begann mich verzweifelt zu suchen. Das Publikum verstand nicht recht, was der bebrillte Junge mit dem blöden Gesicht im Hintergrund der Bühne plötzlich hatte. Vergeblich bemühten sich seine Klassenkameraden, ihn wieder auf den Stuhl zurückzuziehen. Er suchte mich, sein Blick irrte durch die Aula. Der Klang der Reime riß ihn fort. Er wollte rufen, aber er fand mich nicht. Ich hatte mich zu tief hinter den Stühlen verschanzt, meinen Kopf zwischen die Schultern gezogen.

Am Ende der Feier machte ich mich davon, floh aus der Aula. Er kam erst in den Abendstunden nachhause. Nach der Feier hatte er dem Schuldiener geholfen, die Aula aufzuräumen.

Jetzt mußte man seine Zukunft ins Auge fassen. Ich sag's ja immer wieder: Er ist ein Grenzfall.

War's schon zu spät? Hatte ich ihn noch in meiner Gewalt?

Unterdessen, jedenfalls, blieb er im Haus, kümmerte sich um seinen Vater, beschäftigte sich mit Gedichten.

Ja, immer hielt er Gedichte in seinen Händen –

Meine alten Gedichtfetzen, meine kleinen Notizblöcke, die winzigen, dünnen Blättchen – alles schien sich noch in seinem Besitz zu befinden. Er hatte sie nicht an die Altwarenhändler verkauft und auch nicht in den Mülleimer geworfen. Unter der Pappel hatte er mich belogen.

Das habe ich nicht gleich gewußt, denn anfangs versteckte er sie vor mir. Aber allmählich spürte ich, wie sie wieder in mein Leben traten – Papiere wehten über den Boden der Wohnung, lugten aus seinen Hosentaschen hervor, steckten in den Laken seines Bettes. Er hatte sich eine neue Angewohnheit zugelegt: Wenn ich ihm etwas auftrug, nahm er ein Stück Papier und schrieb sich alles auf – langsam, fehlerhaft, in der Handschrift eines Kindes.

»Vergessen überkommt mich«, sagte er einmal zu mir, in einer Sprache, die nicht die seine war.

Ich bat ihn, meinen Stock zur Reparatur zu bringen, sein Holz hatte einen Riß. Und er zog einen der kleinen Blöcke hervor, die mir einst so wichtig gewesen waren, Gedichtentwürfe aufgenommen hatten, vereinzelte Zeilen, Gedankensplitter.

Die Erregung erstickte mich fast. Schweiß brach mir aus den Poren. Meine Finger zuckten nach dem Block, und widerspruchslos gab er ihn aus der Hand. Ich blätterte zitternd in ihm. Weiße Seiten, überall waren Blätter herausgerissen – und plötzlich eine einzige Zeile, wie hingeworfen in meiner fliegenden Handschrift: Vergessen überkommt mich. Dann wieder leere, an den Rändern eingeknickte Seiten.

Ich gewann meine Ruhe zurück. Er wollte mir den kleinen Block überlassen.

Aber ich bestand darauf, daß er ihn behielt.

Dann machte er sich auf den Weg.

Ich ging in sein Zimmer und suchte in den Schubladen des Tisches, aber ich fand nichts. Später dachte ich nicht mehr daran. Am Abend lag ein vergilbter Zettel auf meinem Tisch, auf dem stand in meiner unleserlichen Handschrift:

Nach Menschenmaß ist dieses Blau

Das Wort »Blau« war mit einer dünnen Linie ausgestrichen.

Ich ging in sein Zimmer. Zusammengesunken, in einer der Ecken, sah er mir mit dunklem Erwarten entgegen. Ich faltete den Zettel vor seinen Augen zusammen, legte ihn auf seinen Tisch und ging hinaus. Aber schon am nächsten Tag fand ich nach dem Abendbrot zwei weitere Zeilen auf meinem Schreibtisch.

Und wieder versink' ich vor dir
In diesem langen Winter

Diesmal zerriß ich den Zettel bereits in Stücke.

Am nächsten Tag, diagonal hingekritzelt, die Zeile:

Der Irrsinn meiner Seele in meinem blassen Arm

Und viele ausgestrichene Worte, die nicht mehr zu erkennen waren.

Neben dem herausgerissenen Blatt stand eine kleine Vase mit einer roten Nelke, die er im Garten gepflückt hatte.

Ja, ich muß von den Blumen erzählen –

Das Haus füllte sich nun mit Blumen. Alte, vergessene Vasen kamen aus Schränken und Kammern, füllten sich mit Blumen. Er sammelte Kräuter auf seinem Wege, pflückte sich Hahnenfuß zwischen den Häusern, schlich in den öffentlichen Park und stahl eine Nelke, stahl sich Rosen aus fremden Gärten. Ein schwerer, glühender Blütenduft stand in der Wohnung. Gelber Staub lag auf den Sesseln und den Teppichen.

Und immer bedeckte sauberes Schreibpapier meinen Tisch, beschwert von einem angespitzten Bleistift.

Mit aller Kraft seines Schwachsinns wollte er mich wieder zum Schreiben bringen.

Am Anfang belustigte mich das, ich nahm die kleinen Blätter auf, las sie, zerriß sie, roch an den Blumen. Mit den angespitzten Bleistiften zog ich punktierte Linien über die Blätter und setzte tausend Unterschriften auf die Seiten der Notizblöcke.

Aber bald hatte sein Wahnsinn die Oberhand gewonnen –

Überall im Hause verfolgten mich die herausgerissenen Blätter. Erst jetzt merkte ich, wie viel ich eigentlich hatte schreiben wollen. Er legte mir die Zeilen zwischen die Seiten der Bücher, die ich gerade las, in meine Aktentasche, unter meine Tischlampe, zur Morgenzeitung, zwischen Tasse und Untertasse, neben die Zahnpasta. Ich holte das Portemonnaie aus der Tasche, und zwischen den Geldscheinen fiel ein Zettel heraus.

Ich las und zerriß, warf in den Mülleimer.

Und immer noch sagte ich nichts, ließ es gut sein, war wohl auch gespannt auf die Gedanken, die mir in fernen Tagen gekommen waren. Irgendwann mußten diese kleinen Zettel ja ein Ende finden, da war ich ganz sicher. Einmal hatte ich mit ihnen Schluß gemacht, das wußte ich.

Spät in der Nacht, wenn ich schon in meinem Bett lag, hörte ich, wie er barfuß durchs Haus ging. Dann streute er Papiere aus, die meine nachlässige, eigenwillige Handschrift trugen. Buchstaben, die miteinander im Streit lagen, vereinzelte, dick unterstrichene Wörter.

Und wir, wie üblich, schwiegen. Die Fetzen sammelte er täglich aus den Aschenbechern und den Papierkörben auf.

Schon wurden die Zettel seltener. Und eines Morgens fand ich ein kleines Blatt auf meinem Schreibtisch, auf dem stand eine Zeile – in seiner Handschrift, die meine Handschrift nachzuahmen suchte.

Auch tags darauf bedeckte seine Handschrift schwerfällig ein leeres Blatt.

Die Blumen, die die Zimmer füllten –

Der Himmel, der sich zusehends bewölkte –

Meine Geduld war zu Ende. Ich hatte genug. Unerwartet stürzte ich in sein Zimmer und überraschte ihn dabei, wie er immer wieder die gleiche Zeile abschrieb. Ich sammelte alles ein, was von den kleinen Notizblöcken übriggeblieben war, zerriß es vor seinen Augen, holte die Blumen aus allen Vasen, trug sie auf der Schwelle des Hauses zu einem Haufen zusammen und befahl ihm, sie fortzuschaffen.

»Deine Spiele sind zu Ende«, sagte ich.

Er nahm die Blumen, um sie auf dem nahen Felde zu bestatten, und kehrte nicht wieder. Drei Tage blieb er verschwunden. Am zweiten Tag durchkämmte ich die Stadt, suchte ihn heimlich. (Inzwischen versank die Wohnung im Staub. Im Spülbekken türmte sich das Geschirr.)

Nach drei Tagen kam er heim: in der Mittagsstunde, sonnengebräunt, aus seinen Kleidern stieg der Duft der Felder.

Ich überwand meinen Zorn, setzte ihn vor mich hin.

Wo er gewesen sei? Was er getan habe? Warum er fortgelaufen sei?

Er habe auf dem nahen Feld geschlafen. Wenn ich nicht da war, sei er manchmal heimgekommen und habe sich in seinem Zimmer versteckt. Einmal sei ich sogar unerwartet zurückgekommen...

Warum er fortgelaufen sei? Er könne es nicht erklären, habe geglaubt, ich wollte ihn loswerden, wollte in ungestörter Einsamkeit meine Gedichte schreiben. So hätten sie's ihm in der Schule erzählt, über die Dichter, über ihre Einsamkeit...

Die verfluchten Lehrerinnen –

Oder war das eine neue, grobe List?

Ich mußte zu einem Entschluß kommen über seine Zukunft –

Geduldig sprach ich auf ihn ein. »Was willst du denn«, fragte ich ihn, »ich habe doch schon lange aufgehört, zu schreiben. Ich hab doch schon genug geschrieben. Was willst du denn?«

Er legte seine Hände auf die Augen. Wieder stammelte er aufgeregte Worte. Es war schwer, ihn zu verstehen, aber schließlich begriff ich.

Er glaubte, ich wäre unglücklich –

Ihr hättet ihn sehen müssen, den Jungen – schwachsinnig war er, ein Grenzfall, langsam rutschte ihm seine Brille über die Nase hinab ... ein ausgewachsener Bursche von beinah achtzehn Jahren.

Nachmittagsstunden. Langsam wanderte die Herbstsonne von Zimmer zu Zimmer. Aus dem Nebenhaus klang eine Melodie herüber. Jemand übte dort Oktaven auf einer Geige, oft war ein falscher Ton zu hören, ein trauriges Jaulen.

Plötzlich war ich meines Todes sicher. Ich wußte, auch nach meinem Tode würde Gras in meinem Garten rascheln.

Ich hob meinen Blick und sah ihn an – eine Statue, die noch unvollendet war.

»Du, ich bin müde«, flüsterte ich ihm lachend zu. »Vielleicht schreibst du für mich?«

Er erschrak, nahm die Brille von der Nase, wischte sie an seinem Hemdsärmel ab, setzte sie wieder auf.

»Ich kann nicht«, gab er flüsternd zur Antwort.

Es war zum Verzweifeln – natürlich konnte er nicht. Man mußte Kontakte abbrechen, sich lösen. Die lange Zeit des Unglücks – fast hätte ich geweint. Man hatte mich mit ihm allein gelassen ...

Wieder war der falsche Ton zu hören.

»Hilf mir dabei«, flüsterte er, als wären wir miteinander befreundet.

»Ich helf dir nicht.«

Leere breitete sich in mir aus. Ich erhob mich, setzte meinen Hut auf und verließ die Wohnung. Zweimal ging ich um das Haus des Nachbarn, der seine Oktaven übte, dann ging ich in die Stadt.

Als ich heimkehrte, war er nicht zu Hause. Wieder mußte ich mir das Abendbrot selber machen. Als ich das Brot schnitt, fuhr mir das Messer in die Finger. Seit Jahren hab ich nicht mehr so geblutet.

Ich dachte, er wäre wieder fortgelaufen. Aber spät in der

Nacht, als es in meinem Zimmer schon dunkel war, kam er zurück, begann durchs Haus zu gehen, die Räume abzuschreiten und auf und ab zu wandern – genauso hatte ich's getan, in anderen Tagen, wenn Worte in mir zum Leben erwachten.

Im Rhythmus seiner Schritte schlief ich ein.

Am nächsten Morgen räumte er sein Zimmer aus. Seine Schulbücher, seine Enzyklopädien, die man ihm geschenkt hatte, seine Hefte – alles verschwand. Das Schreibpapier und die angespitzten Bleistifte legte er auf seinen Tisch.

Herbst begann das Blau des Himmels zu bedecken.

Immer wieder dachte ich jetzt daran, in den Ruhestand zu treten. Ein romantischer Gedanke hatte mich erfaßt – ich wollte meinen Arbeitsplatz aufgeben, das Haus verkaufen und mit dem Geld auf weite Reisen gehen. In einem abgelegenen, verfaulten Hafen wollte ich mich niederlassen, dann weiterziehen in das Mansardenzimmer einer großen Stadt. Um's kurz zu machen – Pläne, irre Phantasien. Ich ging in die Reisebüros, besorgte mir bunte Prospekte und hängte ein Schild an den Gartenzaun: Zu verkaufen.

Ein leichter Regen hing in der Luft.

An einem Freitagabend fuhr ich zu meinen Töchtern nach Jerusalem, um mit ihnen den Sabbat zu verbringen.

Sie nahmen mich in allen Ehren auf, entzündeten sogar die Sabbatkerzen, stellten Blumen auf die Tische. Die Enkelkinder spielten mit meinem Spazierstock, und ich sah, wie lang ich sie alle vernachlässigt hatte. Beim Abendbrot saß ich am Kopf des Tisches.

Den ganzen Abend sprach ich nur von ihm. Ich war wie besessen, wechselte das Thema nicht, ließ mich nicht von ihm abbringen. Ich verlangte nach einer Lösung für ihn, forderte, daß man ihm einen Arbeitsplatz fand, verkündete meinen Plan, auf Reisen zu gehen und durch die Welt zu ziehen. Er könnte sich doch irgendwo nützlich machen, gäbe sicher einen guten Diener ab – jedenfalls sollte man ihn mir abnehmen. Ich wollte endlich meine Freiheit haben, er sei doch auch bald volljährig . . .

Über die Gedichte sagte ich kein Wort.

Es war das erste Mal, daß mir meine Schwiegersöhne aufmerksam zuhörten. Die Töchter wurden verlegen – was hatte ich ihnen da beschert? Wir erhoben uns vom Tisch, setzten uns in die Sessel und tranken Kaffee. Die Enkelkinder, schon in Schlafanzügen, kamen und sagten »Gute Nacht«, trugen mir zwei Strophen einer jüngst verstorbenen Dichterin vor und bewegten ihre kleinen Hände dabei. Dann drückten sie mir ihre Lippen ins Gesicht, leckten mich mit ihren Zungen ab, gingen zu Bett. Und ich redete noch immer über ihn, man konnte mich nicht von ihm ablenken. Alle waren schon müde, hörten mir mit hängenden Köpfen zu, wechselten heimliche Blicke ... als wäre ich selbst es, der einen kleinen Knacks hatte.

Dann ließen sie mich plötzlich sitzen. Sie machten mir keine Versprechungen, deuteten mir nur taktvoll an, daß es Zeit sei, ins Bett zu gehen, küßten mich und zogen sich zurück.

Erst jetzt fiel mir auf, daß draußen während des ganzen Abends ein Unwetter getobt hatte. Ein junger, breit ausladender Baum schlug mit seinen Ästen gegen das Fenster, traf die Scheiben, strich am Rahmen entlang. Die ganze Nacht versuchte er in mein Zimmer einzudringen, in mein Bett. – Als ich am Morgen erwachte, herrschte Stille. Ein sonniger, bewölkter Himmel. Der junge Baum war still geworden, er hatte sich der Sonne zugewandt. Nur auf dem Fenstersims glitzerten ein paar grüne Blätter, die der Sturm aus seiner Krone gerissen hatte.

Am Nachmittag kehrte ich ins Tiefland zurück. Meine Schwiegersöhne hatten versprochen, ihm einen Arbeitsplatz zu suchen. Meine Töchter hatten Anstalten erwähnt, die er während des Tages verlassen könnte.

Aus der Erde stieg der Winter auf. Am Rande der Bürgersteige sammelten sich Pfützen. Tausendmal brach sich mein Spiegelbild.

Im Hause fand ich ihn nicht. Sein Zimmer war verschlossen. Ich trat von der Hofseite an sein offenes Fenster heran,von außen sah es sehr ordentlich aus. Auf dem Tisch leuchteten die

Blätter. Zweifellos – es stand etwas auf ihnen geschrieben. Ich kehrte ins Haus zurück und versuchte, die Zimmertür aufzubrechen. Es gelang mir nicht. Ich ging wieder auf den Hof, wälzte einen Stein unter das Fenster und wollte über ihn in das Zimmer hineinsteigen, aber auch das schaffte ich nicht. Meine Knie zitterten mir. Ich bin nicht mehr der Jüngste. »Was geht er mich an?« dachte ich plötzlich, trat wieder ins Haus, wechselte die Krawatte und ging ins Café, um Freunde zu finden.

Samstagabend. Auf den Straßen herrschte reger Verkehr. Im Winkel des Cafés fand sich kaum ein Platz für uns – alte, verbitterte Künstler, erloschene Vulkane, in ihre Mäntel gehüllt. Pfeifenrauch ließen sie aufsteigen und zerrieben die Welt, die seit dem letzten Samstagabend herangewachsen war, zwischen ihren vertrockneten Händen. Vom Boden stieg Dampf auf, beschlug die große Glasscheibe an der Straßenseite des Cafés. Ich saß schlaff auf meinem Stuhl, saugte an der Kippe meiner Zigarette. Der Spazierstock stand mir zwischen den Beinen, seine Spitze hüpfte auf dem Steinfußboden hin und her. Ich weiß – unsere Stadt ist auf Sand gebaut, sie ist stumm und taub. Unter der dünnen Schicht der Häuser und der Bürgersteige liegt eine Wüste aus Sand. Eine Gruppe junger Künstler mit wilden Haaren und Zierbärtchen kam draußen vorbei. Eine Narrentruppe. Unsere Gesichter verdüsterten sich, scheel sahen wir ihnen nach – und dort, im Abstand von einigen Schritten, mit verzücktem Gesicht, folgte ihnen mein Junge.

Sie stürzten sich auf die Stühle eines benachbarten Straßencafés. Die meisten von ihnen waren betrunken. Mein Junge setzte sich in eine Ecke und wurde fast unsichtbar. Ein Gespräch entwickelte sich dort. Ich nahm kein Auge von ihm. Einer richtete sich auf, zog Papier aus der Tasche und las ein Gedicht vor. Niemand außer meinem Sohn hörte ihm zu. Mitten im Vortrag brach der Dichter ab, ging von einem zum anderen, sah schließlich sinnend auf den kurzgeschorenen Kopf meines Sohnes hinab. Einige lachten. Jemand beugte sich über den Jungen, streichelte seine Wangen . . .

Ich war sicher: Keiner kannte ihn – nicht seinen eigenen Namen, und nicht den Namen seines Vaters.

Ich erhob mich, nahm meinen Stock und ging ans Meer, wollte die dunklen Wellen sehen. Dann ging ich nach Hause. Ich legte mich aufs Sofa, blätterte in der Wochenendausgabe der Zeitung und sah mir die Literaturbeilage an, las eine Gedichtzeile, den Anfang einer Geschichte. Dann gab ich's auf. Literatur hinterließ eine schreckliche Leere in mir. In meinen Kleidern schlief ich ein. Man bereitete mich auf eine Operation vor, träumte ich, man betäubte mich, nahm einen schmerzlosen Eingriff vor. Man weckte mich auf und betäubte mich wieder, schnitt mir erneut ins schlafende Fleisch. Bis ich begriff: Es war das starke Licht. Es schlug mir ins Gesicht.

Ich erwachte, erhob mich, zitterte vor Kälte, meine Kleider waren zerknittert. Draußen tropfte leiser Regen an die Scheiben. Ich ging in die Küche, setzte den Kessel auf und wartete, bis das Wasser zu sieden begann. Überall lag schmutziges Geschirr zuhauf.

Unendlich langsam, mit abgeblendeten Scheinwerfern, rollte eine große, alte Limousine in unsere kleine Straße hinein. Wie ein Schlafwandler tastete sie sich am Bürgersteig entlang. Mit kreischenden Bremsen hielt sie unter der Laterne vor unserem Haus. Johlendes Geschrei drang aus ihrem Inneren. Eine Tür öffnete sich, eine Gestalt kam hervor, sie sah blaß aus, verwirrt.

Mein Sohn.

Sein Gesicht war versteinert, kein Schatten eines Lächelns lag auf seinen Zügen. Eine andere Wagentür öffnete sich, jemand wälzte sich ins Freie, ging torkelnd über die Straße, war sternhagelvoll, näherte sich dem Jungen. Er ergriff seine Hand und schüttelte sie, schob sich wieder in den Wagen hinein.

Immer noch war das Gejohle eingepferchter Menschen zu hören. Eine Weile verging. Dann, mit leisem Stöhnen, fuhr das alte Auto an, rollte rückwärts aus unserer Straße hinaus, entfernte sich wie eine schwarze Schildkröte.

Mein Sohn war unter der Laterne stehengeblieben, an der

Stelle, an der sie ihn ausgeladen hatten. Lange rührte er sich nicht, sein Körper war leicht vorgebeugt. Plötzlich senkte er seinen Kopf tief hinunter, übergab sich, wischte sich mit der Hand über den Mund und kam aufs Haus zu, ging an der Küche vorbei, ohne mich zu bemerken. Er trat in sein Zimmer und schloß die Tür hinter sich. Ein leichter Alkoholgeruch schwebte über dem Flur...

Winter.

Der erste Regen fiel, schon wollte sich das Tiefland wieder in einen Sumpf verwandeln.

Ein alter Dichter, halbblind – dauernd veröffentlichte er naive, jämmerliche Verse, suchte Anschluß an jüngere Dichter –, begegnete mir auf der Straße, hängte sich bei mir ein, führte mich auf nassem Asphalt im Kreise herum. Am Ende erzählte er mir augenzwinkernd, er habe meinen Sohn in der Gesellschaft junger Künstler getroffen.

»Ein ausgezeichneter Junge. Schreibt er?«

Von allen Seiten kamen mir Gerüchte zu. Einige erzählten mir, man würde ihn mißhandeln. Andere erzählten mir, die Kerle hätten Vergnügen an ihm gefunden, ein so schweigsamer Trottel ließ sich nicht überall auftreiben. Er wäre schon zum Diener eines jungen Dichters avanciert, eines Zeitschriftenredakteurs.

Ich machte ihm Vorhaltungen, aber er hörte nicht zu, war nicht bei der Sache, ließ seinen Blick durchs Grau des winterlichen Tages schweifen, sah mir nicht in die Augen. In den letzten Wochen war er bleich geworden, ein Schleier von Geistigkeit hatte sich auf seine stumpfen Züge gelegt. Ich wußte es: ein unvorsichtiges Wort aus meinem Mund, und er würde mir entgleiten, zu einem Vagabunden werden, mir Schande bringen. Das Haus hatte er schon völlig vernachlässigt. Seine Mahlzeiten nahm er auswärts ein. Im Garten erstickte das Unkraut die Pflanzen – mit denen, meinte ich, sollte er doch wenigstens Mitleid haben.

Wenn er zu Hause war, schloß er sich in seinem Zimmer ein

und widmete sich dem Schreiben. Ich hatte noch keine Zeile von ihm gesehen, aber ich war ganz sicher: Er schrieb.

Auf dem Flur faßte ich ihn am Hemd und fragte spöttisch: »Der Herr schreibt?«

Doch er entwand sich meinen Händen. Es erschreckte ihn, in der dritten Person angeredet zu werden, das verstand er nicht. Verstört sah er mich an, glaubte wahrscheinlich, um mich wär's geschehen.

Stundenlang konnte er sich in seinem Zimmer einschließen, hatte eine merkwürdige Konzentrationsgabe. Nur ganz selten trat er ins Wohnzimmer, ging ans Regal, holte sich einen Gedichtband oder ein anderes Buch heraus und studierte es lange. Meistens las er sich dabei auf einer Seite fest und wandte das Blatt nicht mehr um. Dann stellte er das Buch wieder an seinen Ort zurück und ging hinaus.

Letztens hat er's sich auch angewöhnt, Wörterbücher zu benutzen, dauernd schlägt er in ihnen nach, blättert in ihnen, als wäre er blind. Kaum anzunehmen, daß er begreift, was dort steht.

Einmal ging ich auf ihn zu und fragte ihn, was er wissen wollte.

Er wollte wissen, wie man Himmel schrieb.

»Himmel?«

»Das Wort ›Himmel‹ . . .«

»Was meinst du? Wie man's ausspricht –«

Aber davon hatte er nichts. Er stand vor mir, sein Gesicht trug einen ernsten, furchterregenden Ausdruck.

»Mit einem ›m‹ «, flüsterte er, »oder mir zwei?«

»Zwei«, antwortete ich, war erschrocken über die Frage.

Er biß sich auf die Lippen.

»Himmel mit einem ›m‹?« fragte ich. Unwillkürlich wurde meine Stimme lauter, fast hätte ich geschrien. »Was willst du überhaupt mit Himmel?«

Darauf gab er schon keine Antwort mehr. Langsam schloß sich das Wörterbuch zwischen seinen Fingern. Er kehrte in sein

Zimmer zurück. Nach einer Weile schlich er sich wieder ans Regal, nahm das Wörterbuch und blätterte in ihm.

Ich sprang auf.

»Was jetzt?«

»Freiheit...«, stammelte er.

»Freiheit? Was meinst du?«

»Wie schreibt man das?«

Wieder überkam mich eine unbegreifliche Wut. Ich wußte plötzlich selber nicht, wie man das schrieb, riß ihm das Wörterbuch aus der Hand, schlug fieberhaft nach...

Und unterdessen schob ich es immer wieder hinaus, in den Ruhestand zu treten. Hin und wieder kamen Leute, die das zum Verkauf angebotene Haus sehen wollten. Ich führte sie durch die Zimmer, zeigte ihnen jeden Winkel, stieg in den Keller hinab, ging über den Hof mit ihnen, durch den Garten, auf die Veranda. Leise zählte ich ihnen die Vorzüge des Hauses auf, in dem ich dreißig Jahre gewohnt hatte, und am Ende nannte ich kaltblütig meinen Preis. Beim Abschied fragte ich nach ihrem Namen und buchstabierte ihnen den meinen. Sie beugten sich über's Papier, schrieben ihn seelenruhig auf – und nicht das leiseste Zittern einer Erinnerung kam über sie. Las denn niemand mehr Gedichte?

Als ein völlig Unbekannter würde ich aus diesem Tiefland gehen.

Doch der Garten machte einen schlechten Eindruck auf die Kunden. Wilde Pflanzen wuchsen dort aus Sümpfen, als wären wir in die frühe Zeit zurückgekehrt, in der das Land noch eine Wildnis war. Der Junge war nicht mehr bereit, einen Spaten in die Hand zu nehmen, jetzt griff ich selber zu und jätete täglich einen Teil des wildesten Unkrauts, bedeckte die kleinen Sümpfe mit ihm.

Und dann der Abschied, den man im Büro für mich veranstaltete. Alle Angestellten versammelten sich eine Stunde vor Feierabend, es gab Kuchen und ein Gläschen Wein. Man hielt lange, schmeichelhafte Reden über mich, in manchen Augen sah ich sogar eine Träne. Niemand erwähnte meine Gedichte, es war, als wollten sie mir nicht zu nahe treten. Am Schluß überreichten sie mir das Abschiedsgeschenk: ein Ölbild, auf dem ein trübes Meer zu sehen war.

Ich begann zu packen. Am schwersten wurde mir die Wahl vor dem Bücherschrank. Was sollte ich mitnehmen, was sollte ich zurücklassen? An meine Schwiegersöhne schickte ich panische Briefe, fragte, ob sie schon etwas Passendes für den Jungen gefunden hätten, telefonierte auch mit ihnen, trieb sie an. Schließlich machten sie ein Treffen mit mir aus, in einem kleinen Café, im Zentrum der Stadt. An einem kleinen Tisch eröffneten sie mir ihren Plan: In einem Jerusalemer Vorort hätten sie einen alten Buchbinder ausfindig gemacht, er und seine Frau wären bereit, den Jungen als Lehrling zu nehmen, würden ihm Verpflegung geben und ein Zimmer; sie hätten auch so einen Sohn gehabt, der sei ihnen gestorben ... Aber nur unter einer Bedingung würden sie ihn nehmen: Wenn der Junge erkrankte, etwa Anfälle hätte, könnten sie ihn nicht bei sich behalten. Das müßte gleich gesagt werden: Für seine Krankheiten übernähmen sie keine Verantwortung.

Deshalb hatten die Schwiegersöhne zusätzlich auch eine alte, einsame Frau ausfindig gemacht, die wohnte nur einige Häuser von dem Buchbinder entfernt und war bereit, ihn aufzunehmen, falls er krank werden sollte, gegen Bezahlung, versteht sich ... hier wären die Bedingungen: das müßte ich unterzeichnen, und auch das ...

Sie legten mir Papiere auf den Tisch.

Ich unterschrieb sofort, kochte vor Wut.

»Was diese Krankheiten betrifft, diese Anfälle – da war die Mühe überflüssig. Zu dieser Sorte gehört er nicht, er ist ein Grenzfall, das hab ich doch schon tausendmal gesagt. Aber ihr wollt es anscheinend nicht verstehen. Gut, lassen wir das ...«

Meine Schwiegersöhne sammelten die Papiere ein, ich behielt nur eine Kopie in der Hand. Sie tranken den Rest des Kaffees und lächelten mich freundlich an.

»Und du hast gemeint, wir würden dich im Stich lassen –«

Auch am nächsten Tag leistete ich eine Unterschrift, diesmal auf dem Kaufvertrag, mit dem ich einem Kunden mein Haus abtrat. Ich erhielt einen anständigen Preis für das Grundstück; an dem alten Gebäude selbst hatte der Käufer kein Interesse, er würde es abreißen lassen.

Die Möbel verkaufte ich auf einen Schlag. Am frühen Abend, im letzten Tageslicht, kamen drei Träger und holten alles ab. Nur zwei Matratzen ließen sie zurück, selbst seinen Schreibtisch nahmen sie, zogen ihn unter seinen Händen weg, während er noch saß und schrieb. Außer sich vor Zorn lief er im Haus hin und her, hielt seine weißen, fliegenden Blätter im Arm, einige Bögen fielen ihm auf den Boden. Als er es merkte, war einer der Träger schon dabei, einen Lampenschirm mit ihnen abzudekken.

Mit aller Kraft seines schweren Körpers warf er sich auf den Mann, wollte ihm seine Zähne ins Fleisch schlagen –

Im Zwielicht der Abenddämmerung verliert er manchmal die Gewalt über sich, das ist mir schon aufgefallen.

In meiner Schublade häuften sich die Geldscheine. Meine Sachen gingen für ein Viertel ihres Preises weg, und dennoch häufte sich das Geld bei mir. Alles wollte ich loswerden, und was man mir nicht abkaufte, verschenkte ich, hatte meine Freunde schon gezwungen, ganze Bücherberge mitzunehmen. Wäre der Junge nicht so beschäftigt gewesen, hätte er die Sachen, die ich wegwarf, an die Altwarenhändler verkaufen können.

Wir sind auch in den Keller eingebrochen, haben alte Kleider aus seinen Tiefen geholt, Besen und Bücher – immer wieder Bücherberge, Zeitschriftenberge, sinnloses Zeug, Spiegelbilder, Krümel, Gleichnisse ... Drei Tage lang hing eine Staubwolke über dem Eingang zum Keller.

Seht ihr, sagte ich zu meinen Freunden im Café: So befreit sich der Mensch –

Regelmäßig ging ich zu dem kleinen Hafen dieser großen Stadt hinunter und schürte mein Reisefieber. Eingehüllt in einen schweren Mantel, einen Regenschirm in der Hand, wanderte ich zwischen Kränen umher, roch den Rost und das Salz, suchte Kontakt mit Matrosen. Ich wußte noch immer nicht, wohin die Reise gehen sollte, hatte zuerst an die Länder im Westen Europas gedacht, dann an die griechischen Inseln. Mit einem türkischen Kapitän hatte ich schon Verhandlungen über eine Fahrt durch den Bosporus geführt. Aber am Ende erwarb ich eine spottbillige Karte für einen Frachter, der nach Zypern fuhr, kletterte sogar aufs Deck des Schiffes und klopfte mit dem Stock an die Tür meiner Kabine.

Diese Reise bildete gewissermaßen den Auftakt. Später würde ich größere Fahrten unternehmen, fernere Ziele ansteuern . . .

Und währenddessen schrieb mein Sohn immer weiter, im Stehen, wie ein Betender. Seine Blätter lagen auf dem Fensterbrett, das war nun sein Schreibtisch geworden und daneben lag ein kleines Wörterbuch, das er aus dem Durcheinander gerettet hatte. Wenn ich seinen Schatten sah, dachte ich: So könnte er doch mit einer Frau schlafen . . . wer weiß, vielleicht hat er schon mit einer geschlafen –

Noch hatte er nicht begriffen, daß ich in den Ruhestand getreten war, bald Abschied nehmen würde. Er hatte sich ganz auf sich selbst konzentriert. Ich konnte ihn kaum von der Stelle bringen, als ich eines Tages mit ihm nach Jerusalem fahren wollte, um den alten Buchbinder zu besuchen.

Es war ein hellgrauer, regenloser Wintertag. An der Jerusalemer Bushaltestelle holte uns der Buchbinder mit seinem klapprigen Lieferwagen ab, auf seiner Ladefläche lagen die losen Blätter zerrissener Bände. Er fuhr mit uns in einen Vorort, zu einem mit dunklen Bäumen bestandenen Tal, dicht an der Grenze lag es. Schweigend führte er uns in sein Haus, schweigend kam uns seine Frau entgegen. Man brachte Tee und Gebäck und setzte uns gleich an den Tisch.

Sie gefielen mir sehr –

Aufmerksam musterten sie den Jungen. Gefallen werden sie an ihm wohl kaum gefunden haben, aber man konnte doch sehen, daß sie erleichtert waren, Schlimmeres erwartet hatten. Zögernd nahm unser Gespräch seinen Lauf. Zu meiner Überraschung stellte sich heraus, daß der Buchbinder meinen Namen schon gehört hatte. Er glaubte sogar etwas von mir gelesen zu haben – war allerdings der Meinung, ich hätte Prosa geschrieben – doch war das schon lange her, fast zwanzig Jahre.

Um die Wahrheit zu sagen – mir wurde plötzlich warm ums Herz.

Draußen rauschte der Wind. Der Samowar auf dem Tisch machte pfeifende Geräusche. (Ihr Haus ist ein wenig altmodisch eingerichtet.) Auch auf dem Hof des Buchbinders stand ein Baum, der war sogar noch älter als unserer, sein Stamm war ganz schief. Winterliche Dämmerung hing über den Fensterscheiben, ein letztes Grau vor der Dunkelheit. Grenzlinien. Starr saß er neben mir, mein ausgewachsener Junge, unberührt standen der Tee und das Gebäck vor ihm. Er hatte sich geduckt, starrte auf das dunkle Fenster, hörte dem Gespräch nicht zu. Plötzlich zog er ein großes Blatt aus der Tasche, schwarze Reihen waren auf ihm zu sehen, er breitete es vor sich aus und schrieb langsam ein einziges Wort. Dann faltete er das Blatt wieder zusammen.

Wir unterbrachen uns mitten im Satz. Der Buchbinder und seine Frau sahen ihn verwundert an.

Ich sagte lächelnd: »Er schreibt . . .«

Sie verstanden nicht.

»Er ist ein Dichter.«

»Ein Dichter«, flüsterten sie.

Draußen begann es zu regnen, der Widerschein der sinkenden Sonne erleuchtete das Fenster. Er saß dicht bei der Scheibe, Feuer fiel auf sein Haar.

Immer ungläubiger wurde der Blick in ihren Augen. Und er, die Feder in der Hand, sah uns nachdenklich an.

Ich sagte zu dem Buchbinder:

»Er wird einen Gedichtband herausbringen. Sie werden ihn binden.«

Der Buchbinder blieb stumm – machte ich mich über ihn lustig? Endlich legte sich ein helles Lächeln über seine Züge.

»Aber natürlich. Einen Gedichtband wird er herausbringen. Wir beide werden ihn binden.«

»Kostenlos?« fragte ich schmunzelnd.

»Kostenlos.«

Ich erhob mich.

»Gut, dann ist das Geschäft gemacht. Hörst du?«

Aber der Junge hatte nichts gehört.

(Während wir hinausgingen, nahmen mich der Buchbinder und seine Frau im Flur beiseite, erinnerten mich flüsternd daran, daß sie ihn nicht bei sich behalten würden, wenn er krank werden sollte oder einen Anfall erlitt ... da wären sie nicht verantwortlich. Ich beruhigte sie.)

Wir traten ins Freie. Der Buchbinder konnte uns nicht zur Haltestelle zurückfahren, weil die Scheinwerfer seines alten Autos nicht funktionierten. Wir verabschiedeten uns also von ihm und seiner Frau und gingen unter dem lautlos tropfenden Himmel über die Straße. Er war jetzt völlig abgestumpft, wie betäubt schleppte er seine Füße über den Asphalt. Wir erreichten die Haltestelle und stellten uns unter ihr schiefes Eisendach. Ringsum die Wohnblöcke, die nackten Felsen, die purpurfarbene Erde – halb Stadt, halb Einöde. Jerusalem in seiner Traurigkeit, in seiner ständigen Zerstörung. Wie sehr man es auch aufbauen würde, die Spuren der Zerstörung ließen sich nicht tilgen.

Ich wandte mich an ihn, klar und deutlich kamen mir die Worte aus dem Mund.

»Der Buchbinder und seine Frau sind sehr anständige Leute. Aber du mußt ein Mensch werden.«

Er schwieg. Ein Radfahrer kam vorbei, sah das Gesicht des Jungen, wandte noch einmal den Kopf nach ihm um.

Jetzt war es schon dunkel. In den Wohnblöcken gingen die Lichter an. Vereinsamt standen wir beide unter dem Eisendach. Plötzlich sagte ich zu ihm:

»Ich hab einen Blick aufs Blatt geworfen. Das ist doch schon ein Gedicht. Siehst du, du kannst selber schreiben, brauchst mich gar nicht.«

Er sah mich an und schwieg.

Ich trat dicht an ihn heran.

»Zeig mir mal das Gedicht.«

»Nein.«

»Warum denn nicht?«

»Weil du's zerreißen willst.«

»Aber um Gottes willen, ich will's doch nicht zerreißen.«

Und ich streckte meine Hand aus, um das Papier aus seiner Tasche zu ziehen. Er wich zurück. Ich versuchte es mit Gewalt, aber er hob seine Arme in Abwehr. Diesmal hätte er mich geschlagen.

Wieder kamen Radfahrer vorbei. Von weitem war der Autobus zu hören.

Es war das letzte Wort seines Gedichtes gewesen.

Ich wußte es nicht.

Seither sind drei Tage vergangen – – –

4.

Schrecklich ist diese Jahreszeit, abwechselnd machen Reif und Nebel die Scheiben undurchsichtig. So einen schweren Winter habe ich noch nie erlebt. Tag und Nacht ist der Himmel bewölkt, jetzt hängt er dunkel über der Morgendämmerung. Wer ist das im Spiegel? Ich – noch immer. Ein Stein mit vielen Ritzen. Nur die Augen stechen hervor, glänzen in eigentümlichem Leben.

Ich stehe vor der Abreise. Das Schiff habe ich verpaßt, aber es wartet schon ein anderes auf mich. Ich muß nur den Rest der Sachen in den Koffer stopfen, die Handtücher falten, mein Geld bündeln und aufbrechen ... Schon seit vierzehn Tagen leben wir hier auf Matratzen; täglich kommt der neue Hausbesitzer und schaut nach, ob wir noch da sind. Bald ist seine Geduld zu Ende.

Verzweifelt umkreist er mich, wartet darauf, daß ich abziehe. Gestern hat er mir mit dem Gericht gedroht, für seine letzten Groschen hat er dieses Haus erworben.

Auch er hat seine Träume –

Ja, es ist Zeit. Der Junge muß nach Jerusalem, zu dem alten Buchbinder, der an der Grenze auf ihn wartet. Es ist Zeit. Pausenlos treibt sich der Junge in den Nächten herum, hat auch schon aufgehört, zu schreiben. Gestern habe ich bis Mitternacht auf ihn gewartet, aber er kam erst gegen Morgen. Seine Schritte weckten mich.

Knarrend öffnet sich die Balkontür unter dem Druck meiner Hand. Der Boden ist feucht, bedeckt von Laub und Ästen, die der Sturm heraufgewirbelt hat. Kalter, hoffnungsloser Himmel. Lautloses Nieseln im ersten Tageslicht. Das große, wohlbekannte Universum tropft leise auf mich nieder. Das Rascheln der Blätter.

Habe ich nicht schreiben wollen? Habe ich mich nicht gesehnt, zu schreiben? Aber worüber kann man noch schreiben? Läßt sich denn noch etwas sagen? Das sage ich euch: Alles ist Schwindel. Selbst unsere Pappel löst sich auf, die Ringe ihres Stammes fallen ab. Die Farben des Gartens sind verblichen, Ysop wächst aus den Steinen.

Wie ein langsamer Pfeil in den Himmel zu fliegen. Auf der Watte der Wolken zu liegen, den Rücken zur Erde gewandt, das Gesicht zum unverwandten Blau.

Ein Dichter außer Dienst –

Der Regen wird stärker. Tropfen fallen auf mein Haar, ich wende mich um, kehre ins Haus zurück. Dort herrscht eine blasse Stille, ein leiser, pfeifender Schnarchton hängt in der Luft. Ich gehe in seine Kammer. Mein Schlafanzug schleift über den Boden. Schwer liegt mein Schatten auf der schmalen Wand.

Auch er schläft auf einer Matratze. An ihrem Kopfende, auf dem Boden, liegt die Nachtlampe, noch immer kann er ohne ihr Licht nicht einschlafen. In schmalen Streifen kommt das erste Grau des Tages durch die Ritzen der Jalousie.

Stumm betrachte ich den Schlafenden zu meinen Füßen. Ich will wieder aus dem Zimmer gehen, aber plötzlich fällt mein Blick auf die Zeitungsblätter, die neben der Matratze liegen. Angst überkommt mich. Ich beuge mich nieder, sammle sie auf. Die Bögen sind noch feucht, die frische Druckerschwärze hinterläßt dünne Linien auf meinen Fingern. Ich wende mich dem Fenster zu, dem schwachen Licht, das dort hereinfällt.

Die Beilage einer Boulevardzeitung, eines Skandalblattes. Das Datum des heutigen Tages, der eben erst begonnen hat. Mit toten Händen blättere ich in den Seiten. Auf einer von ihnen, am Rande, entdecke ich das Gedicht: verrückt, ohne Rhythmus und Reim, sinnlos abbrechende Zeilen, unbegreifliche Wiederholungen, Fehler in der Rechtschreibung.

Plötzlich wird es still um mich. Der Klang seines Atems bricht ab. Er öffnet seine Augen, sie sind rot und schwer vor Schlaf. Seine Hand tastet nach der Brille, die neben der Matratze liegt. Er setzt sie auf, sieht mich an – und ein leichtes, schmeichelndes, merkwürdig trauriges Lächeln erhellt seine Züge.

Erst jetzt fällt's mir auf. Mein Name, in schiefen, hingeschmierten Buchstaben, steht über dem Gedicht.

Frühsommer 1970

Ich werde noch einmal über den Augenblick nachdenken müssen, in dem ich die Nachricht von seinem Tode erhielt.

Ein Sommermorgen, Juni, der Himmel ist frei, die letzten Tage des Schuljahres. Ich stehe mit Verspätung auf, benommen, hinein ins Licht der Sonne. Ich stelle das Radio nicht an, blicke nicht in die Zeitung. Es ist, als hätte ich zum ersten Mal mein Zeitgefühl verloren.

Ich erreiche das Schulhaus mit Verspätung, lausche in der grünlichen Luft vergeblich nach dem Echo des verstummten Klingelzeichens. Ich trete meinen Weg über den leeren Hof an, zwischen Licht- und Schattenflecken, die die Fensterreihe wirft, vorbei an den murmelnden Klassentüren. Und dann, überrascht, entdecke ich den Direktor, der mir nachjagt, mich von weitem beim Namen ruft.

Doch ich bin nun schon fast bei meiner Klasse, aus der Tiefe des leeren Flurs steigt gedämpfter Lärm. Sie haben die Tür geschlossen, um meine Abwesenheit zu verbergen, nur ihre Aufregung gibt sie preis.

Wieder ruft der Direktor meinen Namen, vom Ende des Flurs her, aber ich kümmere mich nicht um ihn, öffne die Klassentür vor ihrem Gekreische, Gelächter, Getöse, das ausklingt in einem leisen Geräusch der Enttäuschung. Sie sind schon sicher gewesen, ich würde heute nicht kommen. Ich bleibe im Türrahmen stehen und warte, bis sie sich voneinander gelöst haben, ihre wilden Haare, ihre roten Gesichter, bis sie in ihrer blauen Schulkleidung an ihre Tische zurückgekehrt sind, den kleinen Stühlen Tritte versetzen, die Bibeln aufschlagen. Dann, allmählich, bedecken sich die Tische mit leeren Blättern, sie sind zur Prüfung bereit.

Jemand löscht die unverschämten Worte, die an der Tafel stehen, auch ein ungehöriges Bild, das mich darstellen soll. Sie blikken mich mit unverhohlener Frechheit an, lächeln und schweigen. Noch bezwingt sie mein Alter.

Und dann, während ich mit den Prüfungsbogen in der Hand meinen langsamen Eintritt in die Klasse beginne, kommt der Direktor an, atemlos, mit bleichem Gesicht. Alle Augen starren ihn an, aber er bemerkt die Schüler gar nicht, nur mich, versucht mich zu berühren, mich zu fassen, er, der schon drei Jahre nicht mehr mit mir spricht, wird plötzlich zart und flüstert wie flehend: einen Augenblick ... nicht wichtig jetzt ... lassen Sie doch ... Sie müssen mit mir kommen ... da ist eine Nachricht für Sie ... kommen Sie ...

Seit drei Jahren haben wir keinen Kontakt mehr miteinander, wir sehen uns an wie Steine. Drei Jahre habe ich auch das Lehrerzimmer nicht mehr betreten, keinen Tee mehr mit meinen Kollegen getrunken. Am frühen Morgen dringe ich ins Schulhaus ein, während der Pausen schlendere ich über die Flure oder den Hof, im Sommer unter dem großen, breitkrempigen Hut, im Winter im dicken Mantel, den Kragen aufgestellt – so ströme ich mit den Schülern hin und her. Ins Sekretariat trete ich erst lange nach Schulschluß, hinterlasse die Liste der Zensuren, nehme mir ein Stück Kreide.

Mit den anderen Lehrern wechsele ich kaum ein Wort.

Vor drei Jahren hätte ich in Pension gehen sollen. Ich hatte mich schon mit meinem Schicksal abgefunden, sogar an die Niederschrift eines kleinen Buches zum Bibelunterricht hatte ich gedacht. Aber plötzlich war der Krieg ausgebrochen, die Luft hallte vom Krachen der Kanonen wider, von fernen Schreien. Ich war zum Direktor gegangen, hatte ihm mitgeteilt, daß ich jetzt den Schuldienst nicht verlassen könnte, daß ich in der Schule bleiben würde, bis der Krieg zu Ende sei. Denn jetzt, da die jungen Lehrer alle eingezogen wurden, brauchte er mich dringend. Aber er hatte keinen Zusammenhang zwischen mir und dem Krieg gesehen. »Der Krieg geht schon zu Ende«, hatte er mit einem seltsamen Lächeln erwidert, »und Sie haben Ihre Ruhe verdient.«

Aber es kam keine Ruhe. Ein heißer Sommer kam, und flammende Zeitungen. Zwei unserer ehemaligen Schüler, sehr jung, fielen innerhalb von vierundzwanzig Stunden. Da war ich wieder bei ihm, erregt, meine Hände zitterten, stammelnd teilte ich ihm mit, daß ich sie jetzt nicht verlassen könnte, jetzt, da wir sie in den Tod schickten.

Aber noch immer sah er keinen Zusammenhang zwischen ihrem Tod und mir.

Die großen Ferien begannen, und ich fand keine Ruhe, war täglich in der Schule, ging auf und ab im Sekretariat, neben dem Zimmer des Direktors, wartete auf Nachrichten, unterhielt mich mit den Eltern, fragte sie über ihre Söhne aus, beobachtete die Schüler, die in Uniform kamen, um ihre Abschlußzensuren zu sehen oder um Bücher in die Bibliothek zurückzubringen. Ich roch den Brand des Feuers in der Ferne. Und dann – ein weiterer Gefallener, unerwartet, ein früher Jahrgang, sehr beliebt zu seiner Zeit, auf einer Feldmine. Da war ich wieder beim Direktor, erschüttert, erschlagen, sagte ihm: »Sehen Sie« – aber nun versuchte er schon auszuweichen. Er hatte Anweisung gegeben, meine Papiere vorzubereiten und ein Abschiedsfest zu veranstalten, auf das ich dann verzichtet habe.

Eine Woche vor Schulbeginn bot ich ihm an, ohne Gehalt weiterzuarbeiten, er sollte mir nur meine Klasse zurückgeben, aber er hatte schon einen Vertrag mit einem neuen Lehrer unterschrieben, ich hatte keinen Platz mehr in seinem Lehrplan.

Das Schuljahr begann, wie die anderen traf auch ich am Morgen ein, brachte Aktentasche und Kreidestücke, war bereit zum Unterricht. Er entdeckte mich vor dem Lehrerzimmer, fragte besorgt, was denn geschehen sei, was ich hier tue, aber ich antwortete ihm plötzlich nicht, sah ihn gar nicht an, als wäre er ein Stein auf meinem Wege. Er glaubte sicher, ich wär verrückt geworden, aber im Durcheinander des Schulbeginns konnte er sich nicht um mich kümmern. Und in der Zwischenzeit suchten meine Augen den neuen Lehrer, einen hageren jungen Mann mit blassem Gesicht, ich heftete mich an seine Fersen. Er trat in die Klasse, ich wartete kurz und trat ebenfalls ein. »Verzeihen Sie«, sagte ich zu ihm, mit leichtem Lächeln, »Sie irren sich vermutlich, das ist nicht Ihre Klasse.« Und während er sich verwirrt umblickte, trat ich ans Pult, zog meine zerlesene Bibel hervor. Er entschuldigte sich, stotterte, ging hinaus, und den erstaunten Schülern, die nicht gedacht hatten, mich noch einmal zu sehen, gab ich keine Möglichkeit, ein Wort zu sagen.

Als nach einigen Minuten der Direktor kam, war ich schon tief in meiner Stunde, die Schüler lauschten gespannt. Nichts konnte mich von der Stelle bringen.

In der Pause, umringt von andrängenden Schülern, verließ ich das Klassenzimmer nicht. Der Direktor wartete draußen, aber er wagte nicht, sich mir zu nähern. Ich hätte geschrien, und nichts fürchtete er so sehr wie einen Skandal.

Mit Gewalt bin ich in den Schuldienst zurückgekehrt, nur mit den Schülern habe ich Kontakt aufgenommen. In den ersten Wochen habe ich das Schulhaus kaum verlassen, blieb auch nachts in seinen Gängen. Und der Direktor, nur mit mir beschäftigt, jagte mich pausenlos, sprach zu mir, beschwor mich, faßte mich an, streichelte mich, drohte, wurde bitter, redete von höheren Werten, von Freundschaft, von den vielen Jahren gemeinsamer Arbeit, wollte mich mit dem Schreiben eines Buches ködern, war sogar bereit, den Druck zu finanzieren, schickte mir Gesandte – und ich antwortete nicht. Er war für mich gestorben, ein weißer Grabstein an der Straßenecke, im Flur, im leeren Klassenzimmer, an meinem Haustor, selbst auf dem Sessel in meiner Wohnung, wenn er abends kam, um mit mir zu sprechen. Bis er es endlich aufgab.

Er will mich in sein Büro ziehen, aber ich lasse mich von meinen Schülern nicht entfernen. Ich mache ein paar Schritte in den Flur hinein, bleibe stehen – und vor den Augen der Schüler bringe ich alles aus ihm heraus.

Vor fünf, sechs Stunden –

Im Jordantal –

Vermutlich ohne Schmerzen –

Noch hat man seine Frau nicht benachrichtigt, auch die Universität nicht –

Ich bin der Erste –

Auf seine Papiere hat er meinen Namen geschrieben, aus irgendeinem Grunde auch die Adresse der Schule.

Jetzt heißt es stark sein ...

Und dann die Dunkelheit. Gerade die Dunkelheit habe ich mir nicht vorgestellt. Wie eine Kerze erlischt die Sonne in meinen Augen. Die Schüler spüren dieses Erlöschen, aber sie können sich nicht rühren, sind nicht darauf trainiert, mir zu helfen, und der Direktor redet weiter, mit klarer Stimme, als hätte er sich seit drei Jahren darauf vorbereitet, mir diese Botschaft zu bringen. Bis er schließlich einen leisen Schrei ausstößt.

Aber ich werde nicht ohnmächtig, stürze nur für einen Augenblick auf den Boden und erhebe mich sofort, ohne fremde Hilfe, auch das Licht kehrt wieder zurück, verschwommen noch, im leeren Klassenzimmer. Ich setze mich auf den Stuhl eines Schülers, sehe, wie Menschen das Zimmer füllen, Lehrer, die aus Nebenklassen herbeigerufen werden, neugierige Schüler, das Fräulein aus dem Sekretariat, der Schuldiener, Menschen, die schon seit drei Jahren nicht mehr mit mir gesprochen haben. Alle kommen sie zurück, einige von ihnen haben Tränen in den Augen, sie umringen mich wie eine große Gemeinde und zerbrechen meine Einsamkeit.

Vor drei Monaten ist er aus den Vereinigten Staaten zurückgekehrt, nachdem er viele Jahre fortgewesen war. Er traf mit seiner Familie ein, zu später Nacht, nach schwerem Flug über den Fernen Osten. Sechs Stunden habe ich am Flughafen gewartet, glaubte schon, sie würden nicht kommen, und ich müßte unverrichteter Dinge wieder nach Hause fahren. Aber um Mitternacht, als ich schon fast eingeschlafen war in einem Winkel, kamen sie auf mich zu, als wären sie nicht einem Flugzeug entstiegen, sondern von einem Spaziergang zurückgekehrt, brachen hervor aus dem verschwommenen Feld in der Nähe der Landebahn, schlampig, mit wilden Haaren, Rucksäcke auf ihren Schultern – und in einem von ihnen ein Kind, das mich mit weichen Augen ansah.

Mit Mühe erkannte ich meinen Sohn. Bärtig war er, schwer und weich, in seinem Haar zeigten sich schon graue Strähnen, eine neue Ruhe lag in seinen langsamen Bewegungen. Ich hatte mich schon mit einem Junggesellen abgefunden, und nun war er Gatte, Vater, fast Professor. Mir wurde schwindlig bei seinem Anblick. Er schob seine Frau an mich heran, Hosen trug sie, ein dünnes Mädchen mit langem Haar, in einem abgetragenen Fransenmantel, vermutlich eine seiner Studentinnen. Sie stieß vor zu mir und lächelte, ihr Gesicht war hell und weich. Sie war sehr schön, zumindest schien es so in jenem Augenblick, sie berührte mich mit durchsichtiger Hand, ohne Wärme.

Und ich, mit überfließendem Herzen, erhob mich sofort, um meine Kinder zu begrüßen, sie zu küssen, zumindest das kleine Kind zu küssen, aber es war zu weit oben, irgendwo in den Höhen, als ich es anrührte, sprach es mich sofort auf englisch an, auch die dünne Studentin fing an, auf englisch zu reden, wie ein segenreicher Regen sprühte ein zweistimmiges, unverständliches Englisch auf mich herab. Ich wandte mich an meinen Sohn um Übersetzung, und als würde auch er anfangs nicht verstehen, hörte er ihnen lächelnd zu. Danach sagte er, sie würden sich wundern, daß wir uns beide so ähnlich seien.

Und dann die lange Zollkontrolle, erbarmungslos, als wären sie irgendwie verdächtig. Ich stand weit ab, sah zu, wie man ihnen die Pakete öffnete. Als wir im dunklen Taxi unseren Heimweg antraten, in der Frühlingsnacht, die immer heller wurde, war das Kind schon eingeschlafen, wie eine gepflückte Blume, zusammengerollt in seinem Rucksack, der zwischen ihnen auf dem Vordersitz lag. Ich saß hinter ihnen im Gepäck, zwischen Gitarre, Schreibmaschine und Plakaten, und die Pakete, die eben erst hastig verschnürt worden waren, gingen leise wieder auf.

Mein Sohn schlief sofort ein, zog seinen schlafenden Sohn zu sich heran, doch meine Schwiegertochter wurde plötzlich hellwach. Sie blickte nicht auf den Weg, nicht auf die Erde, die sie niemals gesehen hatte, nicht auf die Sterne oder auf den neuen Himmel, ihr ganzer Körper war dem Hintersitz zugewandt, ihr Haar fiel auf mein Gesicht, sie sprühte Fragen auf mich nieder, sprach vom Krieg, wollte wissen, was die Leute sagten, was sie wirklich wollten, es war, als klagte sie mich heimlich an, als hätte ich eine verborgene Freude an diesem Krieg, als gäbe es auch eine andere Möglichkeit . . .

So ungefähr, jedenfalls, denn ich verstand ihr Englisch nur mit größter Mühe. Mir hat niemand Englisch beigebracht, ich habe nur aus der Luft aufgeschnappt, was aus den Nebenklassen an englischen Worten aufstieg, wenn meine Schüler schweigend ihre Klassenarbeiten machten, oder wenn ich über die leeren Flure ging und auf meine Stunde wartete.

Angestrengt versuchte ich sie zu verstehen, obwohl ich müde und erschöpft war von den langen Stunden des nächtlichen Wartens. Mein Sohn schlief auf dem Vordersitz, ein massiger Körper, sein Kopf pendelte hin und her. Ich war allein mit ihr, sah in ihr zartes Gesicht, durch ihre dünne Brille, die sie plötzlich aufgesetzt hatte, eine Intellektuelle, eine neue Linke vielleicht. Und dennoch hatte sie ein wenig Parfüm aufgelegt, ein Aroma welker Blumen.

Endlich öffnete ich meinen Mund und antwortete ihr, in unmöglichem, nächtlichem, furchterregendem Englisch, einer Ausgeburt meiner Phantasie, voll hebräischer Worte, ohne grammatische Logik. Sie war für einen Augenblick entsetzt, versuchte zu verstehen und schwieg endlich. Dann begann sie leise zu singen.

Wir kamen zu Hause an, und obwohl sie übermüdet waren, zeigten sie jetzt die Geschicklichkeit von Reisenden, zogen an der Eingangstür die Schuhe aus, bewegten sich barfuß durch die Wohnung. Schnell luden sie das Gepäck ab und entließen den Fahrer. Sie nahmen das schlafende Kind und schälten es flink, beide gemeinsam, aus seinen Kleidern, warfen ein Laken über den Jungen, das auf ihn zugeschnitten war wie ein kleines Leichentuch, und legten ihn auf mein Bett. Später, als hätten sie nun ihre Müdigkeit entdeckt, begannen sie sich zu entkleiden, tatsächlich, vor meinen Augen, bewegten sich halb nackt durch die Wohnung, schon stieg der Tag herauf. Sie breiteten Decken auf dem Teppich aus, ich sah ihre bloßen, weißen Brüste, sie schenkte mir ein müdes Lächeln, und plötzlich ging mir der Schlaf verloren, jeder Wunsch, zu schlafen. Ich schloß die Tür hinter ihnen und begann, den engen Raum abzuschreiten, der mir noch geblieben war, wartete auf ein Zeichen der Sonne. Sie waren in tiefen Schlaf gesunken, und bevor ich zur Schule aufbrach, bedeckte ich ihre bloßen Füße. Zur Mittagsstunde kehrte ich heim, sehr müde, fand sie noch immer im Schlaf, alle drei – und brannte so darauf, mit ihm zu reden, es war zum Verrücktwerden. Allein aß ich zu Mittag, versuchte, mich neben das Kind zu legen, dessen Windeln naß waren, wollte einschlafen und konnte es nicht. Ich stand auf und suchte in ihrem Gepäck, wollte sehen, was sie mitgebracht hatten, vielleicht ein neues Buch oder eine Zeitung, aber bald ließen meine Hände ab.

Als es zu dunkeln begann, konnte ich ihr Schweigen nicht mehr ertragen. Leise öffnete ich die Tür und ging zu ihnen hinein. Beide lagen auf der Seite, allein, versunken in ihren Schlaf, sie nahmen sich die Zeit zurück, die sie auf der Reise um die Welt verloren hatten. Wieder beugte ich mich nieder und bedeckte die Füße meiner Schwiegertochter, doch die Decke meines Sohnes zog ich zur Seite.

Allmählich wachte er auf, nackt, behaart, schwer, sein Atem kam stoßweise. Er öffnete die Augen und entdeckte mich im Halbdunkel, hoch über ihm stehend. Für einen Augenblick schien es, als würde er mich nicht erkennen. »Was ist mit dir?« flüsterte er zu mir hinauf.

»Ich mache immer noch an der Schule weiter, jeden Morgen, der Direktor schweigt immer noch«, flüsterte ich zur Antwort, in einem Atemzug.

Er verstand mich nicht gleich, obwohl ich ihm alles geschrieben hatte, mit großer Genauigkeit, in allen Einzelheiten. Vielleicht hatte er meine Briefe gar nicht gelesen. Das Schweigen wurde tiefer. Nur der Atem der jungen Frau neben ihm war zu hören, sie hatte wieder ihre Decke abgeworfen. Allmählich gewann er seine Ruhe zurück, zog die Decke wieder über seinen Körper.

»Und du unterrichtest immer noch die Bibel ...«

(Schon hatte er nichts mehr zu sagen.)

»Ja, natürlich. Nur die Bibel.«

»Na also«, lächelte er, »dann ist ja alles beim alten.«

»Ja, alles beim alten«, sagte ich und schwieg lange. »Nur daß hin und wieder meine Schüler fallen«, spuckte ich ihm schließlich ins Gesicht.

Er schloß seine Augen, dann setzte er sich auf, eingehüllt in die Decke, sein Bart war wild, er nahm eine Pfeife und steckte sie in den Mund, begann zu grübeln wie ein Prophet aus der Vorzeit, verkündete, daß der Krieg nicht weitergehen würde, ich müßte doch die Zeichen sehen, das könnte so nicht weitergehen. Auch seine Frau erwachte, setzte sich neben ihm auf, auch sie hüllte sich in eine Decke, schenkte mir ein helles Lächeln, war schon bereit zur Verbindung, zur Teilnahme am Gespräch, auch sie wollte ihre Stellung erklären, sofort, ohne sich zu waschen, ohne etwas zu trinken, noch lag der Schlaf in ihren Augen, im Halbdunkel der Frühlingsdämmerung, im wilden Zimmer, das voll war von ihrer Hitze.

Eine kleine Trauergemeinde geht über die Flure, und ich in ihrer Mitte, wie ein seltener Gast, wie ein Gefangener. Die Türen der Klassenzimmer öffnen sich wie unter dem Druck der Lernenden, Gesichter von Lehrern, Tafeln, Schüler, die ganze Schule sieht mich an, als hätte sie mich neu entdeckt.

... Und wir haben gar nicht gewußt, daß er zurückgekommen ist, Sie erzählen ja nie etwas. Ich dachte kaum, Sie würden sich an ihn erinnern, obwohl auch er ein Schüler bei uns war. Wie alt ist er ... war er? Einunddreißig. Gott, wann wird das alles aufhören. So jung. Eigentlich nicht mehr so jung. Als ich ihn am Flughafen sah, erschrak ich, er ist ein bißchen alt geworden ... Und sofort hat man ihn einziehen müssen, keine Atempause gegönnt. Wieso keine Atempause, drei Monate hat er doch Zeit gehabt, alle gehen heute, am Krieg hat er nicht teilgenommen, auch vorher nicht. Aber sofort ins Jordantal? Ja, das war merkwürdig, ich hab mir gar nicht vorgestellt, daß er noch nützlich sein könnte. Selbst er war überzeugt gewesen, er würde zum Zivilschutz kommen, in Jerusalem ...

Schräg gehen wir über den Hof, der leer ist, brennend unter der Sonne.

... Und was ist mit seiner Frau? Amerikanerin, nicht einmal Hebräisch kann sie. Wen hat sie im Land? Keinen. Und das Kind, wie alt ist das Kind? Noch klein, vielleicht drei. O Gott, das ist doch zum Heulen, wer wird jetzt bei ihnen sein? Ich werde bei ihnen sein ...

Wieder ein Flur, Klassen, Türen, ein Schüler mit rotem Gesicht, in blauer Schulkleidung, jagt uns nach.

... Was hast du? Der Lehrer hat die Aktentasche in der Klasse liegen lassen. Ach, nicht wichtig, gib sie her. Was macht ihr jetzt in eurer Klasse? Nichts ... wir warten ... es tut uns ja so schrecklich leid ... Vielleicht beendet ihr die Klassenarbeit, die ich euch gegeben habe. Allein? Ja, warum nicht ...

Und endlich kommt man ins Büro, mit gesenkten Köpfen.

... Es ist schon Jahre her, seit ich das letzte Mal in Ihr Büro getreten bin. Ja, das war doch so überflüssig, diese Trennung zwischen uns, setzen Sie sich jetzt für einen Augenblick, ruhen Sie sich aus, Sie haben schwere Stunden vor sich, ich bin ja selbst ganz durcheinander, am Telefon konnte ich es gar nicht glauben. Wollen Sie, daß wir Sie jetzt mit der Armee in Verbindung bringen, vielleicht reden Sie erst mit ihnen. Nein, nicht nötig. Ist es besser, man holt Sie ab, man benachrichtigt vielleicht schon seine Frau, die Universität? Nein, das ist nicht nötig, ich werde alle benachrichtigen, ich fahre nach Jerusalem, ich will nicht, daß mir jemand zuvorkommt. Aber das ist doch nicht möglich, das können Sie doch nicht alleine machen, man muß Verbindung mit der Armee aufnehmen, man holt Sie ab, es muß doch auch jemand hinunter zum Krankenhaus ... zur Identifikation ... Sie verstehen ... Ich werde ihn identifizieren. Warum bleiben Sie nicht sitzen, wie können wir Ihnen bloß behilflich sein. Die ganze Schule steht Ihnen zur Verfügung, sagen Sie, was Sie brauchen. Ich brauche nichts, nur gehen, ich will nur gehen. Ich begleite Sie, ich gehe mit Ihnen, das ist doch verrückt, Sie können hier doch nicht alleine losgehen, vielleicht fährt Sie jemand. Aber wieso denn fahren, meine Wohnung ist doch ganz in der Nähe, nötigen Sie mich doch nicht dauernd, sonst wird mir wieder schlecht ...

Aber er besteht darauf, mich zu begleiten. Er läßt die Schule im Stich, seinen aufregenden Posten, klebt sich an mich in den Straßen, trägt mir die Aktentasche, das Jackett, die zerlesene Bibel. In seinen Augen stehen Tränen, als wär sein Sohn gefallen, nicht meiner. An jeder Straßenecke versuche ich ihn abzuschütteln, bis hierher, sage ich, aber er besteht darauf, mir nachzugehen, er fürchtet vielleicht, mich alleine zu lassen. An meinem

Haustor, unter einem blauen Morgenhimmel, bleiben wir stehen, reglos, zwei große Steine unter weißlichem Moos. Wie Nebel hängen seine Beileidsbezeugungen über uns, er glaubt nicht an sie, und ich höre sie nicht.

Und endlich schweigt er. Das letzte Wort entfällt seinem Mund. Ich nehme ihm meine Sachen ab, den Mantel, die Bibel, die Aktentasche, ersuche ihn, zu den Schülern zurückzukehren, aber noch immer weigert er sich, fürchtet nun wohl, ich würde gleich ein zweites Mal zu Boden stürzen. Ich strecke meine Hand aus, er greift nach ihr und läßt sie nicht mehr los, hält mich mit Gewalt, als hätte ich plötzlich, heimlich, eine neue Macht über ihn gewonnen, als könnte er sich niemals mehr trennen von mir.

Und ich lasse ihn am Tor zurück, trete ins Haus, entdecke ein mir unbekanntes Licht in meiner Wohnung, das Morgenlicht eines Werktages. Ich schließe die Fensterläden (noch immer steht er am Tor), entkleide mich und gehe unter die Dusche. Ich weiß, die Menschen werden sich mir heute nähern, werden mich berühren. Lange stehe ich nackt im strömenden Wasser, meine Schläfen pochen, ich versuche seiner Frau von seinem Tode zu erzählen, in müdem, wässrigem Englisch. Ich reinige mich, ziehe frische Unterwäsche an, finde einen schweren, schwarzen Anzug im Schrank und ziehe ihn an. Ich werfe wieder einen Blick durch die Ritzen der Fensterläden und sehe dort noch immer den Direktor, wie angewurzelt steht er neben dem Tor, versunken in Gedanken, abgeschieden, als hätte er wirklich auf seine Schule verzichtet. Ich räume in der Wohnung auf, hebe den Telefonhörer ab, schließe die hinteren Fensterläden – und plötzlich, als hätte mich hinterrücks jemand niedergestoßen, stürze ich auf den Teppich, auf dem sie in jener Nacht geschlafen haben, und weine krampfhaft. Als ich mich wieder erhebe, scheint es noch dunkler geworden zu sein, mein Kopf schmerzt. Ich rufe leise nach dem Direktor, der schon nicht mehr da ist. Er hat sich schon zurückgezogen, die Straße ist nun leer, frei zum Übergang.

Und dann das Abendrot auf dem Balkon, an einem Frühlingsabend, duftig, unter den Ästen eines blühenden Baumes. Dort saßen sie alle drei, mit rosigen Wangen, ausgeschlafen, nur ich war müde, meine Knie zitterten, ich brachte ihnen Brot und Wasser. Aus ihren Rucksäcken holten sie Konservendosen hervor, die sie von ihren Fahrten mitgebracht hatten, bereiteten sich eine Mahlzeit, als wären sie noch immer auf der Reise, auf einem Rastplatz zwischen den Herbergen. Und das Kind, immer noch in seinem weißen Leichentuch, saß kerzengerade, blickte wach aus seinen Augen, es redete ununterbrochen, stritt mit den Grillen im Garten.

Mein Sohn, in die Handlung des Essens versunken, zeigte plötzlich einen starken Appetit, er gabelte in den Dosen, schnitt sich Brot, seine Augen waren feucht geworden – vergeblich fragte ich ihn über seine Arbeit aus, über sein Fachgebiet, über eine neue Botschaft. Er lächelte in sich hinein und kam durcheinander, konnte sich nicht ausdrücken, glaubte nicht, daß ich ihn verstehen würde, auch die Literatur, die er mir zeigen könnte, sei auf englisch, neue Versuche, halb Geschichte, halb Statistik, die Methoden wären ganz revolutionär.

Er aß weiter, in seinem Bart verfingen sich Krümel, sein Kopf war vorgebeugt, er kaute schweigend – und ich versank vor ihm, es zog mich hin zu ihm, mehr als vierundzwanzig Stunden hatte ich kein Auge zugetan, ich begann zu ihm zu sprechen, leise, verzweifelt, mit glühender Stimme, über den endlosen Krieg, über die Morgenzeitungen, über die Abwesenheit der Schüler, über das vergossene Blut, über die langen Stunden, in denen ich vor der Klasse stand, über die zerbröckelnde Geschichte ... und mit mir sprach das Kind, auf englisch, ununterbrochen, redete und sang, schlug mit seinem Messer auf eine leere Konservendose. Die Nacht füllte sich mit Sternen, und meine Schwiegertochter wurde unruhig, lächelte mich aus weit geöffneten Augen an, verstand kein einziges meiner Worte und war dennoch sehr gespannt, wiegte begeistert ihren Kopf. Und nur mein Sohn war irgendwo anders, ich kannte die Ziellosigkeit seines Blicks, er hörte nicht zu, dachte schon an etwas Anderes, Fremdes, Entrücktes ...

Immer tiefer wurde die Nacht, und stündlich stellte ich das Kofferradio an, um Nachrichten zu hören, die Stimme des Sprechers schlug hohl und hart in die Dunkelheit. Und mein Sohn verfluchte dort einen, der nicht so dachte wie er, dann stand er auf und ging im Garten auf und ab. Das Kind war still geworden, es saß und malte die Nacht auf große Blätter, mich, die Grillen, die es gar nicht sah. Wieder war meine Schwiegertochter neben mir, sie wurde meiner nicht müde, hörte sich mein Englisch an, sprach langsam auf mich ein, als wäre ich ein leicht beschränkter Schüler. Ihre Frühlingsbluse stand offen, ihr Haar war nach hinten gekämmt, über der Stirn trug sie ein schwarzes Band, sie war eigentlich noch eine Studentin, von der Sorte, in die ich mich vor vielen Jahren, Lichtjahren, verlieben konnte, denen ich nachlaufen konnte in meinem Herzen, Jahr für Jahr.

Die Nacht schritt fort wie ein Rausch, und schon umhüllte uns der Tau. Sie begeisterte sich plötzlich, beschloß im Freien zu übernachten, brachte Decken aus dem Haus, legte sie über das schlafende Kind, dessen Kopf auf den Blättern lag, und auch mir und ihrem Mann legte sie eine Decke über. Sie kuschelte sich in seinen Schoß, und er, seine Pfeife im Mund, vor sich hingrübelnd, unergründlich, wechselte hin und wieder schnelle englische Sätze mit ihr, küßte sie mit furchterregendem Ernst.

Ich versuchte sie zu überreden, noch einen Tag bei mir zu bleiben, aber sie konnten nicht, sie mußten alles in die Wege leiten, eine Wohnung finden, einen Kindergarten für den Kleinen, und ich verabschiedete mich von ihnen, nahm das Kofferradio mit mir, legte mich auf mein Bett und schlief sofort ein. Im Morgengrauen, fast noch im Traum, sah ich, wie sie ihr Gepäck auf ein schwarzes Taxi luden und abfuhren – auf dem Wege nach Jerusalem.

Und ohne es geplant zu haben, ohne mich gesehnt zu haben, wie ein Vogel, befinde auch ich mich auf dem Weg nach Jerusalem.

An einem hellen Morgen, am Freitag, im Schnellbus, unter wenigen Menschen, Zeitungslesern, man fährt nicht mehr langsam über gewundene Pfade, man fliegt mit dumpfem Pfeifen durchs weite Tal, zwischen Bäumen, die sich entfernt haben voneinander, schon weiß man nicht, ob der Weg nach Jerusalem hinaufführt oder hinab.

Und plötzlich schreie ich, oder glaube zu schreien, sehe entsetzt, wie die Menschen um mich herum in ihre hohen Sessel sinken, für einen Augenblick erstarren die Zeitungen in ihren Händen. Ich beginne, im Autobus auf und ab zu gehen, und aus ihren Augenwinkeln entnehme ich's – sie haben mich durchschaut, mich und meinen Schmerz, aber sie können mich nicht erlösen. Und ich will mich übergeben vor den Leuten, aber sie winken dem Fahrer, er hält den Autobus an, über die Eisenstufen steige ich auf den Straßenrand am gelben Streifen hinab, neben Sandhaufen und Asphaltresten, ich will mich vor der Landschaft übergeben, vor den Bergen, vor den Kiefern, aber ich kann nicht, ein kühler Wind streift mich, ich gewinne meinen Atem zurück, und auf der anderen Straßenseite, weit entfernt, fliegen die Wagen in die Ebene hinab, wie auf einem anderen Weg. Ich steige wieder ein, bitte murmelnd um Verzeihung, und die Leute machen freundliche Gesichter, sagen lächelnd: selbstverständlich . . .

Und wenig später dann die Hügel von Jerusalem, eingetaucht in starkes, schmerzendes, fast unmögliches Licht. Ich bahne mir einen Weg zum Hause meines gefallenen Sohnes, im ehemaligen Grenzbezirk, der aus dem Staub entstanden ist. Steingassen bedecken sich mit Asphalt, alte Brunnen werden dem städtischen Wassernetz angeschlossen, Ruinen werden zu Wohnungen, und auf den Innenhöfen spielen neue Kinder. Und endlich finde ich's, berühre ein starkes Eisentor, es öffnet sich, und ich komme außer Atem, denn die Botschaft steckt mir schon im Hals. Langsam trete ich in eine umgestülpte Wohnung ein, die Vorhänge sind hochgerollt, die Stühle sind auf die Tische gestellt, die Blumentöpfe stehen auf Sesseln. In der Mitte des Zimmers sind Besen und Eimer und Lappen zusammengeworfen. Aus dem Radio klingen arabische Lieder mit Chorgesang und Trommeln, Heldenlieder, und eine arabische Putzfrau, sehr alt, schlägt wild auf einen roten Teppich ein. Die gnädige Frau sei nicht zu Hause, das Kind sei nicht zu Hause. Und ich werde immer schwächer, schwanke auf den großen Steinfußböden, die frühere Generationen zertreten haben. Aus Tiefen, im lauten Gesang, versuche ich ferne arabische Worte hervorzuholen: »Ya asmai . . . al valed . . . abni . . . me'et . . .«

Erstaunlich, daß sie nicht erschrickt vor meinem Geschrei, sofort begreift, daß ich mit vollem Recht hierher gehöre, vielleicht die Spuren anderer Gesichter in meinen Zügen erkennt. Sie kommt auf mich zu, hält einen Topf in der Hand, uralt ist sie (wo haben sie die aufgetrieben?), ihr Gesicht ist runzlig, sie ist wohl auch taub, denn das Radio spielt in voller Lautstärke. Ich rufe wieder etwas, deute auf das Gerät, und sie geht sofort, beugt sich über die komplizierte Anlage, dreht an den Knöpfen, bis der Gesang abstirbt und nur noch die Trommeln aus einem verborgenen Lautsprecher klingen.

Dann, ein eingetrockneter Affe, mit Kleidern behängt, ihr Kopf bedeckt mit einem großen Tuch, kehrt sie zu mir zurück und wartet.

»Abni . . .«, versuche ich es wieder und verstumme. Tränen ersticken meine Worte, ich bewege mich durch den Raum, zwischen umgestülpten Sesseln und tropfenden Blumentöpfen, zwischen Kartons (noch immer nicht ausgepackt), Transformatoren und Schallplatten suche ich in dieser amerikanischen Revolution die Wohnung, die ich nicht kenne, und sie geht mir nach, zum Klange der Trommeln, barfuß, den Topf noch immer in der Hand, unter meinen Füßen sammelt sie Gegenstände auf, verrückt Stühle, läßt Vorhänge herab, vergrößert die Unordnung noch.

Ich trete ins Schlafzimmer und finde dort zerzauste Laken, lange, verstreute Kleider, den Abdruck ihres Körpers auf dem

Bett, auf dem Kissen; und in der Ecke, unvermeidlich, die Kartons, einer über dem anderen.

Man wird die Wohnung zur Trauer herrichten müssen –

Ich setze mich aufs Bett, sehe auf die Mauerbögen und beginne den Baustil des Hauses zu erfassen. Und die Alte steht neben mir, sie denkt anscheinend, sie darf mich nicht alleine lassen, sie will mir helfen, mich bedienen, vielleicht wartet sie darauf, daß ich mich hinlege, um mich zuzudecken, und wieder versuche ich es ihr mit meiner leisen Stimme zu erklären.

»Abni me'et . . . valdi . . .«

Jetzt, endlich, versteht sie.

»Der Jüngere?« fragt sie, als hätte ich mehrere Söhne.

Ich stehe verzweifelt auf, versuche sie fortzuschicken, aber sie hängt nun schon an mir, bleibt mir schon treu, vielleicht weil ich so alt bin, wartet auf Anweisungen, ist wohl auch daran gewöhnt, in diesem Hause niemals zu verstehen, was man zu ihr spricht. Erst als ich damit beginne, Ordnung zu schaffen, verliert sie ihre Fassung. Ich falte die Laken zusammen (zwischen den Decken finde ich ein Telefon, hebe seinen Hörer ab), bedecke das Bett, ordne die Kleider wieder in die Kartons ein und bemerke in einem von ihnen hohe Stapel neuer Windeln in durchsichtiger Verpackung, als hätten sie geplant, hier einen ganzen Stamm zur Welt zu bringen.

Im Nebenzimmer dröhnen immer noch die Trommeln –

Die Alte ist ratlos, umkreist mich, will helfen und weiß nicht wie, fängt plötzlich an, zu sprechen, und immer wieder, heulend und schreiend, wiederholt sie einen einzigen Satz, bis ich verstehe. Das Kind, denkt sie, das Kind sei tot.

»Nein, nein, nicht der Junge.«

Ich beuge mich über sie, spüre den Geruch verbrannter Feuer in ihren Kleidern. »Sein Vater.«

»E'isch abohu . . .?« Entsetzt, ungläubig, weicht sie zurück.

Und mich packt plötzlich die Furcht um das Kind, ich will es suchen, will's nach Hause holen. Sie versteht mich sofort, zieht mich hinaus, und auf der Straße, vor den kleinen Gassen, mit wilden Gesten und Geschrei, zeigt sie mir den Weg zum Kindergarten.

In einem sonnigen Zimmer, das nach Bananen duftet, sitzen alle im Kreise auf winzigen Stühlen, mit verschränkten Armen und in blauen Kittelchen. Noch erkenne ich ihn nicht, sie sind sehr leise, gespannt lauschen sie der rhythmischen Stimme ihrer Kindergärtnerin. Seit vielen Jahren habe ich unter Kindern keine Stille erlebt wie hier, ich hab mir gar nicht vorgestellt, daß sie zu einem solchen Schweigen fähig sind. Und mitten hinein plötzlich ich, erregt in meinem Schmerz, ich steige über Haufen riesiger Bauklötze, versuche noch immer, ihn auszumachen, während etwas in mir zerbricht, mich niederwerfen will, ausgerechnet im Kindergarten, neben den kleinen Handtüchern, die dort in einer Reihe hängen, vor den Zeichnungen, die an der Wand verstreut sind. Der kurze Schrei der Kindergärtnerin.

Ein Unglück ist bei uns geschehen –

Vorm Morgengrauen –

Sie ist bleich, versteht den Namen nicht, glaubt, daß ich mich irre, daß ich vielleicht zu einem anderen Kindergarten gehöre, aber da richtet er sich auf, wie ein kleiner Stamm wächst er aus dem Boden, noch immer mit verschränkten Armen, sehr ernst, gibt schweigend zu, daß er zu mir gehört, lauscht der Kindergärtnerin, die plötzlich verstanden hat und kommt, um ihn zu umarmen, Englisch spricht zu ihm und ihn heraushebt aus dem Kreis.

Schon hängt man ihm sein Täschchen um den Hals, auf seinen Kopf senkt sich eine blaue Kappe, er bittet um etwas in seiner Sprache und erhält das Blatt, das er am Morgen bemalt hat. Durch den Nebel über meinen Augen sehe ich die rote Sonne, deren Strahlen in alle Richtungen gehen. Seine kleine Hand legt sich in meine Hand, und meine Finger schließen sich um sie. Man hat ihn mir gegeben, obwohl ich noch gar nicht alles erzählt habe und doch ein alter Mann sein könnte, der in den Kindergarten kam, um sich ein Kind zu holen.

Und wieder in ihrer Wohnung. Lautlos, barfuß, bewegt sich die Araberin durch die Küche. Das Kind sitzt bei ihr, ißt ein frühes Mittagessen. Hin und wieder hört man leise Sätze. Sie spricht Arabisch zu ihm, und der Junge antwortet ihr auf englisch. Durch die offenen Fenster dringt ein fernes Rauschen. Wir warten nur auf sie. In ein, zwei Tagen wird sich hier alles verändern, Menschen werden die Zimmer füllen, und in einigen Monaten ist alles vorbei. Sie wird ihr Kind in ihren Rucksack packen und dorthin zurückkehren, woher sie gekommen ist. Der Geruch des Todes hängt schon wie ein leichter Nebel über den Gegenständen. Ich finde sein Arbeitszimmer, trete ein und schließe die Tür hinter mir. Hier ist es dunkel und kühl. Bücherhaufen liegen auf dem Boden, der Tisch ist überladen mit Papier. Er hat alles liegen gelassen und ist in die Armee gegangen. Der Wahnsinn der Generationen. Ich trete an seinen Tisch und berühre seine Papiere. Wer kann Ordnung bringen in ein solches Durcheinander. Seit fünfzehn Jahren habe ich seine Hefte nicht mehr kontrolliert. Vergeblich versuche ich, ein wenig Licht hereinzubringen, der Fensterladen klemmt, er läßt sich nicht öffnen. Ich kehre zum Tisch zurück. Womit hat er sich beschäftigt, was hat er geplant, wo kann ich hier die Fäden aufnehmen? Ich berühre die erste Schicht, und schon stürzen Telefonrechnungen auf den Fußboden, Stromrechnungen, Rundschreiben von der Universität. Auch er ist so eine Art Lehrer. Ich schäle die zweite Schicht heraus – Bankauszüge, englische Zeitschriften, Reklamefotos von halbnackten Männern mit langen Haaren, dickdünne Revolutionäre, sie führen neumodische Krawatten und gestreifte Hosen vor, kleine elektrische Maschinen, die zweifelhaften Zwecken dienen. Und plötzlich finde ich auch eine Pfeife von ihm, Geruch von Tabak, den ich nicht kenne. Zeichen meines geheimnisvollen Sohnes. Meines Kindes. Wieder wird mir schwindlig. Meine Augen werden dunkel, ich kehre zum Fenster zurück und versuche noch einmal, den Laden aufzureißen. Lichtstaub, ein dünner Wind, durch die Ritzen, in neuem Licht, entdecke ich ein fruchtbares Tal, und auf der anderen Seite die

Gebäude der Universität. Wieder stöbere ich auf dem Tisch herum. Sonderdrucke, die ihm seine Kollegen geschickt haben. Statistische Tabellen. Ich werde versuchen müssen, auch das zu lesen. Zettel mit seiner Handschrift, Buchtitel. Die Versprechungen neuer Ideologien, einiges davon stecke ich in meine Tasche. Und dann, endlich, etwas von ihm, ein Blätterstoß, den er eigenhändig beschrieben hat, halb englisch, halb hebräisch, unter dem Titel *Prophecy & Politics,* ein neues Buch vielleicht, ein Artikel. Ich öffne die Schubladen, dort kommt ein Tischkalender zum Vorschein, aber gerade die Schubladen sind fast leer. Andere Pfeifen, ein zerbrochener Fotoapparat, Beutel mit alten Medikamenten, und Bilder seiner Frau, ein Mädel noch, neben Bäumen, neben einem Berg, einem Auto, einem Fluß. Und hinter den Bildern, in der Tiefe der Schublade, ein kleines, scharfes, verziertes Messer, auf dem ein Wort geschrieben steht: *Peace.*

Die Eingangstür öffnet sich, die Wohnung hallt vom Klappern kleiner Schritte wider, von ihrem Lachen. Die rhythmische Stimme des Kindes. Das erregte Flüstern der Araberin. Schon strömt Licht durch die Tür auf mich zu. Und sie, im leichten Kleid, verschwitzt vom Weg, ihre Tasche über der Schulter, die Sonnenbrille über den Augen wie eine Touristin, steht erstarrt vor meinem tiefen Einbruch, versucht sofort, mich anzulächeln, aber ich sitze verborgen im Sessel, auf der anderen Seite des Tisches, ganz in Schwarz, das Messer zwischen meinen Fingern.

Sie kommt mit kleinen, schnellen Schritten auf mich zu, aber plötzlich bleibt sie stehen. Sie spürt etwas. Furcht steigt in ihr auf, als hätte sie die Zeichen des Todes an mir erkannt. »Something wrong« – ihre Stimme zittert, als wäre ich es, der im Sterben liegt, als verdeckten meine Kleider eine tödliche Wunde.

Und ich richte mich auf, lasse das Messer fallen, der warme Lichtstrahl trifft mich, ich beginne zu schreiten, an ihr vorbei. Ich murmele die Botschaft dieses Morgens in altem, biblischem Hebräisch, und ich weiß – sie wird mich nicht verstehen, die Worte prallen auf mich zurück. Mitleid mit ihnen erfüllt mich, ich streichle das Haar des Kindes, beuge mein Haupt vor der alten Araberin, es zieht mich in das warme Licht der Wohnung, durch die Eingangstür, die noch immer offen steht, ins freie Tal, zur Universität. Von dort muß man sich Hilfe holen.

Und geradewegs, auf der Luftlinie fast, gehe ich durchs Tal zur Universität. Im Dickicht der Sträucher, in der Tiefe einer fruchtbaren Furche, verliere ich für einen Augenblick den Himmel – und plötzlich spreche ich dich aus, nur dich, stark und hungrig. Mein Toter. Mein Einziger. Aus den Tiefen rufe ich, siehe, schon ist die Mittagsstunde vorbei, der Sabbat kommt, und in Jerusalem weiß man noch nicht von deinem Tode. Deine Frau hat die Botschaft nicht verstanden. Ich habe mich geirrt, ich hätte es den Behörden überlassen sollen.

Felsen. Ein steiler Abhang, Sträucher wachsen aus der unsichtbaren Erde, verwickeln sich zwischen den Beinen. Wer hätte gedacht, daß so dicht bei der Universität noch Wildnis herrscht.

Endlich habe ich deine Papiere gesehen. Grundlos hast du gefürchtet, daß ich dich nicht verstehen würde, ich habe sofort verstanden, bin begeistert von dir, erregt, auch verzweifelt. Du bist zurückgekehrt, bist ein Prophet, und ich bin bei dir, Menschensohn, ich habe meine Taschen mit Zetteln von deiner Lehre gefüllt, ich werde systematisch Englisch lernen und will den Berg besteigen, will deinen Geist erwarten.

Am Rande eines Marmorgebäudes, einen knotigen Zweig in der Hand, durchbreche ich den Stacheldraht, der die Universität umgibt. Schon lange bin ich nicht mehr hier gewesen, kenne die Anordnung der Bauten nicht mehr. Ich suche deine Fakultät, irre über Flure, vorbei an Sauerstoffbehältern und dunklen Laboratorien, kleinen Seminaren, Treibhäusern, summenden Computern, und vor meinen Augen wird der Kampus immer leerer, Studenten entfernen sich.

Auf dem Platz vor der großen Bibliothek halte ich einen letzten Professor an, mit Büchern beladen, im Laufschritt, aber er hat deinen Namen nicht gehört, zeigt mir den Weg zum Verwaltungsgebäude. Beamte treten dort heraus, sie hören mir mit ernstem Gesichtsausdruck zu, die Telefone seien abgestellt, sagen sie, sie seien auch nicht zuständig für eine solche Botschaft. Und ich verstehe plötzlich – sie halten mich für verrückt, für einen ewigen Studenten, einen Sonderling, der sich interessant machen will, im schwarzen, leicht geschmückten Anzug, einen Zweig in den Händen. Der Zweig ist es, der mich in Verdacht bringt.

Ich werfe ihn weg, mitten auf den Platz, eile zum Fakultätsgebäude zurück, in den erleuchteten Flur, ein gewichtiger Torhüter schließt dort im oberen Stockwerk die Fensterläden. Aus der Tiefe, von unten, rufend, frage ich ihn nach dir, und gerade er hat deinen Namen schon gehört, zumindest kennt er dein Gesicht. »Der Professor mit dem wilden Bart«, sagt er und steigt herunter zu mir, klirrt mit seinen Schlüsseln und führt mich hinauf an dein Zimmer, ans Ende des Flurs. An der Tür finde ich eine lange Namensliste, Studenten, die von dir beraten werden wollen, und daneben eine Mitteilung vom Sekretariat über deinen Militärdienst, auch eine Liste von Büchern, die man vor deiner Rückkehr lesen soll. Alle diese Papiere kehre ich der Wand zu, lege sie zusammen und schreibe eine erste Traueranzeige. Mein Liebster. Der Torhüter liest sie hinter meinem Rücken, und er glaubt mir sofort, bringt mir noch einige Reißzwecken, um das Papier an der Tür zu befestigen.

Wir steigen die Treppen hinab, und ich erzähle ihm alles über dich, unsere Schritte hallen in dem leeren Gebäude wider. Das Halbdunkel tut meinen Augen gut, ich halte mich auf, meine Schritte werden zögernd, ich würde gerne noch ein wenig bleiben, aber plötzlich wird der Torhüter ungeduldig, wirft mich gewaltsam hinaus, zurück in die Sonne.

Und sie brennt mit wilder Lust, erweicht die Welt in einem letzten Brand. Voreilig war das gesagt, Frühsommer – wir haben ja schon Hochsommer. Ich irre umher, in glühenden Kleidern, zwischen weißen Gebäuden, geschlossenen Laboratorien des

Geistes, schreite über schlaffes Gras, das Gras Jerusalems, und es zieht mich hin zu einer Gruppe amerikanischer Studenten, die dort übrig geblieben sind, sich der Sonne hingeben auf einer der Rasenflächen, barfuß, bärtig, einige von ihnen halb nackt, dösend über Heften und englischen Bibeln, sie spielen sich kreischende Lieder auf kleinen Tonbandgeräten vor. Von weitem rufen sie mir zu – you guy, sehnen sich vielleicht danach, daß ich mich ihnen anschließe. Und ich schließe mich ihnen an, bewege mich unter ihnen, zwischen ihren Beinen, trete auf ihr weiches, bleiches Fleisch, das Fleisch des Exils, schlage sie leicht mit dem Zweig, der wieder in meine Hand zurückgekehrt ist. Wenn ich es wollte, könnte ich hier zum Professor ernannt werden.

Und irgenwo, am Horizont, das Gebirgsland von Moab.

Sie lachen müde, vielleicht ein wenig berauscht, sagen ›you old man‹ zu mir, denken etwa sogar, ich hätte ihnen Rauschgift anzubieten. Ich gefalle ihnen, you're great, sie krümmen sich auf der Erde, wälzen sich im dünnen Gras, können kein einziges Wort Hebräisch, erst vorgestern hat man sie am Flughafen abgeladen. Und ich stoße zu ihnen, bin bereit, sie auf der Stelle zu examinieren, ihre Bibelkenntnisse zu prüfen, spreche zu ihnen in meinem erschöpften, unmöglichen Englisch, das ihnen dennoch verständlich wird: »Hear me children, my son killed in night, in Jordan I mean near the river . . .«

Und ich zeige auf den bläulichen Horizont, der sich in der Leere verliert. Sie lachen noch, begeistern sich, wonderful, sie klopfen mir auf die Schulter, sind bereit, mich aufzunehmen, mich ihrer Gruppe anzuschließen, mich zu einem von ihnen zu machen im jagenden Rhythmus ihrer Musik.

. . . Ich danke Ihnen, mein lieber Freund, verehrter Herr Direktor, daß Sie mir erstmals das Recht erteilt haben, zur Zeugnisverteilung an Ihrer Stelle die Abschiedsrede an unsere Abiturienten zu halten. Ich weiß, es fiel Ihnen nicht leicht, zu verzichten. Es ist schon viele Jahre her, seit Sie eine Stunde gegeben haben, Ihre Hände beschmutzen sich nicht mehr mit Kreide, berühren keinen Rotstift mehr, um Arbeiten zu korrigieren. Sie stehen unseren Schülern nicht mehr gegenüber, sind nur noch in der Verwaltung tätig, ziehen das wohl der Erziehungsarbeit vor. Und dennoch, und gerade deswegen, warten Sie sehnsüchtig auf den Augenblick, da Sie als Mann des Geistes zu besorgten Eltern sprechen können, zu jungen Menschen, und ganz besonders wohl in dieser unerhörten Zeit.

Wen würde es nicht tief berühren, heute zu jungen Menschen zu sprechen. Es drängt uns, vor euch zu reden, liebe Schüler, langhaarige, schwerzüngige, leicht angeknackste Abiturienten, aufgewachsen ohne Ideologie, mit dem Auto eurer Eltern, mit wilden Tänzen in den Kellern, mit nächtlichen Schmusereien in Hauseingängen. Und trotz allem diese Fähigkeit, diese Bereitschaft zum Tode, dieser Wille, sich in Bunkern einzugraben, monatelang, im nächtlichen Schnellfeuer unbekannte Stacheldrähte zu erstürmen, so jung und innerlich so diszipliniert, immer wieder erstaunen sie uns mit ihrem Gehorsam. So, liebe Eltern, ist es doch?

Verehrte Eltern, ich spreche nicht als Ältester des Lehrerkollegiums zu Ihnen, sondern als einer, der aufgehört hat, ein Vater zu sein. Sie sehen ja, ich bin gekommen, wie ich bin, mit dem Bart des Trauernden, in dunklen Kleidern. Ich bringe keine Botschaft, aber ich möchte Sie ermutigen. Auch mir ist ein Sohn gefallen, er war nicht mehr jung. Wir dachten, er würde beim Zivilschutz bleiben, in Jerusalem, aber sie haben ihn ins Jordantal geschickt. Einunddreißig. Mein Einziger. Mein Geliebter. Verehrte Eltern und Schüler, ich will Ihnen nicht zur Last fallen mit meiner Verzweiflung, aber ich bitte Sie, sehen Sie mich an und seien Sie, bitte, nicht überrascht – in gewisser Hinsicht war ich vorbereitet auf seinen Tod, das war meine Stärke im schrecklichen Augenblick.

Schon an jenem Freitag, als ich die Nachricht von seinem Tode erhielt, bevor ich hinabfuhr, um ihn zu identifizieren, als ich sehr einsam war, über Rasenflächen ging, zwischen den Gebäuden der Universität, in der Glut der Sonne, schon damals begann ich an Sie zu denken, an die Worte, die ich vor Ihnen sprechen würde, vom Schmerz des Einen, in dem für uns alle die Wahrheit aufleuchtet ...

Aus der Ferne, durch die Sommerwolken, sehe ich mich selbst wie aus der Vogelschau. Ein kleines Korn. Ich verlasse die weißlichen Würfel, wälze mich langsam durch eine große Asphaltpfütze. Eine Straßenkreuzung, und ringsum das Herz des Staates, angehäufte Regierungsgebäude, Parlament aus rötlichem Stein, weißes Museum, Kiefern wie weiches Moos, an ihren Rändern gefurchte Hügel, ausgeschachtete Felsen, übereinanderliegende Straßenbänder – ein deutlicher Versuch, die Landschaft umzukehren. Ein schwarzer, qualmender Fleck nähert sich von Osten, bleibt hängen über dem Korn und verschluckt es.

Das alte Taxi scheint aus den Krematorien zu kommen, ich falle auf seinem verschwitzten, zerrissenen Polster zusammen und zeige dem Fahrer die Richtung.

Nach Süden. Aus der glühenden Luft erkennt man die Hartnäckigkeit. Auf den Graten wie eine drohende Handschrift die Gräber, und um sie herum Gebäude, große Häuser, Baugerüste, Krane. Wie ein Schützengraben, in dem Raketen stehen. Häuser schachteln sich in Häuser. Ein Himmelreich in Stein.

Der Fahrer, ein unrasierter Bursche von unbestimmtem Alter, knackt Sonnenblumenkerne, singt leise vor sich hin, starrt unverwandt auf mein Gesicht im Rückspiegel, ist bereit zum Kontakt. Doch ich schließe meine Augen.

Über einen Abhang schlängelt sich das Taxi ins Tal hinab, eine dichte Staubwolke wirbelt hinter ihm auf. Das Krankenhaus wird sichtbar. Rot steht der Felsen da, ein Damm aus Fenstern, reglos im Mittagswind. Ein kleiner Hubschrauber hängt über ihm wie ein Raubvogel.

Trockenes Gras fällt aus meinen Kleidern. Ich dämmere dahin und träume. Das Fahrzeug rüttelt, seine Türen klappern, die Fenster blenden mich. Die sirrende Federung bringt den Fahrer in Ekstase. Er hat genug von mir, laut und schamlos beginnt er zu singen und schlägt begeistert auf das Steuerrad.

Aber ich bin schon jenseits der Berge und eigne mir die Landschaft an. Lange Täler ziehen sich von Jerusalem zum Gebirgsland von Hebron hin, sie wachsen mit den hohen, kahlen Hügeln zusammen. Olivenhaine, Steinmauern, Schafherden, eine großartige Landschaft, ein altes, seit Jahrtausenden unverändertes Reich – und dem gleichen Blick, wenn er ein wenig höher steigt, zeigt sich auch das Meer, die beginnende Wüste. Schwer umschlingt das schreckliche Land meinen Hals.

Ich tippe an den Nacken des Fahrers, und sein Gesang bricht sofort ab. Ich beginne zu sprechen, anfangs versteht er nicht, hält mich für verrückt. Aber auf der kurzen Strecke, die uns bis zum Krankenhaus geblieben ist, kann ich ihm das Wichtigste erzählen.

Einunddreißig –

Einziger Sohn –

Vorm Morgengrauen –

Und tatsächlich warten sie auf mich, wie man es mir noch am Morgen vorausgesagt hat, auf einem gepflasterten Platz mitten in den Bergen – ein schwerer Militärrabbiner mit rötlich wildem Bart, ein Prophet in Uniform, steht im Sonnenlicht und wartet. Als ich aus dem Taxi steige, erkennt er mich sofort, als wäre ich schon von meinem Unglück gezeichnet, beeilt sich, mich zu fassen, ehe ich ihm in einen der Glaseingänge entweiche, die sich weit vor mir öffnen.

»Sind Sie der Vater?«

»Ich bin der Vater.«

»Allein?«

»Allein.«

Er ist entsetzt. Seine Augen brennen. Wie sei das möglich? Wie habe man mich alleine losgeschickt? Das sei doch mehr als eine Identifikation, das sei doch auch ein letzter Abschied.

Ich weiß, doch ich weiß keine Antwort. Ich wende mich ihm

schwankend zu, in stiller Begeisterung. Endlich ein wirklicher Rabbiner, ein Gottesmann steht mir zu Diensten. Stumm hänge ich mich an seine verschwitzten Kleider, berühre seine Rangabzeichen, und er, überrascht von meiner Berührung, von meiner Schwäche, die er unter meinen dunklen Kleidern spürt, umarmt mich verwirrt, beugt seinen Körper, Tränen stehen in seinen Augen, allmählich dreht er mich dem Licht der Sonne zu, nach Westen, und zieht mich sanft hinein.

In einen großen, leeren Fahrstuhl. Wir sinken in die Tiefe, berühren uns schon nicht mehr, er steht neben den Knöpfen, ich in einer entfernten Ecke, eine leere Tragbahre liegt zwischen uns.

Er lauscht. Sein Kopf ist zur Seite geneigt, sein Gesicht ist dunkel, seine Augen sind erloschen; ich rede anscheinend wieder, mechanisch, ohne mir selbst zuzuhören, suche den Schmerz, die Worte, die ich heute schon oft gesagt habe, sie rauschen in der Ferne am verwischten Horizont vorbei: einunddreißig, fast Professor, einziger Sohn. Hab ihn in den letzten Jahren kaum gesehen. Aus den Vereinigten Staaten zurück, erst vor einigen Monaten, mit Bart, fast hätte ich ihn nicht erkannt. Geliebter Sohn. Jetzt hinterläßt er eine Frau, junge Amerikanerin, ich weiß nicht recht. Mir hinterläßt er ein Kind. Hinterläßt Manuskripte, unvollendete Forschungen, verstreute Kartons, er hinterläßt auch Drähte und Transformatoren. Der Wahnsinn. Unsere Kinder kommen um, und wir bleiben mit den Sachen ...

Ich spreche immer noch von ihm, als wäre er weit entfernt, irgendwo verlassen, in irgendeiner Wüste, als befände er sich nicht ganz in der Nähe, als würde ich nicht ständig auf ihn zugleiten, in langsamem, sicherem Fall. Der Fahrstuhl setzt nun auf, mit einem leisen Stoß, die Augen des Rabbiners wenden sich wieder. Die Tür geht automatisch vor uns auf.

Er hält mich, denn ich neige schon zur Flucht, führt mich über die erleuchteten Flure des unterirdischen Geschosses, in denen atmende Maschinen rauschen. Aus den Durchgängen wehen uns Winde an. In einer kleinen Kanzlei stehen Menschen vor uns auf, Ärzte und Beamte beugen ihr Haupt, als sie mich eintreten sehen, sie schließen ihre Augen. Einige ziehen sich sofort zurück, machen sich unsichtbar, andere wollen mir näherkommen, wollen mich berühren. Der Rabbiner flüstert: »Das ist der Vater, er ist allein gekommen«, und wieder beginne ich etwas zu murmeln, aus Furcht, die bekannten Stichworte. Jemand nähert sich sofort, hört mir zu, und Schweigen ringsum.

Die Menschen behandeln mich mit einer wundervollen Weichheit. Wie sie mich auf einen Stuhl setzen, meinem Kopf ein Käppchen auflegen, wie schnell sie meinen Kleidern den Personalausweis entziehen, etwas notieren, eine Seitentür öffnen. Als sie mich aufrichten, habe ich mein Gewicht verloren, schwerelos schwebe ich auf ihren Händen in eine Halle hinein, deren Fußboden aus bloßem Beton besteht, voller Vorhänge, ein Gewölbe weißer Flügel.

Deutlich hört man laufendes Wasser im Raum, als würden Quellen in ihm fließen.

Das vergossene Blut –

Das Kind. Der Fluch, der auf mir liegt.

Jemand steht schon an einem der Vorhänge, zieht ihn zur Seite, schlägt eine Decke zurück, und ich bin noch weit entfernt, voll grauenhafter Neugier, mein Atem stockt und ist kaum spürbar, das Herz steht fast still, ich entgleite denen, die mich halten, und es zieht mich, das bleiche Gesicht eines jungen Gefallenen zu betrachten, nackt unter der Decke, dünne Ströme von Blut, die seine toten Augen umfließen, seine halb geöffneten Augen. Ich zucke zusammen. Das Käppchen rutscht mir vom Kopf.

Endloses Schweigen. Die Leute sehen mich an. Reglos steht der Rabbiner, die Hand auf der Brust, gleich wird er das Widderhorn zücken, um uns ein leises Zeichen zu blasen.

»Das ist er nicht . . .« flüstere ich schließlich, in fürchterlicher Verwirrung, in wachsender Verzweiflung, im Rauschen des Wassers, das irgendwo in der verfluchten Halle fließt.

Jemand macht ein weiteres Licht an, als wär's eine Frage der Beleuchtung. Immer noch schweigen sie. Ich sehe, kein Mensch will verstehen.

»Das ist er nicht«, sage ich noch einmal, stimmlos, atemlos, ich ringe nach Luft. »Sie irren sich wahrscheinlich.«

Und endlich entsetzen sie sich. Der Rabbiner stürzt sich auf den Zettel an der Bahre, spricht den Namen aus.

»Nur der Name stimmt...« sage ich flüsternd, weiche zurück im tiefen Schweigen, im Rauschen unsichtbaren Wassers, im süßlichen Geruch von Fäulnis, kehre in die kleine Kanzlei zurück, die für mich schon zu einer Oase geworden ist in dieser Wüste.

Hinter meinem Rücken, im Kreise der erschütterten Gesellschaft, bricht der Rabbiner in wilde Flüche aus.

Freitag nachmittag. Ich sehe weder Sonne noch Berge, aber ich weiß es – wir sind am Rande der Stadt, im Krankenhaus, das schwer im wilden Tale liegt und immer tiefer sinkt. Die Leute wollen schon heim, immer näher kommt der Sabbat, immer weiter rückt die Stadt von ihnen ab. Geduldig haben sie auf mich gewartet, denn sie wußten, die Zeremonie ist kurz, wenige Sekunden nur – eintreten, hinsehen, weinen und Abschied nehmen; vielleicht auch irgendetwas unterzeichnen, denn irgendwo muß doch ein Zeichen bleiben. Ich bin ja nicht der Erste, der hierher gekommen ist, auch nicht der Letzte, der kommen wird.

Und jetzt halte ich sie auf. Wie traurig es ist, die Menschen ins Zimmer treten zu sehen, niedergeschlagen, wie Schuldige. Als sie mich im Winkel sitzen sehen, zerschellen die Worte. Ein furchtbarer Irrtum. Hinter den Wänden höre ich das Läuten fieberhafter Telefone. Sie wollen Licht ins Dunkel bringen, bevor eine sinnlose Hoffnung in mir aufkommt.

Aber nichts kommt in mir auf. Ich erhebe mich nur plötzlich, sehe schweigend auf die Menschen. Das ist nur eine Unterbrechung, sage ich mir, eine kurze Feuerpause. Aber sie erschrekken vor mir, glauben vielleicht, nun beginne ich zu toben, sind schon bereit, es hinzunehmen, aber ich bin weit davon entfernt, zu toben, bewege mich durch das Zimmer, langsam und schlafwandlerisch, von Wand zu Wand, wie ein Hund finde ich einen Teller in einem Winkel, mit Keksen darauf, ich nehme einen, beginne zu knabbern. Seit dem frühen Morgen habe ich nichts zu mir genommen.

Und sofort bleibt mir das Essen in der Kehle stecken, als hätte ich Asche gekaut oder Staub, Asche und Staub.

Ich erbreche. Endlich –

Sie haben darauf gewartet, waren längst bereit, sind es wahrscheinlich gewöhnt. Sofort setzen sie mich nieder, reinigen den Boden, versprühen eine scharfe Flüssigkeit gegen den Geruch.

»Das war nicht mein Sohn ...« flüstere ich mit blutlosem Gesicht.

Und wieder tritt der Militärrabbiner ein. Sein Gesicht ist düster, seine Augen brennen, er ist verzweifelt, sein Bart ist wild, sein Hut sitzt schief, seine Rangabzeichen glitzern auf den Schultern. Leise bittet er mich, noch einmal in die Halle einzutreten, in der das Wasser rauscht.

Jetzt habe ich drei Vorhänge vor mir. Das Licht ist hell, strahlt in voller Stärke, wieder denken sie, es wäre eine Frage der Beleuchtung, im Lichte könnten sie mich überzeugen. So etwas ist ihnen noch nie vorgekommen, vielleicht ist hier eine grausame Verwechslung eingetreten. Und wieder wanke ich, das vergossene Blut, dieser Fluch ... wieder stockt mein Atem, ist kaum spürbar, das Herz wird still. Leise gehe ich von Bahre zu Bahre, verlorene Gesichter, junge Menschenkinder, wie Gesichter von Schülern, nur die Augen sind geschlossen, leicht verdreht.

Er ist nicht –

Wieder führt man mich zur ersten Bahre, als hätten sie es darauf abgesehen, mich wahnsinnig zu machen.

»Es tut mir leid ...« Ich bleibe stehen, breche neben dem Militärrabbiner zusammen, in die Wasserrinnen, die an den Wänden entlanglaufen und endlich vor meinen Augen liegen.

Ich werde wieder über den Augenblick nachdenken müssen, in dem ich die Nachricht von seinem Tode erhielt. Ein Sommermorgen, der Himmel aufgerissen von Horizont zu Horizont, Juni, die letzten Tage des Schuljahres, ich stehe mit Verspätung auf, schwach in den Gliedern, benommen, ohne Zeitgefühl, hinein in die Glut der Sonne.

Ich steige die Treppen im Schulhaus hinauf, das Klingelzeichen ist verstummt. Noch hängt ein Echo in den Baumkronen, in der grünlichen Luft. Ich trete meinen Weg über die Flure an, die sich nun leeren, vorbei an vereinzelten Schülern, bewege mich langsam auf meine Klasse zu, schon von weitem spüre ich ihre Unruhe, ihren erregten Lärm.

An der Tür drängen sich Schüler, sie haben mich entdeckt und fliehen, rennen hinein ins Klassenzimmer und warnen die anderen. Ein letztes Gekreische der Mädchen. Ich bin schon an der Tür, und sie stehen aufgeregt hinter ihren Stühlen, die weißen Blätter bedecken die Tische wie Zeichen der Kapitulation, die Bibeln liegen tief in den Fächern.

Welche Angst ich ihnen einjage mit der Bibel.

Wie wichtig jede Klassenarbeit wird –

Ich begrüße sie, sie setzen sich, ich rufe eines der Mädchen, und es kommt, langhaarig, weich, nimmt mir wortlos die Fragebogen ab, geht leise durch die Reihen und verteilt sie auf die Tische. Das Schweigen vertieft sich. Ihre Köpfe senken sich. Die Spannung des ersten, schnellen Lesens.

Ich weiß: Ich stelle schwere Fragen. Noch nie habe ich einen so erbarmungslosen Text verfaßt. Langsam heben sich ihre Augen, ihre Gesichter glühen, stummes Entsetzen breitet sich aus. Sie werfen sich verzweifelte Blicke zu. Einige wollen sich zu Worte melden, doch ich, vom hohen Pult herunter, winke ab. Sie sind verwirrt, verstehen meine Absicht nicht, ich zwinge sie zum Schweigen. Jeder bleibt einsam an seinem Ort. Und plötzlich, als fehlte ihnen Licht, steht einer auf und zieht die Vorhänge zurück. Aber es nützt nichts. Das neue Licht, das in Flecken auf sie fällt, erhöht nur ihre ohnmächtige Wut. Sie versuchen, etwas zu schreiben, knabbern an ihren Federn, aber dann verzweifeln sie, schon sind da einige, die ihre Blätter zerreißen. Einer, feuerrot, steht auf, verläßt die Klasse, dann noch einer, ein dritter, plötzlich ist es, als würden sie rebellieren. Endlich.

Da hört man die schnellen Schritte des Direktors, es scheint, als wäre das Gerücht schon bis zu ihm gedrungen. Er öffnet die Tür und tritt ein, sehr bleich, atemlos, sieht die Schüler nicht an, wendet sich sofort an mich, tritt ans Pult, faßt mich an, schon drei Jahre sprechen wir nicht miteinander, und plötzlich, vor den Augen der erstaunten Schüler, nimmt er mich in Beschlag, flüstert mir zu: einen Augenblick ... lassen Sie doch ... nicht wichtig jetzt ... kommen Sie mit mir ...

Erste Möglichkeit – nicht hartnäckig sein. Die Leute freigeben, ihnen Zeit lassen, nicht ankämpfen gegen die schwächer werdende Sonne. Den Sabbat in Jerusalem empfangen, den Rabbiner heimkehren lassen, und in der Zwischenzeit alle Kontakte abbrechen. Abschied nehmen, von den Bergen herabsteigen, in der Abendstunde eintreffen, heimlich in unsere dunkle Straße zurückkehren. Durch die Hintertür eintreten, sofort die Fensterläden schließen, sich ausziehen, nichts denken, kein Wort erzählen, warten, das Telefon ist abgestellt, die Tür verschlossen. Das Bett beziehen, einschlafen und auf einen neuen Ruf warten, besser begründet.

Zweite Möglichkeit – hartnäckig bleiben, schreien, die Kleider zerreißen. Sich auf den Militärrabbiner stürzen, auf andere. Sofort Aufklärung verlangen, Suchaktionen. Eine Fahrzeugkolonne, am Freitagabend in Jerusalem, fährt von einem Krankenhaus zum anderen, sucht in den Kellern, steigt in die Hölle hinab, um ihn zu finden.

Andere Möglichkeit – sich nicht rühren. Nichts tun. Auf dieser Bahre liegen bleiben, zugedeckt mit einer Decke, in diesem Krankenhaus, in dieser kleinen Kanzlei. Schon reicht mir jemand ein Glas Wasser an die Lippen.

Ich schlage meine Augen auf. Da ist der Militärrabbiner, ein wilder und verzweifelter Prophet, umringt von Ärzten. Eigenhändig, mit großer Zärtlichkeit, gibt er mir in kleinen Schlucken von dem Wasser zu trinken.

Er fühlt, daß er mir eine Erklärung schuldet.

Aber er hat keine Erklärung.

Alles ist unklar.

Er hat keine Worte.

In den Jahren seines Dienstes ist ihm ein solcher Fall noch niemals vorgekommen.

Auch das Personal ist völlig durcheinander.

Irgendwo tief unten scheint etwas aus den Fugen geraten zu sein –

Mit Telefongesprächen wird man da nichts lösen, er weiß. Man muß zu den Quellen zurück: zur Brigade, zum Regiment, zu seiner Kompanie.

Meine Qualen sind groß, aber wer weiß, vielleicht sind sie die Zeichen einer Auferstehung.

Er hat das Wort nicht sagen wollen, es ist zu groß. Er fürchtet sich vor leeren Hoffnungen.

Es gibt einen herrlichen Midrasch, voller Weisheit, nur will er damit jetzt nicht zur Last fallen –

Diese schrecklichen, verrückten Tage –

Er läuft nur noch von einer Beerdigung zur anderen.

Abends sitzt er zu Hause, schreibt Grabreden –

Und er beugt sich zu mir hinunter: hier bleiben, auf dieser Bahre, eingehüllt in eine Decke – das hat keinen Zweck.

Man muß nach Jerusalem hinauf –

Wenn möglich, noch vor Eintritt des Sabbat –

Wenn mir noch ein wenig Kraft geblieben ist, schlägt er mir vor, mich noch ein letztes Mal zu überwinden, die Decke abzuziehen und von der Bahre zu steigen. Jetzt wird man mich nicht mehr allein gehen lassen.

Übrigens ist auch das Religionsgesetz in diesem Falle nicht ganz klar – muß ich meine Kleider zerreißen oder nicht? Um aber sicherzugehen, um gegen Illusionen anzukämpfen, ehe der Sabbat kommt – und er zieht ein kleines Messer aus seiner Tasche, schlägt meine Decke zurück und während ich noch liege, vor den Augen der Zuschauer, schneidet er einen langen Streifen aus dem Stoff meines Anzugs, in der Nähe des Herzens.

Und wir beginnen aus den Tiefen aufzusteigen, wieder im langsamen Fahrstuhl, wieder im gleichen Rhythmus, treten schwankend auf den gleichen Platz hinaus und finden ein anderes Licht, eine andere Luft, Zeichen eines neuen Schweigens. Wir setzen unseren Weg durchs Tal fort, steigen auf aus dem Herzen der Berge, und mit uns steigt die Sonne, gefangen im Dach des kleinen Militärwagens, den der Rabbiner zielbewußt steuert. Hupend, mit fliegendem Bart, das Steuerrad in seinem Bauch, jagt er an Autobussen vorbei, die nun fast leer sind, und will dem Sabbat zuvorkommen, der vom verdeckten Horizont des Ostens auf ihn niedersinkt.

Eine verlorene Einsamkeit liegt über den Sommerstraßen Jerusalems, wenn die Macht des Sabbat sie bezwingt. Ich denke an mein Haus, an unsere Straße in dieser Stunde, die so grün ist, an ihren schweren Blütenduft, an den Lärm, mit dem die Leute ihre Wagen waschen, an das Wasser, das an den Bürgersteigen entlangrinnt.

Und plötzlich ist es wie im Herbst, in den Kiefern und Zypressen verfangen sich die Wolken. Im Sturm dringen wir in ein großes, leeres Militärlager ein, das in einem Hain liegt, auf einem Hügel, und schon schrillt aus der Stadt die Sirene herauf, die den Sabbat ankündet – wie ein weinender Wind, der über die Erde streicht. Der Rabbiner stellt sofort den Motor ab, seine Hände sinken vom Steuerrad, er lauscht dem Ton wie einer neuen Botschaft, dann steigt er aus, um nach den Leuten des Brigadestabs zu suchen.

Aber es gibt keine Leute. Nur niedrige Gebäude gibt es, deren Fenster mit Brettern verschlagen sind, verwaiste, riesige Betonflächen und kleine, gelbe Schilder mit der Militärpostnummer. Die Armee ist zu den Frontlinien vorgerückt, sie hat nur getünchte Ruinen hinterlassen, wilde Schrift auf dichten Wänden: Kompanie I, Quartiermeister, Kantine, Synagoge.

Die Stacheldrahtzäune sind niedergerissen, zerfallen, und Moos schmiegt sich still an meine Füße. Ich gehe auf den Spuren des Rabbiners, der die kleinen Gebäude umkreist, an vermeintliche Türen klopft, sich ständig von mir entfernt, verlorengeht und wiederkehrt, sein Bart strahlt zwischen den Bäumen.

Und ich, der nie im Militär gewesen ist, der selbst im Unabhängigkeitskrieg nur an Straßensperren stand, sinke zuletzt auf einen Stein des zerbröckelnden Exerzierplatzes. Der lange Streifen meines Anzugs liegt auf meinem Herzen, und ich wittere den Geruch der frühen Armeen.

Es ist zum Verzweifeln.

Seit den frühen Morgenstunden rolle ich in einen Abgrund –

Das traurige Schweigen ringsum.

Und als wären sie aus der Erde gewachsen, versammeln sich Menschen um mich, haarige Soldaten, halb nackt, mit offenen Schnürsenkeln, sie tragen Handtücher und winzige Transistorradios, aus denen Sabbatmelodien klingen, müde Fahrer, die aus einem der kleinen Gebäude gekommen sind, um in die Dusche zu gehen. Schweigend umzingeln sie mich, und ich bin grau und müde, trage wieder die gleiche Geschichte vor: einunddreißig. Heute morgen die Nachricht. Dozent an der Universität. Hinterläßt Frau und Kind. Noch weiß man nichts. Bin nach Jerusalem hinauf, um ihn zu identifizieren, und er war es nicht.

Ihr Entsetzen –

Die Handtücher zerknittern zwischen ihren Fingern –

»Nicht er. Nicht seine Leiche. Ein anderer.«

»Wer?«

»Wie soll ich das wissen?«

»Und er?«

»Das frage ich auch. Wißt ihr jemanden, der Rettung bringen kann?« Sie zittern. Etwas an der Geschichte läßt sie plötzlich erzittern, haarig wie sie sind, mit Handtüchern und Seifenstückchen, sofort stellen sie die Transistorradios ab, vergessen die Dusche, stützen meine Arme und richten mich auf, verfluchen die Armee. In ihrem Leben haben sie so etwas noch nicht gehört, gleich wollen sie an jemandem ihre Wut auslassen, an einem Offizier vielleicht. Und einer erinnert sich – er hat den Jeep des Offiziers vom Nachrichtendienst gesehen, unter einem der Bäume steht er, sofort führt man mich hin. In einem Hain, im Blätterwerk neben einem undurchdringlichen Gebäude, einem Lagerhaus, steht dort auch wirklich ein Jeep, vollgeladen mit Munition und Maschinengewehren, seine Vorderräder stoßen an eine der Türen. Man versucht sie aufzubrechen, und es gelingt nicht, man zerbricht ein Fenster und blickt in einen dunklen Raum voller Munitionskisten. Jemand springt hinein und weckt einen Jungen in Uniform, einen schmalbrüstigen Offizier, wie ein Reisender sieht er aus, der eingeschlafen ist in seinen Kleidern und Stiefeln, mit dem Revolver über seinem Knie, zwischen den Granaten.

Er wacht sofort auf, öffnet die Augen und schweigt. Glühend berichtet man ihm, weist mit den Fingern auf mich, ich bin draußen geblieben, neben dem Fenster, wie ein eingefrorenes Bild. Aber er sieht mich nicht an. Gebeugt sitzt er auf dem Bett, in zerknitterten Kleidern, gleichgültig vor der allgemeinen Erregung. Erst als der Lärm sich legt, als man wieder das Rauschen des Windes in den Kiefern hört, spricht er mit leiser, schleppender Stimme zu mir.

»Wie heißen Sie?«

Antwort.

»Wie heißt er?«

Antwort.

»Und er ist es nicht?«

»Er ist es nicht.«

»Wer hat Sie hergebracht?«

»Der Militärrabbiner.«

Seine Augen verdunkeln sich. Lange schweigt er. Schließlich fragt er leise:

»Was wollen Sie?«

»Ihn finden . . .«

Er reagiert nicht, vielleicht ist er schon wieder eingeschlafen. Dann steht er auf, müde, umschattet, und plötzlich, mit den Gesten eines Generals faltet er die Decke zusammen, öffnet die Tür, die er von innen verriegelt hat, tritt ins Freie hinaus und versinkt im Rauschen zwischen den Kiefern. Die Fahrer laufen ihm nach, finden ihn neben einem verrosteten Wasserhahn, begraben unter einem Dickicht abgefallener Nadeln, er beugt seinen Kopf, frisches Wasser fließt auf ihn herab. Dann stellt er sich abseits, sieht niemanden an, läßt das Wasser abtropfen. Schon wollen sich die Fahrer auf ihn stürzen, aber während das Wasser trocknet, während das Erwachen seine Augen erhellt, während sein Kopf noch gesenkt ist, hat er schon unwiderruflich entschieden – mit ruhiger Stimme erteilt er den erstaunten Fahrern seine Befehle, schickt einen nach dem umherirrenden Rabbiner, trägt einem zweiten auf, den Jeep zu tanken, und der Rest hält mich schon gepackt, hebt mich in die Höhe, als wäre ich gelähmt, macht einen Platz für mich frei und wirft mich in den Jeep, zwischen geölte Maschinengewehre, Patronengurten wie Ketten, Rauchgranaten, setzt meinem weißen Haar einen Stahlhelm auf und zieht den Riemen fest um mein Gesicht.

Jemand bedient das Verbindungsgerät neben mir, ein pfeifendes Sausen wird hörbar. Und wie von selbst, unendlich langsam, beginnt der Jeep sich zu bewegen, umringt von Fahrern, die ihn vielleicht schieben, vielleicht von ihm gezogen werden. Und von irgendwoher, im letzten Augenblick, schleppt man den schweißüberströmten Rabbiner an, verirrt, ausgebrannt, er träumt von seinem Sabbat, auch er schließt sich der langsamen Bewegung an, geht uns ein Stück des Weges nach. Er sieht mich eingezwängt zwischen Maschinengewehren, in Ketten gebunden, und er erschrickt nicht. Man nimmt mich von ihm, er gibt mich auf und ist sogar bereit, den Segensspruch der Reise über uns zu sprechen. Was kann er tun? Im Brigadestab hat er niemanden gefunden, eigenhändig hat er versucht, Verbindung aufzunehmen mit der Frontkommandantur, es ist ihm nicht gelungen. Aber jedem, der eintreffen sollte, hat er Nachricht hinterlassen, hat alles niedergeschrieben, Wort für Wort.

Und immer noch zieht es ihn hinter dem langsamen Jeep her, zwischen den Bäumen, im pfeifenden Lärm des Verbindungsgerätes. Was noch? Was noch tut ihm weh? Er habe etwas gefunden, sagt er, die Akten des Gefallenen, auf einem der Tische. Die Gedanken drängen sich plötzlich – vielleicht ist alles ein Irrtum, vielleicht ist nur der Name ähnlich, vielleicht ist's nicht mein Sohn. Vielleicht sollte ich vor dem Abstieg in die Wüste einen Blick auf das Bild werfen. Er stößt mir einen Hefter in die Hand, und die Leute drängen sich um mich, auch sie wollen ihn sehen. Ich schlage die erste Seite auf, finde das Bild eines dünnen Jungen, eines Abiturienten, siebzehn Jahre ist er alt mein Sohn, im Uniformhemd, mit kurzgeschnittenem Haar, starrt mich hartnäckig an.

Siebzehn Uhr dreißig. Eine lange Antenne zerschneidet die Sonne in den Baumkronen. Zögernd fährt der Jeep durch Jerusalem, sucht einen Verlorenen, ohne den die Fahrt sinnlos wäre. Staubige Reifen zermahlen den schweigenden Sabbat.

Die Leute bleiben stehen und sehen einem greisen, schwarzgekleideten Mann nach, auf dem Kopf trägt er einen Stahlhelm, seine Augen glänzen rot, er hat geweint. Drohend zielt das Maschinengewehr in meiner Hand auf die Jerusalemer, zuerst auf die Juden und dann auf die Araber, als wollte ich Kugeln in sie hineinjagen. Und dabei weiß ich nicht einmal, wo der Abzug ist.

Ich frage den schmalbrüstigen Offizier.

Er zeigt ihn mir –

Ich befühle ihn –

(So klein.)

Und dann der endgültige Einbruch des Sabbat, während wir nach Osten aus Jerusalem hinausfahren. Das Grün geht unter, das Weiß der kahlen Steinhäuser nimmt überhand, blasser Straßenstaub, Rauch aus unsichtbaren Schornsteinen, Araber – sie blicken schräg an uns vorbei.

Und plötzlich ein weiterer Einbruch, sonnenlos taucht die Straße am Rande der grauen Wüste hinter der Windung auf, im sickernden Licht der Wolken. Endlich – mein feierlicher, bewaffneter Einzug ins Jordantal, das mein Fuß noch nie betreten hat.

Und sofort erkenne ich die Zeichen einer toten, fernen, biblischen Gottheit, in den Dornen am Rande der Straße, im sonnendurchpflügten Gesicht des greisen Soldaten, der den Schlagbaum öffnet.

Von hier, ich habe drauf gewartet, ich hab's gewußt, wird unsere Reise schneller, ein neues Erwachen beginnt. Der Jeep schießt vorwärts, der Offizier, in heimlichem Kampf, preßt seine Lippen zusammen, schließt seine Augen zu Schlitzen, fährt wie ein Durstender, wild. Ich halte mich an meinem Maschinengewehr fest, im starken, peitschenden Wind, stecke meine Hand in die Brusttasche und hole Papiere aus mir hervor – Fahrscheine, Quittungen, Schülerlisten, Zettel vom Tisch meines Sohnes, den Entwurf einer Rede, den Prüfungsbogen des heutigen Morgens.

Und endlich eine wirkliche Armee, im Abendlicht, im Wüstenlicht, das hohl und traurig über dem Zeltlager stirbt, über Gebäuden, Panzern und Kettenwagen, über starken und hohen Antennen. Aus einem Schornstein steigt Rauch, als würde hier ein anderer Sabbat herrschen. Und alte, sonnenverbrannte Soldaten, eingehüllt in schwere Uniformen, öffnen wieder einen Schlagbaum, als teilten Schlagbäume die Wüste ein. Man umringt uns –

Man hat uns erwartet –

Man läuft unserem Jeep nach –

»Der alte Vater ist da«, ruft jemand laut, als wäre ich ein Heiliger.

Und schon lädt man mich ab, löst mich vorsichtig vom Maschinengewehr und befreit mich aus der Munitionskette, die sich um meine Brust gewunden hat, holt eine Patrone heraus, die ich ahnungslos in den Lauf gesteckt habe, führt mich verstaubt und ermüdet, den Stahlhelm schief auf meinem Kopf, in der sinkenden Dunkelheit zum Kommandanten.

Und plötzlich, aus der Ferne, in der Tiefe jenseits der Hügel, das Echo von Schüssen –

Mein Herz bleibt stehen.

Die Wärme, mit der die Menschen mein Fleisch berühren, die Freude darüber, daß ein alter Mann zu ihnen gekommen ist, ein Bürger im Stahlhelm. Nun wagen sie es schon, mir heimlich zuzuflüstern, als wär' es eine Sünde: »Er ist nicht gefallen ... das ist er nicht ... man hat Sie irregeführt ...«

Scharf trägt die Dunkelheit die Stimme des Kommandanten heran. Ohne sein Gesicht zu sehen, lausche ich dieser Stimme, die ich schon irgendwo gehört habe, ein alter Schüler sicherlich, fast erkenne ich sie.

... Der Zusammenstoß fand in der Nacht statt, den Gefallenen hat man vorm Morgengrauen ins Krankenhaus gebracht. Die Leute kennen sich kaum. Einige von ihnen haben schon seit Jahren nicht mehr in der Kompanie gedient. Dem Beamten hat man nur die Erkennungsmarke gegeben, danach hat er die Akte überwiesen. Das Gesicht des Gefallenen hat er gar nicht gesehen. Man hat auch gedacht, es wäre alles in Ordnung, bis der Anruf vom Stab in Jerusalem gekommen ist, einer hat die ganze Geschichte erzählt, hat gesagt, Sie seien auf dem Wege. Die Leute sind über ein riesiges Gebiet verteilt, aber die Verbindung ist schon aufgenommen. Man hat sofort den Namen durchgegeben, und eben jetzt habe sich einer gefunden, ein Mann von einunddreißig Jahren, aus Jerusalem, auch seine Personalnummer stimmt. Seine Erkennungsmarke ist irgendwie abhanden gekommen, das muß noch aufgeklärt werden. Mehr ist noch nicht ermittelt worden, man hat ihn nicht erschrecken wollen. Er ist Ihr Sohn, das ist sicher, es gibt keine andere Möglichkeit, aber wo Sie schon gekommen sind, wär' es vielleicht besser, Sie sähen ihn mit eigenen Augen, dann sind alle beruhigt, am besten noch in dieser Nacht. Gleich wird er mit der Patrouille kommen, man hat schon einen Treffpunkt ausgemacht, nicht weit von hier, wo Sie schon hergekommen sind ... an die Front ... nur noch ein kurzer Weg ... wenn Sie noch können ... hier, auf diesen Panzerwagen, bitte ... vom Stab hat man uns mitgeteilt, wie tapfer Sie sich halten ...

Und plötzlich verstehe ich – er hat Angst vor mir, vor meinem

Schweigen, vor der unendlichen Geduld, mit der ich vor ihm stehe, noch immer mit dem schweren Stahlhelm auf dem Kopf. Etwas hier in seinem Verantwortungsbereich ist aus den Fugen geraten, er erschrickt vor meinem tyrannischen Schweigen. Und wieder, aus der Ferne – lange Schußfolgen. Fetzen eines unendlichen Echos. Jetzt führt man mich zu einem schweren Kettenwagen. Man öffnet eine Eisentür, setzt mich hinein, schließt die gepanzerten Öffnungen. Zwei oder drei Soldaten steigen auf, stellen sich an die Geschütze, jemand beugt sich über das Funkgerät, beginnt etwas zu murmeln.

Und ganz langsam – ohne Scheinwerfer, im Lärm der mahlenden Ketten, eingeschlossen in einer Eisenkapsel, in der nur ein winziges Rotlicht glüht – wird es mir klar: Wir kehren zum Jordan zurück, man will mich auf die andere Seite bringen, hinausführen an die Quelle. Alles Bisherige war nur ein Vorspiel. Plötzlich hält man an. Der Motor tuckert und verstummt. Einer schlängelt sich nach oben, öffnet die Eisentür, zieht mich ins Freie hinaus, auf eine staubige Kreuzung, die Wüste ist und nicht mehr Wüste, Schilf und Sträucher in einem kleinen Graben am Rande des Weges. Schweigen, nirgends fällt ein Schuß im leisen Wind. Wir warten unter einem sternenübersäten Himmel, hocken uns auf Steine in den Senkungen des Weges, ins Dikkicht. Wieder bin ich in die Hände eines anderen geraten, nicht jung und nicht alt. Sein Gesicht ist klug, freundlich, er sieht mich interessiert an, lächelt. Etwas an meiner Erscheinung belustigt ihn, der Stahlhelm vielleicht. Ich versuche ihn abzusetzen. Noch immer lächelt er. Er will wissen, wie alt ich bin.

»Siebzig.«

Sabbat. Auf dem Kettenwagen flammen Streichhölzer auf. Zigaretten werden angezündet. Die Soldaten unterhalten sich flüsternd, fluchen leise, rechnen aus, wie viele Wochen sie hier noch verbringen müssen. Leise pfeift das Funkgerät, aus der Ferne sendet einer, »werde ich gehört?«, und keiner denkt daran, ihm zu antworten.

Was mein Beruf sei.

Ich sage es ihm.

Er lächelt. Das habe er sich gedacht.

»Mein Hebräisch«, sage ich leise.

»Was ist mit Ihrem Hebräisch?«

»Die antiquierten Wendungen, vielleicht.«

Er lächelt, nein, keine antiquierten Wendungen. Die Augen, der Blick in den Augen. Er hatte einen Geschichtslehrer, der hatte auch so einen Blick.

»Welche Geschichte?«

»Jüdische Geschichte.«

»Und war mir ähnlich?«

»Ja.«

»Trotz des Unterschieds?«

»Was für ein Unterschied?«

»Zwischen Geschichte und Bibel.«

»Versteh' ich nicht.«

Ich erhebe mich von meinem Platz. Der Anzugstreifen fällt von meinem Herzen, und ich beginne zu erklären, leise, glühend.

. . . Ich komme zum Thema. Das alles war nur eine Einführung. Herr Direktor, meine Damen und Herren vom Lehrerkollegium, verehrte Eltern, liebe Abiturienten – ich fühle das Bedürfnis, mit Ihrer Erlaubnis einige Worte an diejenigen unter uns zu richten, die sich in Nichts auflösen können.

Auf den ersten Blick scheint diese Auflösung sinnlos, ohne Bedeutung, überflüssig. Aus der historischen Sicht ist euer Tod bei allem Heldentum nur eine ermüdende Wiederholung vor leicht veränderten Kulissen. Eine andere Hügellinie, eine Wüste mit anderen Konturen, Sträucher einer anderen Gattung, eine entsetzliche, neue Waffe. Nur das Blut bleibt sich gleich.

Aber auf einen zweiten, einen anderen Blick scheint alles umgekehrt. Eure Auflösung erhält einen Sinn, flammt plötzlich auf, wird eine strahlende Quelle für uns – eine großartige, mächtige Inspiration.

Um es mit einfachen Worten zu sagen – es gibt keine Geschichte. Es sind nur einige Texte und Inschriften überliefert. Alle weiteren Nachforschungen sind überflüssig. Sich immer wieder ans Radio zu setzen oder in den Zeitungen das Heil zu suchen – heller Wahnsinn.

Alles wird wieder geheimnisvoll – eure Hefte, eure angeknabberten Bleistifte, jeder Gegenstand, der zurückbleibt von euch, erfüllt uns mit Sehnsucht. Und wir, die wir euch im Kreise folgen und ahnungslos eure leichten Spuren verwischen, müssen achtgeben. Wie auf einer kurzen, nächtlichen Rast in der Wüste, zwischen verlorenen Hügeln, auf trockener, tonloser Erde ...

Lärm steigt aus der Ebene auf, von Osten, Westen, Norden, ich weiß nicht mehr. Die Patrouille trifft ein, leuchtet in einer Staubwolke, und zwei oder drei Panzerwagen, immer lauter im Dunkel, werfen ihren Lichtstrahl auf den Wegrand, auf verlorene Hügel, auf den Himmel.

Dort, im heranwälzenden Lärm, muß auch mein Sohn sein. Ein einunddreißigjähriger Gemeiner, auf dessen Tisch Studienentwürfe liegen, eingeklemmt im Kettenwagen jetzt, neben einem Maschinengewehr oder Minenwerfer, er leuchtet mich mit einem Scheinwerfer an und richtet den Lauf auf mich.

Der Lichtstrahl trifft uns.

Einer schießt auf uns.

Sie wissen nicht, wer wir sind. Sie halten uns für Freischärler –

Und sofort rufen alle, aus vollem Hals. Fast hätten sie uns umgebracht –

Sie kommen und halten an, zwei Kettenwagen und ein Panzer, die Motoren dröhnen, im Tal erhebt sich ein neuer Wind. Verschwommene, nächtliche Gestalten, ihre Gesichter sind nicht zu erkennen. Der Offizier an meiner Seite macht sich auf die Suche nach dem Kommandanten der Patrouille. Und ich, in meiner Dunkelheit, angewurzelt an meinem Ort, überfliege die Schatten und verzweifle plötzlich, bin sicher, daß alles vergeblich ist, zittere am ganzen Leib, bin schon bereit, die erste Identifikation gelten zu lassen.

Soldaten steigen ab, um auf die Ketten zu pissen, und plötzlich erkenne ich auch ihn, schwer, langhaarig, schlafwandlerisch, einsam. Auch er pißt.

Ich bleibe unsichtbar, rühre mich nicht von der Stelle, betrachte ihn von weitem. Ich weiß, seine Unterwäsche ist schmutzig, als Schüler ist er von den Ausflügen immer verdreckt nach Hause gekommen, als hätte er eine ganze Wüste durchquert.

Und inzwischen hat man ihn schon ausgemacht. Der Kommandant ruft seinen Namen. Er wendet sich, schließt seine Hosenknöpfe, sein schwerfälliger Schatten nähert sich. Merkwürdig – es überrascht ihn gar nicht, mich zu sehen, seinen alten Vater, hier im Dickicht, mitten in der Nacht, im Stahlhelm, wenige Meter vom Jordan.

Zwei Offiziere umarmen ihn. Die Motoren der Kettenwagen werden abgestellt. Und plötzlich herrscht tiefe Stille.

»Ist er das?«

»Das ist er.« Ich berühre ihn leicht.

Er lächelt uns an, sein Bart ist gestutzt, er versteht nichts, ist sehr müde, steht vor einem Handgranatenmagazin, das Gewehr hängt wie ein Besen an ihm herab.

»Was ist los?«

Wie soll man's ihm erklären ...

»Ist etwas geschehen?«

Wie soll ich ihm verständlich machen, daß ich schon auf ihn verzichtet hatte, schon in sein Zimmer eingedrungen war, seine Papiere durchwühlt hatte, geplant hatte, sie als Buch herauszugeben.

»Man hat gemeldet, Sie wären gefallen ...«

Nicht ich hab' das gesagt, ein anderer.

Er versteht nicht, kann gar nicht verstehen, er steht gebeugt unter der Ausrüstung, der Stahlhelm ist ihm in die Stirn gerutscht, sein Gesicht ist düster, seine Augen starren mich an wie die Augen seines Sohnes, wie meine Augen, die ich jetzt auf ihn richte. So hat er mich angestarrt, als er klein war und ich ihn schlug.

Man bittet ihn, seine Erkennungsmarke hervorzuziehen.

Allmählich scharen sich die Soldaten um ihn.

Überraschend gehorsam kramt er in seinen Taschen, holt Papierfetzen hervor, Schnürsenkel, Gewehrkugeln, weiße Flanellstücke, andere Flanellstücke, wirft Papierfetzen fort, Flanellstücke – aber die Marke findet er nicht. Er hat sie verloren, obwohl sie am Verbandskasten hängen sollte.

»Wo ist der Verbandskasten?«

Nach dem Zusammenstoß habe er ihn einem Sanitäter gegeben, und wohl auch die Erkennungsmarke. Leise regt sich ein Verdacht in mir. Hat auch er daran gedacht, sich aufzulösen, hier, am Jordan – oder hat er mir nur ein Zeichen aus der Ferne geben wollen?

Man ruft den Sanitäter.

Aus der Dunkelheit zieht man einen winzigen Juden hervor, ältlich, bitter, er saugt an seiner Zigarette, erinnert sich an nichts. Stimmt, er hat ein paar Verbandskästen erhalten, aber von einer Erkennungsmarke weiß er nichts, er hat dem Gefallenen nur umgehängt, was sich auf seinem Körper fand. Überhaupt, Verband war gar nicht nötig gewesen, er hat sofort gesehen, daß der Mann tot ist, aber trotzdem hat er den Verband angelegt. Nein, er hat ihn nicht identifiziert. Er weiß nicht, wer das war, er kennt hier kaum jemanden, er gehört überhaupt zu einer anderen Brigade, man hat ihn nur versehentlich hierher geschickt. Er will zu seiner Kompanie zurück. Wozu hat man ihn bloß hierher gesteckt, er sehnt sich nach seinen Freunden, die anderen würden bald entlassen werden, und was würde dann aus ihm . . .?

Man bringt ihn weg.

Allmählich, in der sinkenden Dunkelheit, beginnt mein Sohn zu verstehen. Sein Blick öffnet sich, seine Augen leuchten, er richtet sich auf, hängt das Gewehr gerade und erfährt seine Auferstehung. Ich fühle, daß ich bald zusammenbreche, aber immer noch gönne ich ihm keine Ruhe. »Heute morgen in der Schule hat's mir der Direktor gesagt«, bringe ich endlich hervor, »es war ein verrückter Tag . . .«

Immer enger wird der Kreis um uns, die Menschen hängen fast an unseren Kleidern, die Geschichte von seinem Tod und seiner Auferstehung bringt sie in Erregung. Sie reißen dumme Witze, wollen alle Einzelheiten hören, und wir stehen uns zitternd gegenüber, lächeln matt.

Die Offiziere rufen ihre Leute zusammen, schicken sie wieder auf die Kettenwagen hinauf. Immer tiefer wird die Nacht, die Patrouille muß ihren Weg fortsetzen. Noch herrscht Krieg in der Welt.

Und dann bleiben wir plötzlich allein, wir beide, unter den Stahlhelmen – nur trage ich keine Waffe, außer dem Anzugstreifen, der neben meinem Herzen hängt. »Wie geht's dir?« flüstere ich ihm zu, schnell, mit meinen letzten Kräften.

Und erst jetzt sieht er mich an, entsetzt, daß ich vorgedrungen bin bis zu ihm und ihn hier auf der Grenze belagere.

»Du siehst ja selbst«, flüstert er, verzweifelt fast, bitter, als sei ich verantwortlich für seine Einberufung, »die reinste Zeitvergeudung ... sinnlos ...«

Wie kann man ihm ein wenig Sinn schenken, ein wenig Bedeutung, aber unverzüglich, kurz, bündig, im Schatten der Fahrzeuge – bevor ihre Motoren wieder anspringen, bevor er entschwindet in den nebligen, nächtlichen Linien der Wüste, bevor ich selbst vor ihm in Ohnmacht falle?

Noch träumt es nicht, aber es schläft schon. Mein Herz schläft. Im Stehen ist es eingeschlafen, aus Schwäche, vor Hunger, immer dünner wird es unter dem verwilderten Sternenhimmel, unter dem Licht, das aus Osten aufsteigt. Wolken machen sich auf ihren Weg, die Kulissen verändern sich, das Bewußtsein stirbt. Allmählich erlöschen auch die Sinne. Ich höre die Schüsse nicht mehr, die wieder aufflammen in der Ferne, ich rieche das salzige Wüstenschilf nicht, und was ich in meiner Hand halte (Stein oder Zweig), fällt lautlos zur Erde, ich trenne mich von einem, der immer tiefer sinkt, winke wie ein geschlagener Schauspieler in den Lichtstrahl, den ein Kettenwagen auf mich richtet, gebe meinen Leib an einen weiter, der bereit ist, ihn zu nehmen (wieder ein anderer, sehr jung), der mich hinaufbringt auf irgendeinen Panzer. Die Stahlplatten schließen sich hinter mir, ich sitze wieder neben dem Rotlicht, ohne Scheinwerfer, im Dunkel, trete den Rückweg an.

Und dann erkenne ich zum ersten Mal, daß ich den Text vergessen habe. Ganze Abschnitte. Keine Prüfung hätte ich bestanden, auch die leichteste nicht. Die letzten Sätze fallen von mir ab und werden im Knirschen der Ketten zermahlen.

Danach tat Hiob seinen Mund auf und verfluchte seinen Tag –

Das ist das Gebet des Propheten Habakuk, nach Art eines Klageliedes –

Ein Psalm Davids, als er in der Wüste Juda war –

In dem Jahr, als der König Uria starb –

Eine Unterweisung der Söhne Korah –

Das Hohelied –

Noch immer ist es nicht erlaubt, zu träumen. Im verhangenen Mondlicht, im Lager an der Front, entdecke ich einen Zivilwagen, seine Scheinwerfer leuchten, sein Motor läuft leise, niemand sitzt in ihm. Und schon, fast mit Gewalt, zieht man mich in eines der riesigen Zelte. Im Licht einer blassen Lampe, zwischen Verbindungsgeräten, Telefonen und Bildern nackter Frauen, die an den Zeltwänden flattern, steht meine Schwiegertochter, zwischen den Betten, umkreist von Offizieren. Bezaubert schauen sie auf die junge Frau in ihren wilden Haaren, die mit der Nacht in ihre Zelte eingedrungen ist.

»He not killed«, sage ich in meinem müden Englisch, verstaubt, am Rande der Träume.

Aber sie weiß es schon, sie will sich auf mich stürzen, wild, ist sicher, daß alles nur mein eigener Wahnsinn war. Ich komme ihr zuvor. Taub und schläfrig, hinter tausend Vorhängen, mache ich meine Schritte, verwickele mich in Kabeln, schiebe mich an den Bildern der nackten Frauen vorbei, stürze mich auf sie, küsse ihre Stirn, streichele ihr Haar, und ein leichter Parfümgeruch dringt in meinen ersten Traum, ein kaltes Gefühl ihres wärmelosen Fleisches.

Neue Linke –
Heimlich parfümiert –
Verlangt nach Wärme –

Und dann bricht sie zusammen. Die Offiziere sind entsetzt. Sie will weinen, sagt etwas in schnellem Englisch, dann langsamer, sucht zu meiner Verwunderung auch nach hebräischen Worten, und am Ende weint sie schweigend, lautlos.

Erst jetzt sehe ich den alten Verbindungsoffizier in der Ecke des Zeltes. Er hat sich über ein Feldtelefon gebeugt. Mit einem, der sehr weit entfernt sitzt, versucht er ohne jede Hoffnung, die wahre Identität des Gefallenen zu ermitteln. Wieder kommt einer, der mich abholt, er führt mich und meine Schwiegertochter in ein Zelt am Rande des Lagers und überläßt uns die ungemachten Betten von Soldaten, die irgendwo im Hinterhalt liegen. Hier können wir bis zum Morgen schlafen. Man bringt uns Essen auf Platten, eine Flasche mit dem Rest des Sabbatweines, entzündet eine Kerze auf dem Fußboden und läßt uns allein – meine Schwiegertochter und mich, im flackernden Dunkel der Kerzenflamme, in der stickigen Luft des Jordantals.

Und ich bin müde, wahnsinnig vor Hunger, der Geruch des Essens betäubt mich. Auf dem Bett, die Platten zu meinen Füßen, ohne meine Schwiegertochter anzusehen, zu schwach, um englisch zu reden, beuge ich mich vor und esse wie ein Wilder, werfe mich auf das Essen, mit einer krummen Gabel und ohne Messer, halb schlafend verschlinge ich diesen Militärfraß. Vermengt mit Schießpulver und Blei, mit Wüstensand und Schweiß, schmeckt er mir vorzüglich, ich hebe die Flasche an die Lippen und trinke billigen Wein, er ist süßlich, riecht nach dem Öl von Gewehren, von Kanonen, schnell steigt er mir zu Kopf, es ist, als versetze mir ein anderer in mir dumpfe Schläge, tief innen sind sie, fern, doch allmählich werden sie schärfer.

Schüsse. Wieder schießen Menschen. Ich wache auf, liege

jetzt auf dem Bett, den Stahlhelm, an den ich mich schon gewöhnt habe wie an ein Käppchen, hat man mir vom Kopf genommen, auch die Schuhe hat man mir ausgezogen. Der Mond ist verschwunden, die Kerze erloschen, die Dunkelheit hat sich verdichtet. Die Zeltwände bauschen sich leise in einem neuen Wind, er weht die Kälte der Wüste heran. Ohne mich zu erheben – mein Körper ist schwer, Speisereste kleben mir im Gesicht wie einem kleinen Kind – erkenne ich ihre Umrisse, sie sitzt auf dem Bett neben mir, ihre langen Haare hängen wild durcheinander, sie hat sich eine Militärjacke um die Schultern gelegt, ihr Gesicht ist frei, ihre Füße sind nackt. Sie sitzt und saugt an einer Zigarette. Schon die halbe Nacht ist vorbei, und sie ist immer noch wach. Das Essen hat sie nicht angerührt. Sie neigt mir ihren Kopf zu, sieht mich gespannt an, erstaunt. Und ihre Furcht, die ihr die Kraft verliehen hat, in der Abendstunde die Schlagbäume zu durchbrechen, wird immer tiefer – als hätte es in meiner Macht gelegen, ihn umzubringen, als hätte meine Macht ihn wieder auferstehen lassen, als hätte ich nur eine von vielen Möglichkeiten gewählt . . .

Die Schüsse hören nicht auf. Einzelne Schüsse. Es ist, als hätte sich ihre Richtung geändert. Aber ich fühle, wie ich mich mehr und mehr daran gewöhne. Auch sie erschrickt nicht, rührt sich nicht von ihrem Ort, obwohl er doch jetzt wirklich sterben kann, irgendwo auf seinem Panzerwagen, der langsam die staubigen Wege zermahlt.

Ich muß noch immer über den Augenblick nachdenken, in dem ich die Nachricht von seinem Tode erhielt.

Ein Sommermorgen, der Himmel tief zerschnitten, Juni, die letzten Tage, ich stehe mit Verspätung auf, benommen wie nach einer Krankheit, mitten hinein in das Licht der Sonne.

Die Schulglocke läutet, ich schleppe mich langsam die Treppen hinauf, werde vom Andrang der Schüler getragen, die mich in ihrem Strom nach oben ziehen, hinein in die Flure. Ich gehe an den offenen Türen vorbei, an den müden Gesichtern der Lehrer, erreiche meine Klasse, finde die Schüler still, entfremdet, mit langen Haaren, die Bibeln fallen auf den Boden. Jemand steht an der Tafel und bedeckt sie mit Blumen, mit vielen weißen, welkenden Blumen.

Ich trete ans Pult, sie heben ihren Blick zu mir hinauf. Halbdunkel herrscht im Raum, die Vorhänge sind zugezogen, ich erkenne, daß ich in ihren Augen nicht mehr wichtig bin. Ich habe die Herrschaft über sie verloren, sie haben sich getrennt von mir, ich gehöre schon der Vergangenheit an.

Ich kenne diesen Blick genau, ich habe mich niemals gefürchtet vor ihm. Ich weiß ja, am Ende kommen sie wieder. Nach einigen Jahren entdecke ich sie in der Umgebung, mit ihren Gatten oder Frauen laufen sie ihren Kindern nach, gehen leicht gebeugt. Dort, wenn ich sie auf der Straße treffe, verlegen, mit der Einkaufstasche in der Hand, gewinne ich meine Herrschaft über sie zurück, und sei es nur für eine Sekunde, für den Bruchteil eines Augenblicks.

Aber in den letzten Jahren wird die Trennung schwer. Sie gehen in die Wüste, dieses frische Fleisch, gehen weit weg, diese erhobenen Köpfe, diese jungen Augen. Und einige gibt es, die kehren nicht zurück, schon seit mehreren Jahrgängen. Einige lösen sich auf. Etwas in meinem Inneren gerät plötzlich aus den Fugen. Ich bin besorgt. Dieser Schmerz, der Vorteil eines Erlebnisses, an dem ich nicht teilhabe. Und selbst wenn sie zurückkehren, mit ihren Kindern und der Einkaufstasche über die Straße gehen, liegt etwas Verschleiertes in ihren Augen, sie sehen mich wie Fremde an, als hätte ich sie im Stich gelassen, ich meine mit meinem Pensum im Stich gelassen, als sei alles, was wir sie gelehrt haben – die Gebote, die Gleichnisse, die Propheten – alles untergegangen im Staub irgendwo, in der Glut der Sonne, in den Nächten der Einsamkeit. Das alles hat der Prüfung einer anderen Wirklichkeit nicht standgehalten. Aber welcher anderen Wirklichkeit? Gott der Heerscharen, großer Gott, was für einer anderen Wirklichkeit? Ändert sich denn wirklich etwas, wirft eine wirkliche Revolution ihre Schatten voraus?

Unruhe überkommt mich, ich beginne die Prüfungsbogen auszuteilen, gehe durch die Reihen und lege die Bogen auf die Tische. Das Schweigen um mich wird tiefer. Sie lesen, seufzen leise, dann ziehen sie weiße Blätter hervor und beginnen, ihre geraden, praktischen, phantasielosen Antworten zu entwerfen, in trockenem, dürrem Stil, der plötzlich, grundlos, Dichtung wird und wieder in der Wüste stirbt.

Da – mein Sohn ist heimgekehrt aus den Vereinigten Staaten, schwerfällig, mit langem Haar, ein weicher Professor, nicht mehr jung. Vom Kampus hat er sich eine dünne Studentin mitgebracht, eingehüllt in einen ausgefransten Schal, auf ihren Schultern, in einem Rucksack, hängt ein blasses, kleines Kind, das spricht nur englisch. Sie steigen aus dem Flugzeug und sehen mich an, als hätten sie eine neue Botschaft gebracht, eine Botschaft von der Revolution, von einer anderen, wundervollen, unbekannten Wirklichkeit...

Und plötzlich spüre ich, wie Tränen in meine Augen steigen. Noch gehe ich zwischen den Tischen umher, zwischen den Bibeln, die auf dem Boden liegen, beuge mich nieder und hebe hier und dort ein Buch auf. Die Schüler schauen mir nach, wollen schon abschreiben voneinander, wollen sich etwas zuflüstern, was ihrer Meinung nach von Nutzen ist, die Zensur verbessern kann, obwohl sie doch bald alles zurücklassen, leere Klassen, leere Stühle, leere Tafeln, ihre Namen auf den Tischen wie in Grabsteine eingeritzt.

Und ich sehne mich plötzlich nach einem anderen Abschied, der sich ihren Herzen einritzen wird. Erregt laufe ich an die Fenster und reiße die Vorhänge auf, werfe schwere Strahlen Sonnenlicht auf sie, wie Blutstropfen, laufe zur Tür und öffne sie weit, bleibe auf der Schwelle stehen, wende mein Gesicht halb dem Flur und halb der Klasse zu. Ich weiß, wie gespannt sie in diesem Augenblick sind. Will ich ihnen eine Falle stellen? Bin ich da, oder bin ich nicht da?

Und dann, von weitem, sehe ich den Direktor. Er schreitet traurig und nachdenklich über den leeren Flur, kommt langsam, schwerfällig voran, wie ein verrosteter Panzer. Tief in ihm ist etwas alt geworden in der letzten Zeit. Noch ein, zwei Jahre, dann muß auch er zurücktreten. Er hebt seinen Kopf, sieht mich am Klassenzimmer stehen und schlägt die Augen wieder nieder, als hätte er einen Stein gesehen, oder Luft. Noch immer denkt er, ich will nicht mit ihm sprechen, als ob drei Jahre nicht genug gewesen wären für uns. In der Klasse wird das Flüstern stärker, Blätter knistern. Schon reichen sie sich die Antworten zu. Aber ich bleibe still. Mein Gesicht ist jetzt dem Flurfenster zugewandt, durch das der helle, volle Sommer quillt. Die Berge von Judäa in der Ferne, das Gebirgsland von Moab, und mehr noch, mehr. In der Scheibe spiegeln sich die Schatten meiner Schüler hinter mir, eingeschmolzen in die Landschaft, in einen blauen Fleck, in die Kronen der Bäume, die fernen Antennen, den Lärm der Flugzeuge.

Der Direktor bleibt neben mir stehen. Zum ersten Mal seit drei Jahren. Er ist sehr bleich, muß sofort das Schweigen brechen.

Vor fünf, sechs Stunden –

Im Jordantal –

Sofort tot

Raketenstation 612

Zum Andenken an Jossi Ha'efrati

1.

Und nachts, vor'm Morgengrauen, wacht er auf, als hätte ihn einer von der Matratze auf den Teppich hinabgestoßen, an der Schulter gepackt, vom Boden hochgerissen und in einen Sessel vor dem grauen Fernsehschirm geschleudert. Er glitzert im Dunkeln, undeutlich wirft er sein Spiegelbild zurück. Mit zerschlagenen Gliedern, aber schon hellwach, steckt er sich eine bittere Pfeife in den Mund, will etwas sagen, ist schon bereit zu einem kleinen Vortrag.

Er macht einen Streifzug durch die dunkle Wohnung, besucht die Küche, die Toilette, das Zimmer des Kindes, öffnet die Schlafzimmertür und bleibt in ihrem Rahmen stehen, wirft einen Schatten auf den Körper seiner Frau, die quer im Ehebett liegt. Er hält sich auf, will hören, ob sie etwas in ihrem Schlaf sagt, und dann zieht er sich zurück, geht ins Wohnzimmer, tritt ans Radio, sucht in halber Lautstärke die Skala zwischen der Musik aus weiten Ländern ab, nach Suren aus dem Koran, Signalen aus der Ferne. Er läßt sich in den Sessel sinken, denkt über seine Scheidung nach, die nun bevorsteht, an die Auflösung des Haushalts. Langsam gehen ihm die Kräfte aus, sein Atem wird schwerer. Er kniet auf dem Teppich nieder, streicht das Laken glatt, riecht die Spuren, die hier Menschenfüße hinterlassen haben, und sinkt zum zweitenmal in tiefen Schlaf.

Als ihn vom großen Balkon her das Tageslicht überflutet, ist von dem frühen Erwachen nur ein rotes Licht im Radio geblieben, das zwischen zwei Sendern erstickt ist.

Da erhebt er sich, setzt Wasser auf, wäscht sich, zieht sich an, faltet das Laken zusammen, räumt die Matratze fort, die Dekken, tilgt die Zeichen der Nacht und geht, um das Kind zu wekken. In den letzten Wochen hebt er den Jungen aus dem Bett, wie er ist, halb schlafend noch, trägt ihn in die Küche, setzt ihn neben sich nieder, trinkt seinen Kaffee und redet zu dem Jungen, auf dem der Schleier des Schlafes liegt.

Schon seit einigen Monaten spricht er kein Wort mehr mit seiner Frau. Die ersten Schüsse, aus längst vergessenen Gründen, sind vor einer Ewigkeit gefallen, jetzt befinden sie sich im offenen Kriegszustand. Manchmal haben sie einen ganzen Tag aneinander herumgezerrt, ohne voneinander abzulassen, vergaßen sogar, zur Arbeit zu gehen, bis tief in die Nächte hat sich das hingezogen, in der Hitze des Gefechtes ist dabei hin und wieder auch das Glasgeschirr in die Brüche gegangen. Und jetzt lebt jeder für sich. Das Wichtigste teilen sie sich über das Kind mit, es ist herangereift, ernster geworden, reibt sich in der neuen Stille des Hauses allmählich auf.

Jeder kocht für sich selbst, schichtweise nehmen sie ihre Mahlzeiten ein. Wenn sie sich zufällig im Treppenhaus begegnen, erstarren sie für einen Augenblick, dann senken sie ihre Köpfe wie hartnäckige Ritter. Wenn sie tot wär, denkt er manchmal – spät in der Nacht, während sie noch auf einem ihrer rätselhaften Ausflüge ist, während er die Matratze zum einsamen Schlaf im Wohnzimmer hervorholt, während er vergeblich auf den Schlüssel in der Eingangstür wartet und wütend einschläft, im Morgengrauen erwacht und sie im Bett findet, in ruhigem Schlaf, quer über den Laken, reglos. Und morgens ist er allein, zieht das Kind an, gibt ihm zu trinken, bringt es in die Schule, fährt zur Universität, nimmt Leute auf der Straße mit, um nicht allein zu sein. Aber jetzt, während der Frühlingsferien, gibt es keine Studenten in dieser Morgenstunde. Erst an der Kreuzung, an der er in einen Stau gerät, erkennen ihn zwei Putzfrauen, die auf der Uni arbeiten. Sie stürzen sich auf seinen Wagen, der langsam dahinkriecht, und er hält an, öffnet ihnen die Türen, bleibt stumm vor ihrem Dank, jagt mit ihnen aufgeregt und wild in einen seltsamen, häßlichen Frühling hinein. Voll feuchter Winde ist er – Reste eines Winters, der kein Winter war, nur ein klarer, kalter Himmel. Ein Frühling eingeschrumpfter Blüte, die verfault auf Zweigen steht.

Bedächtig schreitet er über den Platz der Universität, sucht jemanden, der ihn aufhalten könnte. Er tritt in die Bibliothek, die noch fast leer ist, breitet seine Papiere auf einem Fenstertisch aus, holt sich die Metaphysik des Aristoteles aus dem Fach der reservierten Bücher, und in absolutem Schweigen, unendlich langsam, liest er den alten Text, kann sich nicht konzentrieren. Der Text ist schwer, im nächsten Jahr muß er ihn seinen Studenten erklären, pausenlos wandern seine Augen zwischen den Zeilen und der grauen Welt hin und her, die hinter dem Fenster liegt. Auch dieser Studienurlaub zerfließt ihm zwischen den Fingern, obwohl er keine Veranstaltungen zu geben hat, sich abschließen kann in der Bibliothek. Seit drei Jahren hat er nichts mehr veröffentlicht. Seine Freunde sagen: Der ist fertig, tot. Längst hätte er etwas in Angriff nehmen müssen ... Und wieder springt er auf, macht sich auf die Suche nach jemandem, blättert die Zeitschriften im Nebenzimmer durch, wandert über Flure, kehrt an seinen Tisch zurück, liest noch zwei, drei Seiten, und dann ist er wieder draußen, pafft vor sich hin, geht in die Gehaltsabteilung, um nachzuschauen, ob man ihn dort nicht betrügt, geht zu seinem Postfach, findet einen schmalen Gedichtband, den ihm ein alter Freund geschickt hat, ein Studienfreund, der jedes Jahr zum Frühling seine schalen Liebesgedichte im Privatdruck herausbringt. Er öffnet das Päckchen, betrachtet die Widmung, blättert das Buch ein bißchen an und wird müde. Wieder streift er ziellos über die Flure, geht einer weichen, schmalen Studentin nach, bleibt neben ihr vor dem Anschlagbrett stehen und liest die Mitteilungen, hält seinen Atem an, wirft ihr heimliche Blicke zu. Es ist schon so lange her, er ist willig, könnte sich wieder verlieben, hat nichts gelernt aus seinen Fehlern, ist zu allem bereit ... Dann zieht er sich zurück, tritt wieder lustlos in die Bibliothek, spürt einen wachsenden Widerwillen in sich, versenkt sich in den Text, merkt erst nach zwanzig Seiten, daß er nichts begriffen hat, kehrt wieder zum Anfang zurück, zwingt sich, wie ein Student im ersten Semester jeden Absatz zusammenzufassen. Sein Blick heftet sich auf die Sandkörner im Winkel des Fensters, einige dringen in den Raum ein, erreichen die Feder, die müde über das Papier gleitet.

Gegen Mittag stellt er den Band auf das Fach für die reservierten Bücher zurück.

»Wollen Sie das Buch auch für den Nachmittag zurückgelegt haben?« fragt die alte Bibliothekarin. Sie ist es schon gewohnt, daß er manchmal in der Abenddämmerung auftaucht.

»Nein, heute nachmittag fahre ich in den Sinai, ich halte dort einen Vortrag auf einer Raketenstation«, sagt er wie beiläufig, lächelt sie freundlich an, hofft, daß sein Ansehen nun gestiegen ist.

»Also wann brauchen Sie das Buch?«

»Morgen früh, wie immer.«

Sie hebt nicht einmal ihren Blick.

»Heute abend bin ich wieder zurück ...«, sagt er noch leise.

Aber die Alte lächelt abwesend, hat nicht genau zugehört, oder es macht ihr vielleicht auch nichts aus, daß die Entfernungen so klein geworden sind.

Doch ihn hat es überrascht, als ihn vor einer Woche die Sekretärin der Dozenteneinheit anrief und ihm den Termin seines

Vortrags mitteilte. »Um drei müssen Sie am Flughafen sein«, sagte sie ihm, »abends bringt man Sie zurück . . .«. – »Von mir aus«, erwiderte er, »kann ich auch dort übernachten.« Aber sie blieb hartnäckig: »Nein, abends bringt man Sie zurück.« – »Aber wenn ich schon so weit fahre, kann ich doch dort übernachten.« Sie duldete keine Widerrede – als würde es in der ganzen großen Wüste wirklich keinen Platz für ihn geben. Woher sollte sie auch wissen, daß er in seiner eigenen Wohnung auf einer Matratze im Wohnzimmer schlief.

2.

Dieser Dozenteneinheit wurde er am Anfang des Winters zugeteilt. Vorher hatte er zweimal jährlich in der Reserve gedient, einmal im Sommer und einmal im Winter, hatte Hochspannungsleitungen bewacht, die mitten in den Feldern in der Nähe einer älteren Siedlung standen. Die langen Nächte waren ihm immer unerträglicher geworden, wie in der Zeitlupe waren die Stunden dahingekrochen und plötzlich, mitten in der Nacht, zum Halten gekommen. Gedankenleer hatte er vor sich hingedämmert, sein Gewehr hatte zwischen den Ähren gelegen – und er stellte sich unter die Eisenträger der Hochspannungsleitung, hockte sich in ihrem Rahmen nieder wie ein Affe in seinem Käfig, hörte das eintönige Summen der elektrischen Drähte über sich, wartete hilflos, bis der erstarrte Himmel sich wieder in Bewegung setzte.

Eines Morgens war ein junger Dozent bei ihnen eingetroffen, auch er ein Soldat im Reservedienst, der hielt ihnen einen Vortrag über die israelische Politik. Nach dem Vortrag (ziemlich primitiv) hatte er sich für diese Dozenteneinheit und ihre Aufnahmebedingungen interessiert, hatte an entsprechender Stelle seinen Antrag eingereicht, seine akademischen Titel angegeben, die Themen, die ihm geeignet schienen – und wurde zu seiner Überraschung sofort angenommen. Jetzt zogen sie ihn jede

Woche oder alle vierzehn Tage zu einem Vortrag ein, er fuhr von einer Einheit zur anderen, besuchte die verschiedenen Stützpunkte und Frontstellungen. Das ganze Land lag vor ihm ausgebreitet, er kam in die entferntesten Winkel, von deren Existenz er nicht einmal gewußt hatte, hüpfte über Hügel, sprach, hielt den Streitkräften Reden ...

Und plötzlich hat er ein anderes Publikum vor sich, nicht mehr zehn Studenten der Philosophie, die metaphysische Texte vor sich liegen haben und um jedes Wort einen bitteren Streit mit ihm führen, sondern eine Menschenschar, Junge und Alte, die auf Befehl zusammengekommen sind und nun vor ihm sitzen. Wie ein leichter Wind streichen seine Worte über sie hin. Sie behandeln ihn respektvoll. Man stellt einen Kaffee auf sein Pult oder Fruchtsaft, lädt ihn zum Essen ein, und wenn er daran interessiert ist, führen sie ihm auch die neuen Waffen vor, einen Brückenpanzer oder Gewehre mit gebogenem Lauf. Manchmal, wenn er nachmittags zu einer Frontstellung kommt und man das schlafende Publikum erst aus den Betten holen muß, steigt er auch auf die Beobachtungstürme und blickt durch riesige Feldstecher, sucht die andere Seite ab, sieht kleine Feinde, die in den Schützengräben auftauchen, langsam Sandsäcke füllen ...

Und er spricht. Im Feld, im Bunker, in der Kantine, unter blauem Himmel, unter Wellblechdächern, auf hohen Bergen, unter der Erde. Am frühen Morgen, zur Mittagsstunde, nach dem Abendbrot. Immer wieder hält er die zwei oder drei Vorträge, die sein Repertoire bilden, selbst die Witze haben schon ihren festen Platz. Auch ihn überrascht die Leichtigkeit, mit der ihm die Worte über die Lippen fließen. Noch hält er eine gewisse Aufregung in sich wach, wenn er vor das Publikum tritt, aber nach den ersten Worten stirbt sie schnell ab. Die Gesichter der Soldaten vor ihm, das ganze Volk Israel ... sie dösen vor sich hin, gähnen, sind gespannt, lachen, regen sich auf. Und er hat noch immer seine Freude an dem Gedanken, daß er bald seinen Vortrag beenden wird, die letzten Fragen beantworten wird –

und dann frei ist, wegzugehen, während sie ihre lange Nachtwache antreten müssen. Vergeblich versucht er, sich das eine oder andere der Gesichter zu merken, die pausenlos an ihm vorüberziehen. Nur die Landschaften prägen sich seinem Gedächtnis ein, der Blick auf einen fernen Hügel, ein wucherndes Tal, einen Staubweg an der Linie eines Stacheldrahtzaunes. Und die Waffen. Die Panzer, die auf- und niederfahrenden Kanonen mit ihren Infrarot-Zielvorrichtungen.

Und heute, endlich, auch Raketen –

Raketen hat er noch niemals gesehen.

3.

Mittags, der Himmel ist ein grauer Wirbel, verläßt er die Universität. Gnadenlos fährt er an der kleinen Gruppe der Studentinnen vorbei, die an der Straße mitgenommen werden wollen, und jagt in voller Fahrt nachhause. Plötzlich ist er erstaunt darüber, daß er heute noch im Sinai sein wird, und abends wieder zurück.

Am Eingang wühlt er ungeduldig im Postfach, aufgeregt, wie nach langem Warten auf eine unbekannte Botschaft. Er überfliegt die Namen der Absender auf den Briefen an seine Frau, legt sie ins Fach zurück, liest eilig, was ihm die Post an wertlosen Mitteilungen gebracht hat, zerreißt sie, während er die Treppen hochgeht. Er tritt in seine stille Wohnung, geht in die Küche, wärmt das Essen auf, das er sich zu Beginn der Woche gekocht hat und das täglich angebrannter schmeckt. Er spült das Geschirr, wischt den Tisch sauber, geht ins Schlafzimmer, um seine Militärkleider aus dem Schrank zu holen – und erschrickt, als er sie im Dunkeln findet, noch immer schläft sie, ihr Körper liegt da, als hätte er sich seit heute morgen nicht gerührt, quer über dem Bett. Ihr Gesicht ist ruhig, es ist, als wäre die Zeit stehengeblieben. Was ist geschehen? Einen Augenblick lang möchte er sie wecken, will sie fragen . . .

Was geht's ihn eigentlich an?

Wenn sie tot wäre . . . aber ihre tiefen Atemzüge erfüllen das Zimmer. Am Kopfende des Bettes steht ein Glas Wasser, weiß leuchten die Schlaftabletten neben ihm in der Dunkelheit. Er sucht sich seine Kleider zusammen – Khakihosen, ein alter Ledermantel, ein graues Hemd, hohe Schuhe – zieht sich aus, geht eine Weile in Unterhosen durchs Zimmer, macht ein wenig Lärm. Aber sie liegt reglos da, die Decke ist herabgerutscht, ihre Füße sind bleicher Marmor. Sekundenlang, unbewußt, überkommt ihn Begierde. Die Sonne, die durch die Wolken bricht, entzündet die Ritzen der herabgelassenen Jalousie, wirft ein halbes Licht in den Raum. Er zieht die Jalousie ein wenig hoch, starrt auf den aufgerissenen Himmel. Sein Blick liegt auf der stillen Straße, auf den Kindern, die aus der Schule heimkehren. Er wartet ein wenig, und dort kommt auch sein Sohn – vom Ende der Straße her, einsam, steigt er über den Weg hinauf, gebeugt unter dem schweren Ranzen. Liebe erfüllt ihn beim Anblick des Kleinen, er läßt die Jalousie herab, zieht schnell seine Kleider an, setzt sich einen alten Hut auf den Kopf, nimmt seine Reservediensttasche und geht auf die Straße hinunter.

Am Eingang begegnet er seinem Sohn. Dessen Gesicht ist rot und müde vom langen Schultag, Schürfwunden bedecken seine Wangen. Der Junge prügelt sich jetzt oft mit seinen Schulkameraden. Er zieht ihn an sich, streichelt sein Haar, steckt ihm das Hemd in die Hose, hinterläßt ihm seine Anweisungen. Was er essen soll, was er tun soll, was er seiner Mutter sagen soll, wenn sie nach ihm fragt. Er fliegt in den Sinai, hält dort einen Vortrag auf einer Raketenstation, am Abend ist er zurück. Aber der Sohn hat weder Flug noch Sinai gehört, nur das Wort »Raketenstation« hat er mitbekommen. Ein Lächeln erhellt seine Augen. Richtige Raketen? »Natürlich . . . aber weck sie nicht auf. Wenn jemand anruft, sag, Vati ist nicht da und Mama schläft. Das ist alles.«

Der Junge hört, nickt dauernd mit dem Kopf, sagt gut, gut, gut. Auch er ist schon einsam geworden. Jetzt drückt ihn der Dozent an seine Brust, küßt ihn, und der Kleine steht still, senkt seinen Kopf. In letzter Zeit erstarrt er manchmal in merkwürdigen Stellungen, wird rot, wenn sein Vater ihm einen Kuß gibt.

Wieder bewölkt sich der Himmel. Einige Regentropfen fallen, hören aber gleich wieder auf, als wär es nur zur Probe. Er eilt auf sein Auto zu, will nicht zu spät zum Flughafen kommen.

4.

Tel Aviv sinkt langsam zur Seite, schaukelt nach links und rechts, will sich herumwälzen. Schnelle Wolken verdecken das Stadtbild. Dann versinkt es, wird vom Meer verschluckt. Das grünliche Meer ist stürmisch, Winde kneifen es, reißen kleine Federn aus seinen Wellen. Und dann, von Horizont zu Horizont, ist nur noch Meer zu sehen. Was ist vom Himmel geblieben? Eine Mischung aus trübem Licht. Ein fadenscheiniger Frühling.

Er öffnet seine alte Studententasche, die er zu seiner Reservediensttasche gemacht hat, untersucht ihren Inhalt – im letzten Augenblick hat er auch den Gedichtband hineingesteckt, den er heute morgen erhalten hat. Es finden sich Tabletten gegen Kopfschmerzen, Schlaftabletten, Tabletten zum Aufwachen, ein Päckchen Tabak, ein angefaulter Apfel vom letzten Vortrag, Rasierklingen – und endlich, zerknautscht und zusammengerollt, seine Konzepte, Stichworte, die er sich in riesigen Worten aufgeschrieben hat. »Der Zionismus im Wettstreit mit anderen Ideologien«, »Das Judentum des Israeli«, »Israel im Dauerkonflikt: Antlitz einer Gesellschaft«. Das Thema wählt er sich immer im letzten Augenblick, je nach seiner Stimmung, nach dem Lärm, der ihn umgibt, dem Licht auf den Gesichtern seiner Zuhörer, der Entfernung von zu Hause ... Manchmal kommt er, spricht fließend, eine ganze Stunde lang, ohne sich zu unterbrechen, geht, sobald er fertig ist. Ein andermal stellt er provozierende Fragen, entfacht eine Diskussion, bringt seine Argumente mit ruhiger Hartnäckigkeit vor.

Die Motoren dröhnen, von der Küste ist längst nichts mehr zu sehen. Der Flug geht nach Westen, es ist, als würde er nach Europa fliegen, nicht in die Wüste. Aber bald ist ein leichter Umschwung zu spüren, in weitem Bogen kehrt die Maschine zur Küste zurück.

Er ist der einzige an Bord ohne Uniform. Die Soldaten haben ihre Mützen abgenommen und ihre Waffen unter die breiten, gepolsterten Sitze gelegt, das Papier der Zeitungen knistert in ihren Händen. Sie lösen Kreuzworträtsel, unterhalten sich leise. Neben ihm sitzt eine kleine, zarte Soldatin, sie drückt sich ans Fenster, hält eine Abendzeitung wie zur Abwehr hoch – als hätte sie Angst, er wolle sie berühren. Aber er will sie gar nicht berühren, nur unterhalten will er sich mit ihr, ein paar Worte wechseln, ohne Hoffnung, ohne Fortsetzung. Noch weiß er nicht, wie weit seine Freiheit reicht. Seine Beziehungen mit Frauen sind vage. Er verzichtet von vornherein.

Über ihren Kopf hinweg, mit hungrigen Augen, starrt er auf das Festland, das nun wieder in den Blick kommt – Dünen, Häuser, Felder, letzte Pflanzen auf vergilbenden Hügeln. Der Himmel ist klar, die Sonne, die den ganzen Morgen verschwunden war, treibt in ihrer ganzen Macht im Blau vor ihnen. Der Motorenlärm und die sommerliche Hitze verbreiten ihre Schläfrigkeit, langsam sinken den Offizieren und Soldaten die Köpfe auf die Brust, ihre Augen werden stumpf und glasig. Auch er hätte gern vor sich hingedöst, aber noch wartet er auf eine Veränderung in der Wüstenlandschaft, die langsam dahinströmt. Schwer liegt die Pfeife in seiner Hand. Vorsichtig greift er nach der Abendzeitung, die vom Nebensitz gleitet, dann nach dem federleichten Körper der Soldatin, die plötzlich ebenfalls in einen Schlummer sinkt und ihn im Schaukeln der Maschine berührt. Eine Haarnadel fällt ihm auf die Brust, zartes Verlangen flammt in ihm auf – und der Gedanke an einen provokativen, bilderstürmerischen Vortrag, gerade auf einer Raketenstation, vor Elitetruppen.

Jetzt sind sie tief in der Wüste, die Soldaten kommen wieder zu sich, auch die Soldatin neben ihm ist aufgewacht, hat sich schon von ihm gelöst, ihre Augen geöffnet. Sie tränen ein wenig. Er reicht ihr die Zeitung, sie lächelt abwesend, ihr Haar ist zerzaust.

»Wann kommen wir an?« fragt er und gibt ihr auch die Haarnadel zurück, die auf sein Hemd gefallen ist.

Sie wirft einen Blick auf die weichen, unscharfen Linien der Wüstenfläche.

»Wir sind schon da . . .«

Tatsächlich wird der Motorenlärm jetzt leiser, und das Flugzeug verliert an Höhe. Als sie über der Landebahn schweben, ist immer noch Wüste zu sehen. Er beugt sich dem Fenster zu, saugt durstig die Einzelheiten des Bildes auf, das sich ihm offenbart, nimmt erregt die hellen Jagdbomber am Rande der Landebahn wahr, deren Bug ein wenig geneigt ist.

»Phantom«, sagt er und spürt wieder die merkwürdige Erregung, die ihn in letzter Zeit beim Anblick von Waffen überkommt.

»Holzattrappen«, lächelt die zarte Soldatin und sieht ihn an, als würde sie ihn nun zum erstenmal bemerken. »Sind Sie noch niemals hiergewesen?«

»1956, für ein paar Stunden – irgendwo in dieser Gegend . . .«

»1956?« fragt sie erstaunt. »Was war denn 1956?«

»Die Sinaikampagne. Ich war Fallschirmjäger, ich bin hier auf einem der Hügel gelandet.«

Jetzt hält das Flugzeug, alle erheben sich eilig, setzen die Mützen auf, schultern ihre Waffen, drängen zum Ausgang. Dort steht eine Stewardess, die während des Fluges nicht zu sehen war. Sie trägt eine bunte Uniform, schenkt jedem ein persönliches Lächeln, verabschiedet sich, als hätte sie's mit einer Truppe von Urlaubern zu tun. Er folgt seiner Nachbarin hart auf den Fersen, sieht ihren weichen Nacken, aber auf der Landebahn, wie immer, verliert er sie, sagt nicht einmal ein Wort zum Abschied.

5.

Ein Wüstenflugplatz, von einer Menschenmenge überflutet. Sie wirbelt Staub auf wie im Wilden Westen. Am Zaun stehen zahllose Fahrzeuge. Wie Kutschen warten sie auf Passagiere – Personenwagen, Jeeps, Laster, Truppentransporter, auch ein alter Panzer ist dort eingetroffen, holt zwei Soldaten ab.

Müde, mit leichten Kopfschmerzen, die erloschene, bittere Pfeife im Mund, geht er auf dem Platz hin und her, der sich langsam leert. In der einen Hand hält er seine alte Studententasche, in der anderen eine Filmrolle, die man ihm am Flughafen für den Kulturoffizier des Stützpunktes mitgegeben hat.

Der Spielfilm in seinem schwarzen, schmalen Koffer zieht schließlich das Auge eines dunkelhäutigen Soldaten an. Langsam – ein altes, großes, von Strippen zusammengehaltenes Transistorradio in seiner Hand, zitternd läßt es die ägyptische Schlagerparade hören – nähert er sich. Aus seinem Handballen ragt ein Stück Papier hervor, das in einer sanften, weiblichen Handschrift, mit einem kleinen Rechtschreibfehler, den Namen des Dozenten trägt.

»Ja, das bin ich.«

Der Soldat knüllt den Zettel zusammen und wirft ihn auf die ausgetrocknete Erde, zieht den Dozenten hinter sich her, führt ihn zu einem großen, leeren Laster, und während das Transistorradio auf dem Sitz zwischen ihnen seine Schlager plärrt, fahren sie langsam, mit schwerem Motor, durch einen breiten, verkehrsreichen, von einer Staubwolke bedeckten Stützpunkt.

Und schon nimmt er den Fahrer ins Verhör.

»Fahren wir gleich zu den Raketen?«

»Nein, nur zur Kommandantur.«

»Wo sind denn die Raketen?«

»Nicht weit . . .«

»Schaff ich's heute abend noch nach Hause?«

»Warum denn nicht?«

»Wer ist dort stationiert?«

»Reguläre.«

»Alle mit Abitur?«

»Nicht alle ... worüber reden Sie denn?«

»Mal sehen. Ich entscheide das immer an Ort und Stelle. Vielleicht laß ich auch die Soldaten wählen.«

Er zieht es vor, seine Themen nicht gleich preiszugeben. Auf den ersten Blick sehen sie ein bißchen altmodisch aus, ein bißchen langweilig, sie könnten das Publikum vertreiben ...

»Sie sollten über Rauschgift reden«, schlägt der Fahrer ihm vor. »Verstehen Sie was von Rauschgift?«

»Rauschgift?« fragt der Dozent und lacht.

»Ja, vor kurzem hab ich ihnen einen Dozenten für Rauschgift gebracht. War toll, der Mann ...«

»Wozu wollen Sie dann noch einen zweiten Vortrag zum gleichen Thema?«

»Na ja, ist doch interessant ... vielleicht gibt's noch andere Sorten.«

Der Dozent lächelt still in sich hinein, süßer Rauch dringt über seine Lippen.

»Die Soldaten nehmen Rauschgift?«

»Würden gern ...«

Durch dürres, hügeliges Land geht die Fahrt, vorbei an Kupferbergen, Abfallhaufen der Armee, Wellblechdächern, Gebäuden. Fahrzeuge kreuzen ihren Weg, kommen von links und von rechts, überholen sie von allen Seiten. Dann müssen sie vor einer Sperre halten, vor einem Seil, dessen Ende in der Hand eines dunklen Soldaten steckt. Wie ein Ebenbild des Fahrers sieht er aus, liegt halb auf einem durchlöcherten Korbsessel, wie gelähmt und ganz verkrümmt vor lauter Nichtstun.

»Wohin?«

»Mach schon auf ...«

»Wohin?«

»Mach schon auf, ist doch wurscht.«

»Wohin?«

»612. Mach auf, verdammt nochmal ...«

Der Posten rührt sich nicht. Er fläzt sich immer noch auf seinem Korbsessel, ein gemeines Grinsen legt sich jetzt auf seine Züge.

»Was fährst du da?«

»Geht dich'n Dreck an. Mach auf.«

Der Posten rührt sich nicht.

»Was fährst du da?«

»Einen Dozenten.«

Das Seil senkt sich vor ihnen.

6.

Der Laster rollt auf einen kleinen Etappenstützpunkt, fährt im Bogen über den Platz und hält vor einem Denkmal, das von militärischem Kunstverstand zeugt. Das aufgerissene, verrostete Heck eines ägyptischen Bombers – es sieht aus, als würden Haare aus seinen Löchern starren – steht weit offen vor der Rakete, die in seine Rückseite eingedrungen ist. Hier ist es wieder zum Leben erwacht, steht in bunten Farben auf dem Platz, man hat ihm Bibelverse aufgemalt, die aus dem Zusammenhang gerissen sind.

»Bis hierher soll ich Sie bringen . . .«

Der Fahrer schlägt auf das Transistorradio, es wird still, wie ein Schmetterling flattert er auf eine Soldatengruppe zu, die am Rande des Lagers Fußball spielt.

Er ist es schon gewohnt, daß man ihn von Hand zu Hand reicht, von Wagen zu Wagen, manchmal setzt man ihn auch in einem dunklen Zimmer ab, in einem Schützengraben oder einem Lagerraum, bis man sein Publikum zusammengetrommelt hat. Er steigt aus dem Lastwagen, schlendert über den Platz, (noch immer hält er seine Studententasche in der einen Hand, den Spielfilm in der anderen), schreitet zwischen den aus Fertigteilen montierten Gebäuden entlang. Im scharfen, offenen Sommerlicht unter dem blauen Himmel sehen sie rötlich aus. Er blickt sich um wie einer, der nicht zu dieser Wüste gehört, zu dieser ermüdenden Ansammlung niedriger, formloser Hügel – einer Mischung, die ihren Platz zwischen tiefer Stille und dem Heulen von Panzermotoren nicht finden kann.

Er geht um das Denkmal herum, klopft leise auf die Rakete, lauscht dem hohlen Echo, schabt an der Eisenschicht des aufgerissenen Flugzeughecks ... die Leichtigkeit, mit der ihm der Bomber unter den Händen zerbröckelt. Schon ist eine Viertelstunde vergangen, und er ist immer noch allein. Kein Mensch kümmert sich um ihn. Er nähert sich den spielenden Soldaten, betrachtet ihre sonnengebräunten, schweißglänzenden Körper, schweigend und verbissen jagen sie dem Ball nach. Schon kann er den Fahrer nicht mehr erkennen, auch er hat sein Hemd ausgezogen und sich den Spielern angeschlossen. Stumm steht er da und hüllt sich in den Rauch seiner Pfeife. Unter ihm, zu seinen Füßen, gerät die ausgetrocknete Erde in leichte Bewegung, kleine Sandfontänen drehen sich dort im Kreise, als wollte ein Sturm aus der Erde brechen. Und schon – wie immer, wenn er auf etwas wartet – tut es ihm leid um die verlorenen Stunden, er glaubt, gerade jetzt würde er in der Bibliothek die nötige Konzentration gefunden haben ...

Die Linien der Hügel werden ein wenig schärfer. Nirgends ein Mensch. Man hat ihn vergessen. Eigentlich kann's ihm ja egal sein, abends ist er wieder zu Hause, sie werden ihn schon herausholen hier. Aber den Vortrag hätte er gerne gehalten, plötzlich hat er Lust, zu reden, ohne daß man ihm dazwischenfährt, die Stille zu durchbrechen, die ihn seit einigen Tagen umgibt. Er kehrt zum Lastwagen zurück, drückt ein paarmal auf die Hupe, geht auf eines der Gebäude zu, klopft an einige Türen, die erste, die zweite, die dritte, steht plötzlich vor einem alternden Obersten, sein Haar ist schon grau, kleine Raketenmodelle umgeben ihn, sie glänzen im Nachmittagslicht, an den Wänden hängen Bilder von Raketen, Aufnahmen von Augenblicken, in denen sie von Abschußrampen flogen.

Eine Ideologie der Raketen –

Der Offizier nimmt den zögernd eintretenden Dozenten nicht wahr. Er ist in das Lesen einer Broschüre versunken.

»Verzeihung ...« Er hält ihm seine Einberufung hin.

Der Mann hebt seinen Kopf, nimmt die Brille ab, greift mit weichen, fast weiblichen Händen nach dem Bescheid, liest ihn nicht.

»Das ist nicht hier, nicht bei mir ... gehen Sie zur Roten.«

»Zur Roten?«

»Sie ist als Kulturoffizier für Dozenten zuständig.«

Er zeigt auf das gegenüberliegende Gebäude, gibt ihm seinen Bescheid zurück.

Langsam geht der Dozent wieder auf die Tür zu, schaut sich die kleinen Raketen an, die wie Spielzeug auf den Fächern stehen, möchte sie gerne anfassen, berührt sie mit seinen Fingerspitzen.

Der Offizier sieht ihm aufmerksam nach.

»Worüber sprechen Sie denn?«

Und er, schon auf der Schwelle, kommt durcheinander, steckt seine Pfeife in den Mund, kaut auf ihr herum, zieht sie wieder heraus. Er hat sich noch immer nicht entschieden, als würde das jemandem etwas ausmachen, zögert, als wären seine Themen mit einem Makel behaftet. Etwas über die jüdische Identität, oder auch eine populäre Darstellung der israelischen Gesellschaft im Konflikt ... vielleicht etwas über den Zionismus im Wettstreit mit anderen Ideologien, mit der neuen Linken, zum Beispiel ... das hängt von den Soldaten ab. Sie könnten auch Fragen stellen, wenn sie wollten, alles, was ihnen in den Sinn käme, er würde versuchen, Antwort zu geben.

Der Offizier, leicht erstaunt, hört ihm zu, als hätten seine Themen etwas Merkwürdiges an sich, als schienen sie ihm originell, oder besorgniserregend.

»Wollen Sie heute abend noch zurück?« fragt er leise.

»So hat man's mir versprochen ...« Und plötzlich hat er Angst, daß man ihn hier vielleicht aufhalten will. »Das letzte Flugzeug ... schaff ich das nicht?«

»Sie schaffen es schon ...«

Und jetzt hat er's eilig, schließt die Tür hinter sich, geht über den Platz auf das jenseitige Gebäude zu, klopft an die Tür, stößt sie auf und tritt in ein wildes, verwahrlostes Zimmer, dessen Jalousien herabgelassen sind, halb Amtszimmer, halb Zimmer eines jungen Mädchens. Im undurchsichtigen Licht, im leichten Modergeruch, erkennt er auf dem Bett ein rotes, flammendes Haarknäuel – ein Mädchen, riesengroß, eine Rote von erschrekkenden Ausmaßen, liegt dort unter einer Decke auf ihrem Bauch. Ringsum liegen ihre Kleider verstreut, eine Bluse, ein blauer Rock, Unterwäsche neben dem Feldtelefon. Schmutzige Kaffeetassen, eine leere Weinflasche, auf dem Boden eine dicke Schicht von aufgeknackten Sonnenblumenkernen.

Müde rührt er sie an, (hätte die Decke heben und sich stumm an ihre Seite legen können, bis der Abend kam, die Stunde seiner Rückkehr), aber er rührt sie nur an, leicht, verbittert.

»Sind Sie die Rote?« fragt er sein Spiegelbild, das ihm aus zwei großen, blauen Augen entgegensieht, die sich unter ihm aufschlagen. Er zeigt seine zerknüllte Einberufung vor. »Ich bin der Dozent. Jemand muß mich nach 612 bringen.«

Schon sagt er 612 – als wär der Ort ihm bekannt, als würde er hier schon seit Jahren zwischen den Raketen leben.

Sie lächelt, nimmt den Bescheid entgegen, liest ihn nicht, steckt ihn unter das Kissen.

»Sie sind also angekommen ...«

»Schon vor einer halben Stunde. Ich vergeude hier meine Zeit, muß noch heute abend zurück. Am Schluß verpaß ich noch das Flugzeug.«

»Sie werden's schon nicht verpassen.«

Und wieder lächelt sie ihn an, schenkt ihm ein breites, herausforderndes Lächeln, liegt noch immer unter ihrer Decke, nackt vermutlich. Er lächelt zurück, wird verlegen, erschrickt, daß er gelächelt hat. So eine Riesenfrau – selbst wenn er Zeit hätte, die wär doch nichts für ihn ... Schweigend steht er vor ihr, wartet darauf, daß sie sich aus den Decken pellt.

Aber sie liegt noch immer da, ihre Augen lachen.

»Sie werden das Flugzeug nicht verpassen, wenn ich mich jetzt anziehen darf.«

Er wird feuerrot, tritt aus der Dunkelheit, der Teppich der Sonnenblumenkerne raschelt unter seinen Schuhen, er läßt die Tür auf, geht auf den Platz hinaus, geht vor dem Denkmal auf und ab, ist tief erregt. Aus der Ferne sieht er ein starkes Leuchten, das er in der Dunkelheit zurückgelassen hat, einen Schwall von Licht. Ganz langsam zieht sie sich an, und er ist schon wieder auf dem Weg zu ihr, läßt sie nicht aus den Augen, starrt sie unverhohlen an. Sie tritt in die Tür (in einem zu kurzen, kindlichen Rock und Sandalen), knöpft sich ihre Windjacke zu, auf der die abgetragenen Rangabzeichen eines Hauptmanns zu sehen sind, und er steht schon dicht bei ihr, sein Kopf ist aufgereckt.

»Kann ich mal kurz Israel anrufen?«

»Sie haben schon Sehnsucht?«

»Nein . . . etwas . . . nur einen Augenblick . . .«

Sie setzt ihn auf ihr Bett, das noch warm ist, bestellt ihm eine Linie und geht aus dem Zimmer.

Zu Hause nimmt sein Sohn den Hörer ab. Auch das Stöhnen der Wüste ist auf der Leitung zu hören.

»Yormi, hier ist Vati«, schreit er in den zischenden, rauschenden Hörer.

Aber der Sohn erkennt seine verzerrte Stimme nicht.

»Vati ist nicht da, und Mama schläft«, sagt die stille Stimme des Kindes im Wirbel der Geräusche.

»Hier ist Vati . . . hörst du mich?« ruft er verzweifelt.

Aber das Kind ist schon fort, auch das Stöhnen der Wüste ist fort. Es ist wieder still auf der Linie, jemand aus einem anderen Gespräch, ganz in der Nähe wohl, spricht mit leiser, verführerischer Stimme verliebte Worte zu ihm.

Und in der Tür, wie eine Feuersäule, steht die Rote, schaut schweigend zu, wie er mit dem Telefon kämpft.

»Sind Sie fertig?«

7.

Eigentlich müßte er jetzt sofort umkehren, zu dem Jungen, der dort allein ist in der Wohnung, müßte die Schlafende wachrütteln, die wohl verrückt geworden ist. Statt dessen steigt er in einen verwilderten, schmutzigen Jeep, das Fräulein Offizier hat ihn herangebracht, wieder ist der Boden mit aufgeknackten Sonnenblumenkernen bedeckt, mit Maschinengewehrmunition und Konservendosen, mit klebrigen Bonbons, mit einem riesigen, weißen Büstenhalter, der zwischen Benzinkanistern liegt. Kriegsgerät und Frauenkleider. Erst jetzt, dicht neben ihr, während er die Tasche und den Filmkoffer zwischen seinen Beinen auf den Boden stellt, bemerkt er, daß sie nicht mehr die Jüngste ist. Ihre Schultern sind ein wenig vorgebeugt. Sie hat sich abgefunden mit ihren übergroßen Dimensionen, hat sich in den Sinai versetzen lassen, weil sie hier, in der rötlichen Wüste, weniger aufzufallen glaubt. Gelassen gleitet sein Blick über ihre gewaltigen Oberschenkel, ihre weiße, zarte Haut, die in der Sonne nicht braun wird. Was wächst denn hier heran, denkt er erstaunt und ein wenig angeekelt. Diese junge Generation ... Sein Blick ruht auf ihren riesigen Füßen, die die Pedale treten. Sie wartet, bis seine Augen ihre Wanderschaft beendet haben, dann lächelt sie ihn an, traurig, als wäre sie sich ihrer Erscheinung bewußt. Sie versucht die Haare ein wenig zu bändigen, ihre leuchtende Dornenkrone, und läßt den Motor aufheulen.

Aber dann fährt sie ganz langsam, als wäre sie noch vom Schlaf benommen. Zweimal, wie in Gedanken versunken, umkreist sie den zerstörten Bomber und fährt auf die holprige Chaussee hinaus. Schnurgerade zieht sie sich hin. Hinter der verstaubten Scheibe liegt eine trostlose Wüste voll unscharfer Hügel und Dünen, fade Landschaft mit knorrigen, verstaubten Sträuchern. Eine ermüdende Wüste der Kriege, nur strategischen Wert hat sie, sonst nichts ... Selbst der nahende Abend macht ihren Anblick nicht weicher.

»Wie deprimierend diese Landschaft ist«, entfährt es ihm

plötzlich. Er will ein Gespräch beginnen. Einen Augenblick glaubt er, daß sie seine Worte nicht gehört hat, aber dann, mitten auf der leeren Straße, kommt der Jeep zum Stehen. Sie sieht ihn erstaunt an.

»Die Landschaft deprimiert Sie?«

Das plötzliche Anhalten, ihre Frage – als wär's etwas ganz Persönliches, etwas, das sie betrifft, oder ihn. Als hätten seine Worte eine besondere Bedeutung . . .

»Wieso deprimiert Sie die Landschaft?«

Er lächelt, ist überrascht, Sonnenstrahlen leuchten auf ihnen. Sie sind allein in dieser Weite, alle Stützpunkte liegen wie ausgelöscht hinter ihnen, nur das gleichmäßige Summen des Motors begleitet seine gestammelten Erklärungen, die er jetzt hervorstößt. Sie hört ihm gespannt zu, ihre Augen wandern zwischen ihm und der Landschaft hin und her, als ließe sich da etwas verändern, verbessern.

»Ich habe mich wahrscheinlich schon daran gewöhnt«, sagt sie wie zu ihrer Rechtfertigung. »Ich finde diese Landschaft herrlich . . .«

Und plötzlich, mit lächerlicher Höflichkeit –

»Es tut mir leid . . .«

»Aber Sie trifft doch gar keine Schuld«, sagt er lachend und zieht sich dunkel auf seinem Sitz zusammen, weiß, daß er dunkel ist. In seiner Verlegenheit bemerkt er einen Sonnenblumenkern unter sich, der noch nicht aufgeknackt ist. Er hebt ihn hoch, knackt ihn auf, schluckt gedankenlos seinen Inhalt hinunter, wartet darauf, daß sie sich wieder in Bewegung setzen – und langsam rollt der Jeep jetzt an, immer noch im zweiten Gang, sanft fährt er auf der geraden Linie der Straße, als stünden ihnen Ewigkeiten zur Verfügung.

Es ist bald sechs Uhr abends.

Er hat noch einen Vortrag zu halten vor seinem Rückflug.

Und wieder schweigen sie . . . Sie lächelt ihn immer noch an (will vielleicht etwas von ihm, diese Riesenfrau am Steuer, deren Haar sich an der flatternden Wagenplane reibt). Er versenkt sich in die Hügel ringsum, weicht ihrem Blick aus. Eine alte Erinnerung kommt in ihm auf.

»Sind Sie noch niemals hier gewesen?«

»Doch . . .«, antwortet er hastig.

Und wieder hält der Jeep an, es ist, als könnte sie nicht gleichzeitig ein Gespräch führen und den Wagen steuern, als würden seine Worte ihre volle, ungeteilte Aufmerksamkeit erfordern.

»1956 war ich hier.«

»Wann?«

»In der Sinaikampagne.«

»Haben Sie auch damals einen Vortrag gehalten?«

»Nein, wieso denn?« Er lächelt, der Gedanke überrascht ihn. »Damals war ich Fallschirmjäger, ich bin hier irgendwo in der Umgebung gelandet, auf einem der Hügel, vielleicht sogar auf dem Hügel dort . . .« Und er deutet auf einen der Hügel am nahen Horizont, der sich nun rötet.

Nachdenklich hört sie ihm zu, und wieder erstarrt die Weite ringsum.

Niemals wird er seinen Vortrag halten.

»Jeder unserer Dozenten hat seine Geschichten über eine Schlacht, an der er teilgenommen hat. Einmal hatten wir hier einen, der sang uns die Ohren voll davon. Am Schluß stellte sich heraus, daß das im Ersten Weltkrieg war.«

»Im Zweiten«, verbesserte er sie leise.

»Im Ersten«, sagt sie noch einmal. »Auch ich hab gedacht, es wär im Zweiten gewesen. So alt sah er noch gar nicht aus . . .«

Er schweigt, wendet seinen Blick ab, verliert schon seine Geduld. Die hat nicht alle Tassen im Schrank . . .

»Sie sind doch nicht etwa beleidigt?«

Er hört ihre Stimme, sie klingt weich.

»Nein.« Erschrocken schaut er auf die Frau neben sich, ihre Hände sind ihr auf die Knie herabgesunken, zärtlich lächelt sie ihn an. Der Jeep beginnt wieder zu rollen, die Pfeife entgleitet ihm, fällt auf den Boden, kullert zwischen die Pedale. Er beugt sich nieder. Aber sie kommt ihm zuvor, hebt die Pfeife auf und streckt sie ihm mit einer intimen Bewegung zwischen die Lippen. Heimlich spürt er ihren Körpergeruch, sie riecht wie ein großes, merkwürdiges Tier.

Sie hat also andere Absichten ...

Jetzt ist er ein wenig erregt. Sie schweigen wieder, rollen in nervenzermürbender, langsamer Fahrt dahin, nähern sich einer Hügelkette am Horizont, und er fürchtet sich, ein Wort zu sagen, will nicht, daß sie wieder anhält, daß diese Fahrt kein Ende nimmt, es drängt ihn plötzlich, seinen Vortrag zu halten, eine innere Stimme treibt ihn an. Die Abenddämmerung, die langen Schatten, die Leere ringsum ... gerade in dieser Wüste will er etwas sagen. Wo sind sie? Die Leute, das Volk. Er will vor ihnen stehen, das Rascheln ihrer Kleider hören, ihr Gemurmel, das Knarren der Stühle, das Knirschen des Sandes unter ihnen. Mit einer energischen Bewegung will er sich den Pullover ausziehen, will ihn auf den Stuhl werfen, oder auf die Erde. Er will sich die Uhr abnehmen, will seine Papiere ausbreiten, will seinen Vortrag wie ein erstes Streicheln beginnen, mit einer weichen Stimme, die immer härter wird. Er will sie packen, will ihre harte Haut durchstoßen, will über das Gehör eindringen in sie, Worte hineintreiben, in immer schnellerem Rhythmus, will sehen, wie er Herr wird über sie. Die strahlenden Augen, der erstaunte, leicht geöffnete Mund, in dem auch Widerstand zum Ausdruck kommt, und dann das Lächeln des Vergnügens. Bis er seinen Frieden findet und seinen Rückzug antritt, sich ihnen langsam entzieht, mit zarten Händen über ihre letzten Fragen streicht, sich den Schweiß abwischt, einige Fragen offenläßt, verspricht, den Kontakt nicht abbrechen zu lassen, verlegen lächelt, seine Papiere zusammenfaltet, die Uhr wieder anlegt, den Pullover, und aufbricht.

Der Jeep fährt jetzt ein wenig schneller, ein leichter Wind macht sein säuselndes Geräusch zwischen den Rädern, er blickt auf die Hügel, die immer näher kommen, erste Wolken zeigen sich in der Ferne.

»Kann man von hier den Kanal sehen?« fragt er unerwartet,

leise. Es tut ihm schon leid, daß er gefragt hat. Aber sie hat wohl nicht gehört, hält jedenfalls nicht an, zieht nur ein wenig das Steuer herum – und biegt von der Straße ab, auf einen Sandweg, ohne zu bremsen, ohne den Gang zu wechseln, im gleichen Tempo, beginnt den Aufstieg zu einem Hügel, in immer steilerem Winkel, auf einem Weg, der kein Weg mehr ist, direkt in den Himmel hinein. Steine spritzen unter dem Jeep auf. Ringsum liegt Wüste, nirgends ist ein Haus zu sehen, keine Rakete, kein Mensch.

»Sind wir da?« Müde steigt er aus dem Jeep, sucht nach den Raketen, aber er ist es schon gewohnt, seine Zuhörer in Verstekken zu finden, am Rande einsamer Hügel, in tiefen Tälern.

»Noch nicht. Sie wollten doch den Kanal sehen.«

»Ach, das war doch nicht so wichtig. Danke. Ich verpasse noch den Rückflug.« Er will schon wieder zum Jeep umkehren.

»Kommen Sie . . .«

Wie einen Hund ruft sie ihn heran.

Die Freiheit, die ihn plötzlich umfängt –

8.

Hier weht ein starker, unerwarteter Wind. Er senkt seinen Kopf, aber der Wind läßt nicht locker. Er hält seinen Hut fest, damit er nicht fortfliegt. Von allen Seiten stürzen sich Winde auf ihn, als hätten sie nur auf ihn gewartet. Es ist schon zehn nach sechs, der Himmel hat sich verdunkelt, ein trübes Licht liegt über der Landschaft. Um neun muß er wieder zurückfliegen. Schuld an allem ist nur diese Rote – erst hat er sie wecken müssen, und jetzt will sie unbedingt mit ihm über die Hügel spazieren.

Er scheint ihr zu gefallen –

Ein kränkliches Rosa bedeckt die vom Winde geschliffene Erde. Mit schweren, ruckartigen Schritten geht sie vor ihm her, hält ihre Schultern vorgebeugt, will sich klein machen. Ihr Haar leuchtet. Vor einigen Stunden hat er noch in der Bibliothek gesessen, ein schlaffer, zerstreuter Geistesarbeiter. Und jetzt ist er hier, entfernt von jeder Siedlung, Hunderte Kilometer weiter südlich, auf einem Steinhügel, steigt dieser Feuersäule nach, diesem Fräulein Kulturoffizier, das die Freiheit liebt. Was will sie von ihm? Vielleicht, daß er mit ihr schläft in der kurzen Zeit, die bis zu seinem Vortrag geblieben ist – vielleicht hat sie hier auch mit anderen Dozenten geschlafen. Er zittert, sein Blick liegt auf ihren gewaltigen Füßen, wie Saphire glänzen sie zwischen den Felsen.

Nach einigen Minuten haben sie die Spitze des Hügels erreicht. Er ist nicht sehr hoch, auf allen Seiten erheben sich höhere Hügel, aber er liegt vor einer Lücke in den Bergen, gibt den Blick auf den Horizont frei. Atemlos bleibt er neben ihr stehen, und sie deutet nach Westen, auf die Kanallinie. Ein leichtes furchterregendes Glitzern aus Blau. Die Sonne sinkt über der Grenze Ägyptens. Ferne Gegenstände (Felsen, kleine Hügel, Sträucher) schweben in der Luft des täuschenden Abendlichtes ... Sie steht dicht neben ihm, ist um einen ganzen Kopf größer als er, ihre Haare bedecken die Rangabzeichen. Ihr Gesicht ist von Sommersprossen übersät, wieder lächelt sie.

»Deprimiert Sie die Landschaft noch immer?« Sie spricht ihn wie ein kleines Kind an.

»Weniger ...« Er lacht, schlägt seine Pfeife heftig gegen einen Stein, um die Asche auszuklopfen. Soll er sie anfassen? Er steigt auf einen kleinen Felsen, will sich größer machen neben ihr, denkt plötzlich an seine Frau, an seinen Sohn.

»Sind Sie damals vielleicht hier gelandet?«

Vielleicht.

Kurzes Schweigen.

»Worüber wollen Sie denn sprechen?«

»Schaffen wir das überhaupt noch?« fragt er ironisch, hat den Vortrag schon aufgegeben.

»Warum nicht?«

Und wieder kommt er mit der Liste seiner Themen durcheinander. Sein Blick ist auf den Boden gerichtet, leise zählt er die verschiedenen Möglichkeiten auf: »Israel im Dauerkonflikt: Antlitz einer Gesellschaft«. Oder: »Das Judentum des Israeli«. Oder: »Der Zionismus im Wettstreit mit anderen Ideologien« (um eine Diskussion zu entfachen). Manchmal stellt man ihm auch einfach nur Fragen, was ihnen gerade einfällt, und er gibt Antwort.

Sie hört ihm ruhig zu, der Schein des Sonnenuntergangs liegt auf ihrem Gesicht. Es ist, als würden seine Worte sie gar nicht berühren, nur auf die Felsen niedersinken. Er lächelt, beugt sich nieder, um ein Blatt von einem Strauch zu pflücken, der staubig und verbrannt zu seinen Füßen wächst, entdeckt einen Stoffetzen, ein paar rostige, vom Winde zerfressene Kanister, die Glieder einer Panzerkette eine rußige Wagenplane, leere Konservendosen, aufgebrochene Munitionskisten.

Überreste einer geschlagenen Armee. Sie liegen auf der felsigen Erde wie auf freigelegtem Meeresgrund.

»Hat man hier schon Vorträge zu diesen Themen gehört?« fragt er mit einer Mutlosigkeit, die er selbst nicht versteht.

Sie steigt auf einen Felsen. Sanft sieht sie ihn an, führt sich auf, als stände ihr endlose Zeit zur Verfügung. Plötzlich hat er das Gefühl, seit seiner Ankunft wäre eine Ewigkeit vergangen. Er blickt auf den Horizont, und auch ihn überkommt jetzt Ruhe. Auf den Vortrag verzichten, sie anfassen, wie zufällig ... später werden sich schon Worte finden. Er ist erregt, beugt sich wieder über den Strauch, pflückt einen Zweig, will an ihm riechen, will etwas kauen, will seine Sinne erwecken. Und dann entdeckt er, daß der Strauch zu seinen Füßen gar kein Strauch ist, sondern ein alter Kleiderhaufen, er wächst aus der Erde hervor, in der man ihn vergraben hat. Eine zerbröckelnde Uniform. Eine verrostete, durchlöcherte Feldflasche, sie hängt an einem veralteten Gurt aus vergangenen Kriegen. Die Reste einer Hose, er stößt sie leicht mit seinem Fuß an – und plötzlich zuckt er zusammen, fährt zurück, sieht noch einmal erschrocken hin. Das sind die Überreste einer Leiche, wie hat er das nicht gleich erkannt. Ein alter, ägyptischer Soldat, im Sand begraben. Eine hastig verscharrte Leiche. Graue Knochen bezeichnen ihre Form, die sich aufgelöst hat.

Er hebt seinen Blick zu ihr auf, und sie, wie beiläufig, sagt: »Das war der Dozent für Zionismus. Der hat keine gemeinsame Sprache mit den Soldaten gefunden, hat sie wütend gemacht . . .«

Vergeblich sucht er nach einem Lächeln in ihrem Gesicht. Ernst deutet sie auf die Wagenplane, die halb über aufgebrochenen Kisten liegt.

»Und das war der Dozent für israelische Gesellschaft. Er war nicht überzeugend genug. Er war zu optimistisch . . .«

Jetzt lacht er, ein kurzes, inneres Lachen, abgehackt und echolos. Er sieht sich um, nähert sich ihr, sucht ihr Lächeln, aber sie ist immer noch ernst, nur ein Funkeln steht in ihren Augen. Sie hat also doch alle Tassen im Schrank . . . Er fühlt sich angezogen von ihr, deutet auf einen großen Fleck im dunklen Tal.

»Und wer ist das?« fragt er herausfordernd.

»Der hat über die Werte des Judentums gepredigt«, antwortet sie. »Bei dem sind alle eingeschlafen, am Schluß auch er selbst. Als er aufwachte . . .«

Und plötzlich wird sie still.

Der Dozent verliert seine Pfeife. Bläulich steigt der Rauch ins Licht, das auf ihren Kleidern verblaßt. Er preßt die Tasche an seinen Körper, ist schon unruhig, zittert ein wenig. Ein Stern steht am Himmel. Plötzlich wird er unsicher.

»Komische Dozenten . . .« Er will das leichte Gespräch wieder aufnehmen, das sie hier auf diesem einsamen Hügel führen, über dieser Landschaft, vor diesem Kanal, der fern im Westen noch immer im Tageslicht glänzt. »Sie tragen alle so alte, verschlissene Kleider . . .«

Endlich lächelt sie.

»Ja, so kommen sie zu uns. In alten Kleidern. Denken, sie fahren ans Ende der Welt. Sie halten ihre Vorträge in Schnürstiefeln, schleppen alte Taschen mit sich herum, tragen komische Hüte . . .«

Er faßt sich an den Hut, wird feuerrot.

»Ja, mein Hut ist ein bißchen komisch . . .«

Jetzt wird er sie nehmen. Nur ein kleines bißchen Mut. Er wird sie festhalten, den leichten Brechreiz überwinden, ihr Fleisch nach einem glatten, zarten Fleck absuchen, ihm seine Lippen aufdrücken im ersten Kuß. Zur Raketenstation kommt er heute sowieso nicht mehr.

Er nimmt seinen Hut ab, wirft ihn auf die Erde, schiebt sich an sie heran, aber sie weicht ihm aus, tritt den Rückweg zum Jeep an, den die Dunkelheit schon verschluckt hat. An einem der Räder beugt sie sich nieder, hebt etwas auf, das aussieht wie ein Stein oder ein Schädel.

»Und das war einer, der hat geglaubt, er hat auf jede Frage eine Antwort . . .«

Wild lacht sie auf, steigt in den Jeep und läßt den Motor an.

9.

Die Raketenstation ist ganz in der Nähe – gut getarnt unter einem Hügel, den man ausgehöhlt hat wie einen Ameisenhaufen. Außer einem Lichttropfen, der auf der Spitze einer hohen Antenne hängt, ist nirgends ein Zeichen zu sehen. Aber als sie am Tor anhalten, in staubigem Grau, wird plötzlich ein Heulen laut, der ganze Hügel erzittert. Hinter der Sperre sieht er die langsam rotierenden Scheiben der Radaranlage, riesige Tarnnetze, fensterlose Bauten . . . wie längliche Eier sehen sie aus, endlose Fernen kann man in ihnen belauschen. Die Rote herrscht den Wachtposten an, weil er sie aufhält, zeigt sich ungeduldig, als wäre er dran schuld, daß sie so viele Zeit vergeudet hat. Und wieder, in scharfem Tempo jetzt, fahren sie einen Hügel hinauf, wirbeln Staub auf, das Zittern ringsum verstärkt sich noch, gewaltige, in die Erde eingelassene Generatoren machen Lärm und einen schrecklichen Wind.

Nirgends ist ein Licht zu sehen, kein Funken Licht. Alles

bleibt versteckt, bleibt gut getarnt. Und eingegraben in die Erde stehen dort auch die Raketen selbst, echte, wirkliche Raketen, nur etwas kleiner, als er sie sich vorgestellt hat. Die Rote steuert ihren Jeep durch enge Kurven, ständig geht es bergauf. Immer schneller wird die Fahrt, Eisenverkleidungen strömen seitlich an ihm vorbei, Verbindungsgräben, die mit Eisen bedeckt sind, Eisentreppen, die in die Tiefe des Hügels führen, zuletzt wird auch die Erde selbst unter Eisenplatten unsichtbar. Vor der Hügelspitze halten sie an, dicht neben einem riesigen, dröhnenden Generator, und sie steigt aus, öffnet eine Tür, wird in einen Lichttunnel hineingesogen und läßt ihn draußen stehen: In der einen Hand hält er seine Tasche, in der anderen den Spielfilm. Nach einigen Sekunden stößt der Tunnel sie wieder aus, sie geht auf ihn zu und spricht mit lauter Stimme, um sich über dem ohrenbetäubenden Lärm verständlich zu machen. Aber er versteht kein Wort, ist völlig durcheinander, lächelt, kommt immer näher an sie heran. Endlich beugt sie sich über ihn, zieht ihm den Spielfilm aus den Fingern. Sie sucht den Kommandanten dieser Einheit, muß ihn finden. Wieder öffnet sie die Tür, stößt ihn jetzt in den Lichttunnel hinein – und plötzlich scheint es ihm, als sei die Nacht verschwunden, als stehe er hier am hellsten Tag.

10.

Die Fenster sind getarnt, mit hellblauer Farbe übertüncht, das gelbe Licht der Birnen spiegelt sich in ihnen: Sie sind es, die für einen Augenblick die Illusion eines tiefen, frühlingshaften Mittagshimmels geschaffen haben.

Dabei ist es nur eine Militärkanzlei, oder vielleicht auch die Stabskommandantur selbst – die Wände sind alle mit Karten und Plänen bedeckt. Zwei Gefreite liegen auf einem Feldbett und spielen Schach, mustern den Eintretenden stumm, senken wieder ihren Blick, lächeln sich gegenseitig an und sagen kein Wort.

Er kennt diese leichte Lähmung schon, die merkwürdige Verlegenheit, die die Soldaten überfällt, wenn plötzlich ein Dozent zu ihnen kommt. Er stellt seine Tasche auf den Boden, reinigt die staubbedeckte Pfeife und setzt sich in einen alten Sessel (ägyptische Beute aus einem der Kriege), vertieft sich in vergilbte Zeitungen und Groschenhefte, die zu Fetzen geworden sind.

Stille. Nur das Summen des Generators draußen ist undeutlich zu hören.

Und wieder erdrückt ihn das Schweigen. Er erhebt sich, geht unruhig auf und ab, schaut sich die Namensliste an, das System der Raketen, die Karten, auf denen schwarze Kreise eingezeichnet sind. Jeder Hügel hat hier seinen Codenamen. Pfeile richten sich auf das Herz Ägyptens, auf den fernen Nil, der sich tief in den Sudan hinunterschlängelt.

Jetzt folgen die Soldaten ihm mit ihren Blicken.

»Sie können ruhig sitzenbleiben –«

»Schon gut, danke ...« Er ist ein wenig verlegen, als hätte man ihn bei einer unerlaubten Handlung ertappt. Aber noch immer, unverfroren, schaut er sich die Karten an, wie einer, dem alles gestattet ist. Er will ein geheimes Prinzip entziffern. Dann gibt er's auf, geht auf sie zu, schaut lächelnd auf das Spielbrett hinunter. Lange sagt er kein Wort.

»Wie weit schießen die Raketen denn?« fragt er schließlich mit leiser Stimme.

Sie sind anscheinend diese Fragen schon gewohnt.

»Das hängt davon ab, was man treffen will.«

»Nein, nur so – ohne zu treffen.«

»Ohne zu treffen?«

Und er lächelt in sich hinein, drängt sich nicht auf, betrachtet wieder ihr Spiel, löst sich dann von ihnen, kehrt zu den Karten zurück, versucht, den Maßstab zu errechnen.

Da platzt der Kommandant in den Raum – ein junger, hochgewachsener, bildschöner Offizier, er ist ein frommer Jude, trägt ein Käppchen auf dem Kopf. Einer der Knaben im Offiziersrang, einer der Herren dieser Feuerlinien, die unruhig, ohne Rangabzeichen, in den Verbindungsgräben hin und her laufen. Er findet einen klobigen, dunklen Zivilisten vor, der schweigend im Raum steht, seine Pfeife pafft und die Karten studiert. Seine Finger schweben über dem Sudan.

»Ja?« Er packt ihn kräftig an der Schulter.

»Ich bin der Dozent«, sagt der Dozent und drückt dem Offizier die Hand.

»Heute abend gibt es einen Vortrag?« fragt der Offizier entsetzt. Er wendet sich erstaunt an die beiden Gefreiten, sinkt auf den Stuhl am Tisch. Aber die zucken nur die Achseln, tauschen begeistert ihre Springer aus.

Der Dozent gerät in Verlegenheit, saugt an seiner Pfeife.

»Wer hat ihn denn gebracht?«

»Die Rote«, sagt einer der Gefreiten und lächelt seinen Kameraden an. Auch in den Augen des Kommandanten sieht der Dozent jetzt ein schalkhaftes Lächeln.

»Die Rote? Wo ist sie denn?«

»Sie organisiert die Filmvorführung ... die ist sicher schon auf der Suche nach Ihnen.«

Jetzt kommt der Offizier sichtlich in Fahrt, er nimmt einen Stock und vergnügt sich mit ihm.

»In der letzten Zeit«, entschuldigt er sich vor dem Gast, »deckt man uns nach Strich und Faden mit Dozenten ein, man warnt uns nicht einmal rechtzeitig.«

»Was mich betrifft ... ich verzichte gern.«

»Aber wo denken Sie hin ... es wird schon werden. Worüber sprechen Sie denn?«

Und vorsichtig breitet der Dozent wieder sein Angebot aus. Etwas über die Lage der Universitäten, oder vielleicht über die Identität des Israeli, möglicherweise auch über den Zionismus im Wettstreit mit der Neuen Linken, damit läßt sich immer eine Diskussion entfachen ... Man kann die Wahl auch den Soldaten lassen. Sie könnten einfach Fragen stellen ...

Die beiden Schachspieler senken ihre Köpfe. Der Offizier hört ihm zu, ist ein wenig überrascht, wird nachdenklich.

»Schade, daß Sie nicht über etwas anderes sprechen können, Rauschgift zum Beispiel. Neulich hatten wir da einen Fachmann zu diesem Thema. Die Leute waren ganz begeistert von ihm. Wie hieß er doch noch?«

Aber die beiden Gefreiten haben seinen Namen vergessen, sie erinnern sich nur, wie spannend es war – er habe ihnen Beispiele mitgebracht, hier auf dem Tisch habe er ihnen Haschisch angesteckt und zu riechen gegeben.

»Ja, hab schon gehört«, sagt schließlich der Dozent, bezwingt seine aufsteigende Wut. »Es tut mir leid, aber ich bin kein Experte für Rauschgift.«

Und Schweigen breitet sich aus. Wieder glaubt der Dozent für den Bruchteil einer Sekunde, es wäre noch nicht Abend, draußen stände noch ein blauer Himmel, ein heller, lieblicher Sommerhimmel.

»Diese Farbe an den Fenstern«, sagt er. »Seltsam . . .«

Aber der Offizier versteht nicht, worüber der Dozent so erstaunt ist. Inzwischen ist ihm seine Pflicht auch wieder eingefallen, er beschließt, Ordnung zu schaffen.

»Haben Sie schon gegessen? Nein. Also gehen Sie schnell zur Kantine hinunter. Machen Sie sich keine Sorgen, ich finde Ihnen schon ein Publikum, das hört sich alles an, was Sie zu sagen haben.«

Und er zieht den Dozenten wieder in die Nacht hinaus, kehrt noch einmal um und schreit die beiden Schachspieler an, weil sie sich auf seinem Bett breitgemacht haben.

11.

Auf dem Abhang des Hügels, auf dem Weg zur Kantine, ist er wieder alleine und hält die Augen offen, sieht sich genau um. Er schaut sich die Vertiefungen an, in denen die Raketen stehen, die rotierenden Scheiben der Radaranlage, die Eingänge zu den Bunkern, die großen Generatoren. Ständig kommen ihm Soldaten entgegen. Das ist sicher sein Publikum, das sich jetzt versammelt. Wieder fühlt er ein leichtes Vergnügen, das in ihm aufkommt. Je tiefer er steigt, desto mehr Menschen begegnen ihm. Viele Leute. Sie gehen in Gruppen. Er sucht die Rote, seine Feuersäule, die ihm abhanden gekommen ist, hin und wieder bleibt er stehen, wenn er ein wildes Gelächter hört. Für einen Augenblick scheint's ihm, als würde sie dort mitten in einer fröhlichen Truppe flackern, aber als er näherkommt, erkennt er nur einen kleinen, rothaarigen Soldaten, der aufgeregt Witze erzählt.

Vor der Kantine hält ein Autobus, dort stehen Reservisten, die eben erst eingetroffen sind, sie laufen in abgerissenen Uniformen herum, tragen veraltete Gewehre über den Schultern, stehen dicht beieinander und besprechen die Reihenfolge, in der sie Wache schieben wollen, hecken schon Pläne aus, wie man hier entwischen könnte. Die Kantine ist leer, kahl liegen die Tischplatten vor seinem Blick, das Abendbrot ist längst vorbei. Ein alter, müder Koch bringt ihm einige Reste – ein weichgekochtes Ei, Kakao, Grießbrei – und er, wie immer, schlingt alles hastig hinunter, ausgehungert macht er sich über das Essen her. Unter seiner Hand trägt man schon die leeren Teller ab, wischt die Krümel von der Tischplatte.

Als er wieder aus der Kantine tritt, ist er noch immer hungrig, jetzt will er sich etwas Süßes in den Mund stecken, um den faden Geschmack loszuwerden. Wie üblich fragt er nach dem Militärladen, geht und kauft sich ein paar Schokoladenwaffeln, ein Päckchen Rasierklingen, steckt sie in seine Taschen, geht hinaus, holt sich schon die erste Waffel aus dem Papier und beginnt zu kauen, kehrt mit schleppenden Schritten zur Spitze des Hügels zurück. Drei weißhaarige Reservisten mit Tornister und Stahlhelm halten ihn an, fuchteln ihm mit langen Namenslisten unter der Nase herum.

»Kommen Sie mal her«, sagen sie und bauen sich drohend vor ihm auf. »Zu welcher Wache gehören Sie?«

Er lächelt.

»Ich gehöre nicht zu euch.«

»Wieso nicht?«

»Weil Sie sich irren. Ich bin nicht mit Ihnen gekommen.«

Aber sie lassen nicht locker.

»Sind Sie hier nicht im Reservedienst?«

»Aber nicht mit Ihnen. Ich halte hier einen Vortrag.«

»Vortrag? Worüber tragen sie vor?«

Er schweigt.

»Worüber tragen Sie vor?« fragen sie aufdringlich, sind schon enttäuscht, einen Wächter weniger auf ihrer Liste zu haben.

Aber er gibt keine Antwort. Schweigend mustert er ihre unfrisierten, aufgeregten Gestalten. Er gibt keine Antwort.

Und sie haben noch immer nicht begriffen, daß er gar nicht daran denkt, zu antworten, daß er nun schon weitergeht, den Hügel hinan, von der Radarstation zur Raketenstation. Er ißt eine Waffel nach der anderen, Silberpapier flattert hinter ihm über den Boden, wie Zeichen in der Dunkelheit. Dauernd leckt er sich die zerlaufende Schokolade von den Fingern. In der letzten Zeit ist er einsam geworden, hat sich die Gewohnheiten eines vereinsamten Menschen zugelegt. Er geht schon allein ins Kino, an der Ampel ertappt er sich manchmal dabei, wie er Selbstgespräche führt und die Fahrer ringsum zu lächeln beginnen. Langsam steigt er dem klaren, sternenübersäten Himmel entgegen. Hin und wieder bleibt er stehen, um eine Rakete auf ihrer Rampe zu betrachten, schaut sie sich an. Wie banal alles ist, wie nichtssagend, wie langweilig – die Scheidung, die ihm bevorsteht, das Masturbieren in den Nächten, das Kind, das sich aufreibt zwischen ihnen beiden. Und dann, ganz plötzlich, schaut er sich um, vergewissert sich, daß niemand in der Nähe ist, und steigt auf den Boden einer Vertiefung hinab, in der eine Raketenrampe steht, will eigenhändig ihren metallenen Leib abtasten. Rosig matt stehen die Spitzen der Raketen auf den klaren Horizont gerichtet. Vorsichtig rührt er sie an, streicht über ihren Bauch, wundert sich, daß sie so glatt sind, so feucht, als hätte man sie mit einem dünnen Öl eingeschmiert, oder mit weißem Tau. Seine Hände tasten über ihre spitzen Köpfe, greifen nach ihren Stahlflossen. Wie wuchtig sie sind. Im schwachen Licht der Sterne liest er die Ziffern und Buchstaben, die auf ihren Seiten eingeritzt sind. Mit weicher Hand streichelt er den haarigen Knoten der Drähte, die ins Zentrum der Raketen führen – und plötzlich hört er ein leises Summen, die ganze Rampe mit ihren fünf Geschossen bewegt sich unter seiner Hand und zielt auf ihn. Er drückt sich an den Rand der Vertiefung, sucht Deckung. Aber die Rampe will gar nichts von ihm, blind dreht sie sich weiter, richtet sich auf, hält an. Eine Weile noch ist das Summen zu hören, dann verstummt es.

Jemand steuert die Raketen aus der Ferne, zielt mit ihnen auf den Himmel. Als wollte er die Sterne abschießen –

Er hebt die Tasche auf, die ihm entfallen ist, klettert bleich und zitternd wieder hinauf, begegnet zwei Soldaten, die ihm auf der Straße entgegenkommen. Die wundern sich, hier einen Zivilisten zu treffen, der mit einer Aktentasche aus der Bodenvertiefung einer Raketenrampe steigt. Sie bleiben stehen und warten, bis er herangekommen ist.

»Wer sind Sie?« Sie verstellen ihm den Weg, gewinnen plötzlich Autorität, sind sehr ernst.

»Ich halte einen Vortrag.« Er antwortet lächelnd, mit offenem Blick, beherrscht.

»Was suchen Sie hier?«

»Nichts weiter. Ich wollte nur sehen, wie das aus der Nähe wirkt . . .«

»Da hätten Sie in die Luft gehen können.«

Das will ich doch gerade, möchte er ihnen sagen. Aber nur ein bitteres Lächeln legt sich auf seine Züge, und langsam setzt er seinen Weg fort, bewegt sich mit betonter Gleichgültigkeit, um keinen Verdacht zu erregen, schaut sich noch weitere Raketenrampen an, bleibt hin und wieder stehen. Und unterdessen rühren sich die beiden Soldaten nicht von der Stelle, verfolgen ihn mit ihren Blicken. Allmählich geht er schneller – und läuft dem Kommandanten in die Arme, der mit der Roten in der Dunkelheit auf ihn wartet.

»Haben Sie etwas gegessen?« fragen sie ihn besorgt, als wäre das der Sinn seines Aufenthalts im Sinai. »Kommen Sie, man wartet schon auf Sie.«

Und der Dozent gibt sich in ihre Hände, folgt dem Offizier über steile Stufen in die Tiefe der Erde, die Strahlen kleiner Taschenlampen leuchten wie Sterne auf seinem Haar.

»Jetzt müssen Sie sich bücken«, hört er die Stimme des Offiziers aus der Tiefe. Er senkt seinen Kopf ein wenig – und prallt heftig gegen einen Stein.

Ein stechender Schmerz durchzuckt ihn, er bekommt keine Luft. Auf den Treppen krümmt er sich zusammen und faßt seinen Kopf mit beiden Händen. Tränen steigen in seine Augen.

Der Offizier steigt wieder hinauf. »Auch Sie?« fragt er belustigt. »Das ist jedem Dozenten passiert. Was habt ihr bloß?«

Aber er kann nicht einmal antworten, seine Stimme versagt ihm den Dienst. Mit gekrümmtem Körper setzt er seinen Abstieg fort und tritt geduckt in das Innere des Bunkers. Er ist in violettes Licht getaucht und voller Geräte – Radarschirme, Armaturen, Computer, Hebel, Telefone, Kabel. Alles ist in einer merkwürdigen Mischfarbe aus Khaki und Grün angestrichen. Aus einem der Winkel ist ein leises Summen zu hören.

»Das ist euer Dozent«, sagt der Offizier.

Im Raum befinden sich nur vier Soldaten. Einer sitzt neben dem Funkgerät (Kopfhörer bedecken seine Ohren), und auf dem Feldbett an der Wand sitzen die beiden Schachspieler. Sie sind immer noch in ihr Spiel versunken. Im Winkel sitzt ein weiterer Soldat, er hat ein dunkles, stumpfes Gesicht.

»Das ist das ganze Publikum?« fragt der Dozent und lacht. Noch nie hat er eine so kleine Zuhörerschaft gehabt.

»Das ist das Publikum.«

»Bleiben Sie nicht?«

»Nein, ich muß gehen . . .«

»Und das Fräulein Offizier –« Plötzlich wird er mutlos.

»Die kommt nachher, um Sie abzuholen. Ihr da, hört endlich auf mit dem Spiel!«

Einer der Spieler führt eine Figur und erstarrt.

»Was ist denn das Thema?« fragt der Offizier, wartet aber die Antwort nicht ab. »Sagen Sie's ihnen ...«

Und verschwindet –

Jetzt ist der Augenblick gekommen. Endlich. Das Schweigen brechen, die ersten Worte sagen. Ein dumpfer Schmerz benebelt seinen Kopf. Den ganzen Tag hat er auf diesen Augenblick gewartet, aus großer Ferne haben sie ihn hergebracht. Langsam zieht er seine Papiere aus der Tasche, zögert den Anfang noch hinaus. Eigentlich ist's ja lächerlich, sich hier vor vier Soldaten an Stichworte zu klammern – als würde er das nötig haben, als könnte er nicht auch frei vor ihnen sprechen, fast aus dem Unterbewußtsein heraus, versunken in den betörenden Klang seiner Stimme, hingegeben an ihre verborgene, unüberwindliche Verführung.

Seelenruhig und wortlos verfolgen die vier Soldaten seine Vorbereitungen, sind's anscheinend schon gewohnt, daß man ihnen hin und wieder einen Dozenten zwischen die Betten und Geräte ihres Bunkers stellt.

Wo soll er anfangen? Soll er vielleicht etwas ganz Neues versuchen, ihnen persönliche Fragen stellen? Wer sie seien? Was sie seien? Wann man sie entlassen würde, welche Zukunftspläne sie hätten? Soll er gerade hier damit beginnen, in dieser Dunkelheit, die so drohend wirkt, die vielleicht einer Auflockerung bedarf, eines guten Wortes.

Er greift nach dem Stuhl und baut ihn vor sich auf, nimmt die Uhr ab, folgt seinen eingefleischten Gewohnheiten eines Dozenten, knöpft sich die Weste auf, reibt sich die Hände, will ganz leise anfangen, mit einer tiefen Stimme. Die ersten Sätze rauschen schon in seinem Inneren, haben nur noch kein Objekt, werden aber gleich ihr Thema finden. Was wird es diesmal sein? Israel im Dauerkonflikt, Antlitz einer Gesellschaft – eine bittere Analyse der Wirklichkeit, gegen deren Ende, ganz unerwartet, eine optimistische Wende erfolgt? Auf dem Radarschirm entdeckt der Dozent sein Gesicht, wie eine Zielscheibe hängt es im weißen Fadenkreuz, im Netz der Codeziffern. Seine Augen liegen tief in ihren Höhlen, seine Haut ist grün vor Müdigkeit, sein Haar ist ungekämmt, auf seiner Stirn steht Blut ... also doch: Blut.

Deshalb läßt der Schmerz nicht nach. Er betastet seine Stirn, lächelt den dunklen Soldaten an. Wie spät ist es?

»Habt ihr vielleicht ein bißchen Wasser?«

Der Dunkle reicht ihm eine Feldflasche.

Er tupft sich ein paar Tropfen auf die Stirn, dann trinkt er einen Schluck. Der Staub zu seinen Füßen saugt das Wasser auf. Plötzlich beginnt er zu zittern.

Ihr Schweigen –

Er geht auf die Geräte zu, lächelt freundlich. Ein großer Hebel dort im Armaturenbrett erregt seine Aufmerksamkeit.

»Wozu braucht man denn das?« fragt er und deutet auf den Hebel, als wär ihm alles andere schon klar.

»Damit macht man hier Licht an«, erklärt ihm der Dunkle geduldig. Er ist der einzige, der bereit ist zum Kontakt mit dem Dozenten.

»Licht?« fragt der Dozent ungläubig. »Darf man –«

Und er zieht den Hebel herunter, wartet heimlich auf eine ferne Explosion, aber am Armaturenbrett gehen nur kleine Glühbirnen an. Er macht sie wieder aus. Die Freiheit, die man ihm hier läßt ... Seine Hand betastet die Geräte, immer mehr will er wissen.

»Wo ... wo drückt man denn, um die Raketen abzufeuern?«

»Warum fragen Sie das?«

»Nur so ... ich will nur mal den Knopf sehen.«

»Gibt keinen Knopf. Man drückt auch nicht.«

Er blickt dem Soldaten offen in seine dunklen Augen. Macht man sich schon lustig über ihn? Er zieht sich zu seinen Papieren zurück, die auf dem Boden liegen. Mitten in der Wüste steht er hier, vor vier Soldaten in einem Bunker unter der Erde, soll zu ihnen sprechen, soll ihnen die Langeweile vertreiben, ein bißchen Wissen vermitteln, vielleicht auch eine Ideologie, am besten einen Glauben. Ihren Geist soll er erwecken. Dafür hat man ihn davon befreit, in den Nächten Wache zu schieben.

Und jetzt beschließt er, anzufangen. Er kann sich nicht mehr drücken, muß endlich seinen Vortrag halten, egal, was draus wird. Der lange, widrige, verlorene Tag fällt von ihm ab wie eine leere Schale. Flüsternd spricht er die ersten Worte aus – und gemeinsam mit ihm, mit leiser Stimme, beginnt auch der Funker zu sprechen, spricht in das Mikrophon an seinem Hals, schaut auf den Dozenten und spricht zu einem in der Ferne, der jetzt schon Antwort gibt, mit deutlicher Stimme die Wettervorhersage durchgibt, die Windstärke, die Sichtverhältnisse. Seine Stimme klingt aus einem kleinen Lautsprecher in einer der Ecken. Alle lauschen gespannt, und der Funker trägt seine Mitteilungen auf einem Bogen ein, der vor ihm liegt.

Als es wieder still wird, kehrt der Dozent zu den Geräten zurück. Ein bitteres Lächeln erhellt seine Züge.

»Kann man von hier aus Israel anrufen?«

»Jetzt?«

»Wenn's möglich ist. Nur einen Augenblick.«

Der Funker erhebt sich, nimmt die Kopfhörer ab, setzt sie dem Dozenten auf, und nach einigen Sekunden klingelt das Telefon in seiner Wohnung. Wieder nimmt das Kind den Hörer ab, seine Stimme klingt klar und zum Berühren nahe.

»Vati ist nicht da, und Mama schläft«, sagt es mechanisch.

»Yormi«, flüstert der Dozent, »hier spricht Vati. Ist Mama noch nicht aufgestanden?«

»Nein.«

»Weck sie auf. Geh sofort und weck sie auf. Hörst du?«

»Ja.«

Aber das Kind geht nicht, will sich nicht vom Apparat trennen.

»Yormi«, flüstert er, und Angst erfüllt ihn. Die Gesichter der Soldaten wenden sich ihm zu, sie folgen dem Gespräch. Mit seinen beiden freien Händen streichelt er die Knöpfe vor sich.

»Was tust du gerade?«

»Nichts.«

»Hast du schon gegessen?«

»Nein.«

»Ich komme bald nach Hause.«

»Vati –«

»Ja.«

Und plötzlich beginnt der Junge zu weinen, aus der ganzen Tiefe seiner Verlassenheit heraus, kann sich nicht halten, bricht in ein trockenes, hartes Schluchzen aus, immer schlimmer wird's, immer stärker, es hört nicht auf . . . ein stummes Lächeln bedeckt die Gesichter der Soldaten im Raum, erst jetzt bemerkt er, daß auch sie das Gespräch durch den Lautsprecher hören, er nimmt die Kopfhörer ab, versucht vergeblich, das Gespräch zu unterbrechen.

Endlich kommt ihm der Funker zu Hilfe.

Das laute Schluchzen verklingt –

Und plötzlich ist ihm leichter. Er hat auf seinen Vortrag verzichtet. Er geht und sammelt seine Papiere ein, legt die Armbanduhr wieder an und will etwas sagen, aber dann schweigt er. Kein einziges Wort bringt er über die Lippen. Die Schachspieler wundern sich einen Augenblick, dann schieben sie die wenigen Figuren hin und her, die noch auf ihrem Brett geblieben sind. Der Funker holt einen Schraubenzieher und nimmt das Mikrophon auseinander. Nur der dunkle Soldat läßt ihn nicht aus den Augen, aber der Dozent weicht seinem Blick aus, kramt in seiner Tasche, zieht den Gedichtband hervor, den er am Morgen in seinem Postfach gefunden hat, setzt sich und beginnt zu lesen, nimmt kaum die Form der Buchstaben wahr. Langeweile überkommt ihn. Er kennt diese intellektuelle Romantik, diese Lyrik, die trotz ihrer zerrissenen Form sentimental ist. Aber er liest weiter, blättert müde die Seiten um, seine Augen schließen sich ein wenig.

Er muß sich scheiden lassen, muß ein neues Leben beginnen –

Und die Augen des dunklen Soldaten lassen nicht von ihm ab. Hofft der noch immer auf einen Vortrag, auf eine Botschaft von ihm? Er vertieft sich in den Gedichtband, blättert hoffnungslos in ihm – und findet plötzlich ein herrliches Gedicht, gleich seine erste Zeile trifft ihn wie ein Schlag. Schnell liest er es, einmal, dann ein zweites Mal. Drei einfache, klare Strophen, jedes Wort sitzt, leuchtet wie eine Perle im Stroh. Hat er das bei jemandem gestohlen? Abermals liest er die Strophen, als wären sie ganz persönlich an ihn gerichtet, liest und liest, hebt seine Augen ein wenig. Die vier Soldaten im Bunker sind undeutlich geworden, ein wenig feucht. Der Radarschirm vor ihm bedeckt sich mit weißen, jagenden Punkten, wie ein Ausschlag sehen sie aus.

Wie ein Luftangriff –

»Hier ist etwas . . .« will er ihnen sagen, aber niemand mehr sieht zu ihm hin. Jeder ist dort mit sich selbst beschäftigt. Auch der dunkle Soldat hat ihn aufgegeben. Er liest ein Groschenheft, das er aus der Tasche gezogen hat, vor Aufregung sind seine Lippen halb geöffnet.

12.

Und um acht Uhr legt sich ein Schatten auf ihn. Die Rote steht in der Tür, ist lautlos gekommen, hat eine Maschinenpistole geschultert. Sie sieht ihn an, wie er mit gesenktem Kopf in der Mitte des Bunkers sitzt, vor einem Gedichtband, der offen auf dem Boden liegt.

»Sind Sie fertig?« fragt sie leise.

Schweigend erhebt er sich, steckt das Buch in die Tasche, sagt kein Wort zum Abschied, folgt ihr auf den Stufen und tastet sich vorsichtig durch die Dunkelheit, ist schon darauf vorbereitet, wieder gegen einen Stein zu schlagen. Aber diesmal wartet sie an der gefährlichen Stelle auf ihn, legt ihre warme Hand auf seinen Schädel und drückt ihn tief hinunter.

Und wieder steht er auf der Spitze des Hügels, im grausamen Rauschen der Generatoren, unterschreibt ein Formular, das der Kommandant ihm hinhält. Er sieht überrascht aus, verwirrt, seine Kleider sind zerknittert, als wär er eben aus dem Schlaf erwacht, aber er war hier – das ist die Hauptsache. Im Blinklicht, das an einem der Gebäude aufleuchtet, erkennt er das Publikum, das ihn heute nicht gehört hat. Dutzende Soldaten sitzen dort dicht gedrängt in einem qualmenden Zimmer und starren gebannt auf den Film, den er ihnen aus der Ferne gebracht hat. Er will scharfe Worte an die beiden richten, aber vor seinen Augen geht die Rote auf den Offizier zu und küßt ihn. Der Kommandant erschrickt ein wenig.

Jetzt fahren sie über den Abhang hinab, das ratternde Eisen unter den Rädern wird wieder zu Staub, die Raketen und die Scheiben der Radaranlage versinken in der Dunkelheit, als hätte es sie nie gegeben. Am Tor stehen jetzt andere Posten, alte Soldaten halten sie an. Der Jeep, der hier ins Freie fährt, erregt ihren Neid, sie wollen ihn aufhalten, leuchten mit kleinen Taschenlampen in ihn hinein, schreiben sich Nummern auf, kontrollieren die Arbeitskarte. Weißhaarig, mit runzligen Gesichtern, füllen sie stur ihre Liste aus, wundern sich immer wieder über die Rote, die am Steuer sitzt, zwinkern ihm zu – und endlich, zögernd, heben sie den Schlagbaum.

Wieder fahren sie über die Chaussee, die gerade ist wie ein Lineal. Er blickt zurück, und der Raketenhügel ist verschwunden, nur ein roter Tropfen schwebt über der versunkenen Antenne. Wie schnell die Dinge verlorengehen, sich in Nichts auflösen ... ihm kann's recht sein. Er sieht auf die Rote, die sich schweigend über das Steuer beugt und in den Weg vertieft, der vor ihr liegt. Das Licht der Scheinwerfer, das vom Asphalt zurückgeworfen wird, beleuchtet die Maschinenpistole auf ihrer Brust.

Abglanz eines anderen Erlebnisses –

Er streckt seine Hand aus, berührt ihren Oberschenkel.

»Der Hügel«, sagt er und deutet in die Dunkelheit, »sind wir schon an ihm vorbeigefahren?«

»Noch nicht«, sagt sie, lächelt verlegen – und bald, zu seiner Bestürzung, sieht er, wie der Jeep zum zweitenmal von der Chaussee abbiegt, auf Sand fährt und schwungvoll, ohne zu bremsen, seinen Weg in die Höhe nimmt.

13.

Und wieder geht er ihr nach, steigt über Felsen, von Spalte zu Spalte, tritt auf verrostete Kanister. Zeltplanen verfangen sich zwischen seinen Beinen. Im fahlen Sternenlicht nimmt er aufgebrochene Munitionskisten wahr, atmet den kühlen Wüstenwind, sieht auf die Landschaft, die sich unter ihm bis zur ägyptischen Grenze hinzieht, auf den fernen Kanal, den sogar jetzt, in der Dunkelheit, ein schwacher Glanz erfüllt.

Wie hat er diesen Ort vergessen können? Wie hat er diesen felsigen Hügel nicht gleich wiedererkannt? Hier ist er damals gelandet, jetzt erinnert er sich ganz genau – am vierten Tag der Sinaikampagne war's, in der Nacht. Die Schlachten näherten sich schon ihrem Ende, der Krieg war schon entschieden. Vier Tage hatten sie neben einer alten Dakotamaschine gesessen, die aus dem Zweiten Weltkrieg stammte, auf einem kleinen Flugplatz, in ständiger Alarmbereitschaft, abgeschnitten von den Ereignissen, enttäuscht darüber, daß sie nicht teilgenommen hatten an dem Feldzug, der aus der Ferne wie ein herrliches Abenteuer aussah. Sie hatten auf dem Asphalt am Ende der Landebahn gelegen, unter den Motoren der Maschine, alle paar Stunden hatte man ihnen ein Maschinengewehr oder einen Munitionssack gebracht, ein Funkgerät oder eine Bahre. Von Tag zu Tag war ihre Einheit schwerfälliger und unbeweglicher geworden, erst am Abend des vierten Tages verfrachtete man sie in das Flugzeug, das plötzlich zu neuem Leben erwachte und sie nach zweistündigem Flug wie Ausrüstungspakete über dem Niemandsland zwischen den Armeen abwarf. Eine östliche Brise trug sie sanft auf diesen Hügel, zuerst versuchten sie ihre Stellung zu befestigen, dann warteten sie auf die heranrückenden Truppen, waren aufgeregt, zitterten vor Kälte. Im Morgengrauen wurden sie von der Einheit beschossen, auf deren Ankunft sie gewartet hatten, und erst nach einigen Minuten, als die Verbindung hergestellt war, wurde das Feuer eingestellt. Einer von ihnen war unter den Kugeln gefallen. Froh und übermütig kamen die Schützen heran, berauscht vom Vormarsch durch die wehrlose Wüste. Sie nahmen ihnen die Ausrüstung ab, die Munition, und ihn setzten sie in einen Jeep, legten ihm den Gefallenen hinein und ließen ihn ins Hinterland zurückfahren.

Lange lebte er mit dem Gefühl, daß man ihn betrogen hatte.

»Wie war der Vortrag?« Sie steht nicht weit von ihm, hält die Mündung ihrer Maschinenpistole auf ihn gerichtet, beobachtet, wie aufgeregt er zwischen den Steinen auf und ab geht.

»Der Vortrag?« Er lächelt, als er sich daran erinnert. »Am Ende habe ich keinen gehalten. Ich habe geschwiegen.«

»Geschwiegen?«

»Ja, warum nicht? Die früheren Dozenten haben doch sicher schon alles gesagt. Was gibt's denn noch hinzuzufügen?«

Sie lacht, ist offensichtlich erleichtert. Er kommt auf sie zu.

»Wozu denn Probleme erfinden? Selbst wenn ich könnte ...«

Und plötzlich sinkt er zu ihren Füßen auf einen Felsen nieder, schlägt seine Pfeife verbittert gegen einen Stein.

»Ich dachte, Sie wären eingeschlafen«, sagt sie.

Er gibt keine Antwort, wie ein Damm ist er in sich zusammengestürzt. Seine Arme sinken herab, er berührt einen Strauch, einen Stoffetzen, Metallstücke, versenkt sich in die zerfallenden Überreste, die ihn umgeben, legt seinen Kopf auf die Erde, sieht auf die schnelle Bewegung am Himmel, den nun ein dünner Nebel überzieht. Vor ihm hängt das häßliche, fleckige Gesicht unter der roten Dornenkrone. Wie traurig es ist. Er schließt seine Augen.

»Man muß diesen Dozenten bestatten, man kann ihn doch nicht einfach über der Erde lassen. Weitere Kriege gibt's hier nicht mehr ...«

»Sind Sie sicher?« fragt sie spöttisch.

»Ich hab doch diese ganze Macht gesehen, hab die Raketen angefaßt ... wer soll denn da durchkommen?«

»Wir müssen weiter«, sagt sie.

Aber er will nicht weiter, will sich eingraben, klammert sich an den Rest seiner Freiheit, ist bereit, hier in dieser Wüste die Nacht zu verbringen, sogar den Vortrag zu halten, den er noch schuldig ist. Sie weiß nicht einmal seinen Namen.

Aber sie hat kein Interesse an dem Vortrag, den er noch schuldig ist, will ihn nur loswerden. Sie geht auf den Dozenten zu, der sich auf der Erde wälzt, berührt ihn, will ihm aufhelfen, und er, wie im Traum, beugt seinen Kopf und küßt ihren gewaltigen Fuß. Er glänzt wie ein Saphir und ist schmutzig, Sandkörner füllen seinen Mund. Jetzt erschrickt sie, versucht sich von ihm zu lösen, schleift ihn ein Stück über den Boden und zieht ihn hoch, er spürt die Kraft in ihren starken Händen.

»Sie verpassen den Heimflug –«

14.

Die Treppen zieht man ihm unter den Füßen weg, und während er ins Flugzeug tritt, rollt die Maschine schon an – es ist, als hätte er sie in Bewegung gesetzt. Wieder ist er der einzige Zivilist an Bord, und wieder sitzen die Soldaten schweigend da, haben ihre Mützen abgenommen, rascheln mit den Zeitungen, sehen den Nachzügler nicht einmal an. Er sinkt in einen der hinteren Sessel, schnallt sich an, beobachtet, wie die Fackeln an der Seite der Landebahn unter ihm versinken – und wieder überkommt ihn Langeweile. Ruhelos erhebt er sich, sucht nach einem Soldaten oder einer Soldatin, will sich ein wenig unterhalten. Im Vorderteil des Flugzeugs entdeckt er den weißhaarigen Kopf des Kommandanten, des Obersten, dem er vor einigen Stunden in seinem Zimmer gegenübergestanden hat. Er setzt sich neben ihn, lächelt freundlich, aber der Kommandant erkennt ihn nicht, liest weiter, ist immer noch in seine Broschüre vertieft. Der Dozent wartet eine Weile, dann legt er seine Hand vorsichtig auf die Rangabzeichen des Offiziers.

Der Oberst zuckt zusammen.

»Erkennen Sie mich nicht? Ich bin der Dozent.«

»Dozent?«

»Auf 612.«

Bestürzt nimmt der Kommandant seine Brille ab, sieht den Dozenten an wie ein Gespenst.

»Sie? Sie sind von dort zurückgekommen?«

»Ja, ich bin wieder da...«

»Und die haben Ihnen zugehört?«

»Aber sicher. Sie waren mäuschenstill. Sie haben mich kaum fortgelassen.«

»Da haben Sie Glück gehabt. Die springen sonst sehr unsanft mit Dozenten um.«

»Aber nicht mit mir. Sie waren ganz wundervoll. Sie haben mir die Abschußrampen gezeigt, die Karten erklärt, die Kontrollräume –«

Der Dozent beugt sich vor.

»Sie haben mir die Geräte vorgeführt, die Radaranlage... Ich weiß jetzt, wie das alles funktioniert. Fast hätte ich selber eine Rakete abgefeuert.«

Der Offizier zuckt zurück, sieht besorgt aus. Die Hände des Dozenten sind mit Öl beschmiert. Staub klebt an seinen Kleidern, sein Gesicht glüht. Ein Blutfleck steht auf seiner Stirn, seine Stimme hat einen keifenden Unterton.

»Ein herrliches Gefühl, diese Macht zu erleben, diese vollkommene Tarnung... kein Fünkchen Licht dringt da durch.«

Und im Fenster, zwischen dunkler Wüste und Himmel, erkennt er plötzlich sich selbst – sanft schwebt er im Raum, sein Gesicht ist schwer und müde, wie grauer Dampf bedeckt ein Bart seine Wangen. In seinem Haar verfangen sich die Sterne.

»Nur eins hab' ich nicht verstanden«, sagt er, läßt den alten Offizier noch immer nicht in Ruhe. »Wie weit schießen die Raketen eigentlich?«

»Sie meinen die Schußweite?«

»Ja, natürlich, die Schußweite.«

»Kommt drauf an, woran Sie interessiert sind.«

»Am Maximum«, sagt der Dozent erregt.

Aber der Offizier wird nun ungeduldig.

»Nein – was wollen Sie denn treffen?«

»Ich meine nur so . . . ohne zu treffen.«

»Ohne zu treffen schießt man nicht.«

Der Dozent senkt seinen Kopf. Es ist hoffnungslos, keiner kann ihn verstehen. Der Offizier will ihn schon loswerden, den Kontakt abbrechen. Er setzt wieder seine Brille auf, hebt die Broschüre vor die Augen und vertieft sich in den Text. Unten in der Wüste leuchtet ein Licht auf, ein weiteres Licht, ein drittes Licht. Zeichen von Dörfern, Siedlungen, beleuchteten Straßen, Kreuzungen – Lichter über Lichter. Und auch das Meer ist dort zu sehen, die Küste kommt näher. Tel Aviv taucht auf.

Die Türen öffnen sich, alle steigen aus, auch der Offizier macht sich davon. Er geht als Letzter von Bord, tritt in den Regen hinaus – ein Frühlingsregen hat die Stadt gereinigt – und plötzlich will er nicht nach Hause, geht lange zwischen den Pfützen der einsamen Landebahn auf und ab, tritt in die leere Flughalle, findet ein Telefon unter dem tropfenden Dach. Schräg trifft ihn der Regen.

»Ich bin's«, sagt er zu seiner Frau, als sie den Hörer abnimmt. »Hörst du mich?«

»Ja.«

Die Kälte –

»Was ist denn los? Wo ist das Kind?«

»Schläft.«

»Hat er dich endlich wachgekriegt?«

»Nein. Er ist vor'm Fernseher eingeschlafen.«

Den ganzen Nachmittag hat das Kind alleine verbracht. Am Ende bringen sie ihn noch um –

»Was ist denn mit dir los?« fragt er wütend. Der Regen prasselt auf ihn nieder. Er spürt den Kopfschmerz, der in seinen Schläfen pocht.

»Was soll denn sein?«

Der Haß in ihrer trockenen Stimme –

»Ich war im Sinai, auf einer Raketenstation. Ich hab ein paarmal angerufen. Was schläfst du denn den ganzen Tag?«

Sie schweigt.

»Hörst du mich?« Seine Stimme wird plötzlich weich.

»Ja.«

»Sag, was ist denn los mit dir?«

»Was geht dich denn das an?«

Hat sie Selbstmord begehen wollen?

Es herrscht also immer noch Krieg ... und plötzlich war er schon bereit gewesen, nachzugeben, zu verzeihen. Seine Kopfschmerzen werden stärker. Aus der erloschenen Pfeife in seiner Hand fließt das Regenwasser. Er steht noch eine Weile unter dem tropfenden Dach. Aber bald wird er heimkehren. Kampfbereit.

Abraham B. Jehoschua

Die fünf Jahreszeiten des Molcho

Roman. Aus dem Hebräischen von Ruth Achlama. 466 Seiten.
Serie Piper 1556

Der Tod seiner Frau hat den tragikomischen Titelhelden aus dem Gleichgewicht gebracht. Von seinen grotesken Versuchen, bei den verschiedensten Frauen einen festen Halt zu finden, erzählt Jehoschua mit ironischer Anteilnahme und höchst unterhaltsam. Dieser neue Roman des neben Amos Oz bekanntesten israelischen Schriftstellers war in Israel der Bestseller des Jahres 1988.

»Waren A. B. Jehoschuas Romane ›Der Liebhaber‹ und ›Späte Scheidung‹ sowie sein Erzählband ›Angesichts der Wälder‹ schon höchst einnehmende Exempel ihrer Gattung, so ist ihm diesmal – wozu im Deutschen unzweifelhaft die vorzügliche Übersetzung von Ruth Achlama beiträgt – mit ›Die fünf Jahreszeiten des Molcho‹ das Außergewöhnliche gelungen: Ein Roman von ergreifender Gefühlstiefe und überragender Stilistik.«

Süddeutsche Zeitung

»Jehoschua hat mit diesem ebenso heiteren wie tragischen Roman die Reihe seiner epischen Werke ›Der Liebhaber‹ und ›Späte Scheidung‹ erfolgreich fortgesetzt und mit der Geschichte vom Pechvogel Molcho eine liebenswert komplizierte, auf jeden Fall populäre Figur geschaffen.« Die Welt

Jehuda Amichai

Die Nacht der schrecklichen Tänze

Erzählungen. Aus dem Hebräischen von Alisa Stadler.
215 Seiten. Leinen

»Diese erzählten Kostbarkeiten – um Kibbuzim, Soldatinnen, Liebende, um Krieg, Freundschaften, um Eukalyptusbäume und das Alltagsleben in Pinten – verfügen auf ganz erstaunliche Weise über beinah die gleiche poetische Kraft wie seine Gedichte. Nirgendwo sonst, so der bleibende Eindruck, kann das Maschinengewehr derart koexistieren mit der Vollmondnacht oder dem Mädchen mit dem zu langen Unterrock: Dies ist Israel – ein Israel, dessen poetische Schönheit nicht selten an die Phantasie Mark Helprins erinnert, des jüdischen Amerikaners.« Welt am Sonntag

Nicht von jetzt, nicht von hier

Roman. Aus dem Hebräischen von Ruth Achlama.
405 Seiten. Leinen

»Eines der eindrucksvollsten Werke der hebräischen Literatur der letzten Jahrzehnte«, so urteilte das New York Times Magazine.

Wie schön sind deine Zelte, Jakob

Gedichte. Aus dem Hebräischen von Alisa Stadler.
Ausgewählt von Simon Werle. Mit einem Nachwort von Christoph Meckel. 168 Seiten. Serie Piper 1558